夜明けを探す少女は

ジュリアナ・グッドマン

世の中には、夜になっても鍵をかけない家があるのを知ってる？――シカゴの高校に通う黒人の少女ボーは、卒業を機にこの街を出ると決めていた。絵の才能を活かし、盗みも撃ち合いもないどこか遠くへ行くのだ。そんな十六歳の冬、姉のカティアが不法侵入の疑いで警官に射殺された。外の安全な世界に憧れ、ボーに語り聞かせてきた姉が、犯罪に手を染めるはずがない。ボーは姉の無実を証明するため、現場から消えた姉の恋人を自ら探しはじめる。少女のひたむきな調査行と姉妹の絆が胸を打つ、アメリカ探偵作家クラブ賞最終候補作！　解説＝吉野仁

登場人物

ボー・ヴィレット……グレイディパーク団地に住む黒人の少女。ミレニアム・マグネット高校二年生
カティア……ボーの姉
バジル……ボーの母
アーレン……ボーの父
ジョーダン・サムソン……カティアの恋人
ピーター・ジョンソン……カティアを射殺した警官
デジャ……ボーの友人
ブレオン……ボーの幼なじみ
ソネット・ブルーフォール……ボーの友人。ミレニアム・マグネット高校二年生
チャンピオン・ウッズ……ミレニアム・マグネット高校二年生

マディソン・ガーバー……ミレニアム・マグネット高校二年生
パーカー……ブルックストーン高校三年生
シエラ……テラー・タワーの住人
アニストン……弁護士
キューブラー……美術クラスの先生
ベクスリーO《オー》……ボーの憧れのアーティスト

夜明けを探す少女は

ジュリアナ・グッドマン
圷　香　織　訳

創元推理文庫

THE BLACK GIRLS LEFT STANDING

by

Juliana Goodman

This book published in Japan

by TOKYO SOGENSHA Co., Ltd.

Japanese translation published by arrangement

with Juliana Goodman c/o Taryn Fagerness Agency

through The English Agency (Japan) Ltd.

夜明けを探す少女は

エレーナ・マーシャ・グロス、
またの名をファット・ベイビーに捧げる

第一章

石鹸《せっけん》入れにはピンクの液体。手を下に入れるとプシュッと泡が出てくるのじゃなく——古い学校にあるような、ボタンを押すとねっとりした液体石鹸が出てくるやつだ。

手を洗いながらも、この〈ワーシャー葬儀場〉のトイレがなんだかどうもしっくりこない。自分が普通に用を足し、トイレを流し、手を洗っているのもおかしな感じだ。柩《ひつぎ》におさまったお姉ちゃんの遺体が、ここから何部屋か離れたところに置かれているというのに。

薄汚いトイレを出ると、デジャが扉《とびら》の外で待っている。たっぷりした真っ黒な髪は、頼んであったとおり頭のてっぺんできっちりしたドーナッツ形にまとめてくれている。化粧《けしょう》もなし。なにしろおじさんやいとこたちの注目を集めたあげくに、あの子は誰の関係者なんだとか聞かれるのはいやだったから。

「大丈夫、ボー?」デジャが、壁にもたれかかったままで言う。

「うん、大丈夫」

わたしたちは、おそろいの恰好をしている。パーカーに、ベビーブルーのスエットパンツ。パンツにはピンクと紫のスプレー塗料で〝R.I.P.《安らかに》カティア〟の文字が入っていて、パーカーの胸には、シルクスクリーンでカティアの顔がプリントされている。わたしが数日前に、自分で描いたやつだ。憧れているグラフィティアーティストのベクスリーO《オー》のスタイルを真似てみたんだけど、残念ながら彼女の足元にもおよばない。

「マジで、この先には行きたくないんだけど」わたしはポケットに両手を突っ込みながら、息の仕方を思い出そうとする。吸って。吐いて。

「だよね」デジャが言う。

父さんの古なじみのウィーラーってやつは、とんでもない食わせ者だ。わたしだって葬儀場なら何軒か見てまわったけど、ウィーラーの義理のきょうだいが見つけてきたのは、シカゴでも最悪の葬儀場だった。中は暗くて古臭い。床にはくたびれたカビ臭い絨毯《じゅうたん》が敷《し》かれ、もとは白かったはずの壁も薄汚れて黄ばんでいる。ハエみたいにうなっている蛍光灯《けいこうとう》があちこちで切れかけているせいで、とにかく薄暗い。まったく悪夢みたいな場所だけれど、ただで使えるというので、ここを選ぶしかなかった。

なかでも最悪なのが、裏手のチャペルまで続いている長くて薄気味悪い廊下だ。そこには小さなチャペルが並んでいて、それぞれに三つずつ、開いた棺が置かれている。遺体が一か所に並べられた情景と、重くたちこめたポプリと死の香りを思い出したとたんに、胃がギュッと引きつれてしまう。

「あたしにつかまって、目を閉じてなよ」デジャが、プロムデート（卒業記念ダンスパーティのパートナー）にでもするみたいに腕を差し出してくる。わたしはそこに自分の腕をからめると、デジャに引かれて、静かな死の廊下を進みはじめる。

前に数えたかぎりでは、全部のチャペルに、少なくとも二十人はいたはず。その中で、生きているのはわたしたちだけだ。周りはすごく静かで、自分たちのスニーカーが絨毯をこする音しか聞こえない。

デジャに言われて目を開くと、もうそこは、カティアのいるチャペルだ。ピンクとブルーの小さなスポットライトが、板張りの殺風景な部屋にかろうじて彩りを与えている。追悼《ついとう》記事の置かれた椅子が十五列くらい並んでいるけれど、そんなに必要かなと思ってしまう。

「デジャナエ、俺の車を建物の前から動かしといてくれないか？　並列駐車になってるから」

そう言ったのはウィーラーだ。わたしの両親や、一ダースくらいの見知らぬ人たちと一緒に部屋のうしろのほうにいる。みんなそろって黒いスーツやワンピース姿だ。カティアの好きな色は青だと教えておいたのに。ほんと、敬意のないやつら。

「デジャだよ。キーを寄越しな」手を上げたデジャに、ウィーラーがキーを投げて渡す。

「すぐに戻るから」デジャはそう言って、わたしの頬《ほお》にキスをしてから背を向ける。誰かの頼み事をおとなしく聞いてあげるなんて、ちっともデジャらしくない。いつものデジャなら、おまえのキーなんかそのシワシワのケツにでも突っ込んどきな、とでも言うところだ。けれど今日ばかりはデジャも協力的で、誰に何を言われても、素直に従うつもりでいるらしい。

とにかく、わたしがここにいる理由はひとつだけだ。ジョーダン。

ウィーラーが〝お別れの会《セレブレーション・オブ・ライフ》〟の段取りを両親と確認しているなか、わたしはゆっくりとチャペルを前方に進んでいく。祭壇《さいだん》のほうへ、運命の人に近づいていく花嫁みたいに。でもそこにあるのは、ツヤツヤした真鍮《しんちゅう》のハンドルが側面についた、蓋《ふた》の閉まっている白い棺だ。

わたしはカティアの遺体がおさまっている艶《つや》やかな白い箱に近づいて、ちょうど顔のあるあたりに手を当ててみる。棺が熱くなって震えだし、ジーニーが出てきて、願いを三つ叶えてくれたりはしないだろうか。何を感じると思っていたのかは自分でもわからないけど、どうってことのない、当たり前のものにふれているような感じ。カティアの魂《たましい》なんか、これっぽっちも感じられない。

カティアがここにいるなんて思えない。

ニュースで流れ続けている写真を見るかぎり、警官のピーター・ジョンソンはいかにも誠実そうな男だ。金髪の息子を肩に乗せて、隣にはもっと金髪の奥さんが写っている。でもわたしは知っている。あいつは血も涙もない人殺しなんだって。事件が起きたのは午前四時。ジョンソンによると、カティアはやつの家に無理やり押し入ろうとしたらしい。絶対に嘘だ。いまのわたしにはっきりわかっているのは、銃弾がカティアの唇の左上の、モンローピアスをつけていたところから入って、頭のうしろから出てきたということだけ。

ふいに、誰かの手が肩に置かれる。カティアの手みたいに軽くて、ジャスミンの香り。わたしはにっこりしながら振り返るけれど、そこにいるのはデジャだ。

そしてまた、わたしの中に灯《とも》った光は消えてしまう。

「何か欲しいものはない?」デジャがそう言いながら、わたしを椅子のほうに連れていく。まるでわたしが小さなガラスの人形で、いまにも砕けるんじゃないかと恐れているみたいに。

「あるかも」

「何？　水？　コーヒー？　〈ポパイズ〉までひとっ走りして、何か食べるものでも買ってきてあげようか？　なんでも欲しいものを言ってみて」

けれどわたしはかぶりを振る。一番前の列に腰を下ろすと、隣に座ったデジャの肩に頭をあずける。そしてこれは夢なんだというふりをする。きっとわたしは頭のどこかを強く打って病院に運ばれたあと、いまにも目を覚ますところなんだ。お医者さんたちは言うだろう。きみは何日も意識を失っていたんだよって。カティアは、ベッドのわきに置かれた椅子に座っている。イミテーションゴールドのバンブーイヤリングをつけ、黒い肌を艶めかせながらわたしを見つめて言う。「ほんとにボー、もう二度と、こんなふうにヒヤヒヤさせないでよね！」前に一度、誰にも伝えないまま、デジャのところに泊まったときみたいに。

警察からはこう聞かれた。カティアはドラッグをやっていたのか、あの通りで何をしていたのか、どうして警官の家に押し入ろうとしたのかって。だからわたしたちはこたえた。

ドラッグなんかやってない。

知らない。

それに、押し入ろうとなんかしていない。

だって、わたしたちはそう信じているから。

少なくとも、わたしたちが知っているかぎりではそうだから。

できるだけギュッと目を閉じて、デジャに頭をあずけたまま、寝ているふりをする。チャペルに入ってきた人たちが、わたしをほっておいてくれるように。しばらくはうまくいって、おばさんやおじさんたちが鼻をすすり上げながら、わたしのことをデジャにたずねているのがわかる。わたしは軽くイビキまでかいてみせる。デジャの体にもっと頭を押しつけると、「ボーにとっては大変な日が続いたから」というデジャの言葉に合わせて、彼女の深い声が震えるのが感じられる。

「かわいそうに、疲れてて当然だよ」ニーシャおばさんがささやくような声で言う。

「例のサツにはたっぷり思い知らせてやる。待ってやがれ！」コルビーおじさんの声だ。

パシンッと叩くような音のあとに、レイチェルおばさんの声が聞こえてくる。

「バカを言いなさんな！　あんたまで逮捕されたんじゃ元も子もないじゃないか」

母さんがどこかで泣きながら叫んでいる。神様、どうして？　まるで神様がフローチャートを手に空から降りてきて、カティアが死ななければならなかった理由を説明してくれるとでもいうように。父さんの声も聞こえる。「大丈夫だから、おまえ」だけど、その声もすすり泣きに変わってしまう。それから何かを叩くような大きな音が三回続き、いくつか息を呑《の》むような声が聞こえたけれど、それでもわたしは目を開かない。何も見たくない。これを現実にしたくない。

「あいつの姿はまだ見えない？」わたしは目を閉じたままで、デジャにささやく。

「ここに顔を出すほどバカじゃないって。マヌケ面《づら》の白人がふたり、ドアの近くに立ってるんだ。サツだよ」

「ジョーダンを捕まえにきたのかな?」

「オニキス・タイガーの連中が何人か来てるからね。撃ち合いにでもなった場合に備えて見張ってるだけじゃないかな」

カティアと、その恋人のジョーダンは、事件の夜、クラブを一緒に出ているのだ。ピーター・ジョンソンによると、彼の家のポーチにはふたりいて、男のほうには逃げられたという。それから十一日。誰もジョーダンの姿を見ていない。もしも見た人がいるとすれば、少なくとも口をつぐんだままでいる。

葬儀には、思っていたよりもたくさんの人が来てくれている。わたしたちの暮らすプロジェクト(米、低所得者用の公共団地。治安が悪く、犯罪の温床となっており、階級社会の最底辺ともいわれる)〈グレイディパーク団地〉の住人、黒人の命も《ブラック・ライブ》大切《ズ・マター》だ運動の支持者、暴走族のグループ《ギャング・オブ・バイカーズ》、それから本物のギャング。出席者が多すぎて追悼記事が足りなくなり、ウィーラーがコピーをしに走りだす。もう立っている場所しかないし、身内の人たちを入れる充分な場所が確保できないというので、葬儀場のワーシャーさんも段取りを遅らせるしかなくなってしまう。

午後一時五十分。本来の開始時刻から五十分も遅れて、ようやく葬儀がはじまる。デジャがわたしたちのうしろの列に移動すると、わたしは親に挟まれて、親族と一緒に腰を下ろす。

「大丈夫だから」父さんがリップクリームの跡を残しながら、わたしの額《ひたい》にキスをする。お葬式のときには誰もがそう言うものと決まっているみたいに。だからわたしの気分は、これっぽっちも軽くならない。

わたしはジョーダンの姿を求めて会場に目をやる。あの、独特のフェードカットにした四角い頭がどこかに見えないだろうか。でもやっぱりいない。警官のジョンソンは、有給で休職中だ。わたしたちの弁護士になったアニストンって赤毛の女の人によると、目撃者の証言がないかぎり、検事には、刑事告訴を考えてもらうことさえできないらしい。だからこそ、誰かに言ってもらわなければ。カティアは悪いことなんか何もしていないんだって。

「この棺！　この棺の中には！　亡骸《ダスト》が入っているのです！」葬儀プランに含まれている雇われ牧師が、マイクに向かって叫んでいる。汗の噴き出した茶色いハゲ頭を布でぬぐいながら。

わたしにだって、棺の中にあるのがカティアの死体にすぎないことはわかっている。だけどそれはカティアの命が宿っていた体で、わたしが十六年間、同じ部屋で一緒に眠ってきた体でもある。こんなくだらない牧師はどこへでも好きな場所に行って、勝手に叫び続けていればいいんだ。なんたってカティアの遺体と、うちの天井のシーリングファンにたまったほこり《ダスト》とじゃ、全然、まったく違うんだから。

「大丈夫よ。大丈夫だからね」母さんはわたしの耳元でささやき続けている。

わたしも一緒に泣くべきなんだろうな。だけど、どういうわけか泣くことができない。なんだか体の中の管《くだ》がひとつ残らず詰まってしまって、涙が頬にじゃなく、体の内側に向かって落ちているみたいに。カティア、どうして出かけたりしないで、わたしと家にいてくれなかったの？

牧師が腰を下ろすと、今度こそほんとうに茶番のはじまりで、棺が開けられ、わたしの姉が人目にさらされる。完璧に死んでいることを、みんながきちんと確かめられるようにと。わたしなら、母さんと一緒に遺体安置所で身元を確認しただけでもう充分だ。父さんが電話に出ないもんだから母さんはひとりで行こうとして、でも、わたしはひとりでは行かせたくなくて。母さんはわたしを連れていきたがらなかったけど、それでも一緒にいてあげる必要があるのはわかってた。だからいまは、カティアを見られない。あんなお姉ちゃんを、もう一度見るなんて耐えられない。

残りの身内が立ち上がり、最後の対面をしようと列を作るなか、ペッパーおばさんが中央の通路で気を失ってしまう。おばさんは、何年か前のおばあちゃんの葬式でも気を失ったっけ。コロリと床に転がったところは、なんだかまるで鉛筆みたい。みんなはもともと泣いていたけれど、いまでは哀しみが伝染したように泣き叫んでいる。

「神様、お慈悲《じひ》を！」レイチェルおばさんが、茶色い目をむいたペッパーおばさんの頭を抱きながら声を上げる。

白いワンピースに看護帽をかぶったお尻の大きなスタッフが、急いで助けに駆《か》けつける。コルビーおじさんがペッパーおばさんを椅子に座らせるけれど、おばさんはぐったりしたままだ。周りにいる人たちが、汗に濡れたおばさんの顔を追悼記事であおぎ続けている。

ペッパーおばさんがようやく意識を取り戻したので、カティアの親友のモニカとクラリスにより葬儀が続けられる。このふたりもやっぱり〝R.I.P.カティア〟と書かれたブルーのスエット姿だ。でも、それを着る資格なんかないのかもしれない。ふたりはあの夜、カティアをジョーダンとふたりきりにして、クラブから帰ってしまったんだから。もしも一緒にカティアを連れて帰ってくれていたら、こんなことは何ひとつ起こらなかったはずなのに。

椅子の上で体をねじるようにして、人混みに目を向ける。少なくとも二百人は集まっている。デジャの言うとおりだ。ジョーダンは、警察から逃げたい一心で恋人の葬式をパスするつもりらしい。ジョーダンのことはよく知らない。それでもあいつには前科があること、まだ赤ん坊のころに父親が殺人罪でぶち込まれていること、この二年、カティアを裏切り続けていたことくらいは知っている。

こぶしをギュッと固め、片足で貧乏ゆすりを続けながら、立ち上がって、何か、ほんとうに意味のあることをしたいという衝動を押さえ込む。モニカの手からマイクをつかみ取り、どうかいますぐ車に乗ってジョーダンを探しにいってとみんなに訴えたい。ここでただ泣いていたって、何も変わりはしないんだから。

長いスピーチを終えたモニカが、棺に手紙を入れながら、哀しくてたまらないと叫んでいる。モニカはそのまま失神し、クラリスが慌てて体を支えようとするけれど間に合わず、どさりと大きな音を立てて倒れ、床に頭を打ってしまう。また別のスタッフがふたり駆けつけてきて、モニカの介護をはじめる。さらに六人くらいが倒れ、これまたスタッフの面倒になる。スタッフのほうも真剣だ。なにしろ、自分たちの見ているところで死なれでもしたら大変だから。

「ボー、ティッシュはいるかい？」ペッパーおばさんがうしろの席から声をかけてくる。もう意識はしっかりしているけれど、両目は真っ赤なままだ。

「大丈夫」おばさんにとっても、ここにいるみんなにとっても、カティアの葬儀は、ある日の単なる出来事にすぎない。でもわたしにとっては、残りの人生のすべてがかかわっている。朝ベッドの中で目を覚ますときも、夜眠るときも、カティアはずっと死んだまま。それがこれから、永遠に続くのだから。

R・ケリーの〈アイ・ウィッシュ〉のイントロがスピーカーから流れはじめたとたん、胃の中でしこっていたものが、さらにギュッと硬くなる。葬儀場の所長であるワーシャーさんが、親族一同のほうに近づいてくる。両親、おばさんにおじさん、いとこたちが、棺をぐるりと取り囲んで片手を蓋に当てている。ワーシャーさんがゆっくりとやさしく、シワの寄った白いブランケットを少しずつカティアの上にかけていく。どうせこのショーが終わったら、あのシワシワのブランケットとカティアは火の中に突っ込まれてしまうのに、まるでそんな現実を否定するかのような手つきで。

蓋が半分くらいまで閉められたところで、母さんが、肺の奥底から出てくるようなものすごい声で叫びはじめる。

「ああ、神様、娘を奪わないでください！　カティアァァァ！　どうか神様、どうか、どうか！」

ペッパーおばさんとコルビーおじさんが、棺の中に入ろうとする母さんの体を必死に押さえつけている。母さんは、カティアと一緒に死んでしまいたいんだ。

わたしにとっても、これが最後のチャンスだ。いまを逃したら、もう二度とカティアを見られない。このあとは火葬にされ、骨になってしまうのだから。

わたしは急いで目を動かし、カティアを見下ろしてから、また蓋の上に目を戻す。

そしてすぐに後悔する。

カティアの顔はふくれ上がり、肌の色も十トーンくらい暗くなって、まるで首がないみたいに顎《あご》が胸にふれている。でなければ、葬儀場の人が口の中にたっぷりティッシュを詰め込んだのかもしれない。カティアは厚みのある白いネットのようなもので包まれていて、銃弾が貫通した顔の左側にはレースの枕が置かれている。

これはカティアじゃない。棺の蓋が閉じられるのを見ながら、わたしは自分にそう言い聞かせる。これはわたしのお姉ちゃんなんかじゃない。そうであってほしくない。こんな醜《みにく》い、ひどい姿にされちゃうなんて。でもやっぱりこれはカティアなんだ。カティアはじっと横たわったまま、棺が、永遠に閉ざされてしまう。

チャペルが空《から》っぽになるまで座ったままでいると、葬儀場の所長が、車輪のついた台車で、棺を建物の裏手にある暗い場所へと押していってしまう。誰かのお姉ちゃんが、次々と焼かれるところへと。戸口に立っていた警官がようやくいなくなったのを見て、わたしもやっと、ジョーダンは来ないんだという現実を受け入れる。

「おじょうさん?」

手に肩が置かれるのを感じて、椅子からパッと立ち上がる。でもそれはネイビーの制服を着た葬儀場のワーシャーさんだ。見たこともないくらい、悪趣味な赤いボウタイ。「ごめんよ、驚かせるつもりはなかったんだ。花を車まで運ぶのに、助けは必要かな?」

ワーシャーさんはそう言って、棺の周りに飾られていたブルーとピンクのフラワーアレンジメントを示してみせる。

「えっと――その、寄付するとか、適当に片づけてもらえませんか? うちには飾る場所がないから」そんな場所があったとしても、哀しい現実を思い出させるだけの葬式の花なんて、誰が飾りたいというんだろう?

「いいとも」ワーシャーさんが言う。「ほかにも何か、できることはあるかな?」

「いいえ。でも、ありがとう」

ワーシャーさんが行ってしまったあとで、一応アレンジメントの中を確かめてみる。誰かがカードか何かを入れているといけないから。するとそこに、式のはじまる前にはなかったはずのものを見つける。ベビーブルーのテディベア。赤いバラを一本握っていて、その茎《くき》にはゴムで紙切れがとめられている。

紙をはずして開いてみると、そこには短いメッセージが書かれている。

俺のカティアへ

愛を込めて。永遠におまえのジョーダン

第二章
BEFORE

カティアが家出をすると言った夜には、激しい雷雨が窓を叩いていた。カティアが十六歳で、わたしは十歳になったばかり。わたしは姉妹共有の暗い部屋の真ん中に突っ立っていた。声も出さずにポロポロと涙を流し、カティアがジムバッグに荷物を詰めるのを見つめながら。壁の時計を見ると、午前二時三十七分だった。

「そろそろベッドに戻れば？」カティアが肩越しに振り返り、小声で言った。何本もの細かい三つ編みにしたブレイズを高いところでポニーテールにまとめ、黒いジャケットの胸元には、コピー品のブランドのロゴが見える。

「どうして――うんと――その――行っちゃうの？」わたしは涙に息を詰まらせながら言った。

カティアは紫のジムバッグのストラップを引くと、バッグを肩に横掛けにした。

それからわたしの前に膝《ひざ》をつき、わたしの両手を自分の両手で包み込んだ。

「行かなきゃならないからだよ、ボゾ」

「どこに行くの？」当時のわたしは、カティアのすることならなんだって真似ていた。同じ髪型にして、同じ恰好をしたかった。ときには、食べるものまで一緒じゃないといやだった。たとえそれが、うげっと思うような味だったとしても。カティアがいなくなったら、ひとりぼっちでどうしたらいいんだろう？

「ちょっと散歩してくるだけだって」カティアがドアのほうに目を動かした。親のどちらかが突然入ってきて、起きているところを見つかるんじゃないかと心配しているみたいに。

「どこに行くのか教えてよ」

「教える理由なんかないね。あんたはまだガキなんだから、おとなしくベッドに戻りな」

「カティア、教えてってば！」わたしは泣きながらごねた。

カティアはわたしの口を片手で覆《おお》い、静かにと言った。

「ほらね。だから一緒には連れてけないんだよ。なんたって、わたしが家を出る前からこの騒ぎなんだから」

「いいから一緒に連れてって。困らせたりしないって約束するから！」わたしはかかとを浮かせて体を上下に揺《ゆ》すりながら言った。

「だめだって言ったでしょ」カティアは立ち上がって窓を持ち上げた。降りしきる雨が、その顔を濡らしている。

わたしはそのすぐうしろに立った。

「連れてってくれないなら、いますぐ母さんと父さんに言いつけてやる」わたしは脅《おど》すように言った。

「好きにすれば」カティアは片足を窓の外に出しながら言い返した。

「だったらこの前、母さんのお財布から二十ドル盗んだのをチクっちゃうよ」

カティアは体を半分外に出したまま窓枠の上で座り込むと、こんな妹、そもそも存在していなければいいのに、というような目をこちらに向け、まじまじと一分くらいわたしを見つめてからこう聞いた。

「誕生日にもらったお金はいくら残ってる？」

ニューヨークまでのバスのチケットを、二枚買えるほどのお金はなかった。ニューヨークにいるペッパーおばさんは、いつでもおいでと言ってくれていたのだけれど。じつのところそのお金は、どこかへのバスのチケットを一枚買うにも足りなかった。だからわたしたちはサウスサイドの暗い通りを歩いてから電車を三本乗り継いで、一度も行ったことのない郊外の端っこのほうへと向かった。

電車の中では、ピンクの手術着を着た白人の看護師が向かいに座っていた。彼女はいかにもくたびれたって顔で、こんな遅い時間にどこへ行くのかと声をかけてきた。

「この子はわたしの娘なんだよ。これからふたりで、刑務所にいるこの子の父親に会いにいくとこ」カティアが皮肉めかした口調で言うと、看護師は目を大きく見開いて、それっきりもう話しかけてはこなかった。

わたしは怯えていたけれど、それよりもわくわくしていた。夜に出かけるのは大好きだった。なにしろ母さんたちは、暗い時間に外に出るのを許してくれない。わたしたちに何か悪いことがあったら大変だからって。だけど夜は、一日でも最高の時間だ。人も少ないし、やかましいおしゃべりや怒鳴《どな》り声も聞こえないし、泣いている赤ん坊もいないし、学校もない。でもやっぱり、一日で一番こわい時間でもある。暗い公園や、真っ暗な店の窓の奥には、怪物や変態が隠れている。

だけどカティアがいれば、おかしなことなんか許しっこない。だってわたしに何かあったら、親にこっぴどく叱られることはわかりきっているんだから。

「おなかすいた」バーや酒屋の立ち並ぶ通りを歩きながら、わたしは言った。ふたりともずぶ濡れで、外にいるとますます寒くなるばかりだった。

「わたしもすいたかも。あそこで休憩しよっか」カティアが言った。

道の少し先に古風な食堂が見えた。どうやら、このあたりで二十四時間やっているのはその店だけのようだ。カティアが駐車場を横切って店の入り口へと向かうなか、わたしは何か固いものにつまずいてしまった。

「このレンガ、建物のどこかから外れちゃったんだね」そう言いながら、レンガを持ち上げた。カティアは開いたドアを押さえたまま、目を丸くしてみせた。「だから？　ほら、早く来なって」

カティアのほうに近づくと、ガラスドアのすぐ外の壁に、ぽっかり空《あ》いた隙間が見えた。

「待って！　きっとここだよ！」わたしは縁《ふち》を合わせるようにして、隙間にレンガを押し込んだ。ぴったり。はめ終えると、カティアがわたしの腕をつかんでぐいっと店の中に引き入れた。

〈ロージーズ・ダイナー〉は、それまでに訪れたどんな場所よりもクールに見えた。表にはネオンの看板が出ていて、ホットピンクのワイヤー文字がピカピカ光っている。中にあるブース席も、テーブルは全部、ベビーピンクかベビーブルー。床はチェス盤《ばん》みたいな白黒だ。奥にあるジュークボックスは色を変えながら、六〇年代の音楽をガンガン鳴らしている。

「ここ座ってもいい？」わたしは一番近くのブース席にするりと入りながら、水玉模様のメニューを手に取った。

「好きにすれば」カティアはそうつぶやきながらも、指先でコツコツとテーブルを叩いている。なんだかピリピリしているようだ。

金髪をこんもりと六〇年代風に結《ゆ》い上げた白人の細っこい女の人が、ベビーピンクのワンピース姿で注文を取りにきた。あなたがロージーなの、とたずねると、ロージーなら十年前に死んだと言われた。ふたりともチーズバーガーとポテトフライ、それからストロベリーのミルクセーキを頼んだ。ウエイトレスはこんな時間に何をしているのかとは聞かなかったけれど、お金を持っているのかは聞いてきた。

「ったく、もちろんだよ。持ってなかったら、こんなとこに座って注文なんかするわけないじゃん」カティアがピシャリと言った。ウエイトレスはあやまってから、うしろに注文を伝えにいった。

「母さんたち、もう警察に電話したかな？」わたしは言った。

「してないと思うけど」カティアはピンクのリップバームを取り出し、唇に塗った。

「だいたい、どうしてペッパーおばさんのとこに行きたいの？」

「さあね。行くからには、行き先がないとだから」カティアは、いかにも筋《すじ》が通っているかのようにそう言った。

ウエイトレスが注文したものを持ってきて、ごゆっくりと言った。チーズバーガーにかぶりついたとたん、肉汁が顎《あご》からグリーンのジャケットに滴《したた》り落ちた。

「ちょっと、ボー。頼むから、食べ物で汚しまくる前にジャケットを脱ぎな」カティアがきつい声で言った。

わたしが脱いで渡すと、カティアはジムバッグの中にジャケットをしまった。カティアもポテトをつまんだけれど、ほとんどは窓の外を眺めていた。表の通りには、数分に一台の頻度で車が通り過ぎていく。カティアはそういうのが好きだった。ほかの人や、あらぬところをぼんやりと眺めては思いをはせ、どこか別の場所に行ってしまうのが。

「どうしてうちにいるのがいやなの？　うちの親はそんなに悪くないよ。わたし、叩かれたり、食べ物を買ってもらえない子たちがいるの知ってるもん」

「親から逃げたいわけじゃないから」カティアは言った。

「じゃあ、わたしがいやなの？」

「だとしたら、なんだってわざわざこうして連れてくるのよ？」

わたしはミルクセーキからサクランボを頰張《ほおば》り、軸を結んだ。「だって、わたしを殺してからうちに帰れば、またひとりっ子に戻れるじゃん」

カティアはわたしを見つめてから、いきなり笑いだした。「ほんと、くだらないテレビの見すぎだから。わたしが逃げたいのは、あんたからじゃない。グレイディパークからなんだよ」

「そんなに悪くないと思うけど」わたしは言った。じつのところ、ほかに比べる対象を知らなかったから、充分いいところに見えていたのだ。

「うん、だよね」

「え？」

カティアは肩をすくめた。「友だちがふたりいるとしようか。ひとりはめちゃめちゃクールなんだけど、もうひとりだって〝そんなに悪くない〟。だけど、片方としか友だちではいられないんだ。ボーならどっちを選ぶ？」

わたしはポテトを飲み込みながら、一生懸命考えた。カティアはわたしに何かの説明なんて滅多にしない。だからこれが重要なのはわかっていたし、正しいこたえを返したかった。わたしだって、お姉ちゃんと同じくらい賢いんだと思ってもらいたかった。

ようやく、こたえを思いついた。「一週間は片方と友だちになって、次の一週間はもう片方と友だちになる。そうやって取り替えれば、別々にだけど両方と友だちでいられるでしょ」

カティアが黙って目を丸くしてみせたので、大外れだったのがすぐにわかった。

「忘れて、ボー」カティアが言った。「わたしの年になったら、あんたにもわたしの言いたいことがわかるはずだからさ。そのころには、とっくにおさらばできてるといいんだけど」

だけどわたしとしては、カティアにおさらばしてほしくなかった。

わたしがハンバーガーを食べ終えると、ふたりで残っているお金を数えた。三つの電車を乗り継いで帰るだけのお金は残っていた。でなければもっと食べ物を頼んでから、うちに電話して迎えにきてもらうか。何かおかしなことになったらどうしようなんて全然心配していなかったのは、カティアが心配しているように見えなかったからだ。わたしたちは大丈夫。それだけはわかっていた。

「お姉ちゃんがしたいと思うことなら、わたしはなんだっていいよ」

カティアは、やっぱこいつのこと好きかも、というような、ちょっとおかしな目つきでわたしを見た。それから立ち上がると、カウンターの向こうにいるウエイトレスを呼んだ。

「ちょっと、そこのウエイトレスさん！　チーズバーガーとポテトをふたつずつお願い。それからケーキも！」

ウエイトレスは召使《めしつかい》のように呼ばれたことにとまどい顔で、腰から手を放すと、伝票を取り出した。

「どのケーキがいいの？」

「ええっと――あるやつを全部！」

ウエイトレスがため息をついた。「七種類あるんだけど」

「そっか、じゃあ、それを全部ふたつずつ！」

ウエイトレスが、こいつは大丈夫かという顔でカティアを見た。「あのね、それだと全部で十四個になるんだけど。しかも、うちのはかなり大きいのよ。ほんとうに全部頼むの？」

カティアは確認するようにわたしを見た。まるで、聞く必要でもあるみたいに。

「うん、全部ちょうだい」カティアは言った。

第三章

わたしは紙切れとテディベアを持ったまま立ち尽くし、それが本物であることを確かめるように何度も何度も読み返す。だって本物なら、ジョーダンが今日、ここに来ていたことになるんだから。あいつが同じ建物の中にいたのに、それに気づかなかったなんて。まったく、どうして見過ごすことができたんだろう？

またチャペルの扉《とびら》が静かに開く音がして、見ると、幼なじみのブレオンがそこから顔をのぞかせている。

「ヘイ、ボー。ずっと出てくるのを待ってたんだよ。話があってさ」ブレオンがブラックデニムのカーゴパンツのポケットに手を突っ込んだまま、チャペルの中に入ってくる。葬式向きの恰好じゃないけど、まあ、よしとしよう。タキシードに見えるようなフェイクシャツを着ていて、それがそんなに悪くないから。

ブレオンが近づいてきて、わたしの手にしていたテディベアと紙切れに目をとめる。

「かわいいクマじゃん」

「ジョーダンからみたいなんだ。名前が書いてあるし」わたしはまだ、どこか信じられない思いでそう口にする。

「マジで？　あいつ来てたの？　見なかったけど」

「うん、わたしも。だけど、これがあるってことは来てたはずじゃない？」

ブレオンは巻き毛を耳にかけながら言う。「たぶんね。でなけりゃ、頼まれた誰かが持ってきたのかも」

「確かに――ところで話って何？」

葬式には誘ったけど、ブレオンとは一年くらい前から絶交している。向かいの棟に住んでいるからよく見かけはするけど、前みたいに一緒に盛り上がったりはしない。

「カティアのこと、ほんとに残念だって伝えたくて。話がしたいとか、何か必要なことがあったら、いつでもわたしがいるんだからね。もちろん、ボーがそうしたければの話だけどさ」

わたしが口を開きかけたところで、別の声が代わりにこたえる。

「あんたなんかお呼びじゃないね。そのためにあたしがいるんだから」デジャはチャペルに入ってくると、ボディガードのようにしてわたしの隣に立つ。

ブレオンは苛立ったように口の中でうなる。「デジャ、いい加減、他人のことに口を突っ込むのはやめにすれば？」

「ほんとそうしたいよ。あんたはいいよねぇ。一日中なーんもしないでのらくらしててさ。ほら、そろそろ、あたしとあたしの親友を、ちょっとふたりきりにさせてくんない？」

ブレオンはわたしに顔を向ける。わたしがあいだに入って、デジャを黙らせるのを待っているみたいに。だけどジョーダンのことで頭がいっぱいなわたしには、ふたりのことにまで心を配る余裕がない。

「ふん、勝手にすれば」ブレオンはデジャを冷ややかににらんでから、チャペルを出ていく。

「なんかいやなことでも言われなかった?」デジャが言う。

「ううん、大丈夫だから」

「ほんとに? もしあいつが、まだ友だちだとでも思ってるんなら――」

「デジャ、大丈夫だから」

ときどき、わたしたち三人が親友だったという過去が信じられなくなる。だけどももしブレオンが豹変《ひょうへん》しなかったら、わたしたちはまだ友だちでいられたはずだ。ほんと、信じられなかった。ずっと成績オールAの、八年生で首席に選ばれることしか頭になかった優等生のブレオンが、ラッパーのリル・ウェインにでも取り憑《つ》かれたのかと思うほど変わってしまうなんて。パーティに行ってはリーン(ドラッグカクテル。アルコールに風邪薬などを混ぜたもの)を飲みまくり、学校にもハイになった状態で現れる始末。それでもあの盗みさえなかったら、わたしたちはまだなんとかなっていたような気がする。

「そもそも、顔を出した理由がわかんねーし」デジャが冷ややかに笑う。

「ブレオンもカティアを知ってたから」

「ボーが声をかけたの?」

「え? まさか」

だけど、ほんとうは誘った。バカだった。じつはひそかに願ってたんだ。深い哀しみが魔法みたいに働いて、くだらない過去なんか忘れよう、また三人で仲良くしようと言い合えるんじゃないかって。そうはいかないってことくらい、わかっていてもよかった。

「何これ？」デジャがわたしの手から紙切れを奪って目を走らせる。「どこで見つけたの？」

「花の中。ジョーダンが来るか帰るかするとこを見なかった？」

デジャはかぶりを振る。「見てない。オニキス・タイガーに追われてるんだから、グレイディパークに顔を出すはずないって」

「追われてるってどういうこと？」

「よく知らないけど。なんか、オニキス・タイガーから金をくすねてたって噂《うわさ》なら聞いた。ジョーダンが姿をくらましちゃってるから、連中としても確かめようがないんだよね。それで、なんとか捕まえようとしてるみたい」

それはマズい。オニキス・タイガーは、街のこちら側で行なわれるほぼすべての殺人事件にからんでいるギャングだ。グレイディパーク団地にも、A棟に何人かが住んでいる。ブルーとオレンジのバンダナがメンバーのしるしだから、それを目にしたら何かが起こる前に家の中に引っ込んで、巻き込まれないようにするしかない。

「ジョーダンを殺すつもりなのかな？」

デジャは肩をすくめる。「だといいけど。カティアにあんなことしたやつに、生きてる価値なんかない」

「だけど、そんなのはだめだよ！」わたしは叫ぶ。ジョーダンが死んでしまったら、あの夜に何があったのかがわからなくなってしまう。カティアは悪いことなんかしてないって信じたいけど、はっきりさせなくちゃ。どうしても証拠がいる。

「何言ってんの？　ジョーダンに死んでほしくないわけ？」

　わたしは口を開いてから、また閉じる。真実を知るためには、ジョーダンに生きていてもらう必要がある。でもそのあとでなら、オニキス・タイガーがあいつに何をしようと知ったこっちゃない。とはいえギャングたちのところにいって、こんなふうに頼むわけにもいかない――ねえ、わたしはあんたたちの敵に裁判で証言をしてもらう必要があるの。だから、裁判が終わるまで、殺すのはちょっとだけ待ってくれないかな？

「殺されたってかまわない」わたしは言う。「だけど、あの大嘘つきの警官を別にしたら、あの夜に何があったのかを知ってる人間はあいつしかいないんだよ。間違いなく何かを知ってるはずなんだから、わたしたちでなんとかあいつを見つけ出して――」

デジャが、完璧にマニキュアの塗られた片手を持ち上げる。「ちょっと待った。この件に関して〝あたしたち〟はなしね。あたしなら喧嘩《けんか》になればいつだって一発かます準備はできてるけどさ、O　T《オニキス・タイガー》相手に火遊びをすればあんたの命が危ないんだから。連中の邪魔をする気はないし、あんたにもさせない」

「ジョーダンについてちょっと聞いてまわったからって、邪魔することにはならないよ」

「だけど、それだけじゃ充分じゃないよね。ボーは例のポリ公を起訴できるように、ジョーダンを警察に行かせたいんだから。言っとくけど、そんなふうにはいかないよ。誰だってファイブ・オー（米ドラマに出てくる刑事捜査班の名前）となんかお近づきになりたくないし、ジョーダンみたいなやつならなおさらだ」

「だけどこれは話が違うよ！　ジョーダンが訴えるのはほかでもない、恋人を殺した警官なんだよ。ジョーダンを見つけられたら、きっと説得してみせる。絶対に真実を話してもらう」

デジャがあきれたように両手を上げる。「できっこないね！　できると思ってるかもしれないけど、そうはいかない。そもそも正直に話す気があるんなら、あの夜逃げ出したりしてないって。なのにどうして、あいつの気持ちを変えられるなんて思うわけ？」

わたしはぬいぐるみのテディベアを持ち上げてみせる。「これだよ。確かに、これを持ってきたのはジョーダンじゃないかもしれない。でも、あいつからなのは間違いない」

「だから？」

「だから、あいつはたぶん、罪の意識みたいなのを抱えてるってこと。正しいことをするように、誰かが背中を押してあげればいいだけなんだよ」カティアはわたしの姉だ。みんな、わたしのことを気の毒に思っている。ジョーダンだってそうだろう。だからわたしが知りたいと言ったら、きっと話してくれるはず。それでうまくいかなかったら、買収《ばいしゅう》だってなんだってしてやる。

デジャが目をパチクリさせる。「正しいこと？　あんたはマジで、死ぬまでOTから逃げまわって過ごしたいわけ？　なんたって、連中の邪魔をしたらそうなるに決まってるんだよ」デジャが警告するように言う。

いつどんなときも他人のことには首を突っ込むな。これがゴロツキどものルールだ。でも連中のルールなんて、いまのわたしにはどうだっていい。

「デジャ、世の中の人はみんな、カティアがあの警官の家に押し入ろうとしたって思い込んでるんだよ。今日だって、わたしたちを横目で見てる人たちに気づかなかった？　警察には、カティアが悪いことなんかしてないって知ってもらわなくちゃ！」

「なんで？　何が真実で誰が無実かなんて、これまでに警察が気にかけたことあった？　ボー、あんたは混乱してるんだ。つらいのもよくわかる。だけど、ジョーダンのことは忘れな。今度はあんたの葬式に出ることになるなんてごめんだからね。そんなことはさせない」

だけど、わたしはカティアのためにやる。もし無実なら、犯罪者として記憶されるなんて間違っている。どうしてもジョーダンの証言が必要だ。だからあいつを見つけなければ。どんな手を使ってでも。

「デジャ、わたしは――」

「あたしは頼んでるんじゃないよ、ボー。そうしろと言ってるんだ。あんたの身のためだけじゃなく、あたし自身や、あんたの親や、親戚のためにもね。ボーが下手な真似をすれば、みんなが危険にさらされる。なんかしらほかの方法を見つけよう。とにかくここで約束して。ジョーダンのことを、あたし以外の誰かに話したりしないって」

つまりそれは、カティアをあきらめろということだ。それがデジャには理解できていないし、わたしは絶対にあきらめない。だけどこんなときのデジャは、決して自分を曲げないこともわかっている。わたしのほうも、言い合うことに疲れてきた。デジャにはお姉ちゃんも妹もいない。だからわたしの気持ちも、深いところでは理解できていない。

「わかった。約束する」

「よかった」デジャに引き寄せられて、わたしは彼女の肩に頭をあずける。「つらいのはわかってるけど、何もかも最後には大丈夫になるから。きっとだよ。約束する」

そのとおりだ。何もかも最後には大丈夫になる。

だってわたしは、ジョーダン探しをあきらめたりはしないから。

第四章

スターバックスの抹茶《まっちゃ》フラペチーノはとても甘くて、ひと口飲むごとに歯がうずく。

「欲しかったやつがないんだよね」デジャが大量にある、店の商品をチェックしながら言う。葬式の二日後で、わたしたちがいるのは〈ビューティ・サプライ・クイーン〉という店だ。スーパーの〈ターゲット〉ばりに広いけれど、扱っているのはヘアケア商品やチープファッションばかり。百万個もありそうなウィーヴ（地毛に編み込むタイプのつけ毛）のパックが、五メートル近くある壁一面を覆《おお》い尽くしている。ヤキ、レミー、ヴァージン、ブラジル系、中国系、モンゴル系。フロアはいくつかのセクションに分かれている。正面のほうには、フルやフロントレースなどのウィッグコーナー、それからシャンプーとコンディショナー、スタイリングジェル、グリースとオイル、そしていまわたしたちがいる、スタイリング用の小道具のコーナー。

「どれでもいいよ。みんなおんなじに見えるし」わたしは言う。

「効果の出方が違うんだよ。間違ったブランドのやつを選ぶと、モデルのブラック・チャイナみたいになるはずが、生放送中にウィーヴが一本取れちゃったりするんだから」

わたしは降参したように両手を上げてみせる。「だったら、好きなだけ時間をかけてよ」

デジャはウィーヴに関してはプロ級だから、わたしも自分の髪を、彼女にならまかせて安心してまかせられる。正直ここのところのごたごたで、髪のことなんかどうでもよくなっていたけれど、みっともない姿で記者会見にのぞむわけにもいかないし。

記者会見がテレビで放送されるからといって、別にわくわくなんかしていない。ただ、わたしたちがカティアについて話を続けているかぎりは、キャンドル・ビジル（抗議や記念などのため日没後に蠟燭を持参して行なわれる集会）が開かれたり、スプレーペイントを使ったTシャツとかが作られたりして、なんとかカティアのことを覚えていてもらえるはずだから。

デジャは真っ赤なジャマイカ系の巻き毛のウィーヴを手に取ると、パッケージをひっくり返してラベルを読みはじめる。もともとキラキラ系とか、ビビッドな色が好きなのだ。着るものも、葬儀が終わってからはいつもの派手なファッションに戻っている。今日はティンバーランドの鮮やかな黄色いブーツに、それと色を合わせたハイウエストのバイカーショーツ、ピンクの文字で〝Barbie〟と書かれたクロップドTシャツという恰好だ。高い位置でふたつに分けた蜂蜜《はちみつ》色の金髪は、腰を通り越し、膝《ひざ》の上のあたりで揺れている。店内でも、見知らぬ人たちがこっちをじろじろ見ている。なにしろデジャは、スーパーモデル並みにゴージャスなので。

「そのウィーヴは棚に戻したほうがいいかも。カラーリングした髪を母さんが許してくれないのは知ってるでしょ」わたしは言う。

デジャはため息をついてから、商品をフックに戻す。

「わかってる。ただ、いまならちょっとは許してもらえるかと思ってさ」

「だといいんだけど。じつはその反対。それこそタカみたいな目でわたしを見張ってるんだから。昨日の夜なんか、わたしの部屋のドアを開けたまま、じいっとそこに立ってたんだよ。それも十分くらい」

「何か言ってた？」

「なんにも。たぶん、寝てると思ってたんじゃないかな」だけど、ずっとよく眠れていないことはデジャにも黙ったままだ。カティアが死んでからというもの、ベッドの上でどんな姿勢を取っても、なんだか快適な気分になることができない。だからカティアのベッドのほうを向きながら、カティアはあそこで眠っているんだと自分に言い聞かせることにしている。

デジャは親友だけど、こんな重苦しい思いを一緒に背負わせるわけにはいかない。それでもこんな晴れた日に車の屋根を開けて、デジャの運転でドライブをしていると、暖かい風が顔に吹きつけてきて、なんだか少し生き返ったような、ほとんど日常を取り戻したような気分になれる。

デジャがウィーヴ用の針と糸を決めると、今度は洋服のコーナーに向かう。絵文字がプリントされた安物のジョガーパンツ、サイドスリットをチタンの輪っかに通した紐《ひも》で絞《しぼ》る蛍光色《けいこうしょく》のワンピ、ピンクのラインストーンをちりばめたかっこ悪いベルト。

「何かほかに欲しいものはある？　このショートパンツなんか、ちょっとかわいいと思うんだけど」デジャが言う。

「買えないから。父さんからは、髪の分しかお金をもらってないし」

「ちょっとぉ、誰がお金のことなんか聞いた？　あたしは、何が欲しいかって聞いたんだよ」

デジャは、エメラルドグリーンのグッチのクラッチバッグを開いて、札束を取り出してみせる。

「ほんとにデジャ、わたしなら何もいらないから。でも、ありがと」

デジャは肩をすくめて、札束をしまう。彼女は、自分がシュガーベイビー（経済的保証を得る目的で中高年の相手と付き合う人のこと）だとは決して口にしない。でもデジャはそうだし、そうやって母親との生活費をまかなっている。わたしはデジャの相手のひとりと、一度だけ会ったことがある。ケイシーというおっさんで、ドラマの〈ファミリー・マターズ〉に出てくるカール・ウィンスローにそっくりだった。だとしても彼は金持ちで、デジャには欲しいものがなくなるくらいになんでも買ってくれる。その代わりに何をするのかは聞いたことがない。知りたいとも思わない。

自然なストレートに見える1Bタイプのウィーヴを四パック持って正面のほうに向かっているときに、突然背の高い男の人が現れて、真っ向からぶつかりそうになってしまう。

「おい、どこ見て歩いてんだよボンクラ！」デジャが、ウィーヴのパッケージで男の腕を叩きながら挑みかかる。

「悪い悪い。あれ、おっと、やあ」この温かくて甘い声。チャンピオンだ。

「あれ、何してるの？」わたしがそう声をかけるそばで、デジャはウインクをしてから、会計を済ませにレジのほうへと立ち去る。チャンピオンとは、お葬式の前からずっと話せていなかった。

「ぶらぶらしてただけだよ。こっちは相変わらずバスケのトレーニングさ」

「そっか、いいね」わたしは、そばかすのような点の散るハシバミ色の瞳《ひとみ》に見つめられながら、足のあいだで体を揺らす。チャンピオンが友だちを寄越して、付き合っている相手はいるのかと聞いてきたときにはほんとうに驚いた。その日は家に帰ると、鏡の中の自分を真剣に見つめた。わたしはどんどんカティアに似てきている。さすがにモデルのタイラ・バンクスってわけにはいかないけど、カティアの友だちのクラリスに負けることはなさそうだ。

「うん、まあな。同じことばっかやらされるのにはうんざりだけど、そう悪くもない」

殺された犠牲者の妹、という新しい立場のせいで、チャンピオンとのこともおしまいだと思っていた。ふたりとも口にはしないけれど、もしいま彼がわたしに付き合ってほしいと言ったら、みんなは哀れみからだと思うだろうし。

「大丈夫なのか?」これはみんなからも、繰り返しかけられる言葉だ。だけどチャンピオンの口調は、たとえばお天気のこととか、何か、どうでもいいことを話すときのものとは全然違う。心から心配しているみたいな声で、眉間《みけん》にもシワを寄せている。だからわたしにも、チャンピオンがほんとうのこたえを聞きたがっているんだとわかる。

「よくわかんない。ただつらい。全然、元気ではない」わたしにはこう説明するのが精一杯だ。チャンピオンに見つめられていると、それこそ体の内側からとろけそうになってしまう。

「そっか。もし誰か、きみの身内や、あそこにいる早口女以外のやつと話をしたくなったら、いつでもメッセージか電話をくれよな。いつでも駆《か》けつけて、一緒にいてやるからさ」

「うん、それ、いいかも」

わたしたちはぎこちなく笑《え》みを浮かべて立ち尽くしてから、店の正面のほうに歩きはじめる。

バッグにウィーヴをしまったデジャは、店の外で待っていて、車にチャンピオンを乗せていってもいいよと言う。チャンピオンとドライブ。わたしはそう思っただけで死にそうになる。

走りはじめて数分もしないうちに、デジャがいきなりハンドルを大きく右に切り、車が縁石《えんせき》に乗り上げて、歩道を歩いていた女の子たちのグループに突っ込みかける。

「デジャ、いったいなんなの⁉」わたしはダッシュボードにぶつけた膝をさすりながら言う。

「あのアマ、タチアーナだ！」デジャが叫《さけ》ぶ。そのあいだにも、車に轢《ひ》かれそうになった女たちが、すでに車のボンネットを叩きはじめている。界隈《かいわい》の人間だから、みんな顔見知りだ。去年のバレンタインデーに、タチアーナのボーイフレンドがデジャにネックレスをプレゼントしたというのが事《こと》のはじまり。大騒ぎになり、おかげでわたしたちみんな、ショッピングモールから出禁を食らうハメになった。

わたしが止める間もなくデジャがキーを引き抜くと、獲物《えもの》を狙うトラみたいに、もう車から跳び下りている。

「うわ、なんなんだ！」後部座席に座っていたチャンピオンは、明らかにわたしより驚いている。なんたってわたしにとっては、デジャがいきなり喧嘩《けんか》をはじめるところなんか、別に珍しくもないんだから。

グレイディパーク団地みたいなプロジェクトに暮らす女であれば、誰もが胸の奥に怒りの炎を宿している。わたしだって例外じゃない。自分や自分の家族をバカにする女がいようものなら、次に会ったときには、いつどこで誰と一緒にいようがおかまいなしに、その女を叩きのめそうとするだろう。

「このクソビッチ！」誰かが叫んでいる。

デジャが、赤毛をジャンボツイスト（細かく分けた髪をねじりながら編み込んでいく髪型）にした女に飛びかかって、そのまま一緒に倒れ込む。叫び声を聞きつけた人たちが床屋やホーギー（細長いパンに具を挟んだサンドイッチ）の店から出てきて、乱闘の周りに円を作る。

わたしは、チャンピオンを振り返ることさえせずに車を降りると、野次馬を押しのけながら近づいていく。親友が助けを必要としているときには、理由はどうあれ味方をしなくちゃならないから。

だけどデジャには、わたしの助けなんかお呼びではないらしい。相手の上に馬乗りになり、手の甲《こう》で右へ左へと顔を張り続けている。デジャの下では女がわめき散らし、野次馬たちはスマホを構えながら、修羅場《しゅらば》を目にしたときの決まり文句「ワールドスター！」を連呼している。

わたしは少し離れて、デジャが怒りをすっかり吐き出してしまうのを待ちながら、弁護士にはじめて会ったときに、両親が言われていたことを思い出す。公平な裁判を望むのであれば、世の中の人から下に見られるようなことをしてはだめだって。だからいまは逮捕なんかされないようにしないと。

わたしはデジャにしがみついて相手の女から引き離そうとするけれど、喧嘩をしているときのデジャはいつものデジャではない。それこそ殺人マシンと化して、わたしのことさえ理解できていないみたいだ。

「俺にまかせろ」背後から声が聞こえたかと思うと、チャンピオンが長い脚《あし》で、茶色い手脚や髪がぐちゃぐちゃにもつれ合っている場所へとずんずん近づいていく。それから叫んでいるデジャをうしろから抱え込んで、車のほうへと連れ戻しはじめる。チャンピオンが手を放せば、デジャはまた相手に飛びかかっていくだろう。殴られていた女はようやく自由になって立ち上がるけれど、つけまつ毛が片頬《かたほお》に張りつき、髪の毛は竜巻《たつまき》みたいに逆立っている。

「アハハハハ！」彼女は甲高く笑う。「あの女イカれてない⁉　マジでイカれてるよね⁉」チャンピオンが止めに入らなかったら殺されていたかもしれないけれど、動画に録《と》られている以上、彼女としてはデジャを嘲《あざけ》り続けなければならないのだ。ついでにわたしたちもみんな動画に収まっているだろう。とにかくいまは、警察が来る前に退散することで頭がいっぱいだ。

「このアマ、殺してやる！　その頭を首からぶったぎってやる！　薄汚い腐れビッチ！」叫んでいるデジャを、チャンピオンが車の後部座席に押し込む。デジャのTシャツから片方の胸が飛び出したので、誰かが写真に収める前にわたしが素早く押し戻す。

デジャは頭に血が上っていて運転できる状況にないので、わたしがキーを受け取り、そう遠くはないチャンピオンの家まで送っていく。ちっともロマンチックなドライブではない。なにしろ後部座席にいる〝ロッキー〟が、さっきの喧嘩についていて、さんざんわめき続けているんだから。

「何もかもほんとにごめん」うしろでぶち切れているデジャをほっておいて、わたしはチャンピオンに声をかける。

「別にいいよ。あそこがリアルな場所なのはわかってるしさ」

じつのところ、チャンピオンは半分もわかっちゃいないし、わかってほしいとも思わない。

気まずい沈黙が十分くらい続いたあとで、パープル・ヒルズにあるチャンピオンの家の前で彼を降ろす。金色の門がついたマックマンション（規模が大きく立派だが、画一的に大量生産された家。マックはマクドナルドに由来）的な豪邸で、大きなトピアリーはエキゾチックな動物の形に刈《か》り込まれている。チャンピオンの父親は企業の顧問弁護士だし、母親は専業主婦として、チャンピオンと彼の妹を育てている。彼の家族に会ったことはないけれど、チャンピオンから話を聞くかぎりでは、休暇旅行にはコロラド州のアスペンに行ったり、夏にはハワイにある別荘で過ごしたりしているらしい。

チャンピオンが家に入ったのを見てから、わたしは車のハンドルに何度か頭を叩きつける。

「ちょっと、あたしの車なんだけど」デジャが後部座席から言うけれど、こっちの気分としては、いっそ絞め殺してやりたいくらいだ。

「いったい何が問題だってのよ?」わたしは座席から振り向いて声をかける。来年には高校を卒業するっていうのに、デジャときたら面倒ばっかり起こすんだから。どんなにぶっ飛んでたってデジャのことは大好きだけど、七十代になったとき、老人ホームで気の毒な看護師さんの髪から手を放すようにデジャを説得するような人生はごめんだ。

「問題なんかないよ。ただ、あたしはバカ女じゃないってだけ。みんなにクソみたいなことを言われ続けるのはうんざりなんだよ」

「みんながクソみたいなことを言うのはいつものことじゃない？　なのに、なんでよりによって今日、あそこでなわけ？　デジャのせいで、チャンピオンに嫌われちゃったかもしれないんだよ！」

「まさか。あんな男、あんたのほうからこっぴどく振ることになるだけだって」

「とにかく、チャンピオンには、わたしたちが毎日あんなことをしてると思われたくないの。フッドラット（低所得者層地域に暮らす、柄が悪く、学のない女性を指す言葉）か何かみたいに」

「だから、あたしたちはフッドラットなんだってば。少なくとも低所得者層地域《フッド》の外の連中にとってはね。なんならテストしてみよっか？　あなたはプロジェクトに住んでいますか？」

「そうだけど」わたしはこたえる。

「だったら、あんたはフッドラットだ」

「バカじゃないの！　プロジェクトに住んでるからって、そのままフッドラットだってことにはならないよ」

「じゃあ、好きなように思えば」

　こんな石頭とは、これ以上言い合いをしたくない。だからわたしは縁石のそばから車をスタートさせて、デコボコ道をグレイディパークへと向かいはじめる。

　カティアは、デジャのことがあんまり好きじゃなかった。ああいう子と付き合っていると、悪い方に引きずられるばかりだからって。最近ではわたしにも、その言葉の意味がわかりはじめている。デジャには影のように混沌《カオス》がついてまわるので、彼女と一緒にいれば、当然のように巻き込まれてしまう。もしこれからも友だちでいようと思ったら、デジャには大きく変わってもらわないと。それも早々に。

第五章

「マジで野球帽をかぶってテレビに出るつもりなわけ？　ポニーテール用のつけ毛を貸したげるから、せめてそれをつけていきなよ。そしたらとにかく、髪があるようには見えるしさ」デジャが、そろそろ帰ろうとしているわたしを見て、ポテトフライの箱を手にしながら言う。

「髪ならちゃんとあるから！　ただ、ちょっと手入れが必要なだけ」わたしは赤と白の帽子をぐいっと額《ひたい》のほうに押し下げる。「そもそもデジャがあんな喧嘩《けんか》をはじめてなければ、予定通りにわたしの髪をなんとかしてくれる時間がちゃんと取れたんじゃない」

デジャが顔をしかめる。「ちぇっ、悪かったたって言ってんじゃん！　明日うちに寄ってよ。ちゃんとしてあげるからさ」そう言ってデジャが玄関を開けると、わたしはデジャの家のある棟の通路を半分くらい進んだところで振り返る。

「ねぇ、今日はみんな来てくれるんだよね？　例の記者会見にさ」グレイディパークの中庭でたくさんのカメラに囲まれながら、自分の親類と弁護士のアニストンさんしかいないところを想像すると、それだけでぞっとする。葬式の終わりとともに、世の中の人はカティアのことなんか忘れてしまったのかもしれない。

デジャが「頭は大丈夫？」とでも言いたげな顔でわたしを見ている。「もちろん来るに決まってんじゃん。グレイディパークのやつらはみんな来るよ。顔を出さないやつがいたら、あたしがぶん殴ってやる。だから心配するんじゃないよ、わかった？」

わたしはため息をつく。「うん、わかった。そうだよね。じゃあ、またあとで」

バイバイしてから、わたしはゆっくりと自分のうちのある棟に向かう。太陽が、C棟のてっぺんあたりにまで低く下がっている。記者会見が行なわれる予定の中庭には、何台かの三輪車や赤ちゃん用のオモチャが転がっているだけで、まだ誰もいない。おじいさんがひとり、家の外に置いた小さな炭焼き用のグリルの上で肉をひっくり返している。おいしそうな匂いがして、わたしも食べられたらいいのにと思う。ドラッグの売人たちが、今日もまた定位置の角に立っている。まるでプロジェクトを見張っているカラスみたいに。オレンジとブルーのバンダナがお尻のポケットから垂れていて、そのうちの何人かがこちらを見ている。オニキス・タイガーだ。

ジョーダンのことは、デジャとソネットにしか話していない。だからわたしがあいつを探しているなんて、やつらが知っているわけはない。それでもわたしは小走りになりながら、追いかけてくるやつがいないか、うしろを振り返ってみる。

そこからは走り続けて、家に着いたときには激しく息が上がっている。デジャがWWE（米プロレス団体）のプロレスマッチをひとつやらかしてくれたせいで、わたしは疲れ切っている。目の下のところには石ころでも詰まっているみたいだし、このままベッドに倒れ込みたくてたまらない。睡眠。いま必要なのは睡眠だ。けれど正面側の窓から中をのぞき込んだ瞬間に、いまのところはまだ眠れそうにないことを思い知る。

　家の中には親類一同がいて、ソファやスツールや椅子だけでなく、誰かが自分で持ってきた豆の袋の上にまで座っている。母さんのきょうだいのペッパーおばさん、ケヴィンおじさん、コルビーおじさん。その奥さんのニーシャとレイチェル。父さんのきょうだいのアリスおばさん、アンバーおばさん、アンドレアおばさん。それから知らない人が少なくとも四人はいるけれど、たぶん、両親の仕事先か何かの知り合いなのだろう。加えて、わたしのいとこが十人。

　まっすぐ自分の部屋に行けると思ったわたしがバカだった。そこにいる全員と最低五回はハグとキスをするハメになって、そのたびに大丈夫かと聞かれたり、毎晩神様にお祈りをするようにと声をかけられる。いとこも、おじさんも、おばさんも大好きだ。でもみんなは、うちの家族と同じような意味でカティアを失ったわけじゃない。みんなが変化を感じるのは、親戚で集まる休日のパーティくらいだろう。だけどわたしはこれからずっと、毎朝目覚めるたびに、隣のベッドにカティアがいないことを思い知らされる。みんなには、わたしの気分を楽にしてくれるようなことは何ひとつできっこない。そんなことは誰にもできやしないんだから。すべてが終わってしまうまで、どこかにこっそり隠れていられたらいいのに。

「さあ、こっちに来て、何か食べなさい」ニーシャおばさんが言う。キッチンのテーブルやカウンターは、アルミホイルの皿で埋め尽くされている。ポークリブ、フレンチフライ、ポテトサラダ、砂肝《すなぎも》、リブチップ（ポークリブの端の軟骨が多い部分）、スイートポテトパイ。みんなを喜ばせるために、わたしは食べられないとわかっているごちそうで皿をモリモリにする。みんながわたしを対話《インタ》型の芸術作品《ライブアート》のように見つめるなか、何人かが鼻をすすり、ささやきを交わす。

キッチンの隅《すみ》にいる両親は、怒ったような小声で、飽きもせずにまた何やら言い争っている。それでも食べ物の皿を持ったわたしの姿に気づくと、言い合うのをやめてにっこり笑顔を見せるけれど、しばらくたつとまた口喧嘩に戻ってしまう。わたしはキッチンを抜け出し、早足で自分の部屋に逃げ込んだとたん、そこでもまだひとりきりにはなれないことを思い知る。

わたしとカティアの部屋には、〝大人の話〟にはふれないようにと、子どもたちがまとめて放り込まれていたのだ。オモチャの散らばった床の上では幼い子どもたちが遊んでいて、もう少し年のいった子どもたちはベッドの上で、自分の携帯やiPadに集中している。

十歳のいとこのエリーナが、ライトをつけたわたしの机に座って、わたしの描いたカティアのスケッチを広げている。

「何してんのよ⁉」わたしはきつい声で言うと、爪先立ちでオモチャをよけながら進み、ドレッサーの上に料理の皿を置く。

エリーナは黒縁《くろぶち》の厚い眼鏡《めがね》の向こうで、子鹿のような目を丸くしながらわたしを見上げる。ひったくるようにしてスケッチを奪い取ったとたんに、自分がろくでなしに思えていやになる。エリーナは絵に色を加えたわけでも、何かをこぼしたわけでもなく、ただ見ていただけだった。

「ごめんね、ボー。ただ、お絵かきする紙がないかなって――イタズラするつもりじゃなかったんだよ」エリーナは言う。

「白い紙なら一番上の引き出しに入ってるから」わたしは何枚かの紙と一緒に、色鉛筆の箱も出してあげる。プロ仕様のものに切り替える前に使っていたやつだ。

「ありがとう」エリーナが、銀色の矯正具《きょうせいぐ》をぞろりと見せながらにっこり笑う。机の端に座って、エリーナが紫と緑のシマウマを描くのを見ていると、脚《あし》のところに苦戦しているようだ。だからどうやったらそれっぽく描けるのか、ササッとお手本を見せてあげる。

エリーナの妹たちが、『ドックはおもちゃドクター』の塗り絵の本を取り合いながらサイレンのような声で泣きはじめると、母親がやってきて子どもたちをにらみつける。

「ひとりっ子ならよかったのに」エリーナが目を丸くしてみせながら、わたしにこっそりとささやく。

そこで、ある思いが胸にしみ入る。わたしはもう、ひとりっ子なんだ。そう考えただけでこわくなってしまう。だって、わたしたちはずっとふたりだったから。わたしとカティア。まだ赤ちゃんだったころのホームビデオにさえ、カティアが映っているところにはわたしも必ず映っている。父さんが言っていた。わたしはよちよち歩きのころからお姉ちゃんが大好きすぎて、カティアがどこに行こうと、家の中をくっついてまわったんだって。でももうカティアはいない。わたしは自分が誰なのかさえ、なんだかわからなくなってしまう。どこへ行ったらいいのかも。

弁護士のアニストンさんがやってきて、記者会見で言うべきことと言うべきでないことのレクチャーを済ませるころには、みんなで窮屈《きゅうくつ》な場所をあとにする準備ができていた。表に出るなり、わたしはホッとして息を吐く。ようやく家を出られたこともあるけれど、プロジェクトの中庭にはたくさんの人が集まってくれていたから。色調こそ違えどみんな青い服を身に着け、白いティーキャンドルを手にしている。キャンドルの炎が風を受けておどる。

カティアは忘れられてなんかいない。うちの家族も忘れられていない。頼りにしてもいい人たちだって、じつはそれなりにいるのかもしれない。

デジャが人混みから手を振っている。デジャのお母さんも来ている。ロブルソン一家、ブレオン、ガーランドさん、子どもたちにお金を払って買い物を家まで運んでもらう七号棟のおばあさんたち、（うちの家族からはあんまり好かれていない）お隣のターシャとその三人の子ども。白人でさえ何人か来ている。〈デイヴズ薬局〉と書かれたオレンジのフリースのプルオーバー。カティアの同僚だ。チャンピオンの姿を見つけたとたんに、思わずギュッと喉《のど》が詰まる。チャンピオンはフットボールチーム〈タール・ヒールズ〉のベビーブルーのジャージを着て、ナイキのジョーダンを履いている。その隣にいるのはソネットだ。濃紺《のうこん》のウォームアップスーツ姿で、髪はふわふわした大きなおだんごにまとめている。

アニストン弁護士が人混みに向かって進んでいき、わたしたちのために道を作る。みんなが手を伸ばしては、わたしたちの肩をつかんだり、背中を叩いたり。そしてわたしたちの中ですでに涙ぐんでいる顔を見つけると、あおぐような仕草をして励ましてくれる。「みんな愛してるよ、カティア」と、どこかで女の子が叫び、静かにしろと怒られている。

中庭の正面は煌々《こうこう》と照らし出されていて、少なくとも七つの局からレポーターやカメラマンが集まっている。

ここで、こんなことが起きるなんて嘘みたい。グレイディパーク団地というプロジェクトの中庭は、人々が喧嘩をし、逮捕される場所だ。いつもならポテチの袋、ブラック&マイルドの吸《す》い殻《がら》、汚れたオモチャなんかで散らかっているのに、誰かがすっかり片づけてくれたらしい。うちの家族三人がアニストン弁護士の横に立って、残りの身内はうしろに並んでいる。もし記者から事件について聞かれても、こたえるのはアニストンさんにまかせなければいけない。あんまりしゃべり過ぎると、それがそのままブーメランになって、裁判のとき自分たちに跳ね返ってくるかもしれないんだとか。

母さんは、去年の感謝祭の愉快な逸話《いつわ》を披露する。カティアがクレセントリング（詰物をして焼く環状のパン）を焼こうとして焦がしてしまい、うまく焼けるまで何度も材料を店まで買いに走ったことを。父さんは十五歳だったカティアに、運転を教えたときの話をする。

自分の番が来ると、一瞬、マイクの前で凍りついてしまう。まぶしいフラッシュを顔に浴びているせいで、集まっている人たちを見分けることさえできない。それでも父さんにつつかれて、インデックスカードにメモしておいた内容を読み上げていく。涙を見られないように、うつむいたままで。わたしはカティアが薬剤師になろうとしていたことを話す。薬剤師になって、両親を助けられるようにお金を稼《かせ》ぐつもりだったんだと。

記者会見が終わったときには、集まったすべての人の目が涙に濡れている。みんながそこに残っておしゃべりを続けるなか、テレビ局の人たちだけはいそいそと片づけをして、会場をあとにする。アニストンさんは仮設の壇《だん》の下に、うちの親と一緒に立っている。なんだか心配そうな顔だ。わたしのほうにちらっと目をやっては両親に目を戻し、またこちらに目を向けている。父さんはいつもと変わらない。けれど母さんはお化けでも見たような顔で、胸元をつかんでいる。父さんがわたしの視線に気づいて母さんの耳に何かをささやいたかと思うと、母さんはふいに胸元から手を放して、顔をそむけてしまう。

何かまた悪いことがあったんだ。なんだろう? だけど母さんの表情は、あの夜、遺体安置所に行ったときのものによく似ている。ここがどこなのかも、どうしてここにいるのかもわからない、というような顔。両親が手招きしているのを見て、わたしは背を向ける。これ以上、悪い知らせなんか聞いたって、どうしたらいいのかわからないから。

来てくれてありがとうと感謝を伝えながら人混みをかき分けて進む。そうやってチャンピオンを探している途中で、彼の姿が目に入る。チャンピオンじゃない。あいつだ。

通りの向こうにある、屋根の着いた五番のバス停の前に立っている。黒いパーカーとショートパンツに、足首まであるコンプレッションパンツ。煙草《たばこ》のオレンジ色の光が、顔を照らし出している。夢じゃない。幻覚でもない。

ジョーダンだ。

わたしは人混みを乱暴に押しのけながら、どうしたんだというような周りの視線を無視して前に進む。ソネットも気づいてくれて、呼ばれるまでもなく走ってあとを追ってくる。ようやく人混みを抜けて歩道に出たのに、通りの両側から車がやってきてしまう。わたしはトレーラーが通り過ぎるのを待って、バス停のほうにダッシュする。

手元にあるのは携帯だけだ。護身用の唐辛子《とうがらし》スプレーさえないのに法の手から逃げている男を追い詰めようだなんて、無謀《むぼう》かもしれないけれどいまは気にしてなんかいられない。ところが通りを渡ってバス停まで来てみると、もうそこには誰もいない。まだ火のついている、煙草の吸い殻だけをあとに残して。

第六章

記者会見が終わって二日がたっても、うちの親は相変わらず口喧嘩《くちげんか》ばかりしている。理由は、父さんが回収の前にゴミを出さなかったとか、つまんないことばっかり。月曜日の朝。わたしがしばらく休んでいた学校に戻る最初の日だ。カティアのベッドに横たわっていると、正面側の部屋から、今度は請求書の件でやいやい言い合う声が聞こえてくる。それだけを見れば、いつもの月曜の朝とあんまり変わらない。

だけど、それ以外はいつもと違うし、何もかもがもっとつらい。カティアと一緒に使っていた小さなバスルームに入り、歯ブラシを取ろうとしたところで、ふと手が止まる。カティアのブルーの歯ブラシが、洗面台の横に置かれているピンクのコップに、わたしのと並んで立っている。カティアが使うことは二度とないんだ。わたしは歯ブラシを手に取って、小さなブリキのゴミ箱のペダルを踏む。捨てようとしてその上に持ち上げるけれど、結局は洗面台の下に放り込む。

シャワーの下にひょいっと入ると、カティアも一緒にそこにいる。少なくとも、ナイト・ブルーミング・ジャスミンのボディソープはそこにある。わたしが自分のお金で買ったんだから使っちゃだめ、と言われていたボディソープ。いまでは使い放題だ。なんだったら空《から》っぽになるまでボトルを逆さまにして、ソープが排水口へと流れていくのを見守っていても、文句を言う人はもういない。けれどわたしは安物の固形石鹸《こけいせっけん》を手に取って、いつものようにそれを使う。

体を乾かすと、クローゼットの扉《とびら》を横に滑らせ、お気に入りの黒いレギンスを探しはじめる。しっかりしていて、透《す》けたりはしないやつ。ショート丈《たけ》の、アディダスのパーカーのうしろにあった。カティアのパーカーで、コットンの生地《きじ》には新品同様シワひとつなく、ベビーブルーの色調も鮮やかなままだ。職場のデイヴズ薬局には制服があり、カティアが私服を着るのは週末だけだったから。

袖《そで》に入った白いストライプの線と、やわらかな畝織《うねおり》の袖口を指でなぞる。わたしがカティアの服を着るのは全然へんなことじゃない。姉妹であれば、しょっちゅう服を貸し借りし合うほうが普通だ。なのに、片方が死んじゃったってだけで、どうしてそれが違ってしまうんだろう？

わたしはパーカーを頭からかぶる。デジャが昨日の夜につけてくれた、ショルダーレングスのクロシェカール（かぎ編み針のようなもので装着するウィーヴ）が縮《ちぢ》れないように注意しながら。少なくとも髪型については、しばらくのあいだ心配しなくて済みそうだ。

「おはよう」わたしはリビングを抜けて、キッチンに入りながら声をかける。

「学校まで送ってやろうか？」父さんが言う。

食品用の棚に、フルーツロールアップがひとつだけあるのを見つけてかぶりつく。糖分を取って、なんとか起きていられるようにしないと。昨日の夜は寝返りを打つばっかりで、ちっとも眠れなかったから。

「車で送ってくれたことなんかなかったくせに」

親が目を見交わすのを見て、そっか、わたしの話をしていたんだなと思う。きっと心配しているんだろう。

「今日は俺らにとっては普通の日じゃないからな」父さんが言う。「これからはもう、三人しかいないんだ。いくらか生活をあらためて、一緒にいる時間を増やしたほうがいいのかもしれん。おまえはバスが嫌いだろ。おまけに危険でもあるし」

「それならグレイディパークだってそうじゃない。どうせ、学校に行くのをビビってるんじゃないかって心配してるんでしょ。でも、大丈夫だから」わたしはそう言って、無理やり笑《え》みを浮かべてみせる。

突然母さんが泣きながら、床の上にくずおれる。自分で自分の体を抱き締めながら、頭を床に押しつけている。

わたしは、母さんのそばに座り込んだ父さんを見つめながら声をかける。「わたし、何か悪いこと言った？」

父さんは小さな円を描くようにして母さんの背中をさすりながら、わたしに向かって首を振る。「おまえの言ったことは関係ないんだ、ボー。今朝は父さんも母さんも、ちょっとばかしつらくてな」そう言うあいだにも、声がすでに震えはじめている。

このままここにいたら、わたしまで泣きだしてしまう。この二週間、泣いてばっかりいたんだから、これ以上は泣きたくない。もう、うんざりだ。

「学校に行ってくる」わたしは、父さんが母さんに手を貸してゆっくりソファに座らせるのを見ながら、きっぱりそう口にする。父さんが隣に腰を下ろすと、母さんはその腕の中に倒れ込んで、ますます激しく泣きじゃくる。わたしはその隙に、外へと逃げ出す。

今朝は太陽が見えなくて、重たそうな灰色の雲が、わたしをずぶ濡れにしようとしているみたいに待ちかまえている。雨の匂いは大好きなはずが、今日はなぜだか、泥みたいな匂いだと思ってしまう。

昨日の夜、弁護士のアニストンさんが、告訴が退けられたことについてきちんと話がしたいといってうちに顔を出した。まるでほかにも重要なことがあるみたいに。その理由こそが、重要だとでもいわんばかりに。

「事件というのは、いつだってそれぞれに違うのだけれど、今回の件については、警官がからんでいるだけに特別なケースと言わざるをえなくて」と、アニストンさんは言う。

「次はどうするんで?」父さんがたずねる。

「不法行為死亡で市を訴えるわ。最終的にはこの線しかないかもしれないとは思っていたから、すでに準備もはじめているの」

アニストンさんによると、ピーター・ジョンソンの行為によってカティアが死んだ以上、その死によるわたしたち一家の損失に対して、ジョンソンには責任がある。そしてジョンソンがシカゴ市警の職員であるからには、市には、病院や葬式にかかった費用、カティアが生きていたら稼《かせ》いでいたはずのお金などを、わたしたちに払う義務があるというのだ。母さんと父さんは気をしっかり持って細かい点まで詰めていたけれど、ふたりとも、お金をもらったって何も変わらないことくらいわかっている。変えられるものがあるとすれば、それはピーター・ジョンソンに対する終身刑の判決だけなんだって。
ジョンソンが、やつのいまいましい家族のもとに帰るところを想像しただけで、なんだか胃が痛くなってくる。わたしたちの人生をめちゃくちゃにした以上、あいつの人生だってそうなるべきなのに。

学校までのバスの中では、ヘッドホンをつけてケイティ・ゴット・バンズのラップの世界にひたりきり、周りのみんなを消去する。大好きな曲なのに、カティアの葬式のあとに聴くのはこれがはじめてだ。なんだか、以前とは違って聞こえる。ひょっとしたらペッパーおばさんのものすごい泣き声を聞きすぎて、わたしの耳がおかしくなっているだけかもしれないけれど。

バスから降りたときには、心臓が胸の中でドキドキ音を立てている。ミレニアム・マグネット高校までは通りを渡る必要があるので、わたしは歩きながら気合を入れ直す。

わたしにはできる。ちゃんとできる。

ソネットに今日は登校すると伝えたら、ロッカーのところで待っていると約束してくれた。だから、ひとりきりで教室に入っていく必要はないはずだ。

ごみごみした校庭には楽しそうな笑い声が響き渡っている。向こうの芝地の端のほうでは、誰かが喧嘩《けんか》をしているみたいだ。校庭を歩いているあいだも、カティアのことばかり考えてしまう。カティアは、わたしたちの見えないところに移っただけ？　それとももう、どこにもいないんだろうか。

何人かの生徒から妙な目つきで見られたけれど、それは単に、わたしがやけに暗い顔をしているせいかもしれない。この学校には三千人の生徒がいる。たいていの子には、わたしとほかの黒人の生徒の区別なんてつかないはずだ。

二階に行くとソネットがわたしのロッカーにもたれていた。絞《しぼ》り染《ぞ》めにした紫のジャンプスーツに、目の上を縁取《ふちど》っているふわふわのアフロ。その姿を見るなり、わたしは思わず泣きそうになってしまう。バスはたいてい遅れるから待ってなくていいよ、とは言ってあったんだけれど、ソネットがそれを無視してくれてよかった。

「来たね！　気が変わったんじゃないかって心配してたんだ」ソネットがギュッと抱き締めてくる。彼女の心臓が、自分の心臓の上でドキドキしている。喉《のど》が詰まって、思わずわっと泣きだしそうになるけれど、その前に体を離すと、二の腕を目に押し当てて涙をこらえる。

ソネットが、小さな円をゆっくり描くようにしてわたしの背中をさすってくれる。「さあ、呼吸して。鼻から吸って、口から吐くんだよ」

みんなからは、あいつ大丈夫かって目で見られてるはずだけど、胸が痛すぎて、とても気にしてはいられない。

しばらくたったところで目から腕を離すと、わたしはなんにもなかったようなふりをする。少なくともこれで、今日の中で一番つらいところは乗り切ったんだ。よくがんばった。わたしはこうして学校にいるんだから。

「ほら、これ飲んで」ソネットが、バックパックのサイドポケットから抜いた、紫色の水筒を差し出す。「昨日の夜は満月だったから、ママが、ボーのためにたっぷり月光水を作ったんだよ。明日にはもっと持ってくるね」

「月光水って何？」わたしは水筒をかざしてみる。

「ただの水道水なんだけど、月の祝福を受けてるの。うちでは飲むのはもちろん、料理や掃除やお風呂にも使うんだ。ママによると、助けになってくれるんだって」

わたしは大きく三口飲んでみせる。「ありがと。それじゃ、美術クラスの状況を教えて。欠席しているあいだには何をやったの？　二週間分の宿題を片づけなくちゃならないのはもちろんだけどさ」

「美術史の講義をえんえんと聞かされただけ。そもそも、なんであんなのカリキュラムに入ってんのかなぁ。わたしたちはみんな、本を読むために美術コースを取ったわけじゃないじゃん。絵を描きたいのにさ！」ソネットはそうぼやく。

「だよね？　だけど、楽しいことばっかじゃ学校とは呼べないんじゃない」

「でも、今日からは楽しいことがはじまるよ。先週の木曜日にキューブラー先生が言ってたんだけど、わたしたち、学校に壁画を描くんだって！」

えっ、と思いながら、ほんの一瞬だけ、カティアのことも頭から消え失せる。「ほんとに？　わたしたちに描かせてくれるの？　それとも、キューブラー先生が描くのを見てるだけ？」わたしには、ずっと壁画に対する憧れがある。十歳のときには自分の部屋の壁に森を描こうとしたんだけれど、母さんが許してくれなかった。

教科書をロッカーから取り出すと、ソネットと一緒に階段のほうへと向かう。美術クラスのアトリエは四階にあるのだ。

「わたしたちが描くんだよ！　コンペにするんだって。来週までにアイデアを提出して、その中から投票形式で一番を決めるの。わたしのは〝玉蜀黍《とうもろこし》の陰茎《いんけい》〟ってタイトルにするつもりなんだ」

思わず鼻で笑ってしまう。「玉蜀黍の陰茎？　本物のペニスみたいなやつってこと？」

「そう！　中西部の家父長制社会に対するメッセージってわけ」

「おーーー」これだから、親友がふたりいるってのは最高だ。デジャの話が男とのすったもんだばかりだと思っていると、ソネットのほうは玉蜀黍の陰茎とかをかましてくる。こうしてふたりがいることで、プロジェクトでの生活と芸術が、わたしの人生の中で健康的なバランスを保《たも》っている。

「まあ、去年の美術展の優勝者がイマイチだっていうんなら、わたしも変えることを考えたほうがいいのかも」

「ちょっと、やめてよ」ソネットは、わたしが去年の賞を取ったことを何かにつけ思い出させようとする。まるで、わたしが忘れてでもいるみたいに。自分の絵で取ったはじめての賞。母さんの学生時代の古い写真をもとに描いた絵だ。

明るいアトリエに入ると、残りのみんなはもう、いくつかある円形の作業台についている。アトリエは去年に改装されたばかりだ。明るい紫の壁には、ライムグリーンとオレンジで幾何《きか》学《がく》模様が入っている。大きな天窓があるので、自然光を使っての作業が可能だ。道具類もばっちりで、パステル、木炭、油絵具、筆、イーゼルと、思いつくかぎりのものはなんでもある。これがまた、プロの芸術家が使う一級品ばかりなのだ。

キューブラー先生は前のほうに立って、ホワイトボードに何かを書いている。それからわたしとソネットが、後ろの窓のそばにある定位置の作業台につくのに気づくと、先生の顔には驚いたような表情が浮かぶ。

「ボー、戻ってきてくれて嬉しいわ」先生がにっこりしながら言う。

「ありがとうございます、キューブラー先生」わたしはスツールにちょこんと座りながら、バックパックをテーブルの下に滑らせる。

キューブラー先生のことは大好きだ。美術の先生だからってだけじゃなく、ほんとうにいい先生だし、提出物を出すのが遅れても、一日か二日くらいなら見逃してくれる。黒人の女の先生で、まだ若いのに、靴はペニーローファーだし、セーターはコスビーニットだし、恰好だけ見たら七十歳のおばあちゃんみたい。おそらくは若すぎて軽く見られるのがいやなんだろうけど、わたしたちなら大丈夫なのに。あんな年寄りめいた恰好をしていなくたって、きちんと敬意を払うと思う。

「学年最後のプロジェクトの件に話を戻すわね。わたしが認め、あなたたちが選ぶ壁画はひと、つだけよ。ひとりで参加してもよし、誰かと組んでもよし。ただし複数名のグループの場合には、全員が同じ成績になるから、組む相手はきちんと選ぶことね。提出は、わたしのデスクに来週の月曜日。詳細な下絵《したえ》に加えて、どうしてその絵を学校の壁に描くべきなのかについても一ページのエッセーを添付してちょうだい」

「よっしゃ！」クリスというラクロスの選手が片手を挙げた。「『ウォーキング・デッド』をテーマにしようぜ。ウォーカーが、人間を切り裂いてるとこを描くんだ！」

「その心は？」先生がたずねる。

「クールだから？」

先生は片眉《かたまゆ》を持ち上げる。「もう少し健康的なアイデアが必要ね、クリス。その絵は、この学校の壁に永遠に残ることになるんだから。五十年後の人の心にも響くような何かを考えないと」

「黒人の歌手や芸術家へのオマージュなんかどうかな？　ニーナ・シャネル・アブニーとか、ローリン・ヒルとか」こう言ったのはクリーナという少女だ。

「その心は？」

「えっと、うちは芸術に力を入れている学校なわけでしょ。だったら、先輩たちに敬意を示すべきかなって」

「その考え方は悪くないわ。どうやらみんな、それぞれにアイデアがあるようね。じゃあ今日の授業では、点描画法《てんびょう》についてもう少し勉強していくわよ」

その授業が終わる時間になっても、壁画の案なんかまったく頭に浮かばない。わたしのスケッチブックには、グレイディパーク、デジャ、ソネットのスケッチがたくさんある。どれもクールな絵ではあるけれど、五十年後の人の心をとらえるとは思えない。なんたっていまでさえ、誰もわたしたちのことなんか気にかけていないんだから。

次の授業に向けて生徒たちがアトリエを出ていくときに、先生から少しいいかしらと言われたので、わたしはソネットに向かい、先に行っててと声をかける。

「お姉さんのことは聞いているわ。何かわたしにできることがあったら、遠慮なく言ってちょうだいね、ボー。きょうだいを失うのはつらいだろうから」アトリエはもう空っぽだ。先生はデスクの端に腰を下ろしていて、わたしのほうも、作業台のひとつに寄りかかっている。

「ほんとクソみたい――じゃなく、ずっとひどい気分で。なんとか乗り越えたいとは思うんですけど」

「わかるわ。わたしも父が死んだときにはそうだった。その時が来ることはわかっていたし、お別れをする時間もあったのに、それでもやっぱりつらかった。残念だけれど、哀しみというのはパスできるものでも、避《さ》けて通れるものでもないのよ」

わたしは肩をすくめる。「それってつまり、これから一生苦しみ続けなくちゃならないってことですか？」ずっとこんな気持ちのままだとしたら、とても耐えられそうにない。

「その苦しみが一生続くことはないのよ。先生が約束する。ただ大切なのは、いま抱えている感情がどんなものであれ、それをしっかり感じる必要があるってこと。たとえその感情に蓋《ふた》をしたところで、遅かれ早かれ、必ずなんとかしなければならないんだから」

アトリエのドアが開き、次の授業の生徒たちが入ってきたので、わたしは先生に挨拶をしてから、そっと廊下に滑り出る。

一階へと下りながら、きっとわたしにカティアのことを持ち出すのは、キューブラー先生だけなんだろうなと思う。ほかの先生たちは、知りもしないか、知っていても気にかけたりはしないだろう。別にそれでかまわない。偽物の共感なんて欲しくもないし。わたしはそのあとの授業にも、これまでと同じように出席していった。お姉ちゃんが死ぬ前と同じように。

学校が終わったところで、ソネットがうちに寄っていけと言う。早く帰って家族の様子を確かめなくちゃとは思うんだけど、言い争ったり泣いたりするのを聞くのはもううんざりだ。

バスを降りると、道を横切って、行き止まりのさらに向こうにある大きな林を目指す。ティーライトの灯《とも》る、明るい紫と青で塗られた花の彫刻で飾られた石敷《いしじ》きの小道が、急な角度で丘のてっぺんまで続いている。上るにつれて、足首のうしろが痛くなってしまう。ここには何度も来ているんだから、もう少し慣れていてもいいはずなんだけど。

丘の上には大きな丸太小屋があって、内側から、黄色とオレンジのランタンの光が煌々《こうこう》とこぼれている。ソネットの家はほんと、映画の〈テラビシアにかける橋〉の中にでも出てきそうな感じだ。

ようやくポーチに着いたときには、すっかり息が上がっている。

「いらっしゃい、ボー」家の中から、そう声をかけられる。ソネットのお母さんのブルーフォールさんだ。居間の真ん中で蓮華座《れんげざ》のポーズを取っている。お香《こう》とセージを焚《た》いている煙のせいで、その姿はほとんど見えないけれど。

「こんにちは、おばさん。元気？」

「ええ、元気よ。ソネットに今朝、月光水をあずけておいたんだけれど、ちゃんと受け取ってくれたかしら？」

「うん。ありがとう」

ソネットとわたしがドアのそばにバッグを置くのを見ながら、おばさんはお香を消す。わたしがお香の煙に弱く、決まってくしゃみをするからだ。

「あなたの経験しているような喪失が、人にどれほどの影響を与えるかについては理解しているつもりなのよ」おばさんは言う。「ちょっと弱っているようね。スパイスを利かせたファラフェルを作ったら、明日のランチに食べてもらえるかしら？」

わたしは微笑《ほほえ》んでみせる。「もちろん」

おばさんは二年生のはじめに会ったときから、実の娘みたいに接してくれている。わたしを見ていると、自分の家族を思い出すんだって。なんだかわかる気がするな。わたしたちはどちらも顔全体をほころばせて笑うし、首と両腕はほっそりしている。うちの母さんは、おばさんみたいにはいろいろ聞いてこない。おばさんにおせっかいを焼かれたときには、ソネットみたいに肩をすくめたり、うめいてみせることもあるけれど、じつは結構嬉しかったりする。わたしは透明人間じゃないんだと思うことができるから。

「おうちのほうはどうなの？」おばさんは咲きたての花のように、瞑想《めいそう》用のクッションから立ち上がる。肩にふれる長さのアフロは、ソネットの倍はボリュームがありそうだ。赤いキャンバス地のオーバーオール姿で、靴は履いていない。

「問題ないよ」わたしはあっさり嘘をつく。

おばさんは片手をわたしの肩に置きながら、そっと抱き寄せてくれる。パチョリと、おひさまと、湿《しめ》った葉っぱの香り。わたしは心を込めてハグを返す。

「好きなだけここにいていいんだってことは、わかっているわよね？　寝室だって準備してあげられるのよ」おばさんは言う。

もちろん、わたしのためを思っての言葉だ。けれど、わたしの家はグレイディパークだし、うちの親がここに泊まることを許してくれるはずもない。ふたりとも、ソネット親子の生活を見てクレイジーな人たちだと思っているから。

「ありがとう。でも大丈夫だから。ほんとに」

「ママ、二階で勉強してきてもいい？」ソネットが言う。

「いいわよ。夕食の支度《したく》ができたら声をかけるわね」

ソネットは、螺旋《らせん》階段を上がって部屋にわたしを連れていくと、ピシャリとドアを閉めるなり鍵をかけてしまう。

「ごめんね。ママには引っ込んでるように言っておくから」ソネットはハンドメイドの机につきながら、マックブックをバッグから取り出す。

わたしはソネットのバカでかいベッドにごろんと横になると、完璧にステッチのほどこされた紫のキルトカバーを撫《な》でる。言うまでもなく、おばさんのお手製だ。

「いいよ。おばさんのことは大好きだし」わたしは言う。

「ママもボーのことが好きなんだよ。ほんとうに、しばらくここにいたくないの？　絶対楽しいのに」

「うん、だよね。でも無理なんだ。わたしが見張ってないと、うちの親、絞め殺しあっちゃうかもしれないからさ」

「そんなひどいの？」

「まあね。でも、そのことはあんまり話したくない」両親はカティアが死ぬ前から問題を抱えていたけれど、わたしとしては、父さんが仕事を見つけて、母さんの気持ちが落ち着きさえすれば、それで万事収まると思っていた。でも、いまはどうなんだろう？　ふたりがどうなっちゃうのかわたしにもわからないし、いまは、それについて考える気にさえなれない。

「わかった。でも、もしも――」

「その気になったら話すから。とにかく、何か見せたいものがあるんでしょ？」

「そうだった！　昨日の夜ポッドキャストを聞いてたら、未解決のままになってたリンダ・アン・オキーフって子の殺害事件についてやっててさ。殺されたのは一九七三年で、リンダは当時十一歳。そのあと、最近になって未解決事件を担当していた刑事がツイッターのアカウントを立ち上げて、リンダの死んだ日の詳細について情報を書き込んだの。それが犯人逮捕に向けてどんどん拡散されたんだって。それでさ、わたしたちも、ジョーダンを探すのにツイッターを使ったらどうかなんて思ったわけ」

　わたしはパッと目を開き、ベッドの上で体を起こす。

「ソネット——」

　ソネットは肩をすくめてパソコンを閉じる。「やっぱバカげてるよね。たぶん、もう少し時間をかけて調べれば——」

「ううん！　それ、最高！」

　わたしは勢いよく立ち上がると、ソネットの座っている椅子に無理やりお尻をのせながらパソコンを開く。「ソネット、完璧だよ！　アカ主がわたしたちだって、知られる心配もないわけだし」

　わたしはツイッターで新しいアカウントを作るためのタブを開くと、早速情報を打ち込みはじめる。

「みんな乗ってくると思う？」ソネットは自信がなさそうだ。

「もちろん。謎めいた殺人事件のファンは、何もソネットだけじゃないんだよ。しかも、世界中の人がアクセスできる。ジョーダンのことも、グレイディパークのことも知らない人たちなら、チクることに抵抗もないはずだし。情報があれば、ダイレクト《D》メッセージ《M》をくれるかもしれない。ソネットちゃん、ほんと天才！」

　わたしはソネットの頬《ほお》にキスをする。

ソネットもにんまりと誇らしそうだ。「だから言ったじゃん。〈プリティ・リトル・ライアーズ〉みたいなドラマを観たり、ポッドキャストで実録犯罪を聴いたりしてれば、いつかきっと役に立つんだって」

次の一時間で、アカウント用の完璧な写真とプロフィールを作り上げる。どうして自分で思いつかなかったんだろう。そう思うと、いっそ腹が立つくらいだ。ツイッターのことは誰にも話さないようにとソネットに言い含める。アカ主がわたしたちだとバレてしまったら、なんの意味もなくなってしまうから。みんなには、カティアが助けを求めてはじめたんだと思わせたい。警察も、弁護士も、家族も関係なし。いるのは、ただカティアだけ。

午後八時九分。わたしは最初のつぶやきを世界に向かって放つ。「わたしの名前はカティア・ウィレット。二〇一八年一月八日に殺されました」

第七章

学校に戻って二日目には、違和感もだいぶ減っている。視線を感じることもそんなになくて、ランチの時間も食欲はなかったけれど、ソネットもうるさいことを言わず、慰めるように寄り添ってくれている。

八時間目が終わるころには、もうへとへとだ。教科書をまとめたバッグをロッカーにしまい、帰ろうとしたところで誰かに肩を叩かれた。チャンピオンかな、と期待して振り返ると、そこにはマディソン・ガーバーが立っている。

「ハイ、ボー！　ちょっとだけ話せるかな？」

「ええっと――いいけど。何？」

マディソンとはこの二年、美術と文学のクラスが一緒だけれど、挨拶以上の会話はなかったと思う。ティーン映画にでも出てきそうな、いかにも芸術家女子って感じの見た目が印象的な子だ。短い茶色の巻き毛にはとかした様子もないのに、それでもすごくかっこよくて、パンツ丈《たけ》が短めのオーバーオールは絵具に汚れている。クロックスなんか履いていてもマヌケに見えない女の子は、学校でも彼女くらいだろう。

「わたしたち、今年もあんまり話はしてないけどさ、お姉さんのこと、気の毒に思ってるってことは伝えておきたくて」

「ありがとう」わたしはロッカーのほうに向き直る。みんなから哀れまれるのには、もううんざりだ。

「こんなときになんなんだけど、前からボーのことはすごい才能だなって思ってたんだ。去年の秋に、表で遊んでる少女たちを描いた絵があったじゃない？　あれ、いままで観た絵の中でも最高だった」

「ほんとに？」わたしはロッカーを閉め、マディソンをまじまじと見つめる。

「もちろん」マディソンは、目をキラキラさせながら続ける。「ほかの人には言わないでほしいんだけど、ボーの腕前は、高校の授業なんかとっくに追い越してるよ。技術的な面だけじゃなく、絵の中に描き込まれているものについてもね。すごく力強いんだ。そう言われるだけの絵が描ける人はあんまり多くない」

わたしは顔がほてるのを感じる。自分の腕が確かなことはわかっているけれど、マディソンからそう言われることには特別な意味がある。マディソンは芸術のことを真に理解していて、美術史の授業の最中にキューブラー先生の間違いを正したことだって一度や二度ではないんだから。

「ありがとう。マディソンの作品もすごくいいよね。わたし、美術展では、あなたの絵が一等を取ると思ってたんだ」

マディソンは肩をすくめる。「ボーの絵のほうがずっとよかった。じつを言うとさ、わたしたち、お互いからもっと学べるんじゃないかと思うんだよね」

「そうかも。だけど、もうバスに乗らなくちゃ」わたしはそう言って、バックパックを肩にかける。

「ちょっと待った！　その前に聞きたいことがあるんだけど、壁画のプロジェクトで、わたしと組む気はない？　わたしたちふたりなら、なにか、マジですごいやつを思いつけるはずだよ」

わたしは片眉《かたまゆ》を持ち上げる。「つまり、ふたりでひとつの企画を出すってこと？　どうかなぁ」もともと学校の人気者ってわけじゃないから、突然誰かから興味を示されると、ついつい疑い深くなってしまう。

マディソンがすねてみせる。「そっか、わかった。わたしだって、自分にボーほどの才能がないのはわかってるけど――」

「違う、マディソンはすごいよ。ただ――わたしにはソネットって親友がいるから」

「ふーん。もう誰かと組んでるとは思わなかった」

わたしは正面のドアに目をやる。生徒たちがぞろぞろと出ていきながら、表で待っているバスのほうに向かっている。三時二十分のバスを逃したら、次のバスまで一時間待つか、歩いて帰るしかなくなってしまう。

「ソネットと組んでるわけじゃないけど、彼女は親友だってこと。もしわたしが誰かと組むとしたら、ソネットと組むべきかなって」わたしは説明するように言う。

マディソンは上品に微笑《ほほえ》みながら、わたしの肩に片手を置く。

「ボー、仕事と友情は分けることを覚えたほうがいいよ。ジュリーはわたしの親友だけどさ、ゴッホとモネの絵を見分けることさえできないんだよね。将来の道として芸術を真剣に考えてるんだったら、自分のレベルを押し上げることをひるんでちゃだめだと思う」

「でもソネットならゴッホとモネの絵を見分けることくらいできるんだけど。あなたの親友とは違って」わたしは言い返す。

「はは、そりゃそうだ！　ソネットには才能があるし、持ってる服もすごいしね。でも、彼女が玉蜀黍《とうもろこし》の陰茎《いんけい》とか言ってるのを聞いてさ。もちろん、そうしたけりゃその企画を一緒にやればいいけど、ボーは本気で勝ちにいくつもりだと思ってたから」

それは、勝ちたい。それにわたしの壁画が選ばれることになったら、うちの親だって、もうひとり娘がいることを思い出してくれるかもしれない。わたしはカティアにはなれないけれど、ふたりに誇らしい思いをさせることはできるんだから。

「わたしたちが組んだら勝てるって、どうしてそんなに確信があるの？」

「わたしたちほど美術クラスを真剣に考えてる生徒はいないからだよ。ふたりそろってかなりの腕前なんだし。協力したら、ものすごいものができないほうがおかしくない？」

マディソンはわたしを持ち上げようとしている。わたしだってバカじゃない。マディソンは、ふたりで組んだほうが、勝てる確率が高くなると考えているだけだ。これまではひとりで案を練《ね》ろうと思っていたけれど、その場合、クラスで一番の強敵はマディソンになるだろう。一度勝ったことがあるとはいえ、いまのわたしは学校の壁に何を描いたらいいのか、なんのアイデアもない始末だ。おまけにカティアの件があって、親が喧嘩《けんか》ばかりしている状態では、まともに考えることさえできやしない。

「どうしよっかな——」自分が天才だなんていうつもりはないけれど、ついつい自分がコンペに勝って、壁画の下に名前を入れるところを想像してしまう。自分ひとりの名前を。

「ぶっちゃけた話をしてもいいかな?」マディソンはそう言いながら、誰かが聞いていないか周りに目をやる。「キューブラー先生は、たぶん、わたしかボーのを選ぶことになると思うんだ。そこまでは、まず確実だよね。じつは今朝まで、次の週末はうちのアトリエに閉じこもっていい案をひねり出すつもりでいたんだ。でもさ、わたしたちがお互いを倒さなきゃってビリ合うくらいなら、協力してひとつの案に取り組んだほうがよくない? 作業も半分になるし、勝ちたいってプレッシャーにさらされることもなくなるんだよ。別に受けてくれなくてもかまわない。ただわたしとしては、一緒に勝ったほうがいいんじゃないかって思っただけだから」

まったくもってそのとおりだ。マディソンがわたしに負けることを恐れているというんなら、わたしだっておんなじだ。勝ち目は五分五分なんだから。だけどもしふたりでやるんなら、壁画は真ん中からふたつに分ける必要がある。作業も、サインもだ。

「意見が合わなかったらどうするの? たとえば壁画のテーマとかについて」

「妥協し合う」

「どちらかが、もうひとりのアイデアに乗り気じゃなかったら?」

「そしたらわたしが合わせるよ。とにかくちょっと考えてみて。悪い話じゃないはずだよ」

わたしは肩をすくめてみせる。勝ちを確実にできるのであれば、わたしだけのサインをあきらめる価値は充分にある。「わかった。乗るよ。やろう」

マディソンが顔をほころばせながら、かかとのところではずんでみせる。

「よかった！　これでコンペはいただきだね！　明日の放課後に会おうよ。うちに来てくれていいから」

わたしたちは電話番号を交換する。なんだかすごく久しぶりに、いいことにつながる何かをしているような気分だ。もしもコンペに勝ったら、学校のウエブサイトでもきっと紹介される。いまから目に見えるようだ。みんなの見ている前で、大きな壁画から覆《おお》いが外されるだろう。母さんと父さんも親戚をごっそり連れてきて、一部始終を動画に録《と》り、わたしに歓声を送るはずだ。うちの家族には何かいいことが必要なんだから、わたしがそのいいことをする人になればいい。

めくるめくような思いで、静かな廊下を突っ走る。ふたりでスケッチを仕上げるのに、時間はどれくらいかかるかな？　そこで、レンガの壁に激突する。

「悪い。大丈夫か？」チャンピオンがわたしの腕をつかんで、体を支えながら言う。

壁だと思ったのは、チャンピオンの腕だったらしい。その筋肉の盛り上がった、たくましくてセクシーな腕が、いまはわたしにふれながら、わたしの脳に電流を注ぎ込んでくる。

「大丈夫。こっちこそごめん。ちゃんと前を見てなかった」そう言って、肩から巻き毛を軽く払ってみせる。この前、デジャに髪をやっておいてもらってよかった。ヘアスタイルが決まっているると、なんだか別人のような気分になれるから。

「なあ、こないだの喧嘩が動画サイトの〈WorldStar〉に出てるのは見たか？　おかげで今週はずっと電話が鳴りっぱなしでさ」チャンピオンは驚いているみたいだ。わたしとは違って、WorldStar で紹介されたのがすごいことだと思っているらしい。別に意外でもないけど。恵まれた育ち方をしてきた人たちは、プロジェクトみたいな場所で起こるアレコレを体験したがるものだから。パープル・ヒルズなんて安息の地に住んでいることを考えれば、チャンピオンを責めるわけにはいかない。まあ、そういうわたしだって、ネットから流行るバイラルダンスとか何かいいことで紹介されたんだとしたら、やっぱり嬉しくなっちゃうと思うし。

「面倒なことにはなってないんだよね？」

「ああ」チャンピオンはそう言いながらかがみ込んで、ぶつかったときに落ちたわたしのバックパックを拾い上げる。受け取ろうとしたけれど、チャンピオンが肩にかついだのを見て、並んで一緒に歩きはじめる。「うちの親はなんだかんだ忙しいからさ、毎日のように起こってる街中での喧嘩なんてチェックしてるヒマはないんだ」

「そっか」チャンピオンが開けてくれたドアから外に出ると、冬の空気がとても冷たい。しばらく前に雨が降ったらしく、地面が濡れているし、なんだか湿《しめ》っぽい匂いがする。石階段の下にいる何人かの女の子にいやな目つきで見られたので、こっちからもにらみ返してやる。

「で、きみの友だちのデジャなんだけどさ。あれはちょっとしたもんだよな」チャンピオンが、言葉を選びながら言う。そう言われるのはわかってた。あいつはイカれてるぞ。どうして俺を喧嘩に巻き込んだんだ？　なんであんな女とつるんでるんだ？　きみもやっぱり、イカれたフッドラットなのか？

「デジャはバカだから」わたしは吐き出すように言う。ひどい言い草だけれど、事実は事実だ。チャンピオンは何も言わずに笑い、わたしたちは噴水の前に腰を下ろす。噴水の真ん中には爪先立ちのバレリーナのブロンズ像があって、腰のあたりからチュチュのように水が噴き出している。

「いや、わかるよ。いとこのベニーがやっぱあんな感じでさ。何週間か前の週末に、ふたりでグレイディパークのパーティに出かけたんだ。そしたら男がひとり入ってきてさ。ベニーが『おい、あの野郎を知ってんのか？』って言うから『いいや、どうして？』ってこたえたら、ベニーとほかにも三人が、そのまま殴りかかりそうな勢いでその男に近づいていったんだ」

「ムカついたとか気まぐれとかじゃないんだよ。グレイディパークにやってくるよそ者は、たいがい喧嘩か強盗が目的だから」

「なら、あれにも理由があったわけか」チャンピオンが顎《あご》のあたりをさすっている。

「えっと——今日は、バスケの練習は？」なんでもいいから、グレイディパークと、あそこの喧嘩のことから話をそらさないと。たとえ自分がプロジェクトの出身だとしても、あそこのみんなとおんなじだとは思われたくない。時にはそれっぽい態度を取ることがあるとしてもだ。

「今日はない。監督がようやく休みをくれてさ。じつを言うと、マクドナルドに行こうかと思ってたとこなんだ。一緒にどう？」

「ほんとに？　うん、行きたい！」わたしのせいでWorldStarに動画が出たのに、それでもまだ好意を持ってくれているなんて嘘みたいだ。てっきり、避《さ》けられちゃうと思っていたのに。

「よっしゃ」チャンピオンが言う。「だけど、今日は雄叫《おたけ》びはなしって約束だぞ」

「もう、そんなこと言っちゃって」

チャンピオンが立ち上がって、わたしの手を取る。校庭を歩きはじめると、みんなの視線を感じたけれど、チャンピオンはわたしの手を放すことなく自分の愛車に近づいていく。マットブラックのＢＭＷ Ｍ３だ。

助手席に乗ると、手を伸ばして、内側からチャンピオンのためにドアを開ける。

「じつはさ、今日学校にいるのを見て驚いたんだ」チャンピオンは、車を駐車場から出しながら言う。

「どうして？」

「うん、その、お姉さんのことがあるからさ。もう少し休むのかと思ってた」

哀しみというのはおかしなものだ。いつ、どんなときにでも忍び寄ってくる。そんなわけで、わたしは目が涙で熱くなり、胃が重たくなってしまう。

「うわ、大丈夫か？　ごめんごめん、へんなことを言っちまって」チャンピオンは道路のほうを見てから、またわたしに目を戻す。

わたしは首を振って、涙をぬぐう。

「ううん、チャンピオンのせいじゃない。わたしはいつもこんなだから。ただ、ちょっとのあいだ忘れてたってだけで」

「何か俺にできることはないかな？」

わたしはもう一度首を振る。ほんとうはキスで、眠れる森の美女みたいに、わたしの中で死んでしまった何かを蘇《よみがえ》らせてもらいたい。でも、それが簡単じゃないことはわかってる。この心に巣《す》くった大きな痛みの奥底には、たとえわたしがそうしたいと願ったところで、さわることはできないのだろう。

「マクドナルドはなしにしよう。もっといいことを思いついた」チャンピオンは街の中に車を走らせながらも、わたしの手を握り続けている。

「離さないでよ」

「絶対に離さないって」

わたしはチャンピオンに誘導されて、彼の両手を命綱のように握り締めながら、リンクに一歩足を踏み出す。

「うまいぞ。もう少しまっすぐ立ってみて」チャンピオンがわたしを励ます。年配のカップルが追い抜いていきながら、よろめくこともなくクルクルとスピンを決めたので、わたしはますます恥ずかしくなってしまう。

ここは〈スケートO《オー》ラマ〉という、イリノイ州にひとつきり残ったローラースケート場だ。とはいえこのリンクも、そう長くはないかもしれない。わたしたちと年配のカップルのほかに滑っているのは、多くてもせいぜい六人。リンクの周りは赤と緑のライトに照らされていて、天井には、オレンジと青の電球で大きな星がピカピカ点滅している。

ほとんどがカップルなので、DJが流すのもラブソングばかりだ。いまはわたしのお気に入りの曲がかかっている。ミーク・ミルとニッキー・ミナージュがデュエットで歌う、やわらかな曲調のR&B。

「どうしてここに来ようと思ったの？」わたしはスピードを上げながら、チャンピオンに声をかける。チャンピオンは周りを見ることもなくうしろ向きで滑っているので、ここにはずいぶん通っているんだろう。

「すいてるのがわかってたからだよ。いろんなことから離れたいと思ってさ。最近は、誰も本気で滑らなくなったから」

「ひとりで結構来るの？」わたしは尻もちをつかないように気をつけながらも、話を続ける。

チャンピオンはかぶりを振ってから、壁のほうへと先導する。

「ガキのころにはよく来たんだけどさ。バスケの道を目指すようになってからは、父さんが、怪我のリスクがあることはやめたほうがいいって」

「うわっ、最悪」

「全国高校代表選手に選ばれることの副産物ってやつだな。去年のクリスマスなんて家族でアスペンに行ったのに、父さんは俺にスキーをさせてくれなかったんだぜ。ずーっとホテルにいて、一日中テレビを見てた」

わたしは目を丸くしそうになるけれど、そこをぐっとこらえる。金持ちなのは、何も彼のせいではないんだから。

「わたしと滑ったりして、怪我の危険があるのにいいの？」

「きみにはそれだけの価値があるから」チャンピオンが胸にグッとくる笑顔を浮かべたので、わたしは体がほてってってしまう。

「将来的にはNBAと契約を交わすつもりなんでしょ？ 〈ワン&ダン〉ルールで、大学で一年だけプレイしたらドラフトに参加できるんだよね？ つまり、もしチャンピオンがここで足首に怪我とかして何億ドルって契約を逃したとしても、責任を取るのはごめんだからね」わたしは冗談めかしてそう口にする。

「大丈夫だって。それに、世の中にはバスケより大事なものもあるから」

「たとえば？」そう言ったわたしを、父娘《おやこ》がプロみたいな滑りで追い抜いていく。

「人生を楽しむことかな。友だちとつるんだり、きみと時間を過ごしたり」チャンピオンがいきなり爪先を立てて止まったので、わたしはその胸の中に突っ込んでしまう。チャンピオンの腕が体に回されて、わたしは彼の心臓の音を自分の心臓の上に感じながら顔を上げる。もう夜だし、ここは屋内なのに、チャンピオンの目の中には太陽が見える。

チャンピオンがキスをしようと顔を寄せてくる。なんだか地球が回るのをやめて、息が止まり、自分がどこにいるのかも忘れてしまいそうな感じ。

でも地球は回っているし、わたしにはここがどこなのかもわかっている。

チャンピオンの息はミントの香りがして、唇は温かく、とてもやわらかい。このファーストキスの経験を、カティアに話すことができないなんて。頭の中が、そんな思いでいっぱいになる。チャンピオンとの関係が一歩進めば進むほど、わたしはカティアの知っていたわたしから離れていく。なんだか、お姉ちゃんを裏切っているような気分。わたしにはまだ、変わる準備ができていないんだ。

唇を離すと、年配のカップルが飛ぶように滑走《かっそう》しながら、にやにやこちらを見つめている。子連れの父親のほうは、うちの娘に見せるのはまだ早いのに、というような顔でにらんでいるけれど。

「えっと――その、素敵だった」わたしは言う。

「ごめん。ほんとはずっと、こうしたくてさ」

「わたしも」

それから休憩用のエリアに戻ると、チーズをかけたポテトフライと特大サイズのラズベリーソーダを買って、チャンピオンとシェアする。

「ちょっと話を聞いてもらってもいいかな?」わたしが言う。

「なんでも聞くよ」

わたしはひとつ深呼吸をする。

「誰にも言わないでね。わたし時々、カティアに起こったことは間違ってるし、殺されるようなことは何もしてないって、見てきたみたいに思うんだ。だけど同時に、こんなに考えずに済んだらなって。カティアに起こったことを変えられないのがつらくって」こうして気持ちを口にしてみると、なんだか自由になったような、それでいて罠《わな》にはまったような複雑な気分だ。

「だよな。誰だって、大切な人を失うような思いはしたくないよ」

「でも、それだけじゃないの。もう誰も、カティアのことなんか気にかけちゃいないんだよ。世の中のみんなは、事件に対して、わたしとは全然違う見方をしてるのかもしれない。たとえば、カティアがまともな人間じゃなかったからだとかさ。だけどわたしは妹なんだから、血のつながりから言ってもカティアのことを信じてあげないと」

チャンピオンが、テーブルの向こうからわたしの手を取る。「みんな、気にかけてるさ」

「わかってる。でも去年の夏、警官に殺されたジョージア州の人ほどじゃないよね。あの、メイソン・グレッグって人。彼の家族は毎日のようにインタビューを受けてたし、国中の都市で、みんながあの人の名前を叫び、ハイウェイにバリケードを作っては逮捕されてた。あの警官が有罪になってもならなくても、メイソンの名前が忘れ去られることはないんだよ」

チャンピオンはポテトフライをまたひとつ口の中に放り込んでから、リンクを回っているスケーターのほうに目を向ける。

「ああ、言いたいことはわかった。けど、たまたまだと思うな。みんなはたくさんの黒人女性のためにだって、デモ行進をしたり高速道路を封鎖《ふうさ》したりしてるじゃないか。たとえばデニーシャ・モローとか」

「どうだろ。ひょっとするとカティアは、好ましいタイプの黒人女性じゃないのかも」

去年の夏のことだ。友だちが殺されたことから、ある町で〝黒人の命も大切だ《ブラック・ライブズ・マター》〟運動を率いていた黒人の女の子と男の子がいた。ふたりとも、白人の子どもも大勢通う、超リッチなプライベートスクールの生徒だった。聞いた話によると、ふたりがアイビーリーグの大学に進学できるよう、寮費なども含めて匿名で学費の寄付があったそうだ。もしもわたしの頭がもっといいとか、うちの家族にお金があるとか、何かしらの嘘みたいな神童だったりしたら、社会的正義ってやつの恩恵をもう少し得られたのかもしれない。

「どういう意味だい?」と、チャンピオンが言う。

「なんでもない。わたしはときどき――だめなやつになっちゃうんだよね」せっかくのデートなんだから、カティアの話で台無しにはしたくない。でないと結局、泣きだしてしまう。

「きみはだめなやつなんかじゃないよ。俺はずっと、最高にクールな子だなと思ってたんだぜ。何事に対してもそうさ。きみはタフだし、俺はそういうところが好きなんだ」

「かもね」それを言うならビーフジャーキーのほうが硬《タフ》いし、トンカ社のトラックミニカーやデジャのほうがタフだ。とても自分がそうだとは思えない。

チャンピオンがテーブルの向こうから、わたしの手を握る。「ひと言いいかな?」

「もちろん」とこたえつつ思う。まさかここで、わたしがいかにたくましい黒人女性かについて一席ぶったりはしないよね。

「今日は一緒に過ごせて嬉しかった」

「え――こっちこそ、誘ってくれて嬉しかったよ。すごく楽しかったし」わたしはがっかりしたのを隠しながら言う。まったくバカじゃないの？　喧嘩沙汰《ざた》がWorldStarで紹介されちゃったっていうのに、それでも付き合ってくれなんて言われるわけがないじゃない。

「さてと」チャンピオンが立ち上がると、「リンクに戻る準備はできたかな？」と言いながら、白い歯を閃《ひらめ》かせて輝くような笑顔を浮かべる。前歯は鋭くてツヤツヤだし、歯並びも完璧だ。

「行こっか」わたしも立ち上がりながら、チャンピオンの手を握る。

それから二曲が流れるあいだ、一緒に滑り続ける。心配することなら百万個くらいあるけれど、いまだけはお姉ちゃんを殺された妹なんかじゃない。普通の男の子とデートをしている、普通の女の子。十分のあいだだけ、わたしは別の誰かになったふりをする。けれどそれから音楽が止まって、わたしはまた、もとの自分に戻ってしまう。

第八章
BEFORE

ワン・ダイレクションの壁掛け時計が九時を知らせるのと同時に、わたしはシャワーを浴びて、歯を磨《みが》き、持っている中で一番クールな服を着た。ライトブルーのスキニージーンズ、UGG《アグ》の茶色いブーツ、サウスポールのキラキラしたホットピンクのTシャツ。

　髪の毛はもつれまくっているけれど、そのままにしておいたほうがいい。なんとかしようとすればするほどふくらんで、ものすごいことになるんだから。ポニーテールにするのもやめた。ゴムをはずしたときに、くっきりとへこみが残ってしまう。

　その日はカティアと出かけることになっていた。

「卵をいくつかお願い、ボー」カティアはそう言いながら、ようやくベッドから転がり出た。寝相《ねぞう》が悪いので、タンクトップとショーツがよじれている。

「了解！」わたしは嬉々として支度《したく》をはじめた。デジャとブレオンも一緒に出かけるんだから、楽しい日になるに決まっていた。

　カティアは、そうしたくてわたしたちを連れていくわけじゃない。両親に、ボーはまだ留守番には小さすぎると言われているから、ふたりが仕事のときに出かけたいのなら、わたしを連れていくしかないのだ。

わたしは卵を四つ焼いて、細かくちぎったクラフトのスライスチーズをその上にのせた。ふたり分のお皿を部屋に持っていくと、カティアは白いドレッサーの前に座って化粧をしていた。別に化粧なんか必要なかった。がんばってきれいに見せている女の子たちとは違って、カティアはそのままでも目を見張るような美人だった。ふっくらした茶色の唇、深い夜のように黒い肌、くるんとカールしたまつ毛、彫りの深い完璧な顔立ち。それこそ本物のモデルみたいだったから、ペッパーおばさんなんかはいつもカティアのことを〝ナオミ〟と呼んでいたくらいだ。

「お金を忘れないでよね」カティアが突然、鏡を見つめたままで言った。歯ブラシを使い、生え際のうぶ毛を撫《な》でつけている。髪型はいつも決まっていて、真ん中分けにしたナチュラルブラックのサラサラストレートを肩に垂らしていた。

わたしは床に這《は》いつくばって、ベッドの下から秘密の靴箱を取り出した。ふたりで貯めたお金が入っているのだ。そこにはそれぞれの封筒《ふうとう》（わたしのはパンパンだけど、カティアのは空《から》っぽ）、わたしの誕生石のネックレス、カティアがウィレットおばあちゃんからもらったシルバーのチャームブレスレット、わたしが一年前の夏に外で集めてきた紫の小石がたくさん、それから家の合鍵が入っていた。

わたしは適当にお金を取ってポケットに入れてから、靴箱をベッドの下に戻した。

「あそこに行っても、バカな真似をしたり、買う気もない物をいじったりしちゃだめだからね」

「そっちこそ。あのヴィクトリアズ・シークレットの青いブラ、モニカからもらったんじゃないってことくらい、ちゃんとわかってるんだからね」わたしは目を丸くしてみせながら言った。

「もらったんだってば。あの子がどうやって手に入れたのかは知らないけど。さあ、行くよ。次のバスに乗らないと」カティアは、蚤《のみ》の市《いち》で買った輪っか状のイヤリングをするりと耳につけながら言った。

わたしたちが外に出ると、いつものように、三人の男が別々にカティアの気を引こうとした。

「よお、マドンナ」隣に住んでいるマークが、カティアのお尻を見つめながら言った。マークの奥さんは、母さんと同じ介護施設で働いている。

頭の禿《は》げた、黒Tにマリテ+フランソワ・ジルボーのジーパンをはいた男が、角のところから偉そうな足取りで近づいてきたけれど、カティアは足を止めることはもちろん、そちらに目を向けることさえしなかった。

ブロックの端にあるバス停に着くと、デジャとブレオンが錆《さ》びついたベンチに座って、いつものように何やら言い争っていた。

カティアが舌を鳴らした。

「ハイ、来たよ」わたしはそう言いながら、ふたりの間に体をねじ込むようにして腰を下ろした。カティアは少し離れたところに立って、わたしたちなんか自分の連れじゃないみたいな顔をしている。

「ねえ、ボー」デジャが両肩に垂らしたハニーブロンドの長いポニーテールの片方を、軽く払いながら言った。ライムグリーンのホルターネックのトップスに、ピチピチのブラックジーンズを合わせている。デジャの隣にいると、いつだって自分が地味に感じられてしかたなかった。

「ブレオンに教えてやってくんない？　男がくれるものを素直に受け取ったからって、あたしが金目当ての女《ゴールドディガー》になるわけじゃないんだって」

「誰のこと？　まだジェフと付き合ってんの？」

ブレオンが首を振った。「違う。デジャはあいつを振ったんだ。それもメールで」

「あいつは金欠だからさ。今度のカリームってやつには、昨日の夜〈ウイング・ジョイント〉で会ったばっかなんだ。あたしはかわいこぶった感じでカウンターに近づいて、母さんと食べるのに二人分の砂肝《すなぎも》を買おうとしててさ。そしたら長髪のドレッドを垂らしたイケメンが近づいてくるじゃん。しかもこれを使えってレジからお金を渡してくれたんだよ。たまんないよね」

「その人はいくつなの？」わたしは言った。

「グレイディパーク高校の二年生。しかも車を持ってるから、あたしたち、今年の夏は最高に楽しめるよ。もう、あのおんぼろバスには乗らなくて済むってこと」

ごとごと近づいてきた四〇八番のバスが目の前で止まり、うしろから黒い煙をもうもうと吐き出した。カティアが最初に乗ってふたり分を払い、デジャが自分とブレオンの分を払った。わたしたち三人は、カティアのうしろの席に身を寄せ合うようにして座った。そろそろ体が大きくなりすぎていて、わたしのお尻の半分は座席からはみ出している。けれど、市バスに乗るときはいつもそうしていた。三人のうちのひとりだけが、知らない誰かの隣に座るのはいやだったから。

「ねえ、ニッキー・ミナージュの新曲は聴いた？」デジャがそう言いながら、イヤホンの片方を差し出した。わたしたちにとって、ニッキー・ミナージュは神様みたいなものだった。母さんは、あのラッパーは汚い言葉を使いすぎると文句を言っていたけれど、わたしとしては、彼女が泥の中から這い上がり、自分の力で底辺からトップにまで登り詰めたところが好きだったのだ。

「あんたたちがお楽しみのあいだ、わたしは月曜の数学のテストで一番を取れるように勉強させてもらうね」ブレオンはバックパックを開いて、分厚い教科書を取り出した。

「あんたなら、眠ってたって一番を取れるじゃない、ブレオン。せっかくの週末なんだから楽しまなくっちゃ！」わたしがそう言って教科書を奪うと、ブレオンは慌てて取り返してわたしをひっぱたいた。

「運まかせにはできないんだよ。ケニヤッタを負かして首席を取るには、取れるだけの点数が必要なんだから」

「ったく、あんたは変わってるよ」デジャが言った。

成績表にAを並べ、知っているべきことをなんでも知っているのがブレオンの専門だった。世の中の人たちは、プロジェクトに優秀な子がいるなんて思っていない。だからブレオンは、それが間違いだと証明することに喜びを感じていたのだ。それでいて、とてもガリ勉タイプには見えなかった。ブレオンはスニーカーにうるさくて、いつも新品同様に見えるナイキのエアフォース1かダンクを履いている。どちらも爪先がちょっとへこんだだけでゴミ箱行きだ。着る物についてはそこまでこだわりがなくて、ゆったりしたジョガーパンツに、ホットトピックかフットロッカーのグラフィックTシャツが定番だった。その日は白い文字で〝Korn〟と書かれた、だぶだぶの黒Tを着ていた。

〈パープル・ヒルズ・モール〉に着いてみると、カティアの友だちのモニカとクラリスが、フードコートで出会った白人の少年ふたりと話していた。カティアがそこに合流したので、わたしたちはわたしたちで〈スバーロ〉に行き、ピザのスライスとコーラを頼んだ。カティアの目の届く範囲にいながらも、邪魔をしないような距離を慎重に選びながら。

クラリスと話し込んでいた少年は、カティアを見るなり気を変えたようだった。あまりにも素早くスムーズに、彼はカティアを相手にしはじめた。除《の》け者になってしまったクラリスはすっかり頭にきているようだ。

「くぅぅぅ」デジャが言った。「あんたの姉ちゃん、指ひとつ動かさずに男を惹《ひ》きつけちゃうんだもんな。あんなクソ女じゃなかったらコツを伝授してくれるかもしれないのに」

わたしはデジャの腕をひっぱたいた。「お姉ちゃんのこと、そんなふうに呼ばないで!」

「なんで? 昨日の夜にグループチャットしてたときは、自分でそう言ってたくせに。ブレオン、ボーはなんて言ってたっけ?」

ブレオンが教科書から目を上げた。「『あのクソ女が、ストロベリー味のポップタルトの最後の一本を食べちゃった』だったかな」

「ふん！　ワイルドベリー味だもんね」わたしは言った。「とにかくそんなことはどうでもよくて、わたしは妹なんだから、お姉ちゃんをなんて呼んでもいいの。あんたはだめ」

「はいはい、どうでもいいや」デジャは目を回してみせた。彼女はひとりっ子だから、わたしにだけお姉ちゃんがいることをやっかんでいるのかな、と思うことがときどきあった。

　デジャとわたしは、ブレオンが勉強しているかたわらで、カティアたちのことをストーカーのように観察し続けていた。白人の少年たちが帰る時間になると、ふたりは電話番号を渡していったけれど、クラリスだけはどちらの番号ももらえなかった。たいていいつもこんな感じなので、わたしはクラリスを気の毒に思っていた。

「で、プロムには誰と行くわけ？」モニカがウェーブしたロングヘアーを前後に揺《ゆ》らし、ガムをくちゃくちゃ噛《か》みながら言った。

「まだ二か月も先なんだよ」クラリスが言った。おそらく、相手が決まっていないのだろう。

「わたしは彼氏と行くに決まってるじゃない」カティアが微笑《ほほえ》みながら言った。

「あんたの彼氏といえば、プリンストンに出願したって聞いたけど。グレイディパーク高校からあの大学に入ろうだなんて、そんな根性のあるやつほかにはいないよね」

「あの大学に入れるだけの頭を持ってるやつも、ほかにはいないからね。あんたたちは二足す二もまともにできないような脳なしばっか追いかけてるけどさ、もっと、彼みたいな人をつかまえなくちゃ」

　モニカが噴き出した。

「うえー、わたしなら、メドガーなんて名前のやつと付き合うのはまっぴらだな」

「彼の名前はメドガー・エヴァースからもらってるの。エヴァースの名前くらい、あんたたちが脚《あし》を広げる時間で教科書を開いてたら、ちゃんと知ってるはずなんだから」カティアがピシャリと言った。お姉ちゃんたちはいつもこんなふうにやり合っていたけれど、決して険悪になることはなかった。

「へぇ、そう、脚を広げる話をしたいってわけ？　たったいま、あんたが男から電話番号をもらったことを知ったら、メドガーはどう思うだろうね？」クラリスが言った。

「ああ、そのこと？」カティアは紙切れを取り出して丸めると、テーブルの下にぽいっと捨てた。「あんなのはただのお遊びだから」

クラリスは拾いたそうな顔をしながらも動かなかった。それではあまりにもみじめすぎる。

「これでわかった？　わたしたちの仲は真剣なの。高三の終わりがそろそろ近づいてるんだよ。わたしはフロリダA&M大学、メドガーはプリンストンに進学して、休みには落ち合うつもりなんだ。卒業したら結婚して、家を持って、子どもを何人か作って、たぶん犬を一頭飼うと思う」

「なんだかもう、すっかり計画されてるみたい」モニカが言った。

「うん——まあ、そんなとこ。もしあんたたちがいい子にしてたら、ひょっとすると結婚式に呼んであげるかも」カティアが言った。

クラリスが丸めたナプキンを彼女にぶつけて、三人は笑いはじめた。わたしも笑いたかったけれど、カティアから家を出る話をされると、いつだって心が暗くなった。そうしたら、ひとりぼっちになっちゃうんだなって。そりゃ母さんと父さんは家にいるけど、親が相手じゃ、男の子のこととか、縮《ちぢ》れたわたしの髪にシルキーなストレートのウィーヴをなじませる方法とか、大切なことは話せない。

「さてと、あいつらのハイエナみたいな笑い声にはもう飽きちゃった」デジャが立ち上がりながら服を直した。「あんたの姉ちゃんに、あたしたちは〈アイシング〉でイヤリングでも見てるって伝えてよ」

「よっしゃ、〈フットロッカー〉にも行きたい。レブロンの新作スニーカーを試してみたいんだ」ブレオンが言った。

そのあとでプレッツェルでも買うかと〈アンティ・アンズ〉に寄ると、どの味をシェアするかでデジャとブレオンが言い合いをはじめた。レジの女の子は目を丸くしていたけれど、わたしなら、一日中でもふたりのやり取りを聞いていられたと思う。

「ボー！」デジャがわたしに嚙みついてきた。「ブレオンに、シナモン味って言ってやってよ」

「シナモンは嫌いなの知ってるくせに。ペパロニ味の何が悪いの？」と、ブレオン。

「ジャンケンで決めれば？」わたしが言った。

「いやだね。運で決めるなんてありえない。シナモンがだめなんだったら、あたしの一ドル五十セントは出さないから」デジャが言った。

「またそれだ」ブレオンがうめいて、ふたりはまた言い合いをはじめた。

わたしたちがバスでグレイディパークに戻るころには、太陽がちょうど地平線にかかり、空はぼんやりと紫がかったブルーに染まっていた。デジャとブレオンにさよならのハグをした。カティアとわたしは、ふたりが自分の家のある棟に入っていくのを見守った。ブレオンはA棟、デジャはその隣のB棟、うちの家族はさらにその隣のC棟に住んでいるのだ。

「お姉ちゃんはこのあたりに住むのかな？　メドガーと結婚したらだけど」わたしは、デジャの住んでいる棟の二階のバルコニーで、男女が言い争っている下を通り過ぎながら聞いた。

カティアが、頭でもどうかしちゃった？　というような顔でわたしを見た。

「まさか。もっといいところで暮らすんだよ。ヤシの木があって、〈ウォルマート〉で買い物をしても、店を出るときにレシートのチェックなんかされないようなところでね」

「でも、わたしは？」

カティアは、ベビーブルーに塗った爪の飾りを舐《な》めながら言った。「遊びにきなよ、ボゾ」

「ボゾって呼ばないでよ」

「ボゾ」

わたしはカティアをにらみつけた。

「ほらほらーーー」カティアは片腕をわたしの体に回しながら、散らかった中庭を進んだ。

「いつだって好きなときに遊びにくればいいじゃない。死んじゃうわけじゃないんだから」

「だけど、それじゃいままでと違うもん」

「そうだね。だから、わたしは出ていくんだよ」

わたしたちの住んでいる棟に近づくと、うちの玄関が蝶番《ちょうつがい》から外れていて、ドアノブのそばに大きなへこみができているのがわかった。ドアを蹴飛ばして侵入したあとだ。カティアが通路を家に駆《か》け寄った。

「クソッ、嘘でしょ！」入ってみると、家の中はめちゃくちゃだった。テレビがなくなり、ソファのクッションは、粉々になったガラスの写真立ての破片の海に転がっている。まるで強盗がサンドイッチでも作ったかのように、冷蔵庫のドアまでが開いていた。

「母さんたち、こんなの見たらぶち切れるに決まってる！」カティアが両手で髪をかきまわしながら、行ったり来たりしはじめた。

警察に通報したことは一度もなかった。警察は黒人を守るためにいるんじゃないと父さんにさんざん聞かされて育っていたから。グレイディパークでは、自分が自分の警官だ。その一年だけで、我が家が襲《おそ》われたのは三度目だった。父さんはやられるたびに、襲った強盗はもう戻ってこないだろうと言う。ところが向こうは必ず戻ってくるのだった。

そこで突然、カティアから見開いた目を向けられて、わたしもハッと気がついた。

「箱！」ふたりで同時に叫んだ。

廊下を走ってカティアのあとから部屋に入りながら、もうないことはわかっていた。そしてもちろん、悪党どもは空っぽの箱だけを残していった。まるで、わたしたちがまた使うだろうとでもいわんばかりに。

カティアは床に座り込むと、箱を膝《ひざ》にのせ、顔を手の中にうずめたまま体を前後に揺すりはじめた。

「大丈夫だよ」わたしはカティアの肩に片手を置きながら声をかけた。「誕生日は何度もくるんだし。もっとお金をためるようにするから」

けれどカティアは、頰《ほお》に涙をはらはら落としながら首を振った。

「お金じゃないんだよ、ボー。わたしのチャームブレスレットが。死ぬ前にウィレットおばあちゃんがくれた形見《かたみ》なのに！ ちくしょう！」カティアは靴箱を大きく引き裂いてからベッドに腰を下ろした。全身を震わせている。

わたしには、どうしてカティアがこんなにも怒っているのかがよくわからなかった。なにしろグレイディパークでは、どの家だってしょっちゅう強盗にあっているし、そうじゃないときはときたまの休暇中みたいなものだ。もちろん平気ってわけじゃないけど、わたしたちにどうにかできる問題でもなかった。

「わかった？ これだからわたしは出ていきたいんだよ、ボー。早く卒業しておさらばしたいのは、こういうクソみたいなことがあるからなんだ。グレイディパークにいたら、何ひとつ自分のものになんかできやしない。せっかくの楽しい一日でさえ、誰かに台無しにされなきゃならないなんて！」

わたしは、枕を胸に抱き締めながら泣いているカティアのそばに腰を下ろした。

「ねぇ。母さんたちが帰ってきたら、どうして家にいなかったんだって、わたしが怒られることになるんだよ。どこかのクズがまた押し入ってくれたせいで、わたしがさんざんな目にあうんだ」

「母さんと父さんには、わたしがショッピングモールに行きたがったんだって言うよ。そしたら、そんなひどいことにはならないって」

「そんなのは関係ない。そもそも強盗の心配なんかすることなく、安心して出かけられないのがおかしいんだから。世の中には、夜になっても鍵をかけない家があるのを知ってる？　盗みがないからかける必要がないの。そういうところじゃみんなが一生懸命働いてて、他人のものを奪ってるヒマなんかないわけ。誰も逮捕されないし、撃ち合いもないし、ヤクの売人もいない」

「そんなとこってどこにあるの？」

「知らない。田舎のどこかだと思う。肝心なのは、わたしがこのプロジェクトを出て、二度と戻らないってこと」カティアが言った。

わたしは十二歳で、カティアがどうしてこうもグレイディパークを嫌うのか、まだ理解できずにいた。暮らしはそこまで悪くなかった。わたしには自分の部屋もスケッチブックもあり、友だちも両親もお姉ちゃんもいた。それでも、玄関を開けっぱなしにしておけるというよその土地は、なんだかよさそうだと思った。そんなところに住めるのはどんな気分なのだろうと。

「一緒に連れてってくれる？」わたしは言った。

カティアはしばらく考え込んだ。

「まずは学校を卒業しなくちゃだめだよ。なんたって、頭の悪いやつと一緒に暮らす気はないんだから。だけど、そのあとでなら。うん、連れてってあげる」
カティアの手に自分の手を重ねると、さらにその上からカティアが手を重ねた。
約束だ。

第九章

マディソンの家はこれまでに見てきた下手なミュージアムよりも確実に立派だ。とにかく嘘みたいに大きい。天井もものすごく高くて、巨人一家がホッピングで跳びまわれそうなくらいだ。廊下は、両腕をいっぱいに広げても、まだその横をもうひとりが通れるほど広い。

それから美術。まさに美術だ。マディソンのお父さんの絵がいたるところに飾られている。青や緑や赤の絵具が飛び散っている。水差しやゴミ箱の静物画《せいぶつが》があるかと思えば、自画像や、家族の肖像画もある。玄関に飾られていたのはマディソンを描いた巨大な水彩画《すいさいが》で、当のマディソンも、自分の作品用に廊下を一本まるまる与えられている。絵以外のものは、何もかもが真っ白でピカピカで新しい。床にテーブルにソファにランプ、何から何までそうなのだ。

世の中が公平なら、わたしだって、こういう家に生まれてきてもよかったはずなのに。

「壁画について、何かアイデアはある?」わたしたちがいるのは、マディソンのアトリエだ。なんと、自分専用のアトリエまで持っているのだ。道具類は学校より充実しているうえに、白くて四角い大きな作業台まで完備している。

「あるにはあるんだけど、くだらないんだよね」その案というのは、学校の名前を丸っこいバブルレターで書いて背景に花を描き込むというやつで、とてもじゃないけど、コンペに勝てるだけの創造性があるとは思えない。「そっちは？　何かあるの？」

マディソンが、髪を耳にかけてから口を開く。

「うん。もし不愉快だったら、はっきりいやって言ってくれていいから。だけどこの案にはほんとに意義があって、わたしたちがいなくなったあとでも、学校にとっての意味を持ち続けると思うんだ」

「わかった。で、何？」

マディソンが唇を嚙《か》んで、自分の両手に目を落とす。

「ボーのお姉さんを偲《しの》んで壁画を描いたらどうかなって」

思わず笑みが陰《かげ》ってしまう。「わたしの姉？」

「うん、そう。シカゴにおける警察の残虐性は世に知らしめる必要があると思うんだ。お姉さんに起こったことは、多くの人にとって他人事《ひとごと》じゃない。街のみんなが見られるところにカティアの壁画を描けば、この問題にみんなの注意を引きつけることができるんじゃないかな」

わたしが絵らしい絵を描いたのは、カティアの葬儀用にパーカーをデザインしたときが最後だ。あれだって、何時間もカティアの写真を見つめ続けていると、あの温かい茶色の瞳《ひとみ》に何もかも見透《みす》かされているようで気が滅入《めい》った。それでなくてもわたしはカティアのことばかり考えているから、美術クラスだけがわたしの時間で、束の間とはいえ、そのときだけは何もかも大丈夫なふりができるのに。

「できるかどうか自信がないな。そうなると、ずっとカティアの顔を見つめ続けなくちゃならないし——わかるかもだけど、まだつらいんだ」

「わかってる。ただ、ボーには感情を解放する必要があるのかも。パパに言わせると、芸術家には、時々脳みそを振り絞る必要があるんだって。わたしたちは世の中からいろんなものを吸収してるから、それをうまく解放しないと、完全に乗っ取られてしまう。だからもしボーが紙の上にお姉さんに対する気持ちをぶちまけたら、少しは気分がよくなるかもしれないよ」

「どうやって脳みそを振り絞ればいいの？」

マディソンは立ち上がると、道具類の並んでいる棚に近づく。それから大きな白いブッチャーペーパーを広げたところへ、チャコールペンシルを置く。

「描いて。いま頭の中にあることを何もかも絵にするの。紙の上に移すんだよ。絶対に気持ちが楽になるから、信じて」

わたしは一瞬ためらいながらも、とにかくペンシルを指で挟む。最初は妙にしっくりこなくて、なんだかはじめてペンシルを手にしたような気分だ。試しに一本線を引いてみると、まっすぐに描くことさえできていない。それでも目を閉じて、心の中で脈打っているものを頭に思い浮かべてから、見えたものを描きはじめる。

テーブルの向こうから見つめてくるマディソンの存在が、どうにも気になってしかたがない。おそらくは、人並外れた芸術的センスと知識でもって、いまもわたしを評価しているんだろう。けれど数分がたつころには、マディソンも周りの部屋も消え失せている。あるのは白い空間。そして黒いペンシルで紙を埋め、何か意味のあるものを描こうとしているわたしだけ。わたしは人生を一回生き切ったと思うくらいの時間、ひたすら描き続ける。心と頭の中にある、すべてのものを吐き出しながら。終わった瞬間、涙腺《るいせん》が壊れそうになって、両手を目に押し当てる。

マディソンには、泣いているところなんか見られたくない。

マディソンが近づいてきて、わたしの描いた絵を見るなりハッと息を呑《の》む。

「これだよ、ボー」マディソンは言う。「やったんだよ」

「うん。できたみたい。これで、勝つのに充分だと思う?」

「充分かって? 最高の絵だよ、ボー! わたしたちはコンペに勝つし、壁画が完成したら、シカゴに住んでる人間で、カティアが誰かを知らないやつなんていなくなるだろうね」

わたしは、校舎の側面に描かれたカティアの姿を想像する。本物より、ずっと大きなカティアだ。記者やカメラマンも、たくさんやってくるだろう。インタビューにトークショー、あらゆることが行なわれるはず。もしわたしたちがこれを成功させれば、ジョーダンに証言をしてもらう必要さえなくなるかもしれない。

ツイッターでカティア用のアカウントを作ってから最初の一週間は、自動的にメッセージを発信するｂｏｔからの怪しげなリンクのお知らせがいくつかと、〝フォローに感謝♡〟というメッセージがどっさり届いただけだった。結局、あんまりいいアイデアではなかったのかも。

そう思いはじめたとき、MurderSleuth99 というユーザーから、一通のＤＭが届く。

MurderSleuth99：パーカー・サムソン

こんな名前だけを送って寄越して、いったいどういうつもりなんだろう。だけど、このパーカー・サムソンというのは、ジョーダンとラストネームが同じだから、きっと親類か何かのはず。午後十一時。わたしはベッドで仰向けになり、顔の上に携帯をかかげている。

わたし：あなたは何者でパーカー・サムソンって誰？

返事はすぐに届く。

MurderSleuth99：半分だけ血のつながったジョーダン・サムソンの兄弟。十七歳

これを読むなり、なんだ冷やかしか、と思う。ジョーダンには弟なんかいない。少なくとも、わたしが知っているかぎりでは。

わたし：ジョーダンに弟がいるの？　いつから？

すると今度は画像が届く。それをクリックしたとたん、わたしはベッドの上で上半身を起こ

す。バスケのユニフォームを着た男の写真。四角い頭と、一癖ありそうな薄ら笑いがジョーダンにそっくりだ。

MurderSleuth99：異母兄弟。育った家はおそらく違うが、そいつもシカゴに住んでいる

わたし：シカゴのどこ？　どうしてそんなこと知ってるの？

MurderSleuth99：ブルックストーン高校の三年。そこからはじめろ

わたし：〝そこからはじめろ〟ってどういう意味？　あなたは誰？

わたし：もういないの？

それから三十分返事がなかったので、わたしは待つのをやめると、充電器を壁のコンセントに差し込む。このMurderSleuthってのが誰にせよ、おそらくはからかっているだけだろう。ジョーダンに弟がいるとしたら、わたしが知らないのはおかしい。たとえジョーダンに、直接何かをたずねたことなんかないとしてもだ。

ただ写真の男は、顔立ちが少しやわらかいとはいえ、ジョーダンにそっくりだ。兄弟ではな

いとしても、なんらかの血のつながりはあるはず。どちらにしろ、確かめる方法はひとつしかなさそうだ。

「向こうはわたしたちと話すのをいやがるかもよ。弟なんだったら、お兄ちゃんを守ろうとするんじゃないかな?」わたしのロッカーの前で、ソネットが言う。

八時間目の始業ベルが鳴ったあとだったから、廊下には、最後の授業へと走っていく生徒が何人かいるだけだ。

「そこまで近い関係ではないのかも。たとえば、いとことかさ。写真は見たでしょ。どういう関係にしろ、ジョーダンにそっくりなんだよね」わたしは言う。

ソネットは紫のガムをぷうっとふくらませてから、はじける前に口に戻す。「まあね。でも、その MurderSleuth ってやつは、ボーを混乱させようとしてるだけかもよ。ネットの世界には、大切な人を亡くした遺族をいたぶろうって変態どもがたくさんいるんだから」

確かに。とはいえツイッターで、〝このリンクをクリックして無料の iPhone をゲット!〟とかじゃないメッセージを受け取ったのはこれがはじめてなのだ。たとえこれが偽の手がかりだとしても、とりあえずは出かけていき、ジョーダン探しをはじめたくてうずうずしている。そのほうが、もう二度とこないかもしれないメッセージをただ待っているよりはマシだ。

「だからこそ、ブルックストーン高校まで確かめにいくんだよ。ほんとにいたらジョーダンのことを聞けるわけだしさ。いなければ MurderSleuth はインチキだから、ブロックしちゃえばいい」

ソネットはため息をつく。「わかった。だけど八時間目はどうするわけ？　欠席したら、家族に連絡がいくよ。うちのママはクールだけど、さすがに限度があるからね」

うっかりしていた。うちの親なら気にしないだろうから、ソネットの家のことにまでは考えが及んでいなかった。わたしは素早く頭を働かせる。

「学校から電話がいくのは、授業が終わってからでしょ。それから三十分以内には、ソネットも家に帰れるよ。お母さんには、ちゃんと出席したんだから何かの間違いだって言えばいい。きっと信じてくれるって」

ソネットは唇を噛んで、青緑のスパンコールで飾られたハイカットスニーカーに目を落とす。あの顔。やましくていやだとはっきり書いてある。ここで何かを言わなかったら、きっと断られてしまうだろう。でも、ひとりきりではとてもやれそうにない。

わたしはロッカーを閉めて、鍵を回す。「助けになりたいって言ってくれたよね、ソネット。〈プリティ・リトル・ライアーズ〉の登場人物たちなら、外出したり、謎の〝A〟を追いかけたりするのに許可を求めると思う？」

わたしは彼女を守るように肩を抱きながら、ソネットを校舎の入り口のほうに誘導する。ソネットのほうは、相変わらず決めかねているような顔だ。

「でも、ママはわたしに嘘をつかないのに」ソネットは小さな声で言う。「こっちからつきはじめるのはいやだよ」

「わかった。じゃあ、こうしたらどうかな。最終的にジョーダンを見つけて警察に突き出したら、そこで何もかもお母さんに打ち明けるの。ソネットのママだったら、そうしなくちゃならなかったんだってこと、きっと理解してくれると思うんだけど」

くー、わたしってば、口が達者。

ソネットが肩から力を抜き、うなずいてみせる。

「うん、だね。ママ、あの警官が逮捕されてないことにカンカンだったもん。大学では着る物に口出しされるのがいやで、抗議活動なんかもしてたんだよ。全部、写真で見せてもらったんだ」

「ソネットのママは行動力があって最高だもんね！　わたしたちだって負けてられないよ。規則のひとつやふたつ破れないようじゃ、世の中は変えられない。違う？」

玄関に近づいたところで、うしろから大きな声で呼び止められる。

「おい！　どこに行くんだ？」

先生に捕まったかと思いながら振り返ると、そこにいるのはチャンピオンだ。首から下げた学生証をぶらぶらさせながら、こちらに近づいてくる。

「どこに行くんだ？」チャンピオンが、わたしからソネットへと目を移す。

「ちょっとだけ早引きして——その——公園かどこかで、ちょっとのんびりしよっかなぁって」わたしはチャンピオンの、頭のすぐ上のあたりに目を据《す》えたままでこたえる。

「そうそう！」ソネットが合わせる。「わたしたちには、親友の絆《きずな》を確かめ合う必要があるんだから」ソネットにギュッと抱き寄せられながら、わたしたちはバカみたいににんまりしてみせる。

チャンピオンは、茶色の瞳を煌《きら》めかせながらにやりとする。

「俺も付き合うよ。車もあるしさ」

ソネットがこっちを見ている。どうしよう。今回のことをチャンピオンに知られるわけにはいかない。ブルックストーン高校まで乗せてもらえれば時間の節約にはなるけれど。いやや、やっぱり危険が大きすぎる。

「放課後には練習があるんでしょ。すぐに戻らなきゃならないのに、授業をサボるなんて変だよ」

チャンピオンが顔をそむけるのを見て、気を悪くしたかなと心配になる。しっかりしてよ、ボー！　こんなんじゃ一生彼氏なんかできっこない。まったく、わたしってやつは何してるんだか。

「でも、バスケの練習のあとで出かけるってのはどう？　映画に行くとか」わたしが言う。

チャンピオンがあの完璧な笑みで顔をパッと明るくしたので、わたしの胸の中では蝶《ちょう》たちがいっせいにコーラスをはじめる。

「じゃあ、あとで電話するな」

チャンピオンが行ってしまうと、わたしたちは引き戸になっているガラスの通用口から寒々しい午後の中へと出ていく。

それでもブルックストーン高校に着くころには、わきの下に気持ちの悪い汗をかいているし、Tシャツも背中に貼りついている。

「こういう散歩ってすっごくいいよね――」ソネットは、大きくて荒い息を繰り返している。「気分はすっきりするし、体にもいいし。またちょいちょい歩こうよ！」

わたしはTシャツの前で顔をぬぐう。

「ええ、やだよ。なんだったらソネットは好きなだけ歩いていいけどさ。わたしはバスの中から手を振ったげる」

その学校の外観は、うちの高校にも似ている感じだ。下からずらりとガラス窓が並んでいて、片方の側面には緑の文字で校名が書かれている。中に入ったことはないけれど、確かデジャが前にここの生徒と付き合っていたはず。

「冗談は抜きにして、どうやってそいつを探し出すわけ？　出てくるのを、ここでひたすら待ってるつもり？」ソネットが言う。

わたしはためらってから、肩にかけていたバックパックを下ろし、ペンと紙を取り出す。

「よし、ちょっと背中を貸して」わたしはソネットの背中を台にして、パーカーの名前を紙に書きつける。

「何してんの？」ソネットが言う。

「これだよ」わたしはソネットに紙を見せる。

「これでいったいどうしようってわけ？」

「この紙をかかげてれば、出てきたパーカーの目にもとまるはずだよ」
「なるほどね。だけど、キモいとか思われないかな?」
「そもそもキモいんだって。普通じゃないってとこがミソなんだから。みんなにじろじろ見られるはずだよ。パーカーだけじゃなく、パーカーを知ってる連中からもね。きっと、どういうつもりだって聞かれることになって、ひょっとしたら、パーカーがどこにいるのか教えてもらえるかもしれない」

わたしの携帯でパーカーのインスタをチェックし、顔を頭に叩き込む。見逃しっこない。なんたって、髭《ひげ》がなくて、鼻ピアスをしているところを別にしたら、ジョーダンにそっくりなんだから。

三時十五分ごろになると、学校の前が、話したり笑ったり冗談を言ったりしている親や生徒で騒がしくなってくる。何人かが妙な目つきで見てくるけれど、その先にいるのは、ほとんどがわたしではなくソネットだ。なんたって例の紙をかかげているだけでなく、ビビッドなイエローに、グリーンとブルーの花を散らしたド派手なパンツをはいているんだから。〝お忍び〟なんて言葉は、ソネットの辞書にはないらしい。

わたしは校舎から出てくる生徒たちに次々と目を走らせていく。思っていたよりもずっと多い。車の警笛《けいてき》があちこちで鳴りはじめると、ひょっとしたら見逃しちゃったのかも、と心配になってくる。でなければパーカーはまだ中にいて、放課後の部活か何かをしているのかもしれない。

人混みの向こうを見ようと首を伸ばしているところへ、編んだ髪を大きなふたつのおだんごにした女の子が、目の前まで来てぴたりと足を止める。

「パーカーになんの用?」小柄な彼女が目をすがめながら声をかけてきたので、わたしはソネットの手をつかんで、かかげていた紙を下ろさせる。

「どうしても聞きたいことがあって。パーカーのことを知ってるの?」

彼女が、じろじろとわたしたちを見ながら言う。「まあね、あいつの彼女だから。あんたは誰?」

「彼のお兄さんの友だち」わたしがこたえる。「何週間か行方《ゆくえ》がわからなくなってて。ひょっとしたら、パーカーが会ってるんじゃないかなって」

彼女は、デタラメを耳にしたような顔でわたしを見ている。

「なんの話? パーカーには男の兄弟なんていないよ。姉妹ならいるけど」彼女の目がさらに細くなる。「なんで彼の名前を知ってんの?」

男兄弟はいない? もしこの子がパーカーの彼女なんだったら、家族のことくらい知っているのが普通だ。MurderSleuth はインチキだってソネットの見立ては、やっぱり正しかったのかもしれない。

だとしても、写真のパーカーはジョーダンにそっくりだ。おまけにラストネームも一緒だし。単なる偶然のはずはない。

わたしは手をもじもじさせ、どうこたえたものかわからずに、「えっと、あのー」と言いながら時間を稼《かせ》ぐ。すると少女のほっそりした腰に両腕が回されて、髪を鋭いフェードカットにした少年が、うしろから彼女の首筋に顔をうずめている。

「パーカー?」ソネットの声に反応して、パーカーがわたしたちのほうに視線を上げる。

「こいつらは?」パーカーが少女にたずねる。

彼女がパーカーに向き直る。「それはこっちの台詞《せりふ》! この女、あんたにお兄さんがいるなんてデタラメ言っててさ。わたしだってバカじゃないんだけど。この女とは、いったいどういう関係なの?」

パーカーはわたしを見ながら目をすがめる。「おいおい、こんな女、見たこともないって。頼むから、またおっぱじめるのは勘弁してくれよ、カイア」

「その人の言うとおりだから」わたしが口を挟む。「わたしたちは会ったことなんかないの。ただわたしは、そいつのお兄さんのジョーダンを知ってるってだけ」

ジョーダンの名前が出たとたんに、パーカーの目が、ほんの少しだけ大きくなる。

「あいつがどうなってようと、俺にはなんの関係もねぇ。とっとと帰って、俺たちをほっといてくれ」

「ちょっと待って、お兄さんがいるの?」カイアが言う。

「お願い、ちょっと聞きたいことがあるだけなの。ジョーダンがいそうな場所を知らないかな? よく入りびたってる場所とか」わたしが言う。

「知るかよ。いいからほっといてくれ！」パーカーはカイアの手を取って立ち去ろうとするけれど、カイアはその手を振りほどく。

「お兄さんがいるの？　そんなことを、これまでずっと黙ってたわけ？」

パーカーが降参するように両手を持ち上げてみせる。「ああ、クソどうでもいいことだからな！　兄貴とは、もう口をきくことさえないんだぜ」

「でも、また嘘をついてたのね！」

ソネットとわたしは、話の矛先《ほこさき》を変えるチャンスをうかがいながら、黙って成り行きを見守る。

「そうとも！　嘘をついてたさ！　さあ、これで満足か？」

カイアは首を振りながら言う。「もうすぐ付き合って二か月になるけどさ、あんたときたら嘘ばっかり。最初は元カノのことで、次はティナ、そしたら今度は、わたしの知らない家族がごっそりいたりするわけ？　うんざりなんだよ、パーカー。もう別れる」

カイアはきびすを返して歩きはじめると、相変わらず学校の前でぐずぐずしている生徒たちの中へと消えていく。

パーカーはてっきり追いかけるのかと思いきや、唇を引き結んだまま、カイアの背中を見送っているだけだ。

こんな展開になるとは全然思っていなかったのに。わざわざ授業をサボってまでここに来たのは、パーカーに話を聞くためであって、恋人との仲を裂くためではない。

「ほんとにごめん、その、もし――」こちらが言い終えるのを待たずに、パーカーはわたしたちを押しのけて歩きはじめる。

もちろん、わたしたちもついていく。パーカー・サムソンが存在しているとわかった以上、なんのこたえも得ずに帰るわけにはいかないのだから。

「パーカー、待って！　ほんの少しでいいから話を聞いてもらえないかな？　そのあとは、もう二度と近寄らないようにするから。約束する」わたしは言う。

けれどパーカーは振り返ることなく、聞こえてさえいないかのように、どんどんそのまま歩き続ける。

「ボー、このままじゃだめだよ」ソネットが言う。

「わかってる、わかってるよ。あいつはジョーダンのことなんかどうでもよくて、それどころか行方がわからないのを喜んでるのかも」なにしろジョーダンみたいなろくでなしを嫌う理由を数えるには、指が百万本あっても足りない。ジョーダンが自分の家族にまで嫌われているんだとしたら、こちらとしてはこれ以上打つ手がなくなってしまう。

「だから何？」パーカーを追って通りを横切りながら、ソネットが言う。「それでもやっぱり、あいつは何かを知ってるかもしれないんだよ」

「ここはジョーダンを探してる理由を打ち明けてみたらどうかな。ほんとうの理由をね。あいつを警察に突き出すつもりなのを知ったら、パーカーも助けてくれる気になるかもしれない」

ソネットがわたしに顔を向ける。「試す価値はあると思う」

正直なところ、本気でジョーダンを見つけたいなら、わたしたちが何者で、ジョーダンをどうするつもりなのかは、できるだけ誰にも知られないほうがいいに決まっている。だとしても、パーカーだけは例外かもしれない。

「ジョーダンは、わたしの姉を見殺しにしたの！」わたしはパーカーの背中に向かって叫ぶ。「あんたのお兄さんは、わたしの姉を見殺しにしたの！」

通りにいる人々が何人かこちらを振り返っているけれど、そんなことは気にしちゃいられない。わたしにはこたえがいるのだから。それもいま、ここで。

パーカーがぴたりと足を止め、振り返ってこちらを見る。「あの警官に殺された女のことか？　あれがおまえの姉貴なのか？」

カティアが〝殺された女〟と呼ばれるのを聞くのはつらい。まるでみんながカティアについて知っているのが、死んでいる、ということだけみたいに思えてしまう。

「姉の名前はカティアっていうの」わたしはそう言って、少しずつパーカーとの距離を詰めていく。「あの夜に何があったのか、どうしても知りたいの。カティアの無実を証明するためには、ジョーダンの証言が必要なんだ。なのに、あの夜を最後に、ジョーダンを見た人は誰もいなくて」

パーカーの表情が同情にやわらいでいる。

「姉貴の件は気の毒だったな。ニュースで見たよ。けど、ジョーダンの居場所はマジで知らないんだ」

「でも、あんたのお兄さんなんでしょ?」ソネットが言う。「電話とかメッセージとかは来てないの?」

パーカーはかぶりを振る。「その手のやり取りはもうしてない」

「何かあったわけ?」わたしが言う。

「おまえになんの関係があるんだ?」

「単なる好奇心」

パーカーは大きく息をついた。「ジョーダンのやつは、俺をオニキス・タイガーに入れようとしたんだ。おまけにあいつ——とにかく俺は、なんだかんだ、自分がやりたくないことをやらされたってことさ。これでだいたいわかるだろ? だからジョーダンには、俺はOTに入るにはいい子ちゃんすぎるって言ってやったんだよ。こちとら、あの手のぶっ飛んだ世界にマジでハマったことなんかないしな。そしたら早速次の日、家に帰る途中でOTの連中に路地に連れ込まれてボコられたんだ」

ソネットはぞっとしたような顔をしているけれど、わたしにはとくに驚きもない。オニキス・タイガーの連中は、少年をボコるどころではない悪事の数々に手を染《そ》めているのだから。

「ジョーダンがあなたの居場所を教えたってこと?」わたしが言う。

パーカーがうなずく。「あれっきり、あのクズ野郎と関わるのはやめにした。もう、そこいらにいる敵も同然ってことさ。あいつにとっちゃ、血のつながりなんてなんの意味もねーんだよ」

クソッ。じつの弟をハメるような男なら、カティアを見捨てて逃げるのも納得だ。ジョーダンにとっては、自分以外の人間なんかどうだっていいんだ。

「それっていつのこと?」ソネットがたずねる。

「去年だけど、もう昔の話さ。俺はもう乗り越えたんだ。だから、あいつの居場所を教えることはできない。知らねーし、正直なとこ、どうだっていい」

「ジョーダンの友だちを誰か知らない? 行きそうな場所とか。なんだっていいから」

パーカーは空を見上げながら考えている。「あいつはいつだってあのギャングどもとつるんでたからな。俺はすぐやめちまったから、連中のことはよく知らなくてよ。けど、ジョーダンのガキを産んだシエラなら何か知ってるかもしれねぇ。あの女とは話したのか?」

驚きのあまり、顎《あご》が外れかけた。「ジョーダンには子どもがいるの?」

「最後に会ったのはジョーダンと絶交する前だったけど、そのときにはもう妊娠してたぜ。シエラはジョーダンのガキっつってたけどな」

ソネットはバックパックからノートを取り出し、何やらメモを取りはじめる。あの野郎、子どもがいるのをカティアに黙ってたなんて! だって子どもが生まれるのを知っていたら、カティアが付き合い続けていたはずがないんだから。絶対に別れたはずだ。

「子ども? ジョーダンの子ども? 間違いないの?」そんなの、どう考えたって辻褄《つじつま》が合わない。カティアはジョーダンと喧嘩《けんか》するたびに、あちこちあいつを探しまわってた。ジョーダンの行きそうな場所を、片っ端から車でまわって。もしほんとうに子どもがいるんなら、カティアは気づいていたはずじゃない？

「知らなかったのかよ？　俺よりも、あいつと話したほうがいいと思うぜ。とにかくいつもジョーダンにくっついてたからな。少なくとも、あの当時は」

「名前はシエラだっけ？」

「ああ。おふくろと一緒にテラー・タワーに住んでる」

鼓動が一気に速くなる。「テラー・タワー？」あそこはシカゴでも飛びぬけて危険なプロジェクトだ。足を踏み入れたことは一度もないけれど、デジャによると週末のたびにたいてい誰かが撃たれるんだとか。

「ああ、俺たちはときどきあそこに行って大麻をふかすんだ。シエラのおふくろは気にしないから」

「だけど、テラー・タワーなの？　ほんとに？」

パーカーがうなずく。「なんだよ？　あそこに行くのがこわいのか？」

「わたしたちが？　こわいって？　まさか！」ソネットが言う。なにしろ彼女はテラー・タワーがどんなところだかまったくわかっていないのだから。

「ただ、あそこには一度も行ったことがないから」わたしが言う。

「ほら」パーカーが自分の iPhone を差し出してくる。「そこに、おまえの番号を入れとけよ。そしたら俺の番号をメッセージで送っとくから」

「なんのために？」わたしは片眉《かたまゆ》を持ち上げてみせる。

「あそこに行くって腹を決めたら連絡をくれ。一緒に行ってやる。俺はあそこのプロジェクトじゃ知られてるから、ビビる必要がないんだ」

この件に関しては、絶対に助けがいる。パーカーはなんのかんのいってもジョーダンの弟だから、信じるなんてできっこない。だとしても、利用できるだけ利用してからお払い箱にするという手もある。

わたしは自分の番号を入れてから、携帯をパーカーに返す。

「よっしゃ。じゃあ、必要なときには電話をくれ」ジョーダンはそう言ってから、通りを歩きはじめる。

「しっかしパパになってたとはね。どうやってカティアに隠してたんだろ？」バス停へと引き返しながら、ソネットが言う。

「たぶん、なんだかんだ嘘をつきまくってたんだと思う」わたしが言う。

「とにかく、ひとつだけはっきりしたよね」

「なんのこと？」

「MuderSleuthが何者にせよ、本物だってこと」

確かに。ただし、向こうはまだ返事をくれていない。とにかくいまのところは、ジョーダンが弟と子どもの存在をカティアに隠しとおしていたという事実で頭がいっぱいだ。カティアはほんとうに気づかなかったんだろうか？　そもそもジョーダンはカティアに対して、どうしてそんなひどい真似ができたんだろう？

「むちゃくちゃだよ！」わたしはバス停のベンチにどさりと腰を下ろす。

「何が？」ソネットが言う。

「カティアはジョーダンなんかとかかわったせいで死んだのに、たぶん、子どものこととか、なんにも知らないでいたんだよ！」もし知っていたらジョーダンとは別れてたはずだし、そしたらこんなことは、何もかも起こらずに済んだのに。

「ひょっとしたら、知ってて許すことにしたのかもよ？」

わたしはソネットを見つめる。「ありえない。許しっこない」

「本気で好きだったんなら、許したのかも。どっちにしろ、事件はカティアのせいじゃないんだし」

「それはそうなんだけど、やっぱりカティアが、違う行動を取ってたらって」

わたしはバスを待つあいだに、携帯でツイッターを開いてみる。やはりMurderSleuthからの連絡はない。その代わりにArithMyTickという人物からのDMが入っていた。おそらくはスパムだろうと思いながらも、一応そのDMを開いてみる。

ArithMyTick：気をつけろ。やつらはおまえを見張っている

第十章
BEFORE

母さんが、ハンガーにかかったままのドレスをカティアの目の前にぶら下げていた。シフォンで仕立てたベビーブルーのロングドレスが、常にゴトゴトうるさいエアコンの風に揺《ゆ》れている。

「カティア、あんたはこのドレスを買うために一生懸命働いた。なのに行かないって？　それも、どこかのろくでなしからプロムデートに選ばれなかったのが理由だなんて」母さんがきつい口調で言った。

もしも母さんがドレスのお金を出していたら、何がどうあってもカティアに着せていたと思う。けれどそうではなかったので、カティアは毛布をかぶってソファに横たわっていた。髪はひっつめたままだし、両目は泣いたせいで赤く腫《は》れている。

「母さん、あの人は〝ろくでなし〟なんかじゃないから。さすがの母さんでさえ、彼のことは気に入ったとか言ってたくせに」カティアはソファに横たわったまま、感情のない単調な声で言った。このところ、ずっとそんな状態が続いていた。

わたしはキッチンのテーブルにつき、パパッと髪をセットできるように、ストレートアイロンをコンセントに差し、レッツ・ジャム（ヘアジェル）の蓋を外したままスタンバっていた。プロムまではまだ一時間ある。その気にさえなれば、カティアはまだ間に合うはずだからと。

「それはあのろくでなしが、あんたにひどい真似をする前の話。ハーバードに行くからって、あんたよりいい人間だってことにはならないんだから。どうせ大学でいろんな女の子と付き合いたいんだろうけど、だからってあんたがプロムに行かないのはおかしいよ、カティア！」

「プリンストンだよ、母さん。彼が行くのはプリンストン大学で、ハーバードじゃないから」

カティアの声は静かだった。

　母さんはソファに寝ているカティアの上にドレスを放り投げると、降参したように両手を上げた。

「プリンストンだろうと木星だろうと知ったこっちゃない！　あんたは学校でも一生懸命がんばってきた。今夜のプロムを楽しまなくちゃ」母さんはかがみ込んで、カティアの顔から涙をぬぐった。

「あそこに行って何を祝うことがあるっていうの？　わたしたちは、いつか結婚するはずだったのに。何もかも、わたしがフロリダA&M大学に入れなかったせいなんだよ。わたしが計画を台無しにしちゃったんだ」

　不合格を告げる手紙が、先週届いたところだった。合格の封書《ふうしょ》が大きくて厚いのに対し、それは小さくて薄かった。それからまもなく、メドガーがカティアを捨てた。カティアが電話に向かって「どうして？」と言っているのが、百万回くらい聞こえてきた。それから、お願いお願いお願いとすがり続けた。たぶん向こうから一方的に電話を切られたんだと思う。カティアは、もしもし、もしもし、と何度も繰り返し、その夜はずっとメドガーの番号にかけ続けていたから。

「結婚!? まったく、あんたはメドガーのことをどれだけ知ってるつもりなの? 言っとくけどね、あんたが振られたのはフロリダA&Mに落ちたからじゃないよ。あの年頃の男っていうのはそういうものなの。いろんな子とデートして、自分の好きなタイプをつきとめようとする。あんただってそうしなくちゃ」母さんは言った。

「捨てられたのはわたしがゴミだからなんだよ、母さん! プリンストン大学の生徒が、プロジェクト出身の女と付き合ったりすると思う? わたしはもう、ここから一生出られないんだ」

「それが泣いてる理由なの? 男に助け出してもらえないのが哀しいって? うちは金持ちじゃないけどね、食べ物を切らしたことはないし、ゆっくりくつろげる場所だってあるんだよ。もしここにいたくないんだったら、別の学校に行って、学位を取って、自分の力で出ていきなさい。どこかの男に希望を託《たく》す必要なんか、どこにもないんだよ」

カティアが鼻で笑った。「母さんは託したみたいだけどね」

母さんはしばらく黙り込んでから、コクリとうなずいた。

「そのとおり」母さんは両腕を大きく広げながら、マリア・フォン・トラップみたいにくるりと回ってみせた。「母さんをご覧。わたしの宮殿はプロジェクトの中だ。くれぐれもわたしが父さんを相手に選んだような道を、あんたたちは選ばないようにね」

わたしはふと、父さんが夕食を買いに〈ビリーズ・リブズ〉に行っていてよかったと思った。母さんのこんな言葉を聞くとき、父さんが深く傷つくことを知っていたから。

「いったいわたしにどうしてほしいっての、母さん？」カティアが言った。

「このドレスを着て、プロムに行ってほしい。生きている意味がないような顔をやめて、そのソファから重たい尻を持ち上げてほしいんだよ！」母さんは、自分まで泣きだしそうな声で叫んだ。

けれど、何を言っても効き目はなかった。わたしなんか、プロムに行ってくれたら誕生日のお金をこれから十年分全部あげると言ったのに、カティアはそれでも立ち上がろうとしなかった。プロジェクトに住んでいる高校三年生の女の子たちは、キラキラしたドレス姿で家族と一緒に表に出ていて、中庭に敷《し》かれたレッドカーペットの上で、プロムに行く相手とポーズを取りながら写真を撮《と》ってもらっていた。わたしたちだって、カティアと一緒に祝いたかったのに。

夜になると、母さんは仕事着になって介護施設に働きに出かけた。父さんは、カティアが受け取ろうとしなかった砂肝《すなぎも》料理の小さな皿を、カティアの寝ているソファの前に置いた。そして腹を立てる様子もなく、黙ってカティアのおでこにキスをした。ちょっと喜んでさえいたのかもしれない。そもそも父さんは、わたしたちが誰かと付き合うことすらいやがっていたんだから。なんにしろ、父さんはいつだってこんな感じ。わたしたちが必要とするときにそばにいてくれることはあっても、何をどう言ったらいいのかわからないままで、言葉を探す努力さえしない。

その夜はカティアとふたりきりで過ごした。モニカとクラリスが、青く煌《きら》めくプールのあるゴージャスなホテルで、シフォンのものほど上等ではないにしてもドレスをまとい、パートナーと踊《おど》りつつ「カティアはどこにいるの？」と言っているところを想像しながら。メドガーはどこかの女の子と踊っているのだろうか。その子もプリンストンに進学が決まっていて、お金持ちの両親がいて、好きなドレスを買ってもらえる。だからカティアみたいに夏中バイトでハンバーガーのパテをひっくり返す必要もない。ひょっとすると、カティアが子どもと犬のいる家庭を思い描いていたあいだもずっと、メドガーは自分とカティアでは釣り合わないと思っていたのかもしれない。わたしはカティアのためにメドガーを憎んだ。そしてカティアの身に起こったことであれば、いつの日か、自分にも起こるのかもしれないと思った。

わたしはポップコーンのボウルを抱えて、ソファの前の床に座っていた。母さんは窓のところにドレスを吊るしていた。たぶんめそめそして過ごすことを選んだカティアに、少しでも罪悪感を覚えさせたかったんじゃないかと思う。

「彼みたいな人が、わたしのことを本気で考えてくれるなんて思ったのがバカだった。はじめっからここいらのボンクラと付き合ってれば、こんな目にはあわなかったのに」カティアの声は怒っていた。わたしはなんと言ったらいいのかわからないまま、しばらく黙り込んでいた。

「すっごく素敵なドレスだよね」わたしはドレスを見上げながら、ようやく口を開いた。

「自分のときのプロムに着てったらいいよ」カティアは目を閉じた。

「ううん。プロムには行かない」

カティアがパッと目を開いた。

「なんで？　今夜、わたしが行かなかったから？」

わたしはうなずいた。カティアが持っていないものを自分だけ手にすると、いつだってカティアから盗んだような気分になってしまうのだ。

「それでもあんたはプロムに行っていいんだよ、ボー。ただし、選ぶ男を間違えないこと。メドガーみたいな男と付き合っちゃだめ」

「ずっと、このあたりの男とは口もきいちゃだめだって言ってたじゃん。今度はメドガーみたいなやつとかかわっちゃだめなんて。それじゃあ誰と付き合ったらいいかわかんないよ」

カティアはため息をついた。「あんたにやさしくしてくれる人だよ。ただし、見返りに何かを求めるような男はだめ。単純に、そうしたいからやさしくしてくれるような人」

わたしは顔をしかめた。

「クラスのやつらは誰もやさしくなんかしてくれないよ。からかわれてばっかりだもん」

「あんたはまだ十二歳だもんね。中学生になって、胸とお尻がふくらんできたら何もかも変わるから」

「でも、変わらなかったら？」

カティアは肩をすくめて、大きなため息をついた。

「さあね。そしたらプロムには犬でも連れてけば！　ったく、ほんとに質問が多いんだから」

機嫌の悪いときのカティアはすぐに苛立った。それでもわたしは、カティアの機嫌が確実によくなる方法をひとつ知っていた。

「もうひとつ質問していい？　あとひとつだけだから」

「くだらない質問だったらひっぱたくからね」

わたしはにんまりした。「〈チーター・ガールズ〉を観たい？」

カティアはちょっと長めにわたしをにらみつけてから、あきれたように首を振った。

「いいよ、持ってきて」

その夜、わたしたちは冷たくなった砂肝をつまみながら〈チーター・ガールズ〉を一緒に観た。映画がはじまって数分もすると、カティアは上半身を起こしていた。それから三十分後、わたしはソファに移動し、カティアの横に座っていた。カティアは時折ちらっとドレスのほうに目を上げては哀しそうな顔をしたけれど、画面の上で刺激的なことが起こると、また物語のほうに引き戻されるのだった。

映画が終わると、ふたりでドレスを衣装用バッグにしまい、クローゼットの奥のほうに押し込んだ。

「自分のプロムには、自分で選んだドレスを着たくなるだろうけどさ。このドレスがここにあることも忘れないで。ひょっとしたら着たくなるかもしれないし」カティアは言った。

わたしたちは別の映画を流しながら、ソファの上で、母さんのキルトをかけたまま眠りに落ちた。

あのとき、わたしにはカティアにも見えていなかった彼女の将来が見えていた。

その中にはメドガーも、結婚式も、フロリダA&M大学もない。その代わりに、白いフェンスに囲まれた大きな家がある。そこはヤシの木が生えていて、ウォルマートを出るときにも、バッグの中身を調べられたりはしない場所だ。カティアは弁護士か医者か科学者か、とにかく彼女のなりたいものになっている。そして一緒に、わたしがいる。

第十一章

ローラースケート場でデートした次の週、チャンピオンから、うちに夕食に来ないかと誘われた。いいよとこたえてはみたものの、実際にその夜が来てみると、いっそキャンセルしたくてたまらない自分がいる。

おそろしく緊張しているのに、何日か前に届いた不気味なDMのことがやっぱり頭から離れない。ソネットはイタズラだと言うけれど、MurderSleuth のときだって最初はそう思ったはずだ。それに ArithMyTick は、誰のことを言っているのか正確に把握しているみたいだし。だけど、いったい誰がわたしたちを見張ってるっていうんだろう？　オニキス・タイガー？　警察？　誰かにつけられているような気配は全然ないのに。わたしは少し、考えすぎているのかもしれない。

「彼の両親には、なんだかもう嫌われてる気がするんだよね」正直いまは、こんなことを心配している余裕はないのに。だけどチャンピオンとの仲を本気でどうにかしたいなら、彼の家族を永遠に避《さ》けているわけにもいかない。

「バカバカしい。まだ会ったこともないのに」ソネットが言う。

「そうだけど、わたしがグレイディパークに住んでることはチャンピオンから聞いてると思うんだ。だとすると、うちが貧乏なことは知ってるわけでしょ。お金持ちに嫌われるにはそれだけで充分だよ」

「ボーは、相手の悪いところを指摘しながら、自分でそれをやってるよ」

「え、何？」

「型にはめちゃってる。お金持ちイコールろくでなしじゃないんだよ。なんたってチャンピオンを育てた人たちなんだし、彼はろくでなしじゃないからね」

「いい人たちだとしても、やっぱり息子がプロジェクトの女の子と付き合うのはいやがると思うんだ。きっと同じくらい裕福で、同じくらい安全なところに住んでる子がいいんだろうなって。たとえばマディソンみたいな」そう言いながらも、どんどん気分が滅入《めい》ってくる。

「ボーがお金持ちじゃないからって、チャンピオンとレベルが違うってことにはならないよ。ボーは美人だし、頭がいいし、才能だってある」

「ソネットは親友だからそう言ってくれるけどさ」

「違うよ。わたしは事実を口にしてるだけ。チャンピオンと付き合えるボーがラッキーなんじゃなく、ボーと付き合えるチャンピオンのほうがラッキーなんだよ。今日の夕食のあいだも、この言葉を忘れないようにして」

けれどソネットの励ましの言葉でさえ恐怖を払うには充分じゃなくて、わたしはパープル・ヒルズへと向かうバスの中で完全におじけづいている。例の喧嘩《けんか》の動画を携帯でチェックすると、再生回数はすでに四万回。乱闘の中で撮影した人の携帯が揺《ゆ》れまくっているせいで、ほんとうは止めに入っているわたしの姿が、むしろデジャと一緒に暴れているように見えなくもない。動画が拡散してからデジャとはほとんど話をしていなかったけれど、いまこそデジャが必要だった。

わたし：ねえ、忙しい？

デジャ：まあちょっと。何？

わたし：今夜チャンピオンの家族に会うんだけどビビっちゃってさ

デジャ：なんで？

わたし：嫌われちゃったら？　グレイディパークの人間に対しては偏った見方をするかもしれないし

デジャ：その手の見方をする連中だったら、そいつとはさよならして誰かほかのやつを探すんだねわたし：でもチャンピオンのことが好きなんだよ。彼の家族には気に入られたい。例の動画はまだ拡散してる。あれを見られてたらどうしよう？

デジャ：知ってる見た見た！　インスタなんか五千もフォロワーが増えちゃってさ。もうすっかり有名人だね！

わたしはそこで返信をやめる。デジャには理解できないことくらいわかっていてもよかったのに。なにしろデジャは、ある種の貧民街的栄光を堪能《たんのう》しながら生きているのだから。グレイディパーク高校でそれについての授業をやったら、デジャはおそらく、月間優等賞を取れるだろう。

わたしはデジャに苛立ちながらも、同時にその〝知ったこっちゃない〟的な態度が、心のどこかでうらやましくもある。デジャは周りにどう思われようがまったく気にしない。わたしだってそうなれるかもしれないけれど、本気でグレイディパークを出たいのであれば、はちゃめちゃな世界にはさよならをしないと。

パープル・ヒルズの近くでバスを降りると、あとはチャンピオンの家まで歩いていく。髪を撫《な》でつけては、ブラックジーンズについた糸くずを払う。トップスはソネットが選んでくれた濃いオレンジのペザントブラウスで、ふくらんだ袖《そで》は指先が隠れるほど長い。だけどひとつだけ、たとえソネットになんと言われようと、チャックテイラーの黒いハイカットスニーカーだけは変えなかったと思う。どんなに背が高く見えるとしても、ヒールを履く気には絶対なれない。

チャンピオンの家のあるブロックにいると、なんだか映画の中にでも入り込んだような気分だ。紫とオレンジに染まる空の下、こうして家族の待つ、明かりの灯《とも》った大きな屋敷のひとつへと近づいているところへ、悪者が迫ってくるシーンを想像してみたりして。パープル・ヒルズは雰囲気がいい。トラップミュージックがガンガン鳴り響く代わりに、鳥がさえずり、コオロギが鳴いている。私道の車もインパラやカローラは皆無《かいむ》で、レンジローバーやテスラをはじめ、家が一軒買えるくらいの高級車ばかりだ。地面にはポテチの袋もビールの瓶《びん》も煙草《たばこ》の吸《す》い殻《がら》も落ちていない。どの家の芝生も青々と完璧に刈《か》り込まれていて、歩道の縁石《えんせき》のところにはオシャレに塗られた郵便受けが据《す》えられている。まさにわたしが、いつかはこんなところに住めたら、と思うような場所。

あーあ、このぶんだと夕食には鴨《かも》のソテーとかキャビアなんかが出てきそうなんだけど。そこでふと、自分がビビりまくっている理由を思い出してしまう。わたしはこんな場所に属する人間ではない。ちょっと口を開いただけで、それは向こうにもわかってしまうだろう。

わたしはゆっくりと進みながら、やたら大きくて立派なチャンピオンの家をまじまじと眺める。ほかの家とはひと味違った斬新《ざんしん》なデザインだ。いくつもの四角形を積み上げたような建物で、床から天井までの大きな窓がついている。この家でも、わたしが母さんに言われて毎日やるみたいに、夜になったらブラインドは閉めるのかな？　それとも、自分たちがどんな暮らしをしているのかご近所さんにも見てもらえるように、開けっ放しにしておくんだろうか。

呼び鈴を押す前に大きなオークの扉《とびら》が内側から開いて、チャンピオンがわたしを中に招き入れる。

「ワォ」チャンピオンがわたしからカーディガンを受け取って、扉のそばのラックにかけながら言う。「今日はまた、とびきりきれいじゃないか」

「ありがと。すっごく緊張してるんだけど」

「緊張することなんかないよ、ボー」

「あの動画を見てないのは間違いないんだよね？」わたしはそっとささやく。玄関ホールがだだっ広いうえに天井まで五メートルくらいありそうなので、声がよく響くのだ。

「うん、間違いない。もし見てたとしても、ボーは喧嘩を止めようとしてたんじゃないか。いいから肩の力を抜いて。大丈夫かい？」

「えっと――大丈夫。ただ、その――ひとりきりにはしないでよね、いい？」そういうのってほんとうに耐えられない。誰ひとり知っている人のいない、はじめての場所に人を誘っておきながら、自分はどこかへ二時間も姿を消してしまうとか、ありえない話だと思う。今夜はそんなことが起こらないように祈るしかない。なにしろチャンピオンの両親を相手に何を話したらいいのか、まったく思いもつかないのだから。

チャンピオンが微笑《ほほえ》みながらわたしの手を握る。居間をふたつと、家族用の娯楽室《ごらくしつ》を通り抜けるとそこがダイニングで、肩まであるホットピンクの髪をボックスブレイズにした少女が、大理石の白くて長いテーブルにカトラリーを並べている。

わたしたちに気がつくと、少女は瞳《ひとみ》をパッと輝かせながら駆《か》け寄ってきて、両腕をギュッとわたしの腰に回す。

「ボー、妹のクウィーニーだ」チャンピオンが言う。

クウィーニーがわたしのほうに顔を上げる。前歯の二本が生え変わりで抜けているのが、はっきりとわかるくらいに大きな笑顔だ。「その髪型、めちゃかっこいい！」

「ありがとう。あなたのもすごく素敵だよ」

「それからそのシャツも！　ジーンズも！　絶対にきれいな人だってわかってたんだもんね」

わたしも笑いながら、クウィーニーにハグを返す。デジャにもこういう言葉で励ましてもらいたかったんだけどな、と思いながら。

「ほらほら、困ったやつだな。ボーに息をさせてやれって。母さんは？」

クウィーニーがわたしを離すのと同時に、それらしき人がキッチンに続くドアからダイニングに入ってくる。茶色い肌をした小柄な人だ。黒いマキシ丈《たけ》のワンピ姿で、ナマズのフライをのせた大きな皿をテーブルの真ん中に据えている。

「母さん、ボーだよ」チャンピオンが言う。

ずっと恐れていた瞬間だ。わたしはこわくてたまらない。彼氏のママに嫌われたら最後、その関係が続かないことくらい誰でも知っているのだから。少し冷たいくらいのよそよそしい態度を取ろうかと身構えていると、チャンピオンのお母さんが大きな笑顔を浮かべて近づいてきた。ハグをしようと両腕を差し出しながら。

「まあ、ほんとうに可愛らしい方ね」おばさんはそう言いながらわたしの全身に目を滑らせる。たぶんスニーカーにも気づいたはずだけれど、眉《まゆ》をひそめる気配さえない。「さあ、座って。大急ぎで副菜を持ってくるわね。クウィーニーはママを手伝ってちょうだい」

クウィーニーが母親のあとをトコトコついていくと、チャンピオンがわたしのために椅子を引いてくれる。

「お父さんは?」そうたずねると、チャンピオンが隣の席に座りながら、わたしの膝《ひざ》に片手を置く。

「いまこっちに向かってるよ。ちょっと残業の必要があったらしくてね。まだ緊張してる?」

「前ほどじゃない」

「これでよしと。お豆とグリーンサラダとポテトとトマトがありますからね」おばさんがクウィーニーと一緒にフライの大皿の周りに副菜の皿を並べながら、それぞれを示してみせる。

「遠慮しないでどんどん食べてちょうだい、ボー」

みんなが席について、自分の皿に料理を盛っていく。わたしにはチャンピオンがよそってくれたけれど、正直、ほんのちょっとにしてほしいと思った。前々からの緊張が、胃の中では相変わらずうずいていたから。

「それで」おばさんがフライをかじりながら言う。「ボーはどちらのご出身なの?」

ああ、きた。わたしの返事によっては、この場が台無しになってしまうかも。

「えっと――シカゴです」

「もちろんそうでしょうとも。でも、どのあたり？」

「えっと――ずっと東のほうで」できるだけ曖昧にしておけば、そのまま流してもらえるかもしれない。けれどチャンピオンが、すがるような目でわたしを見ている。ほんとうのことを言ってもらいたいんだ。「じつは、グレイディパーク地区なんです」

わたしは両手に目を落とす。いまにもほうきを手に取ったおばさんに、家から追い払われるんじゃないかと思いながら。けれど違った。

「あら、そうなの。わたしが小さいころに大好きだったベビーシッターさんが、グレイディパークにいたのよ。ほんとうはリンさんっていうんだけど、わたしたちはニニと呼んでいたわ」

その人なら、たぶん知っている。中庭の反対側にある棟の、ブレオンから二軒隣に住んでいる人だ。幼い子どもが自分の家の扉を叩くと、チップスやキャンディを必ずあげる人。

わたしはフォークを手に取ると、黒目豆《ブラックアイドピーズ》を皿の上でつつきまわす。「その人はグレイディパーク団地に住んでいたんですか？」

おばさんは食べていた物を飲み込んでから、うなずいてみせる。「ええ、そうなのよ！　いまもあそこにいるのかしら？」

「はい、いますよ」わたしは、またもや爆弾が落ちてくることを待つのに疲れたので、いっそこちらから落とすことにする。「わたしもあそこに住んでいるんで。棟は違うけど、リンさんは中庭を挟んで真向かいの建物に住んでいます」

チャンピオンがわたしのももをギュッとつかんだけれど、反応はそれだけだ。おばさんとクウィーニーは、わたしがごく当たり前のことでも言ったかのように食事を続けている。

「世間は狭いわねぇ！　お母さんのお名前は？　ひょっとしたら、お母さんのことも知っているかもしれないわ。わたしもあなたの年ごろには、友だちと一緒に街のあちこちのたまり場で葉っぱをふかしたり、結構やんちゃをしたものよ。もうあんなことはできないけれど、あの時期は人生でも最高のひと時だった」

「母の名前はバジルです。いまは介護施設で働いてます」

「バジル――うーん、知らないかな。お父さんのほうは？」

おばさんに自分のことを話せば話すほど、なんだか緊張がほぐれてくる。おかげで、父さんがもう少しでNFLの選手になれたかもしれないという話の途中でチャンピオンのお父さんが帰ってきたときにも、動揺ひとつしないで済んだ。結局、お金持ちだからと型にはめちゃいけないってソネットの言葉は正しかったのかもしれない。もしもチャンピオンの家族とどこか別の場所で会っていたら、こんな立派な家に住んでいるとは絶対に思わないはずだし。

「チャンピオンから、きみは芸術家肌だと聞いているよ。お気に入りの画家はいるのかな？」

ウッズさんが、ナマズのフライをルイジアナ・ホット・ソースにどっぷりとつけながら言う。うちの父さんとおんなじ食べ方だ。

「もう何年も、インスタでフォローしてる芸術家のグループがいて。〈ダークなミューズたち〉っていうんです。その人たちの作品は全部好きなんだけど、なかでもベクスリーO《オー》が大好き。

彼女もシカゴの出身なんですよ」

「その名前なら聞いたことがあるぞ。オバマ一家の壁画を描いたというので、ニュースになってなかったかな？」

「あ、そうです！」自分の話を理解してくれる人がいるなんて、なんだか嬉しくてたまらない。チャンピオンのお父さんは、ほんとうに頭がキレッキレなんだ。きっと訴訟にだって、ほとんど負けたりはしないんだろうな。

「ミレニアムを卒業したら、美術学校に進学するつもりなのかい？」

「はい。その、どこかが入れてくれればですけど」

「パパ、わたしも芸術家になりたい！」クウィーニーが言う。

「クウィーニーは、兄さんみたいに、バスケの選手になりたいんだと思ってたのになぁ」チャンピオンが胸に手を当てて、傷ついたふりをしてみせる。

「なりたいよ！　だからバスケをしてないときに、芸術をするんだよ」クウィーニーは、あっさりと言ってのける。「ママ、デザートは何？」

携帯がポケットの中で震えたので、テーブルには軽く背を向けるようにして確認する。

ソネット：あんまり心配しないでね。けど、もし夕食のあとに時間があったら電話をもらえないかな？　またArithMyTickからDMが入って。しかもボーを名指ししてるんだ

ふいに、幽体離脱でもしているような気分になる。これはどういうこと？　そんな思いが頭を駆けめぐり、目の前がクラクラしてくる。あのアカウントの裏にわたしがいることや、わたしたちのつかんでいることを誰かが知っているのだとしたら、わたしたちはもうおしまいだ。もしそれがオニキス・タイガーのメンバーだとしたら？　いまだって、家の前で待ち伏せをしているかもしれない。わたしをぶちのめすか——息の根を止めるために。

わたしは夕食の席についたままどっと冷や汗をかいてしまい、額《ひたい》をナプキンでぬぐう。

「どうしたんだ？」チャンピオンが声をかけてくる。

「ちょっと暑すぎるかしら？」おばさんが言う。「トーマス、冷房を入れてくれる？」

「もちろん」と言って、おじさんが立ち上がりかける。けれどその前に、わたしのほうが椅子を引いて立ち上がる。

「じつは、もう帰ったほうがよさそうなんです。いまメッセージが——母から来て。ちょっと急な用件で、わたしに帰ってきてもらいたいって。いますぐに」

クウィーニーが、ぷうっとふくれる。「わたしの亀を見てもらおうと思ってたのにぃ！」

おばさんが、娘の肩に片手を置きながら言う。「クウィーニー、おやめなさい。わかったわ、ボー。チャンピオンに車で送っていかせるわね」

立ち上がったチャンピオンを、わたしは椅子に押し戻す。「いいんです！　ほんとに、そんな必要はないので。バスを使えばいいし——」

「もう暗いのに？　それはよくない。車で送っていけるときに、バスに乗る理由なんかないさ。

送らせてもらうよ」おじさんが言う。

わたしが玄関のほうにじりじりとあとずさるのを見て、チャンピオンがわたしの手をつかむ。

「いったいどうしたんだよ？　大丈夫だから話してみろって」チャンピオンが小声でささやく。顔を寄せているので、おでこが触れてしまいそうだ。

できることなら話してしまいたい。わたしが今夜中に、殴られるか撃たれるか、あるいはその両方を経験する可能性が結構あるんだってことを。だけどチャンピオンのことならわかっている。いい人だから、なんとかわたしを助けようとしてすべてを千倍くらい面倒なものにするだろう。チャンピオンを、わたしのごたごたに巻き込むわけにはいかない。

「ごめん。ほんとに行かないと」わたしはチャンピオンから体を離してから廊下を走ると、玄関を出て、近くのバス停へと早足で歩きはじめる。

第十二章

「夕食のあとでいいって書いたのに！　あーあ、わたしとしたことが、チャンピオンの家族と一緒のときにメッセージなんか送るんじゃなかったよ。行き先くらいはちゃんと伝えたの？」

ソネットが言う。

わたしは二本のバスを乗り継いだあと、いまはソネットの机について、ＤＭをじっくりと読み直している。

ArithMyTick：やつらはおまえだと知っているぞ、ボー・ウィレット。いますぐにアカウントを削除しろ

わたしは ArithMyTick のプロフィールをチェックしてみる。何もつぶやいていない。二日前に作られたばかりの捨てアカだ。プロフィールには写真もついていない。

「なんでわたしだってわかったのかな？　意味がわかんないよ。ひょっとして、誰かに話したりした？」わたしはソネットにたずねる。

「まさか！　ボーは？」

「話してない。ひょっとしたら、このパソコンのIPアドレスから追跡できたりするのかな？　わたしはときどき携帯からもログインしてるから、そっちから追跡されたのかもしれない」

わたしは人差し指の先を嚙《か》みながら、ソネットの部屋を行ったり来たりしはじめる。ツイッターを使えば、自分たちの正体は隠したまま、ジョーダンについての情報が集められると思っていたのに。

「それもありえなくはないよね。なんにせよ、わたしたちの正体がバレちゃったことだけは確かだよ。アカウントは削除しないと」

「え！　そんなのおかしくない？　連中の思いどおりなんてまっぴら！」

「だからって殺されるわけにはいかないじゃん！　こいつらが何者にせよ、わたしたちを止めようとしたらどうするの？　ひょっとしたら尾行されたあげくに撃たれちゃうかもしれないいんだよ」

「なんにせよ、このDMが意味するのはわたしたちが確実にジョーダンに近づいてるってこと。でなかったら、そもそも脅《おど》かそうとするわけがないもん」

ソネットがため息をつく。「それはそうかも。だけど、もし間違ってたら？」

わたしはソネットの隣に腰を下ろし、彼女の肩に片手を置く。「この〝やつら〟ってのが誰だって、ほんとうに重要なことだと思ってるんなら、きちんと名乗りを上げてくるはずだから」

もちろんオニキス・タイガーじゃなければの話だけど。ただしその思いは、とりあえず自分の頭の中だけにとどめておく。パーカーとの接触によってジョーダンに近づいているのだとすれば、次に取るべき行動はひとつしかない。

わたしは携帯を取り出して、ショートメッセージ用の画面を開く。

「誰に打つわけ?」ソネットが携帯をのぞき込みながら言う。

「お母さんのところに行って、今日はわたしの家に泊まってもいいか聞いてきてよ」

「わかった。でもなんで?」

「出かけるからさ」


目的の家に着く前から、わたしはなんだかチャンピオンを裏切っているような気分になっていた。ほかの男の車に乗るなんて。別に悪いことではないはずだけれど、もし立場が逆だったら、自分はきっとチャンピオンに対して腹を立てるだろうなとも思う。

後部座席にいるソネットは、車が角で止まるたびに携帯で写真を撮《と》りまくっている。このあたりにある、レンガの建物に描かれた落書きを見るのがはじめてなのだ。パーカーはシートをずっとうしろのほうまでずらしている。いっそ後部座席から運転すればいいのに、と思っちゃうくらいに。しかも片手運転なので、ほんとうに大丈夫なのかと心配でたまらない。なんたって彼の車は、この世のはじめからありそうなポンコツのフォード・トーラスなんだから。おまけにタイヤのふたつは応急用のスペアときている。

こちらを向いたパーカーと目が合うと、わたしは顔をそむけてシートを調節しているふりをする。チャンピオンの家族と素敵なひと時を過ごしているはずが、こんなやつの運転するボロ車に乗っているなんて。

「なんだって、そうビクビクしてやがるんだ？　落ち着けよ」パーカーが言う。

「別に。穴ぼこの上を通ってポンコツのタイヤが吹っ飛んだりするといけないから、ちょっと警戒してるだけ」

パーカーが笑う。「言ってくれるじゃねーか。だったらおまえは、どんな車に乗ってるんだ？　そうかそうか、そもそも持ってないってわけだ！」

わたしはパーカーをにらみつけるけれど、そもそもふっかけたのが自分なので、言わせておくことにする。それにほんのちょっとでも、いちゃつくような真似はしたくない。

「こっちの心配はいらないから。黙って恐怖の塔《テラー・タワー》に連れてってよ。わたしたちが一緒に行くこと、向こうには話してあるんだよね？」

パーカーは窓を下ろして唾《つば》を吐く。

「ああ。ダチを何人か連れてくってな。けど、あくまでもクールに頼むぜ。うしろに座ってる姉ちゃんはとくにな」パーカーは、バックミラーの中でソネットを見つめる。

「何よ？　わたしならクールだから」ソネットのアフロの上では、蝶《ちょう》の形をした金色のクリップが、窓から注ぎ込んでくる街灯の光に煌《きら》めいている。

「彼女にジョーダンのことは聞いてみたの？」わたしが言う。

パーカーがかぶりを振る。「ジョーダンを探してるのは、俺じゃなくておまえらだろ。俺は、必要ならボディガードの役をするだけだ」

「わかった、それでいい」

「マジで言ってんだぞ。あのな、俺だってあのクズ野郎にはうんざりなんだが、あんまり首を突っ込むとやばいんだよ。おまえらは女だから大丈夫だけどよ」

わたしがもう一度わかったとこたえると、あとは到着するまで、みんな黙りこくっている。はっきりどことは言えないけれど、パーカーにはどうも――妙なところがある。かかわりたくないんだったら、どうして手伝ってくれるんだろう？　この一週間のパーカーからのメッセージといったら、カイアが口をきいてくれないという愚痴《ぐち》ばっかり。とても彼の目的がジョーダンにあるとは思えない。わたしにはチャンピオンを除くと、ほとんどそういう経験がないんだけれど、パーカーはどうやら、わたしのことを気に入っているらしい。それどころか、結構本気にも見える。そう思うと、あんたと付き合うなんてありえないからとはっきり言ってやりたくなる。だけどやっぱり、親切なだけかもしれない。

車が、三階建ての赤いアパートの前に止まる。手前にある小さな草地はぼうぼうだし、周りを囲む白いフェンスはどこもかしこも錆《さ》びだらけだ。通りの向こうには車がとまっていて、たむろしている連中が、カーステレオを鳴らしながらボンネットやトランクの上に座っている。わたしたちが車を降りると、そいつらがいっせいにこちらを見たけれど、声をかけてくる気配はない。

「こっちだ」パーカーが錆びた門を開けながら言う。

ポーチの上にわたしと並んで立ったソネットはにこにこしながら、建物の両サイドにずらずらと並ぶ、カラフルに塗られたタウンハウスを見つめている。わたしはブルズのスナップバックキャップを、目を隠すようにぐいっと引き下げる。女の子がターゲットにされることはないと思うけれど、パーカーはひょっとしたら敵の関係者だと思われるかもしれない。つまりパーカーと一緒にいるところを見られれば、わたしたちまで敵とみなされる可能性はいつだってあるのだ。ここに来るにあたって、一番恐れていたのもそれだ。間違ったときに間違った人と一緒にいるだけで、体のどこかに風穴があきかねない。

けれどわたしは恐怖を呑み込むと、胸の奥深くにしまい込む。その恐怖を、カティアの姿に置き換えてみる。わたしはここに来た目的を果たすだけ。それ以上でも以下でもない。

パーカーがボタンを押すと、ドアがブーッといいながら開いて、わたしたちを中に招じ入れる。なるほど、テラー・タワーと呼ばれるわけだ。いきなり尿のきつい臭《にお》いに鼻をつかれ、見ると、上階への階段に至るセメント敷《じき》にはゴキブリの死骸《しがい》がいくつも転がっている。

廊下の突き当たりには一階の住居への扉《とびら》。蝶番《ちょうつがい》が外れているけれど、向こうは真っ暗で何も見えない。壁にひとつだけある電球もカバーはほこりだらけで、ついたり消えたりしている。パーカーが携帯のライトをつけて先に立ち、コンクリートの階段を上りはじめる。なんだか遊園地の〈シックス・フラッグス〉で、こわいアトラクションにでも乗っているような気分だ。「さっさと来いよ、あいつは最上階に住んでるんだ」パーカーがうしろのほうに手を伸ばしたのは――わたしかソネットの手を取ろうとでもしたんだろうか。結局、どちらの手を取ることもなく終わった。二階の踊《おど》り場《ば》に着いたところで部屋の玄関がいきなり開いたかと思うと、肉とタマネギを揚《あ》げている強烈な匂いが襲《おそ》いかかってきて、思わずおなかが鳴ってしまう。

開いた玄関から出てきたのは九歳か十歳の男の子だ。その腕の中では、ヨークシャーテリアの子犬がキャンキャン鳴いている。男の子は警戒するような目でわたしたちを見上げてから笑顔になってそばをすり抜けると、そのまま階段を下りていく。

わたしはこわばっていた肩から力を抜くのと同時に、いつもどおりの息遣《いきづか》いを取り戻す。

三階に着くとパーカーはノックさえせずに玄関を開け、わたしたちもそのあとから中に入る。

「いらっしゃい、弟くん！」わたしたちと同じ年頃の女の子がソファから立ち上がって、文字通り、パーカーの腕の中に飛び込んでいく。なら、これがシエラなんだ。わたしは値踏みするように彼女を見る。身長は百五十八センチくらい。背中で揺《ゆ》れている艶《つや》やかな赤いポニーテールはとても長くて、もう少しで床に届きそうだ。ブルーのレースで縁取《ふちど》られたタイトなブラックのチューブドレスには、虹色の花のプリントが全面に入っている。

彼女の顔を見た瞬間、なんだかカティアを裏切っているような気分になってしまう。なにしろものすごい美人なのだ。バンビのような濃いまつエクをつけ、頬《ほお》には月の塵《ちり》みたいにキラキラ光るハイライターをのせているけれど、そんな化粧をしなくたって充分にきれいなはずだ。

「ほらあんたたちも、もじもじ突っ立ってないでさ。こっちに来て座んなよ」シエラが、わたしとソネットに向かって言う。

いったん家の中に入ってしまうと、テラー・タワーを抜け出して、なんだかワカンダ（アメコミに登場する架空の国）のすがすがしい熱帯雨林にでも移動したみたいな感じだ。いたるところに植物がある。葉っぱがわたしの頭くらいある大きな鉢植えがいくつも置かれ、天井にはツル植物が這《は》い、繊細な紫とブルーの花がこぼれ落ちんばかりに咲いている。どんな小さな隙間にも、必ず多肉《たにく》植物やアロエの鉢が見える。小さな部屋なのだけれど、なんだかやけに広々と、空気も数分前よりきれいに感じられる。

「すーっっっごく素敵な部屋なんだけど！」ソネットが、四方の壁を飾っているカラフルなアート作品に目をやりながら声を上げる。

「うちの母さんは家を飾るのが好きだからね。もうすぐ、それで仕事もはじめるんだ」

シエラはコーヒーテーブルに近づいて、わたしたちそれぞれに名刺をくれる。そこには彼女のお母さんの名前と電話番号が書かれ、写真までついている。

「イベントなんかもやるんだよ。結婚式とかキンセアニェーラとかベビーシャワーとか」

シエラはソファに腰を下ろし、脚《あし》を組む。ワンピースの裾《すそ》がグッと上がり、ももがほとんどむき出しになる。わたしはシエラの隣に腰を下ろすけれど、ソネットは相変わらず、うわーとかすごーいとか言っていて、パーカーは冷蔵庫にビールを取りにいく。

ソネットが隣に座れるように、わたしはソファの上でシエラのほうへお尻をずらす。そこでパーカーが大麻の袋を取り出した。万が一、こんなところでしょっぴかれたらどうしよう。しかも三人とも未成年なのに。考えたくもない。結局パーカーは、ジョーダンと同じくらい考えなしなんだ。

「あんたたちも、ブルックストーン高校に通ってんの？」

シエラがそう言って、ソファの反対側から大麻用の巨大な水パイプを取り出すと、カチリと小さな音を立ててガラスのテーブルに置く。かなりの常習者らしい。

「最初にやる?」シエラが水パイプのほうにうなずいて見せながら、わたしに声をかけてくる。

「えっと、せっかくだけど、わたしたちは別に――」

「うわぁ、おっきいんだね! 見てこれ、すごくない?」ソネットが、ガラスのパイプを右へ左へといじりながら言う。

わたしは肩をすくめる。シエラの前では「だめ」と言うわけにもいかないし。いったいこの子たちは何をしにきたんだろうと疑いを持たれるようではマズい。だとしても、テラー・タワーでハイになるなんて完全に想定外だ。それを言うなら、今夜の何もかもが想定外ではあるんだけれど。ほんとうならチャンピオン一家との夕食を、ボロを出さずに切り抜けることだけを考えればよかったはずなのに。

パーカーが水パイプの準備をはじめると、ソネットがよだれを垂らさんばかりの勢いでテーブルに身を乗り出す。と、そこで電話がポケットの中で震えるのを感じる。

画面を見ると、チャンピオンの写真が見つめ返している。笑顔で、写真を撮られるのをいやがるように片手を持ち上げている。フェイスタイムだ。罪悪感でますます気が滅入《めい》るのを感じながらも、わたしは無視する。

大麻の回し飲みがはじまって十分もすると、部屋の中に煙が充満している。順番が回ってくるたびに、煙をみんなの顔にかけないようにしているんだというふうに顔をそむけ、吸っているふりをする。幸い、誰もわたしになんか注意を払っていない。

「ガキはどうしてるんだ?」パーカーは、コーヒーテーブルの反対側で、毛足《けあし》の長いブラックのラグに身を横たえている。

「あんたの甥《おい》っ子のこと? 元気だよ。あの子に必要なものは、母さんがなんでもそろえてくれるんだ。なにしろあんたののらくら兄貴は、自分の息子に一度も会いにきてないんだから」

パーカーが両手を持ち上げる。「俺はなんだかんだ、ジョーダンはクソだとこっそり伝えようとしたはずだぜ」

シエラがうなずいて、両肘《りょうひじ》の上に顔をのせる。「まあね。でも現実は現実だから」

口を挟む絶好のチャンスだ。シエラはひょっとすると、ジョーダンの居場所につながる何かを知っているかもしれない。「そいつとは付き合って長いの? その、赤ちゃんのパパとはさ」

「はらんでるのがわかったときには、付き合ってもうすぐ一年ってとこだったかな。だけどそのあいだもずっと、あいつにはほかの女がいたことがわかってさ!」

きっとカティアのことだ。

「で、ある日その女を捕まえてやったんだ」シエラが続ける。「ダチのブリットが止めてくれなかったら、あたしは刑務所に入ってたね。あの白人のスケ、マジであたしの神経を逆撫《さかな》でしてさ」

なるほど。カティアではないらしい。ジョーダンがふたりの女と浮気をしていたことに驚きはない。だとしても、カティアを取り替えのきく女のひとりのように扱っていたのかと思うと無性に腹が立ってくる。

シエラが水パイプを回してきたので、軽く吸ってみせる。ちょっとハイになるだけなら大丈夫。ただし脳みそが溶けて水たまりにならないようにしないと。あとでこたえを覚えていられなかったら、そもそも質問をする意味がない。

「とにかく」シエラが続ける。「なんとかなってよかったよ。くだらないことに付き合ってるヒマはないしね」

「だな」パーカーが言う。

「ギャングと付き合うってどんななの？　その、セックスしてメンバーになる必要とかがあったりするのかな？」ソネットが白目を明るいピンクに染めながら言う。

この子はいったい何を考えてんの？　大麻が出てくるとわかってたら、絶対連れてこなかったのに。

「まさかー。あたしはギャングのメンバーじゃないし。ほかの女たちも、あたしにはクールに接してくれたよ。みんなジョーダンを知ってたからね。でも彼女たちはろくな目にあわないんだ。みんなわかってないみたいだったけど、男の代わりに逮捕されるだけでさ。でなきゃ、カモを誘惑して路地に連れ込む。あげくにカモは、身ぐるみはがされるか撃たれるか――」

さすがのわたしも、これには目が丸くなってしまう。シエラが当たり前のように話すもんだからなおさらだ。カティアも、ジョーダンがそういうことをしてるのを知っていたんだろうか。知ってたはずだ。だとしたら、どうしてそんなやつと別れなかったんだろう？

「ジョーダンは、あなたにもその手のことをさせようとしたの?」

シエラは上唇を舐《な》めてから、ソファに頭をもたせかける。

「したよ。だけど、最初にお金を預かってほしいと言われたときに、そういうのはいやだってきっぱり言ってやったの。それっきり頼んではこなかったけどさ、その代わり、ふたりでどこかに出かけることもなくなっちゃった。ジョーダンは、いつもここに来てたんだ」

大麻が完全に効いている。脚の感覚がほとんどないし、突然、シエラのソファが世界で一番快適な場所に思えてくる。もう、ここから離れたくない。

唇を噛んで、自分を現実に引き戻す。しっかり、このバカ、しっかりしなさい!

肩に重みを感じて振り向くと、ソネットが完全にできあがっている。アフロが視界を遮《さえぎ》っていて邪魔なので、それを軽く叩いて周りが見えるようにする。

ソネットとパーカーは、おしゃべりをしながら笑っているけれど、その内容までは聞き取れない。突然、赤ん坊の泣き声が家の中に響き渡る。シエラが肩をすくめて立ち上がる。

「すぐに戻るから」シエラはそう言い残して寝室に入り、ドアを閉める。

わたしはパーカーのほうを向く。

「彼女なら、ジョーダンの居場所を知ってるはずだと言ってたじゃない」

パーカーが、どんよりした目をこちらに向ける。「何かを知ってるかもと言っただけだぜ。だけど、知らないのかもな」

「はっきり知る必要があるの。彼女と話してくる。一緒に来て、ソネット」

ソファから立たせると、ソネットはよろめきながらも、部屋の奥へとあとをついてくる。わたしは寝室のドアをノックする。

「シエラ、入ってもいい？　ボーとソネットだけど」

しばらくの沈黙のあとに、カチリという音がして、ドアが開く。

中に入ってドアを閉める。寝室は、ほかの部屋と同じようにやっぱり素敵だ。壁は濃いフォレストグリーンで塗られ、天井の四隅《よすみ》からは作り物の植物がぶら下がっている。プラスチック製のツルを連《つら》ねたカーテンの向こうにはツインベッドが見える。そのそばには小さな白い赤ちゃん用の籠形《バシネット》ベッドと、おむつを替えるためのテーブル。おむつとお尻ふきの開封《かいふう》済みパッケージが積まれていて、シエラは腕に抱いた赤ん坊をやさしく揺すっている。

シエラはベッドに腰を下ろして脚を組んでいるけれど、見るとその頬には涙がつたい落ちている。

「大丈夫？」わたしがシエラの隣に腰を下ろすと、ソネットは目を閉じて、ベッドの足元にどさりと身を横たえる。

シエラがうなずきながら、両手で頬をぬぐう。「うん、平気。ただ――よくわかんないんだけど、ときどきこの子が泣くと、あたしまで一緒に泣きたくなっちゃうんだ。おまけにこの子の顔を見るたびに、ジョーダンが重なって見えるもんだから」

「居場所は知ってるの？」

「あんた、やけにジョーダンのことを聞くよね。どういう知り合いだっけ？」

わたしは目をこすり、頭をはっきりさせようとする。「パーカーの関係かな。まあ、そんなとこ。わたしはジョーダンを見つけたいだけなんだ。あいつに――あるものを取られちゃって。大切なものなんだけど、取り返すには、あいつを見つけ出すしかないから」

「いったい何を取られたの？」

ほんとうのことを話してしまおうか。でも、自分と白人の女以外にもジョーダンに付き合っていた女がいたと知ったら、シエラの気持ちは変わってしまうかもしれない。

「指輪。お兄ちゃんからもらったやつ。どうしてあいつの手に渡ったのかはわからないんだけど、お兄ちゃんは何か月か前に殺されちゃって。だからわたしは指輪を取り戻したいの。お兄ちゃんの思い出のためにね」

真実ではないけれど、当たらずも遠からずだ。

「ひどい話。だけど、指輪なんかしてるとこ見たことないなぁ。あの、ダイヤモンドに見せかけようとしてたキュービックジルコニアのやつをのぞけばだけど」

「もし売り飛ばしちゃったんだとしても、どうなったのかだけは知っておきたいの。それこそ街じゅうを探しまわってるんだけど、ジョーダンは見つからなくて。パーカーが、シエラなら知ってるかもしれないっていうから」

「なんでそんなこと言うんだろ。もしあいつの居場所を知ってたら、こうやってひとりで赤ちゃんを育ててるわけないのに」けれどシエラは、わたしと目を合わせようとしていない。きっと何かを知っているんだ。

シエラは、わたしが赤ちゃんを見つめていることに気づいて言う。抱いてみる？　赤ちゃんを差し出されても、一瞬ためらってしまう。カティアは、ジョーダンと別の女のあいだに子どもがいたなんて知らなかったはず。だからこの子を抱いたらものすごい裏切りになってしまう。でも、赤ちゃんはジョーダンに似ているんだろうか？　ちょっとだけ見てみたい。ひょっとしたら、じつはジョーダンの子どもではないのかもしれないし。

わたしはブランケットに包まれたものをシエラから受け取ると、腕を軽く曲げて赤ちゃんの頭を支える。顔を見ようとブランケットを持ち上げる。カティアのために、せいぜい憎んでやるつもりで。

けれど、その子はとても美しい。ふわふわした黒い毛の生えた頭の形が、ジョーダンにそっくりだ。可愛らしい茶色の頰を赤く染めながら、小さな黒っぽい目でわたしを見上げている。この子は、まだ世界のことをなんにも知らない。わたしがたったいま、この子の母親に嘘をついたことも、父親が自分のことなんかまったく気にかけていないろくでなしだってことも。この子にわかっているのは、たったいま、ここで起きていることだけ。わたしはジャングル色の部屋の中で彼を抱き、この子のママはそばで彼を見つめている。

わたしはジョーダンが憎くてたまらない。カティア、あるいはシエラの人生をめちゃくちゃにしたのだって充分頭にくるけれど、どうして、血のつながった息子を見捨てることができるんだろう？　父親が抱く前に、わたしがこうしてこの子を抱いているなんて。

「お兄ちゃんの指輪を探すのは手伝ってあげたいんだけど、ほんとに何も知らないんだ」シエラが、指先でやさしく赤ちゃんの頭を撫《な》でながら言う。

「そっか。でも、ジョーダンがよく行く場所とかは知らないかな？　でなきゃ、それを知ってそうな友だちとか」

「うーん――ジョーダンには、あたしから聞いたって言わないでよね。絶対だよ」

「誰にも言わないから」わたしは約束する。

「わかった。先週、ジョーダンから電話があったの。非通知で」

やった。大麻のせいで視界がまだおかしな具合にかすんでいるけれど、わたしはなんとか頭をはっきりさせようとする。

「しばらくいられる場所が必要なんだって。だけど断ったんだ。だってあいつ、ジョーダン・ジュニアのためには十セントだって送ってきてないんだよ。もうすぐ生まれて八週間になるってのに――」シエラは強調するように、こぶしで手のひらを叩きながら言う。「――この子はまだ、父親の顔を見たこともない」

「ジョーダンはなんて？」

「カンカンになってた。あたしをクソビッチだとかいろんな言葉でののしりまくって。そのあとで誰かから聞いたんだ。ジョーダンのバカが、しばらく前にニュースになってたって。警官が誰かを撃って、ジョーダンはトンズラを決め込んだんだね。だからいまごろは警察があいつを探してるはずだよ」

「どこに隠れてると思う？　ほかにも家族とか友だちとかが、このあたりにいるのかな？」

「あいつはこの街に売女《ばいた》のハーレムを持ってるようなもんだからね。たぶん、どこかの女のところにしけ込んでるんじゃないかな」

このまま質問を続けてもいいけれど、シエラもジョーダンの居場所については、パーカーくらいの情報しか持っていないようだ。

シエラが赤ちゃんを受け取って、バシネットに寝かせる。わたしは寝室のドアを開けて、ふたりと一緒に煙の中へと戻っていく。と、パーカーがソファで、自分の携帯をいじっている。

違う、わたしの携帯だ。

「返してよ！」叫びながら駆《か》け寄って、携帯を取り返す。画面を見ると、ハイになったパーカーの自撮り写真が何枚も何枚も。わたしたちが寝室にいるあいだに撮ったのだろう。

シエラが困惑した顔で、わたしとパーカーのあいだに立っている。「どうしたってのよ？」

パーカーは、ただのジョークじゃんとでも言いたげな、きざったらしい笑みを浮かべながらソファに座っている。「なんでもねーよ。ボーは俺が、自分の男と携帯でしゃべってると思ったのさ」そう言って、パーカーがまた笑いはじめる。

頬にサッと血が上り、熱が腕から手へ、そしてこぶしにした指の付け根へと伝わっていく。あれだけの写真を撮る時間があったのだとしたら、ほかには何をしたんだろう？　ツイッターを開いたとか？　だとしたら、パーカーは知るべきではないことを、いろいろ知ってしまっているはずだ。

わたしはいくつか深呼吸をして、なんとか自分を落ち着かせる。まだテラー・タワーの中なんだし、パーカーには家まで送ってもらわなければ。だから怒りを呑み込むと、相手のジョークに乗ったようなふりをして、パーカーとソネットのあいだに腰を下ろす。

シエラはまだ困惑顔だけれど、それでも腰を下ろして、水ギセルに火をつける。

パーカーが運転できるくらいの状態を取り戻すころには、もう午前一時に近くて、わたしはシエラと電話番号を交換する。万が一、ジョーダンから連絡があった場合には知らせてもらえるようにと。それからソネットと一緒に、フォード・トーラスに乗り込む。

帰りの車の中ではずっと、胸の前でギュッと腕を組んでいる。

グレイディパークまでの道を半分くらいまで来たところで、パーカーが思い切ったように口を開く。

「なんでそんな顔してんだよ？　別に携帯の中身を見たわけじゃないんだぜ。何枚か写真を撮っただけじゃねーか」

わたしはパーカーのほうを見ようともしない。「黙ってて」

パーカーはバックミラーで、後部座席にいるソネットが眠り込んでいるのを確認する。

「何もおまえの男に、おまえがしてることをチクったりはしてないぜ。それで怒ってんだろ？　俺と出かけたのを知られたくないってか？」

わたしは鼻の付け根をもみながら言う。「あんたと出かけたわけじゃないから。わたしたちはいま、おんなじ車に乗ってるだけ」

「あのな、そいつがほんとうにおまえの男なんだったら、そいつに助けてもらうべきなんだぜ。

俺じゃなくてな。つまり俺には自分のしてることを話せるのに、そいつには話せないってわけだ」

　わたしは怒りで目をギラつかせながら、パーカーをにらみつけてやる。「いいから黙ったまま運転しなって」

「ほんとのことを言われたからって怒るなよ。おまえには、俺なしであそこに行く手段が何もかもそろってた。なのにそれを使わずに、俺に電話をしてきたんだぜ、ベイビー。その逆じゃなくってな」

「何度も言うようだけどサイコ野郎、わたしはビビってたんだよ！」

「テラー・タワーにか？　それともバスケがうまい彼氏に、ほんとの自分を知られるのがこわいってか？」

　わたしはももに爪を食い込ませる。

「彼なら、わたしのことをちゃんと知ってるから。あんたはそうじゃないけどね」

「俺たちはふたりともプロジェクトの出だ。ところが、お金持ちのミスター・チャンピオンはそうじゃない。おまえが頼んだところでビビっちまって、人探しにあそこへ行くなんて結局は付き合ってくれなかったかもしれないぜ」

「なんにも知らないくせに」わたしは小声で返しながらも、頭の中では、パーカーの言葉にも一理あるのがわかっている。

「違うってふりをするのは自由だけどな、俺の言うとおりなのはわかってるはずだぜ」

「パーカー、そもそもあんたは誰かとの関係について、うんぬんできる立場じゃないでしょ？カイアとのことは忘れたわけ？」

「あの女のことはどうでもいい。クソだから別れたんだしな。あいつには、もううんざりしてたんだ。そしたらおまえがうちの学校まで会いにきて——そのきれいな顔に——たっぷりと個性まで持ち合わせてるときた」

わたしをたらし込めると思っているんなら、パーカーは想像以上に頭がお花畑らしい。

「とにかくさ、次の週末にでも付き合ってくれよ。夕食か、映画か、ミュージアムか——」

「ちょっと、その汚い手を放して！」わたしはパーカーの手を脚からはたき落とすと、シートの中で、できるだけパーカーから遠ざかろうとする。

パーカーはおとなしく手を離し、ハンドルの上に置き直す。「なんでだよ？　お友だちならうしろでぐっすり寝てるんだから、気にしやしないぜ」

「わたしが楽しんでるように見える？　あんたなんか絶対にごめんだから。これで話はおしまい！　あとはこのポンコツを黙って運転して、わたしたちを家まで送り届けてよ。お願いだから」

お願いだから、が効いたのだろうか。それっきりパーカーはわたしにさわることもなく、道を聞くとき以外は黙ったまま運転を続けた。ほんとうなら、あんたとは今夜かぎりでかかわる気はないと言ってしまいたい。同時にパーカーが、何かを知っているような気もして踏ん切りがつかない。

わたしは、家から一ブロック離れた場所で車を止めてもらう。後部座席にいるソネットを揺り起こすと、彼女を肩に寄りかからせて車から降ろし、なんとか立ち上がらせる。

「起きたくないよ。まだヘロヘロだもん」ソネットが朦朧《もうろう》とした様子で言う。

「わかってる。もう少しで家だから」

ソネットを連れて通りを渡ろうとしたところで、パーカーに名前を呼ばれる。

「何？」わたしは振り返る。

「さっきの話、よく考えてみろよ、な？　おまえは俺からなら隠れる必要もないんだぜ」

わたしは指を突き立ててから、ソネットのほうに顔を戻す。わたしたちがようやく縁石《えんせき》にたどり着いたところで、おんぼろのフォード・トーラスも走りはじめる。

第十三章

金曜の朝は、起き抜けから妙に疲れている。昨晩、テラー・タワーまで繰り出した疲れが全然取れていないみたい。おまけに、ジョーダン・ジュニアのキュートな顔がどうしても頭から離れない。赤ちゃんなんか別に好きでもないんだけど、一度抱っこしちゃうとやっぱり違う。

ソネットは泊まりの準備なんかしていなかったから、わたしの服を貸してあげた。

「すっごい夜だったね」ソネットは、バスの座席に腰を下ろすときにもまだ眠たそうだ。

「まあね。一時間目はサボっちゃって、どこかで仮眠を取ったほうがいいかも」わたしはソネットの肩に頭をもたせかける。

「だめだよ！　今日は壁画の企画案の投票があるんだから。わたしはボーとマディソンのやつが選ばれると思ってるんだ」

壁画のことなんか忘れかけていた。ほんとうなら、楽しみにしていなくちゃおかしいのに。シエラからは思っていた情報を得られなかったけど、もしも壁画のコンペで勝って、校舎の横にカテイアが、生きていたころのカティアよりもずっと大きな姿で描かれることになれば、ツイッターのDMにだってガンガン情報が入ってくるはず。少なくともわたしはそう願っている。

美術の授業になると、みんなの企画案が次々と眺められるように、キューブラー先生がイーゼルをアトリエにずらりと並べる。ほとんどの生徒はふたり組以上になっていたから、企画案は八つだ。それからもう一枚、隅《すみ》っこには、ソネットの玉蜀黍《とうもろこし》の陰茎《いんけい》が置かれている。

キューブラー先生は生徒をペアにして、それぞれの作品をまるまる一分ずつ鑑賞させた。厳しいコンペになりそうだ。とくにクリーナの提出した、ローリン・ヒルを讃《たた》える案はかなりいい。

「さてと、これでみんな、クラスメイトの作品を検討できたわね。選んだものを紙に書いて、折りたたんでからわたしのデスクに置いてちょうだい」キューブラー先生が言う。

ほとんどの生徒は自分の作品に投票するはず。わたしもそうするつもりだったんだけど、例の玉蜀黍の陰茎に誰も投票しなかったらソネットが落ち込むだろうから、結局、ソネットに一票を入れることにする。

けれどそれではまだ期待感が充分じゃないみたいに、投票の結果発表は授業の最後までおあずけにされ、ようやくそのときが訪れた。

「集計の結果、優勝は圧倒的な票を集めた、ボー・ウィレットとマディソン・ガーバーによる〈カティアの蝶《ちょう》〉に決定しました！」

「よっしゃ、やったぁ！」そう声を上げたソネットにギュッと抱き締められると、わたしも抱き返しながら、ふたりでピョンピョン飛び跳ねる。やった！　これでカティアはみんなに覚えていてもらえる。なんたって、校舎の横にカティアの顔が描かれるんだから。

みんなも喝采《かっさい》してくれるけれど、何人かは、自分たちの企画が通らなかったことにおもしろくなさそうな顔だ。授業が終わり、鉛筆をバッグにしまっているところへマディソンが近づいてくる。

「ね、言ったとおりだったでしょ？　ボーの才能があれば負けるはずないって！」

「ふたりでやったんだよ。わたしが描いたのも悪くはなかったけど、マディソンが手を入れてくれたおかげで違うレベルの作品になったと思う」

「放課後には絶対にお祝いしなくちゃ。〈シュガー・ファクトリー〉でどう？　四時くらいに。チャンピオンとか友だちを連れてきなよ。わたしもジョッシュのほかに何人か友だちを連れてくから。きっと盛り上がるよ！」

「すごく楽しそうなんだけど、わたしは――」

「じゃあそこで！」ソネットがわたしの代わりにこたえる。

「よかった！　あとでメッセージを送っとくから」

マディソンが行ってしまうと、わたしはソネットに向き直る。

「遊んでるヒマなんかないんだよ。ジョーダンを探さなくちゃならないんだから。忘れちゃったの？」わたしは声をひそめて言う。それから美術クラスのアトリエを出ると、二時間目の授業へと移動する生徒たちの流れに乗って廊下を進む。

ソネットが片手でわたしの肩を叩く。「ボー、わたしたちも一日くらい休んだっていいと思うんだよね。カティアの姿がミレニアム・マグネットの校舎に描かれるんだよ。そのままずっと残るんだ。これがお祝いするときじゃなかったらなんだっていうの？」

「それはそうかも。だけど、あのレストランの値段は知ってるわけ？」

前に一度、誕生日のディナーであの店に行きたいと父さんにねだったことがある。返事はこうだ――キャンディや熊のグミのスティックが刺さったクールエイドなら、角の店でもっと安く頼めるんだから、わざわざあの店で高い金を払う余裕なんかない。

「心配しなくていいよ。わたしがおごるから」

「ソネット、そんな気を遣《つか》わなくたって――」

「わかってる。でも、そうしたいの」

わたしは小さく笑《え》みを浮かべる。誰かにおごってもらうなんて気が引けるけれど、ソネットはただ、わたしに楽しんでもらいたいだけなんだから。

「わかった。ありがとう。玉蜀黍の陰茎は残念だったね。落ち込んでない？」

「全然。結局うちの高校にはまだ、シカゴにおける男性社会の影響についてうんぬんする準備ができてないと思うし」

「そっか。まあ、ソネットが平気なんだったらよかったよ」

チャンピオンには、ランチのあいだにシュガー・ファクトリーのことをショートメッセージで知らせておいた。そしたらなんと、バスケのチーム全員と、チアリーダーたちにまで話が伝わったらしい。放課後になると、わたしとソネットは、チャンピオンの車でレストランに向かう。着いてみるとかなりの人数が集まっていたから、四つもブースが必要になる。それでもマディソンが有名人である父親の名前を告げるだけで、優先的に入れてもらえた。

「世界中の知り合いを呼ぶ必要があったの？」わたしはブースに座りながら、チャンピオンにそっとささやく。

「俺は、ドレとジョサイアにしか声をかけてないんだって！　けど想像はつくだろ？　仲間の誰かが行くとなったら、どいつもこいつも行きたがるんだ」

「まあ、そう言うんなら――」わたしは胸の前で腕を組む。どこを向いてもお菓子だらけで、カラフルで、テレビがある。まさしく五歳児の夢のような場所。けれど集まった人が多すぎて、わたしはどうしても緊張してしまう。

チャンピオンがわたしの頰《ほお》にキスをする。

「心配すんなって。みんな、ボーの壁画を祝うために来てるんだから。で、その絵は持ってるのか？」

そこで突然、バカでかいブルーのリボンをてっぺんにつけた金髪頭が隣のブースからひょこりと顔を出す。チアリーダーのひとりだ。「そうそう、見せてよ！」と、嬉しそうな声で言う。

写真なら撮《と》ってあったけど、ミレニアム・マグネットの生徒がごっそり集まっているような場所で見せるのはなんだか気が進まない。きっとこの蝶に囲まれている女の子は誰なのかと聞かれて、最後にはカティアに何があったのかを説明しなければならなくなるだろう。チャンピオンの友だちはみんな感じがいいけど、カティアのことは知らないし、心から気にかけているわけでもない。おまけに、会ったばかりの人たちの前で泣くハメになったら最悪だ。

「ごめん、持ってないんだ。壁画が完成するまで待ってもらうしかないかも」わたしは言う。

チアリーダーは、ぷうっとふくれてから席に戻る。テーブルの向こうには、チャンピオンの友だちで口のよく回るドレが座り、ウエイトレスに手を振っている。

「すんませんけど、ニュースが見たいんでテレビをつけてもらえないかな？　体育館でシュート練習をしてる俺たちの映像が流れることになってるんだよね」

ウエイトレスがあからさまに断りかけたところでマディソンが声を上げる。「わあ、それ、絶対見たい！」

「わかりました。少々お待ちを」露骨な手のひら返しだ。

ウエイトレスの差別的な扱いに気づいていたとしてもドレは何も言わずに、隣に座っている、大きな目をしたチアリーダーのポニーテールを引っ張るいたずらを続けている。

ソネットが隣からメニューを差し出してくる。

「ほら、ボー。なんでも好きなものを頼んで」

ソネットのおごりなのはわかっているんだから、わたしとしてはできるだけ安いものを頼みたい。なにしろ自分で払うとしたら、グミのたっぷり入った二十ドルもするソーダなんて絶対に頼まないんだから。

ウエイトレスが一番近くのテレビをつけて地元のニュースに合わせてから、みんなの注文を取りはじめる。

「ポテトフライとお水を」わたしはメニューを返しながら注文する。

すると、ソネットがにらみつけてくる。「そんなのだめ。彼女には、スーパーデューパー・

ガーリックフライドチキンフィンガーと、ゴジラのトリプルビックリサンデーをお願いします」

「ソネット、そんなに食べられないって」

「わかってるよ。わたしが手伝うからさ」ソネットは、にんまりしながらウエイトレスにメニューを返す。

やってきたサンデーの大きさといったら。とにかくものすごいボリュームなので、テーブルの全員でシェアすることになる。

「これやばいね！」マディソンがスプーンを口に入れてから声を上げる。彼女のボーイフレンドがマラスキーノチェリーを取ってマディソンの鼻の上にぶら下げると、彼女はパクリとチェリーを頬張る。

ほんとうに、すっごくおいしい。巨大な深皿に、店にあるすべてのフレーバーのアイスが盛りつけられ、そのうえにチョコレートソース、粒チョコ、ポップロックス、角砂糖、レインボーツイスターロリポップなんかがこれでもかというくらいにのっている。わたしはもうひと口頬張ると、目を閉じながらその甘さを堪能《たんのう》する。

「おいおい、チョコがついてるぞ」チャンピオンが指でわたしの顎《あご》をこすってから、その指をぺろりとなめる。

緊張がほぐれるにつれ、どんどん楽しくなってきた。チャンピオンの彼女になったからには、この人たちはもう、わたしの友だちでもある。うん、昨日までは挨拶ひとつしたことがなかったとしても、向こうがそれを気にしないなら、こっちだって気にしなくていいんだ。

「ねえ、ボー！　こっちにおいでよ。ティックトックで新しいハッシュタグチャレンジをするからさ」黒い巻き毛のチアリーダーが、こう言ってわたしを呼ぶ。

チャンピオンがお尻をずらしてブースから出られるようにしてくれたので、席を立ちながらソネットの手をつかむ。ソネットもあっという間に振り付けを覚えて、早速、ジョサイアが動画を録《と》りはじめる。

音楽がはじまると、わたしたちは一列に並んで、一匹のヘビみたいにうねりはじめる。それから膝《ひざ》に両手を当てて、お尻を三回突き出してみせる。店員もほかのお客さんたちも、すっかりあきれているはずだ。だけど、わたしはここのところずっと楽しい思いをしていなかったんだから、人の目なんかどうだっていい。

手脚《てあし》がヘロヘロになるまで踊《おど》ってから、チャンピオンの隣に戻って、彼の肩に頭をあずける。ずっとこういうのに憧れてた。グレイディパークの外のどこかに、自分がしっくりくる場所を見つけたいって。そしていまのわたしは、この場にしっくりはまっている。

「おい、みんな、ニュースがはじまったぞ！」ドレが叫びながら、わたしたちのブースの上に取りつけられたテレビのほうに顔を上げる。

ニュース番組のロゴが閃《ひらめ》くとともに、画面の下には赤い〝速報〟の帯が出る。頬紅のきつい、白人のレポーターの顔がパッと画面に現れる。「こんにちは、CNTV五時のニュースのキャロル・ドーソンです。シカゴ市警が先ほど、カティア・ウィレットの死亡に関し、新たな情報を発表しました。二十二歳のカティア・ウィレットが、今年の一月、非番の警官に銃で撃たれて命を落とした事件です。当局の記者であるティム・アシュトンが、ダウンタウンに近いシカゴ市警の前におりますので、これから映像をつなぎます」

ソネットとマディソンがこちらを見ているけれど、わたしの目は画面に釘付けだ。なんだかキツネにつままれたような気分。そうか、やっと検察が、ピーター・ジョンソンを起訴することに決めたんだ！　必ずあいつの嘘をつきとめて、逮捕まで持ち込んでくれるはずだと思ってた！　ジョンソンさえ逮捕されれば、わたしたちがジョーダンを探す必要もなくなるんだ。

テレビの画面が、建物の前にひとりで立っている白人の若い男に切り替わる。「ありがとう、キャロル。わたしはいま、シカゴ市警の前にいます。ここではつい先ほどまで、ロジャー・ジエム署長によって、非番の警官ピーター・ジョンソンによる、カティア・ウィレット殺害事件の捜査に関する報告が行なわれていました。これがその報告の内容です」

画面がまた切り替わり、署長が映し出される。濃い口髭《くちひげ》を生やし、黒っぽい冷ややかな目をした年配の黒人男性だ。

「内部調査により、ジョンソンが当局支給の銃を使ったことは、まさしく警察の規則違反に該当すると結論しました。しかしまた、ミズ・ウィレットの車の後部座席には、大量のコカインがあったことが鑑識により確認されています」

一気に心が暗くなった。コカイン？　カティアの車に？　そのふたつの事実が、頭の中でうまくつながらない。確かに大麻ならかなり吸っていたけど。カティアはコカインとかヘロインとか、グレイディパークの連中をぼろぼろにしているハードなドラッグ類には絶対に手を出さなかったはずだ。

「マジかよ。あれ、おまえの姉貴のことなのか？」ドレの顔にはショックが浮かんでいる。

そこでふと、いまどこにいるのかを思い出す。ここに集まっているミレニアム・マグネット高校の人気者たちが、ひとり残らず、死んだわたしの姉の車にコカインがあったことを聞いてしまったなんて。

ソネットがギュッとわたしの手を握る。「ねえ、チャンピオン、わたしたち、その、ボーを帰らせたほうがいいんじゃないかな？」ソネットが、わたしの向こう側に声をかける。

チャンピオンもほかのみんなと同じようにテレビを見つめていたけれど、ハッと我に返ると、うなずいてみせる。

わたしたち三人はブースを離れ、店の裏口から外に出る。チャンピオンが車のドアを開けてくれたときになって、みんなにちゃんと挨拶をしてくればよかったと後悔する。ひょっとしたら、あのまま残っていたほうがよかったのかも。笑い飛ばして、たいしたことじゃないってふりをしたほうが。あんなふうに何も言わずに出てきちゃうなんて、きっと、ますますカティアが有罪に見えてしまう。

「ボー？　大丈夫？　全然口をきいてないけど」チャンピオンが車を出したところで、ソネットがそう声をかけてくる。

「よくわからなくて。車からドラッグが発見されてたんなら、どうしていままで黙ってたんだろう？」わたしが言う。

チャンピオンも、運転しながら張り詰めた顔だ。「当時はまだ、ドラッグだって確認が取れてなかったんだろうな。そういえばご両親が、不法行為死亡で市を訴えるとか言ってなかったっけ？」

「うん、そうだけど」

「その場合、市が敗訴すれば、ボーの家族に賠償金《ばいしょうきん》を支払わなくちゃならないわけだ。けど、もしもきみの姉さんが悪事に手を染《そ》めていたように見せかけられれば――」

「お金を払う必要がなくなる」わたしがそう締めくくる。

「基本的に言って、行政ってのは警察側に味方するもんだしな。別に驚きでもない」チャンピオンは苦々しい声で言う。

わたしがいつ家に帰り着こうと、親がぶち切れているのは間違いない。妊娠するな、薬物には手を出すな。これは娘たちに課された、うちの掟《おきて》みたいなものだ。ところがいまとなってはカティアを怒鳴《どな》りつけることはできないわけだから、その怒りの矛先《ほこさき》はわたしに向かうだろう。きっと、何か知っていたはずだと決めつけられる。ほんとうに何も知らなかったのに。

チャンピオンがわたしの膝にそっと手を置く。「うちに来いよ。ソネットも一緒にさ」

けれどわたしは首を振る。「ううん、大丈夫だから。うちの親が、わたしと話したがってると思うんだ。先延ばしにすればするほど悪くなるだけだしね。さっさとやっつけちゃったほうがいい」

グレイディパークへと街の通りを抜けていく車の中で、ふと思う。どうして恋人も親友も、そのドラッグはカティアのものなのかって聞かないんだろう？　ふたりとも、わたしのこたえがこわいんだ。もし聞かれたら、ほんとうのことを言うだけなのに。わたしはカティアがコカインをやっていたのかどうか知らない。カティアの恋人が、ほかの女を妊娠させていたことを知らなかったみたいに。わたしはどんどん、カティアのことがわからなくなってくる。

家に帰ると、ベビーブルーの仕事着姿の母さんが、キッチンのテーブルで火のついた煙草《たばこ》を手にしている。母さんが煙草を吸っているのを見るのは、そう、たぶん、八歳くらいのときが最後のはずだ。だからわたしは、困惑したまま戸口で立ち尽くしてしまう。

母さんはようやくわたしに気がつくと、立ち上がって、四日前からシンクにつけたままになっている汚れたマグに煙草を落とす。

「また吸いはじめたの？」わたしは部屋に入って、ドアを閉めながら声をかける。

「違う違う。そうじゃないの。シャーレンが分けてくれたもんだから、少しは気分がほぐれるかと思ってね。このところ、あまりにもストレスが大きすぎて」

母さんがテーブルに戻ったので、わたしもその向かいに腰を下ろす。

「今日は夜勤じゃないの？」

母さんが首を振る。「そのはずだったんだけど、なんだか疲れがひどくてね。どこに行ってたの？」

放課後に黙って出歩いていたのに怒りもしないなんて。こんな投げやりな態度は、ちっとも母さんらしくない。

「ソネットと勉強。ニュースは見た?」

「見てないけど。どうして? 誰かが殺されたとか?」いかにも興味のなさそうな、くたびれた声。

「そうじゃないけど。警察署長がちょっと前に記者会見をしたんだよ。カティアの車の後部座席からコカインが発見されたって」

わたしは母さんが立ち上がって、ののしりながら怒りを爆発させるだろうと身構える。でなければ、そんなのはデタラメだ、何もかもみんな大きな陰謀《いんぼう》の一部なんだとか言いはじめるかもしれないと。けれど反応はゼロだ。母さんは表情さえ変えようとしない。

「テレビの見すぎだよ、ボー。ニュースなんか見たって、なんにもなりやしない」

「何か手を打ったほうがいいんじゃないかな? 弁護士さんに電話するとか。でなきゃテレビ局に連絡して、電話インタビューでこっちの意見を伝えるとかさ」これはカティアのためだけでなく、自分のためでもある。月曜日に登校したら、一日中、汚いものを見るような目でじろじろ見られるはずだ。それを考えただけでも息が苦しくなってしまう。プロジェクトの出身というだけでも充分大変なのに、事実でもないことのために、これ以上、見下されるなんてとても耐えられない。

「それで何を言うつもり? カティアのではありませんって? 母親の言うことなんか信じてもらえるとでも思ってるの?」

確かにそのとおりだ。世間のみんなは、家族なら、ドラッグがカティアのものだと知っていたところでかばうはずだと思うだろう。わたしたちの言葉には、なんの意味もない。今回の件をなんとかするには、ドラッグは自分のものだとジョーダンに認めてもらうしかないんだ。

「わかったよ母さん。だけど、カティアのことをあんなふうに言われたままほっとくわけにはいかない」

　母さんは充血した目をわたしのほうに上げる。「あの子は死んだんだよ、ボー」わたしは〝死〟という言葉にギクリとする。「世の中にどう思われようと、あの子にとっては、もうどうだっていいんだ」

「だけど、わたしにとってはどうでもよくない！　わたしはまだ生きてるんだよ。お姉ちゃんを殺されたってだけで周りの目がつらいのに、今度はヤク中か売人の妹だって思われるなんて！」

　母さんがどんな地獄を見ているのか知らないけれど、もうこういうのにはうんざりだ。いい加減に目を覚まして、何もかもどうだっていいみたいな態度はやめにしてもらいたい。

　ノックの音がする。父さんだ。わたしがドアを開けるなり、父さんが爆発しはじめる。

「コカインとはどういうことなんだ、バジル？　クソッタレが、コカインだと⁉」父さんがマクドナルドの袋をキッチンのテーブルに置くかたわらで、母さんはこめかみをもみはじめる。

「アーレン、落ち着いてちょうだい」

　けれど父さんは、大きな悪いオオカミみたいに鼻息が荒い。「落ち着けだと⁉　おまえは、カティアがあのギャングがらみの若造と付き合ってるのを知ってながら、ドラッグにハマるのを黙ってみてたってわけか？」

　わたしはここで、母さんにはまだひとつだけ、どうだってよくないことがあるのを思い出す。父さんが自分に向けて怒りを爆発させたときには、とにかく徹底的にやっつけないと気が済まないのだ。

「聞き捨てならないね。カティアが何かにハマってたからって、どうしてそれがわたしのせいなのよ！　カティアはもう大人だったんだから、付き合う相手を母親が決められるわけないじゃない。それにお忘れのようだけど、あの子には親がふたりいるの！」母さんは立ち上がって父さんに顔を突きつける。暴力沙汰《ぼうりょくさた》になったことは一度もないけれど、それでもやっぱり、傷つけ合うことはできるらしい。

　父さんが母さんの顔に指を突き立てる。「おい、ふざけるんじゃねぇぞ！　今回のことで責められるのはごめんだからな。なんたって俺はここにいなかったんだ！　この家でカティアと暮らしてたのはおまえだろうが！　ったく、職場の掃除係との電話に夢中で、娘のことをきちんと見てなかったんじゃないのか」

　両親は、わたしがいることさえ忘れている。どうしてカティアのことでこうも喧嘩《けんか》ができるのか、ほんとうにわけがわからない。そのくせわたしのこととなると、どんなに近くにいたって、もうこれまでの半分も気にかけてくれないんだから。

「ああもう、アーレン、あんたがよその家に転がり込んでるのがわたしのせいみたいに言うのはやめてくれる？　何もかも、あんたがいっぱしの男らしく家族を養おうとしないからじゃないの！　働かない、掃除もしない、そのくせわたしの子育てにだけはやいやい文句を言うんだから！」

ここで口を挟むべきじゃないのはわかっているけれど、ふたりには、あまりにも局面が見えていない。

「ねぇ！　頼むからそのへんにしてくれない？　いまは、どうやったらカティアを守れるのかを考えるべきだと思うんだけど。ニュースになっちゃったんだよ。いまごろは、みんなどこかみんなのおばあちゃんたちまで、このことを知ってるんだよ」

父さんは母さんから離れると、わたしの隣の椅子に腰を下ろす。

「ボーの言うとおりだ。アル・シャープトンなり、ジェス・ジャクソンなり、誰かしらに電話をしないと。来てもらって、なんとか手を打ってもらうんだ」

母さんが冷たく笑う。「誰も来やしないよ、アーレン。来るつもりなら、もう何週間も前に来てるもの！　なんで来ないかって、みんなにとっちゃカティアは有罪なの。なにしろジョーダンは現場から逃げ出してるうえに、今度はコカインまで見つかったっていうんだから」

「だけど母さん、コカインはきっとジョーダンのだよ。だって――」

「関係ない！　コカインがカティアの車にあったんなら、あの子はやっぱり共犯だ。あんたのお姉ちゃんはね、ほんとにどうしようもない選択をしたあげく、それが全部、今回のことにつながってるんだよ」

父さんがまた立ち上がる。「バジル、それと警官がうちの娘の顔に銃をぶっぱなした件と、いったいどうつながるっていうんだ⁉」

「それはもう起こったことなの。わたしたちが何をしようと何を言おうと、その事実は変わらない。世の中の人がカティアのことを良く取ろうと悪く取ろうと、あの子は帰ってきやしない。わたしにはどうしたらいいのかわからないけど、とにかく、もうこれ以上、意味のない戦いを続けるのはごめんだから。わたしはもういや」母さんはわたしたちに首を振ってみせてから、廊下の突き当たりにある自分の寝室に消えてしまう。

「母さんの言うことをまともに取るなよ、ボー。まったくあいつはどうかしているんだ。さあ、チキンバーガーとハンバーガーと、どっちがいい？」父さんが脂のしみたマクドナルドの袋を差し出してから、紙皿を探しに立ち上がる。

わたしは自分でも、どちらの味方をすればいいのかわからない。父さんはカティアの無実を証明したがっている。それはわたしも一緒。だとしても、なんであれ父さんに頼ることなんかできっこない。起きていることを無視して見ないようにしている母さんの態度には納得がいかないけれど、これまでずっと、わたしやカティアのそばにいてくれたのは母さんなのだ。結局は母さんの言うとおりで、これは無意味な戦いなのかもしれないし。

どちらにしても、はっきりしていることがひとつだけある。月曜日の学校は、地獄になるだろうってこと。

第十四章

月曜の朝、わたしはホームルームのベルが鳴る前に、校長室へと呼び出される。

学校秘書のデスクの前には赤い布地にシミのついたソファがあって、そこに座っているときから、胸にはもうはっきりとした予感があった。きっと何か悪いことが起きるんだ。授業をサボって居残りを命じられたことは何度かあるけれど、それだってずいぶん前の話だ。中には統一テストでものすごい高得点を取ったとか、嬉しい理由で校長室に呼ばれる生徒もいるのだろう。だけど、そんなことがわたしに起こるとは思えない。

「ボー・ウィレット君？」マルコス校長の声が、少しだけ開いた校長室の扉《とびら》の向こうから聞こえてくる。

校長室に入ると、散らかったデスクの前に置かれた椅子に腰を下ろす。校長がにこりともしないので、わたしはやっぱり悪いことなんだと思う。

「おはよう、ウィレット君。元気かね？」校長がデスクの上にある紙の山を自分の右側に動かして、お互いの顔が見えるようにする。

「はい」

校長はうなずいて、両手の指を縦に合わせる。これから、おそろしい知らせを口にするぞとでもいわんばかりに。

「あの、両親に何かあったわけじゃないんですよね？」わたしは木の肘掛《ひじか》けをつかみながら言う。

「ああ、もちろんだとも！　ご両親は大丈夫だ——これは悪かった。何も心配させるつもりはなかったんだが——」

わたしはふうっと息を吐いて、肘掛けから手をゆるめる。両親さえ無事なら、何を言われたところでなんとかなるだろう。

「よかった。でしたら、なんでしょうか？」

校長が大きく息をつく。「学校側ではいくらか心配しているんだよ——」

「わたしのことをですか？　ありがとうございます。でも、わたしなら大丈夫なので」

「——いや、じつはきみとマディソンが提案した壁画の件なんだ。壁画のテーマに関し、何件かクレームが寄せられていてね——」

「カティアです」

「なんだって？」

「壁画のテーマ。彼女の名前はカティアです。わたしの姉なんです」

「ああ、もちろんそうだとも。これは失礼した」校長の顔が赤らんでいる。「とにかく、クレームの内容を考慮した結果、学校側としては——」

「誰が文句なんか？　わたしたちの案が選ばれたのは、クラスの全員が投票した結果なのに」

「わたしとしても、学区内に暮らす人々に関して身元を明かすわけにはいかないんだ。だが壁画を計画通り進めることに対して、脅迫《きょうはく》めいた内容が届いているとだけは言っておこう」

脅迫？　壁画の内容については、美術クラスの生徒しか知らないはずなのに。つまりクレームをつけているのは、クラスの連中の、差別主義者の親たちってことだ。

「つまり何人かの親が学校に脅迫めいた電話をかけてきたからって、言いなりになるんですか？　そんなの不公平すぎます！」これは賭けてもいいけれど、うちの親が学校にそんな電話をかけたところで、学校側はピクリとも動かないはずだ。まったく意に介さないだろう。

マルコス校長は眼鏡《めがね》をはずしながら、ため息をつく。同情しているというよりも、単純に疲れ果てたという顔だ。

「きみにこんなことを話すべきではないんだろうが、そういった電話の多くが〈警官の命も大切だ〉《ブルー・ライブズ・マター》運動の地元グループから来ているようでね。さらには――その――殺人事件に関する新しい情報が出てきたこともあって、誰よりも教育長ご本人が、カティアの壁画は学びの場に敵意と分断をもたらすとのご判断なんだ」

カティアを知りもしない人たちが、カティアを憎んでいる。そういうやつらは、カティアの壁画を提案したのがわたしだと知ったら、それを理由にわたしのことも憎むのだろう。そいつらがいくらがんばったところでカティアに害は加えられない。けれどその気になれば、わたしを見つけることはできるはずだ。その手の連中がどんなひどいことをやってのけるかは、テレビでしょっちゅう目にしている。それでも警官のピーター・ジョンソンが自由の身でいる以上、カティアがやつらのレーダーにひっかかることはないと思っていた。本質的には向こうのほうが優勢なのに、いったいなんの文句があるっていうんだろう？

「わたしの意見はまったく聞いてもらえないんですか？」こたえがわかっていても、やっぱり聞かずにはいられない。

「残念だが、そのとおりだ。これがきみの期待と違うことはわかっているが、きみとマディソンの提案したものの代わりに、何か違う壁画にするのが一番だと思っている」

わたしは良い子でいるべきなのか、暴れだすべきなのかわからないまま、そのまましばらく黙り込んでしまう。

「誤解のないようにさせてください。つまり、みんなの投票した結果があるっていうのに、それでも校舎に姉の姿を描くことは許してもらえないってことですか？」

「納得がいかないのはよくわかる。だがわたしには校長として、ミレニアム・マグネットのすべての生徒たちを守る義務があるんだ。この壁画の計画を進めることは、学校に大変な危険をもたらす。キューブラー先生にもすでに伝えてはあるんだが、きみには、わたしから直接伝えるべきだと思ったものでね」

わたしは椅子の背にもたれかかる。体から空気が抜けていく。ずっとわかってた。悪い状況ってのは変わるどころか、どんどん悪くなっていくだけなんだって。

「こんなのってひどすぎる！　あれはカティアの薬物じゃないのに。カティアはなんにも悪いことなんかしてない！」

「言葉に気をつけなさい！　いいかね、物事には必ずふたつの側面があるものだが、学校は安全なほうを取らねばならないんだ。きみとマディソンで、また新しい案を考えてくれたまえ」

校長が立ち上がり、わたしを校長室の外へと追い払う。外の廊下は、静かでがらんとしている。一時間目が、もうはじまっているのだろう。

できるだけゆっくりと廊下を歩く。美術クラスのアトリエに入っていって、負けたことを悟られるのは気が重い。それもこれも、ジョーダンのやつがカティアの車をドラッグの倉庫代わりにしたせいだ。誰もジョーダンについては何も言わないし、隠れている場所をつきとめようともしない。みんなが話題にするのはカティアのことばかり。殺されたのはカティアだし、後部座席からドラッグが発見されたのもカティアの車だったから。

壁画を失ったことは、カティアを失ったことに比べたらなんでもない。だとしても、少しは耐えるのが楽になったはずなのに。壁画があれば世の中の人たちもカティアのことを気にかけてくれて、結果、ジョーダンに関する本物の情報だって手に入ったかもしれないのに。そんな希望も、もうおしまいだ。

美術棟の四階の角を回ったとたん、いきなりマディソンとぶつかってしまう。彼女の手から教科書が落ちたので、わたしもかがんで拾うのを手伝う。

「ちょうどボーを探してたんだ。アトリエの前で待ってたんだよ。マルコス校長と話してきたんだよね？」マディソンがやさしい声で言う。

「うん、そうなんだ。あれが本気だなんて信じられない。ふたりで一生懸命がんばったのに、あの壁画を誰にも見てもらえないなんて」

化学の教科書を手渡してから、マディソンと一緒に立ち上がる。

「校長先生は、わたしたちふたりでまた別の案を考えていいって。学校の理事たちが認める内容でさえあれば、今回はコンペに勝つ必要もないし」

マディソンの口調は、それが重要なことだとでもいわんばかりだ。

「だから？　差別主義者どもに学校を爆破されるんじゃないかってビビってるかぎり、理事たちがブラック・ライブズ・マター関連のテーマを認めることはないんだよ」

「だったら、賛成してもらえるとわかってるテーマを選べばいい。キング牧師とかローザ・パークスの壁画なら、反対されっこないんだしさ」

「そんなの意味ない」

「うーんと、わかった。だったら、どんなのがいいの？」

わたしは窓に近づいて爪を噛《か》みながら、いい解決策がないかと考え込む。

「ちょっとした抗議運動をしてやろうよ！　校長と理事に向かって、カティアがだめなんだったら何も描かないと訴えるとかさ」そうだ。ひょっとしたら、カティアのためには無理でも、芸術のためになら人を動かすことができるかもしれない。より多くの注目を集めることができれば、それだけ事件に気がつく人も増えて、助けを得ることもできるんだから。

マディソンが驚いたように口をぽっかりと開けた。「それで校長の気持ちを変えられるとでも？」

「可能性はある。もし無理だったとしても、できるだけの努力をしたことにはなるしね」

マディソンは、茶色の巻き毛にスッと手を入れる。

「本気なの?」マディソンが言う。

「もちろん。壁画がスタートするのは来週以降になるだろうから、その前に話し合って計画を立てようよ」

マディソンがこわばった笑《え》みを浮かべてから、わたしと一緒に美術クラスのアトリエに向かう。抗議運動なんかうまくいきっこない。マディソンはそう考えているんだろうけど、そんなことはどうだっていい。とにかく美術クラスの生徒にも、できるだけ協力してもらわなければ。

授業が終わると、キューブラー先生と話をするため、ひとりでアトリエに残って待つ。先生は、いかにも心ここにあらずの様子だ。いつもは陽気でおもしろい先生なのに、今日はなんだか妙に哀しそう。

「校長先生と、壁画については話をしたのよね?」最後の生徒がアトリエを出ていったあとで、先生がドアを閉めながら声をかけてくる。

わたしはうなずく。「先生の力でどうにかならないんですか——って、たぶん聞いても仕方ないんですよね」

ほんとうは抗議運動のことも相談してみたいのだけれど、相手は先生なのだから、賛成してくれるはずもない。

「これだけは信じてもらいたいのだけれど、わたしも意見を変えてもらえるように、できるだけの努力はしたのよ。けれど理事会はまったく聞く耳を持たなくて」

ほんとうにそうなのだろう。キューブラー先生なら、わたしのために戦ってくれたはずだ。わたしを知っているからだけじゃなくて、あの壁画の案を心底気に入ってくれていたから。

「ありがとうございます」わたしは言う。

「何か、理事会の気に染《そ》むようなアイデアはあるかしら?」

ここは、本気で考えているふりをするしかない。「まだなんですけど、マディソンと相談して、月曜日までには出すようにするんで」

「よかった。何か助けがいるようならいつでも言ってちょうだい。料簡《りょうけん》の狭い人たちのせいで素晴らしい壁画がだめになって、わたしとしてもほんとうに残念なのよ。とにかく、あのスケッチはあなたの作品としてとっておいてね。今年あなたが手がけた中でも、最高の一枚だと思うから」

わたしはにっこりする。「ありがとう、キューブラー先生」

その日の学校は、抗議運動をどうしようかと考えているうちに過ぎていく。壁画を描く校舎の周りにヒューマンチェインを作るとかは、あまりに突拍子もないかな。あとは朝のものすごく早い時間に校内にもぐり込んで、勝手に壁画を描いてしまうとか。だけどそれだとクラスのみんなに協力してもらえそうにない。もう少し無難なやつにしなくちゃ。せいぜい、居残りの罰くらいで済みそうなやつ。とにかくどこかの差別好きな親御さんたちに、カティアが壁画にふさわしくないだなんて言わせておくわけにいくもんか。

それからようやく、完璧なアイデアを思いつく。座り込みだ。場所は美術クラスのアトリエにしよう。それなら充分に平和的な抗議運動になるはず。それに校長先生も、美術のカリキュラムにはあんまり注目していない。体育館とか校長室が占拠されたりしないかぎりは、ほっておいてくれるだろう。わたしは政治の授業のあいだに、机の下でこっそり携帯を打ち、ショートメッセージでマディソンに相談を持ちかける。

座り込みはどうかな？　市民運動とかでもよくやるやつ。場所はアトリエがいいと思うんだけど。

放課後になってもマディソンからは返事がこない。きっと宿題で忙しいんだろう。そのあと夜の八時くらいに電話をかけてみると、そのまま留守電になってしまう。

誰にだって忙しいときはある。だけど、一緒に組まないかと持ちかけてきたときには、それこそ稲妻《いなずま》みたいな速さで返事をくれたくせに。マディソンは一日中、どこにいたって携帯を手放さないタイプだ。ひょっとしたら無視されているんだろうか。でもどうして？　はっきりしたことがわかるまで、これ以上の連絡はやめておいたほうがいいのかもしれない。

だとしてもやっぱり、マディソンの考えが聞きたくてたまらない。壁画の件ははじまりに過ぎない。わたしたちは変わらないものを変えようとしてるんだ。マジでやってやるんだから。

第十五章

何か脳の模型に使えそうなものがないかな。わたしはそう思いながら、床に這《は》いつくばって部屋の中を探しまくる。まったく、心理学の単位の三割がかかったこの課題を忘れていたなんて。ちょっとした課題ならできなかったリストに書き込んでとりあえず逃げる手もあるけれど、この課題には、次の夏を満喫《まんきつ》できるか、サマースクールで地獄を過ごすのかがかかっているのだ。

緊急事態だからと、ソネットにヘルプの電話をかけようとしたところで突然携帯が鳴りはじめる。チャンピオンだ。

「よお、どうしてる?」

わたしは親指の先を嚙《か》むのをやめて、ベッドにちょこんと腰を下ろす。あまりにもあせっていて貧乏ゆすりが止まらない。

「ええっと、もう、どうしたらいいのかなって感じ。脳の模型を明日までに提出しなくちゃならないのにすっかり忘れちゃってて!」

「落ち着けって。ボーはいろいろ大変だっただろ。ちょっとくらい猶予《ゆうよ》期間をもらえないのか?」

「まあね。けど、それも学校に戻った時点でおしまいだから。卒業したいんなら、いつまでもカティアを言い訳に使うわけにはいかないよ」

「わかった。ならこうしよう。お母さんに聞いたら、今夜、外出させてもらえそうか？」

わたしは鼻を鳴らす。「母さんならドアを締め切ったまま、一日中部屋から出てこない。いま、わたしがここにいることだって気づいてないよ。だけどだめ。出かけられない。たったいま、二年生で留年しそうだって話をしたのを忘れちゃったの？」

「大丈夫。留年なんかしないよ、ボー。いまから俺がそっちに行く。二十分くれ」

「ええ⁉」チャンピオンもうちの建物なら見たことがあるけれど、入ったことは一度もない。うちの狭いことといったら、全部を合わせたって、チャンピオンのクローゼットのほうがまだ広いかも。おまけに、母さんがこのところ掃除をしていないので、とても見られる状態にはない。わたしの靴下は床の汚れでタールみたいに真っ黒だし、冷蔵庫のうしろのほうからはすっぱい臭《にお》いが漂っている。

「途中で寄って、必要なものをいくつか買ってくからさ」チャンピオンが、わたしを無視して続ける。「明日までに間に合うように、ふたりでやっつけようぜ。俺もおんなじ課題をこの前の学期にやらされてるから、それをそのまんま作ればいい」

「そんなことまでしてくれる必要ないって。忘れてたのはわたしなんだよ。わたしの問題であって、チャンピオンには関係ないんだから」

チャンピオンが電話の向こうでため息をつく。「力になりたいんだよ、ボー。きっと楽しいぜ。それに俺はまだ、一度もきみの家には行ったことないしな」

「だけど、母さんが——」

「ボーが家にいることにも気づいてないんだろ？　さっき自分でそう言ってたぞ。いいから手伝わせてくれよ、な？」

わたしは肩をすくめる。確かに助けは必要だ。ひとりでやるより絶対にいい。

わたしはチャンピオンにわかったとこたえると、この汚い家の、臭いだけでもなんとかしようと全力を尽くす。リビングには母さんのバス＆ボディワークスの蠟燭《ろうそく》を何本か灯《とも》し、廊下とキッチンにはリネンの香りのルームフレグランスをたっぷりと噴きかける。それからリビングの窓を開けて換気をする。

そうやって掃除をしているあいだも、母さんは部屋に閉じこもったままで物音ひとつ立てない。ひとりきりのときには男の子を家に入れてはいけない決まりだ。けれど母さんは家にいるわけだから別にかまわないはず、とわたしは自分に言い訳する。

七時半にチャンピオンが玄関をノックする。片手にはサインペンと工作用紙の入ったバッグを、もう片手には、白い発泡スチロールでできたウィッグスタンドを持っている。

「うわ、これから作るのは脳の模型？　それともフロントレースのウィッグなのかな？」それから一歩よけて、チャンピオンを家の中に通す。チャンピオンが荷物をリビングの床に置いた瞬間に、わたしはハッとする。掃除機をかけるのをすっかり忘れてた。

だけどチャンピオンは、部屋の隅《すみ》にあるほこりの塊《かたまり》も、コーヒーテーブルの上に残ったチーズイットのかけらも全然気にしていないような顔だ。おそらくはわたしの気持ちを考えて、何も言わないようにしているだけだろうけれど。

「さあ、脳の模型を作るぞ。これは、母さんが前に使ってたウィッグスタンドでさ。まずは工作用紙に脳の各部を描き出したら、それをスタンドに貼りつける。立体感を持たせるんだ」

わたしはかかとをつけた恰好でチャンピオンのそばにしゃがみ込む。「それってすっごいクールじゃん。だってさ、本物の人間の顔みたいに目とか眉《まゆ》とかを描いたっていいわけだよね！」

「そのあたりはおまかせするよ。絵は俺の得意分野じゃないから。教科書を貸してくれ。俺は脳のパーツを頭の上にトレースする」

わたしはそんな必要もないのに母さんの部屋の前を忍び足で通り過ぎると、絵の道具を山ほど運んできて、だいぶ前からフルーツポンチのシミがついたままになっているリビングの床にぶちまける。

チャンピオンはスケッチに集中しまくっているので、わたしも負けじとそれにならう。チャンピオンには、あとでいくらでも、どうとでもうちのことを考えたり言ったりする時間があるんだし。とにかくいまは、この課題を終わらせないと。

「来させてくれてありがとな」しばらくたったところで、チャンピオンが言う。マホガニー色の瞳《ひとみ》で、わたしをじっと見つめながら。二秒もすると耐えられなくなり、わたしは少し目を上げて、チャンピオンの頭のすぐ上のところを見つめるようにする。どうしてなんだろう、チャンピオンの瞳を長く見つめすぎていると、なんだかこわくなってしまう。だけど壁の上なら？

うん、大丈夫。

「チャンピオンは勝手に押しかけてきたようなもんだけどね。でも——来てくれて嬉しいよ」

微笑《ほほえ》みかけると、チャンピオンはまだ例の、セクシーな誘惑するような目でわたしを見つめている。抵抗できっこない。だけど、やっぱり抵抗しなくちゃ。

だから発泡スチロールの頭に瞳孔《どうこう》を描き込む作業に戻るけれど、どうしても見られているのを意識してしまう。チャンピオンの視線が、わたしの唇、胸、ももへとさまよってから、また瞳へと戻ってくる。

「やめてくんない？」いたずらっぽく言う。

「何を？」チャンピオンがとぼけたような顔で、肘《ひじ》をつきながらうしろにのけぞる。

「そんな色っぽい顔して見つめないでってこと」

「ついつい目を奪われちまうんだよ。アーティストの仕事を見るのが好きなもんでね」

「とにかくやめて。ゾワゾワしちゃうから」

「なんでだよ？」チャンピオンはおずおずとたずねる。脳の部位にラベルをつける作業のことはすっかり忘れているらしい。

「だって——よくわかんないけど、なんだか緊張しちゃって——」

チャンピオンに、ふと手を取られる。絵筆も奪われて、汚れないようにと広げてあった新聞紙の上に置かれてしまう。

チャンピオンが身を寄せながら、わたしの手を親指で撫《な》でている。いまこそ何か、色っぽい仕草をしてみせるときだ。唇を舐《な》めるとか、髪を下ろすとか。

わたしは自由なほうの手で、適当な感じのおだんごにまとめてあった髪から、紫のシュシュをはずそうと軽く引っ張る。でも、はずれない。

もうっ、わたしっていつもこうなんだから。

ようやく少しゆるんだと思ったら、シュシュがからみついたままの、ほどけたおだんごが目の上に落ちてきた。

マヌケすぎて泣けてくるけれど、チャンピオンは楽しそうに笑っている。「俺にまかせとけって」

髪をさわられるのは好きじゃない。どんなウィーヴを使っているのかバレたくないから、男の子にさわられるのはとくにいやだ。ほんとうならチャンピオンには、髪の中の小さな結び目や、つけてからひと月くらいがたった人工の髪のごわつきなんかを知られてはいけない。それもこれも全部、本物のわたしなんだと思ってもらいたい。

それでもわたしは、チャンピオンがやさしい手つきで、髪からシュシュを外そうとするのを黙って見ている。シュシュが外れると頭を振って、白人の女の子のように髪を自然に垂らそうとする。けれど編み込んだウィーヴが、相変わらず髪の中でもつれたままでうまくいかない。

恥ずかしさを笑い飛ばそうとした瞬間、気づくとキスをされていた。わたしは首の横を優しく撫でられながら、彼の二の腕を片手でつかむ。チャンピオンのキスは、さっき食べていたアルトイズのミントの香り。だからわたしは、夕食に食べた激辛チーズ味のチートスにはどうか気づかれませんようにと祈る。

もっと続けたいのに、チャンピオンがゆっくり体を離し、とろんとした目でわたしの口元を見つめている。

「すっげぇやわらかい」チャンピオンがささやくようにそう言って、わたしの首に鼻をすり寄せる。

どう反応したらいいんだろう。男の子とこんなふうになるのははじめてで、とまどってしまう。もう彼女なのはわかっていても、チャンピオンにヘタクソとか思われるんじゃないかって、やっぱりこわくてたまらない。

喉《のど》に湿《しめ》った軽いキスをされた瞬間、チャンピオンはこれまで付き合ってきた女の子たちと、もっと先までしているんだろうと思ってしまう。手、体、唇、舌の動かし方をとてもよく知っているから。まるでずっと、こういうことをしてきたみたいに。

ふいにチャンピオンがわたしの首にキスするのをやめて体を離すと、それと一緒にぬくもりも消えてしまう。

「どうしたの？」わたしの体には、まだ炎がくすぶっているのに。

「なんでもない。ただ、ボーはそんな気分じゃないのかなって」

「えっと、ううん、そんな気分だよ。なんでそんなこと言うの？」

「わかんないけど、やけに緊張してるみたいだから。俺に本気でふれようともしてないし――」

「ごめん、わたしってだめだよね。自分が何してるのかもよくわかってないの」

チャンピオンが笑うと、その白い歯に、わたしはますますとろけそうになってしまう。

「そのままでいいよ。何も特別なことをする必要はない。この手のことには、手引書《てびきしょ》なんかないんだしな」

わたしはふざけてチャンピオンの肩を叩く。

「だよね」

チャンピオンは紙を手に取ると、またトレースをはじめる。最高。せっかくの瞬間を台無しにしちゃうなんて。

まだやめたくなかったのに。もっとしたい。だけど、どう伝えればいいの？「キスをちょうだい」とか？ だめだめ。それじゃまるで、陳腐《ちんぷ》で古臭い映画に出てくる台詞《せりふ》みたい。

わたしは発砲スチロールの顔を茶色の絵具で塗る作業に戻りながらも、じつはチャンピオンのことを見つめている。あのセクシーなピンクの唇が、またわたしの唇を求めてくれないかなって。けれどチャンピオンは、全然気づいていない様子で作業を続けている。

三十分後には発泡スチロールの脳も完成し、いまは乾くのを待ってキッチンのテーブルに置かれている。最高の出来とは言えないけれど、たった二時間で仕上げたようには絶対に見えないはずだ。

「な？」チャンピオンはソファでくつろぎながら、わたしの体に腕を回している。「あんなにあせることなかっただろ。もしこれでAを取れなかったら、俺が先生に文句を言ってやる」

わたしたちは笑い、笑うのをやめ、見つめ合い、ピリピリした雰囲気の中でまた笑う。もうすぐ十時になるけれど、チャンピオンには帰ってほしくない。いまはまだ。

また笑い声がしぼむと、わたしは指でチャンピオンの顎《あご》を軽くなぞりながら、彼の顔をこちらに向かせる。

あとは向こうから顔を寄せてくると思っていたのに、チャンピオンも、そう簡単には合わせてくれないみたい。たぶん、わたしが自分と同じくらい彼を欲しがっているのか、きちんと確かめたいと思ってるんだ。

わたしは体を前に倒し、チャンピオンの唇に唇を重ねる。チャンピオンがわたしの腰をつかんでいて、キスの合間には、深く息をつくのが感じられる。チャンピオンがわたしを引っ張るようにしてうしろに倒れたので、わたしは彼の上に倒れ込む。

ここはTシャツの下に手を入れるべきかな？

そう悩んでいるところに物音が聞こえてきたので、あやうく心臓が止まりかける。おなじみのキーーーーッというい やな音。スクリーンドアが開く音だ。それからノックがふたつ。

「バジル、俺だ、開けてくれ」父さんが玄関の外で叫ぶ。

わたしはチャンピオンの上から跳び下りて、慌てたあまり足をひねりかけてしまう。

「父さんだ！」わたしが声をひそめながら叫ぶと、チャンピオンも急いで立ち上がる。

「うわっ、ヤバいな、裏口はないのか？」

ドアノブがガチャガチャ動いている。父さんは鍵を持っていないけれど、母さんが起きて、部屋から出てきたらどうしよう。

「わたしの部屋が廊下の突き当たりにあるから。窓から逃げて！」

せっかく玄関から遠ざけようとチャンピオンの体を押しやったのに、チャンピオンは廊下の真ん中で足を止めてしまう。

「ボー！　バジル！　こら、開けないか！」

ノックが止まる気配はない。このままだと、父さんが心配のあまり扉《とびら》を破ろうとするのは時間の問題だ。

「チャンピオン、死にたくないんだったらいますぐ行って！」

わたしは自分の部屋のほうにチャンピオンを押しやる。

窓の開く音を確認してから、廊下を駆《か》け戻って玄関の鍵を開ける。

入ってきた父さんは、目を細めて、何かを疑っているような顔だ。父親のレーダーってやつが、家の中に男がいれば、その匂いを察知するのかもしれない。

「テーブルにあるその頭はなんなんだ？」父さんが、乾かし途中の模型を示しながら言う。

「学校の課題だよ。明日が提出日だから、完璧に仕上げようと思って」わたしは微笑みながら、宇宙をワープするみたいなスピードで家の中を走りまわっていたことを感づかれないように、できるだけ息を整《ととの》えようとする。

「それでこそ俺の娘だ。そろそろ勉強に身を入れ直さないとな」父さんが冷蔵庫に近づく。

「ちくしょうめ！　この冷蔵庫、クソみたいな臭いがするじゃねぇか」

「たぶん、ニーシャおばさんが何週間か前に差し入れてくれたキャセロールのせいだと思う」

「何週間か前？　だったらそろそろご退去願おうじゃないか。家賃をもらった覚えはないからな。シンクの下からゴミ袋を取ってくれ」

わたしたちはキャセロールを開け、緑と灰色のおぞましい姿になり果てたものを見るなり叫び声を上げてから、そのねっとりした巨大な塊をゴミ袋の中に滑り落とす。

「父さんはおまえたちの様子を見にちょっと寄っただけなんだ。母さんはどうしてる？」

わたしは閉じたままのドアに目を向けてから、父さんに視線を戻す。

「ふむ、なるほど。だがな、ボーも手伝わないといかんぞ。これまでは窓の開け閉めだけがおまえの仕事だったが、これからはもう少し母さんの怠《なま》けていることをやってやらないと。二度とキャセロールを腐らせたりするなよ。いいな？」

「わかったよ、父さん」父さんはわたしのおでこにキスをしてから、カビに覆《おお》われたキャセロール入りのゴミ袋を持って暗い夜の中へと消えていく。

玄関ののぞき窓から、団地を出ていく父さんの姿を見送る。心臓がバクバク鳴っている。わたしはほんとに、母さんがいる家の中に男の子を連れ込んだりしたの？　デジャが知ったら、わたしもとうとう闇の世界に足を踏み入れたとかいって大喜びするだろうな。

キッチンと居間の電気を消してから自分の部屋に戻ると、充電器からはずした携帯を手に、カティアのベッドに仰向けに横たわる。

デジャとおしゃべりをする前に、チャンピオンが大丈夫だったか確認しておかないと。

わたし…気づかれなかったよ。いまは帰り道？

送信ボタンを押した二秒後に、ビーンという音が響き渡る。わたしの携帯じゃなくて、クローゼットの中からだ。そのドアがゆっくり横に開いたかと思うと、チャンピオンが顔を突き出す。

「寂しかったか？」チャンピオンがにんまりしてみせる。

わたしは嬉しさのあまり、胸が張り裂けそうになってしまう。

「何してんの？　てっきり窓から逃げたと思ってたのに！」だけどそうやって怒りながらも、わたしは両腕をチャンピオンの腰に回してハンサムな顔を見上げている。

「おいおいあんなキスをしておいて、相手に窓から抜け出せるだけのバランス感覚を求めるのは無理があるぞ。あのキスのせいで、俺はまだ頭がクラクラしてるんだ」チャンピオンが寄り目を作りながら、変顔をしてみせる。

「もう、やめてよ。父さんがこの部屋に入ってこなくて、ほんとラッキーだったんだから」

「きみの父さんなんてこわくない」

わたしは小首を傾《かし》げてみせる。「それって本気？」

「いや、やっぱりこわい」チャンピオンが言う。「それでもボーのために必要なんだったら、お父さんとも対決するぜ。きみにはそれだけの価値があるんだから」

わたしには価値がある。デジャでもカティアでもマディソンでもなく。わたしに。愛されるっていうのがこういう気持ちなんだとしたら、人がそのためにおかしくなるのも、なんだかわかるような気がしてくる。この部屋だってチャンピオンがいてくれると、哀しくも、空《から》っぽにも感じられない。

チャンピオンと手の指をからめたまま、ふたりして、わたしのベッドカバーの上に並んで横たわる。

「父さんったらどうかしてるよ。家に顔を出してわたしに掃除しろとか言うわりに、自分は失業中で、おまけにコルビーおじさんちの掃除だって絶対に手伝ってないんだから」

「もう少し大目に見てくれてもいいのにな。ボーには学校だってあるんだから。自分で自分の親をやるわけにはいかないいんだし」

わたしは鼻を鳴らす。「だよね、でも、うちはずっとそんな具合でさ。その——例のことがあってからは」

「わかるよ。だとしても、やっぱりボーがひとりでがんばる必要はない。なんだったら、明日また、一緒に掃除をしようか？　バスケの練習はあるけど、そのあとだったら——」

「ううん、ほんとに大丈夫だから。わたしは家族を元通りにしてみせる。ただ、もうちょっと時間が必要なだけ」

「どうやってやるつもりなんだ？」

いや。だめ。話せない。絶対に。ふたりの距離がどれだけ縮《ちぢ》まろうと、ソネットと一緒にジョーダンを探していることは打ち明けられない。それでなくても、うちの親がだめになりかけているることを知られているんだ。わたしがどこかのギャング抗争に巻き込まれそうで、カティアもそのたぐいのことに足を突っ込んでいたなんて知られるわけにはいかない。

プロジェクトにある酸っぱい臭いのする家くらいは大目に見てくれたとしても、わたしの人生がどこまでズタボロになっているかを知ったら、いつまでも付き合う理由なんかないはずだ。自分の罪でもないことのせいで、チャンピオンを失うなんてとても耐えられない。

「カウンセリングを受けるように両親を説得してみるつもり」わたしは嘘をつく。でも半分はほんとうだ。二か月くらい前、父さんに持ちかけてみたことがあったから。なのに父さんは、カウンセリングなんかイカれた白人のためのものだと言い放った。だから、それ以上は何も言うことができなかった。

「それはいいな。俺も中学生のころ、かなり心理セラピーに助けられたし」

わたしは驚いて上半身を持ち上げる。「セラピーを受けたの？　どうして？」

「プライベートスクールに通っててさ。そこでいじめとか、白人の生徒からさんざん差別を受けたんだ。学校ではどうにもならないもんだから、家でかなり荒れちまって。とにかく、セラピーのおかげでだいぶ落ち着きを取り戻せたんだよ。ボーは受けたことある？」チャンピオンの口調はさりげない。それがたいしたことでも、恥ずかしいことでもないかのように。

わたしは唇を噛む。「ないけど」

「もしきみの親を説得できたら、一緒に受けたらいいよ。テレビを見てみんなが信じてるほどひどいもんじゃないからさ」

「うん――たぶんね」

チャンピオンがわたしの手をギュッと握る。「もう行かないと。ビビってるわけじゃないけど、きみのお父さんが戻ってくるとまずいから」チャンピオンが立ち上がり、頭の上で両腕を伸ばす。

「そうだね。やっぱり窓から出たほうがいいよ。万が一ってこともあるから」

「わかった」

ふたりで窓に近づくと、わたしがカーテンと窓を開け、出やすいようにブラインドを内側に持ち上げる。

「明日な」チャンピオンが、腕をするりと腰に回してくる。

最後にもう一度だけキスをしてから、チャンピオンが窓から出ていくのを見送る。チャンピオンは手を振りながら小走りになり、団地の裏手にある駐車場の闇へと消えていく。それからわたしは、頭の横にある枕の上に携帯を置いてベッドに入る。着信のボリュームを、最大にセットして。

第十六章

壁画を描く体育館の壁はアメフト場の側ではなくて、暖房設備の入っている建物の側らしい。つまり体育館を回り込んで、行き止まりになっている場所までわざわざ足を運ばないと壁画を見ることはできない。だとしてもそこには教員用の駐車場があるし、なんにも描けないよりはずっといい。

キューブラー先生も今日は〝美術用〟の恰好をしている。大きめの黒いTシャツに、絵具の飛び散ったオーバーオールだ。ほかのみんなも、古い服とか、汚れても気にならない恰好ばかり。わたしもカティアの洋服を選ばないように気をつけて、みすぼらしい長袖《ながそで》Tシャツに黒いスエットパンツを合わせている。

嬉しそうに顔を輝かせたマディソンが、空《から》っぽの駐車場をまわりながら、壁画のレイアウトを示した図面を配っていく。

わたしは目の前に差し出された図面をひったくると、表情筋が許すかぎりのこわい顔でにらみつけてやる。

ソネットが脇腹を肘《ひじ》でつついてくる。「ボー、落ち着いて。マディソンに付け入られちゃだめだよ」警告するような声だ。

だけどわたしはもうすっかり頭に血が上っている。人生全部がクソみたいだ。めちゃくちゃに破壊されたものを、修理の道具もないまま渡されたような気分。マディソンみたいな連中は、きょうだいが死ぬこともなければ、ヤク中やギャングのメンバーと知り合うことも、毎晩プロジェクトの家に帰る必要もないくせに、それでいて欲しいものはなんだって手に入れてしまう。わたしの欲しいものを、ひとつ残らず。

「マディソン、あんたがどうやってわたしをハメて、この壁画を自分のものにしたのか、みんなに話してやんなよ」わたしはピシャリと言ってのける。

みんなの顔が一斉にこちらに向けられる。お楽しみのはじまりだとでもいうように。

マディソンがわたしに向かって顔をしかめる。「何言ってんの、ボー？　わたしはハメたりしてないから」

「ハメたじゃない！　新しい壁画の案は提出しないって言ったのに。ひとりで進めたあげくに、わたしの知らないうちに提出しちゃうなんて」

マディソンが助けを求めるように先生を見たけれど、先生は彼女のこたえを待っている。困惑した、心配そうな顔で。

「提出しないって言ったのはあんたでしょ。わたしはそんなこと、ひと言も言ってない」と、マディソンが言う。「ボーは抗議運動をしたかったみたいだけど、とてもいい考えには思えなかった。ボーが壁画にお姉さんを描きたかったのはわかってる。だけどこの壁画の計画を通すのに、キューブラー先生はものすごく苦労されたんだよ。わたしはそれを無駄にしないためにも、何か別のものを描くべきだと思っただけ」

わたしは先週アトリエの外で交わした、マディソンとの会話を思い返してみる。確かにマディソンは、口に出しては言わなかったかもしれない。だけどいかにも、わたしの味方だというようなふりをしていたくせに。だって、どうしたいのかって聞いてくれたんだから。まるで、心からわたしを気遣《きづか》ってくれているみたいに。

「だったら、なんであのときそう言わなかったわけ？　ほんとは、壁画を独りじめにしたかっただけなんじゃないの！」

「やっちゃえ！」残りの生徒たちも声を上げて反応する。

「ちょっとみんな――」キューブラー先生が口を開く。

「まったく上等だね、ボー。自分からチャンスを捨てといて、それを人のせいにするのはやめてくれるかな。本気でやりたかったんなら、チャンスを見つけて、新しい案を考えて提出すればよかったんだ。わたしはチャンスを見つけて、それをつかんだ。次はあんたもそうすればいい」マディソンが言い放つ。

わたしの中で積もりに積もっていた怒りがフツフツと泡立ちはじめる。自分でももう止められない。怒りでどうにかなりそうだ。何もかもが頭にくる。カティア、母さん、オニキス・タイガー、嘘つきのマディソンに奪われた壁画。マディソンはどうせパープル・ヒルズにある、あのオリンピックにも使えそうなバカでかいプールがついた気持ちのいい屋敷で壁画のスケッチを描き上げたんだろう。

「その貧弱なケツを蹴飛ばしてやろうか」わたしはマディソンの顔に、自分の顔を突きつける。

「ボー、マジでやめときなって。ますますイカれて見えるだけだから」

マディソンには、わたしがぶったりはしないことがわかっているんだ。キューブラー先生がいるからには大丈夫だと。いや、いなくたって関係ないのかも。わたしが彼女のリッチな父親の弁護士に、少年院送りにされるのを望んでいるなら別だけど。それでもわたしがもう少し、デジャみたいに血の気の多いタイプだったらやっぱり殴っていたと思う。顎《あご》にアッパーでも決めてやらないかぎり、言いたいことが伝わらない相手ってのはどうしてもいるんだから。

けれどその代わりに、わたしは壁画の図面をマディソンの前にかざしながら小さく小さくちぎっていき、彼女のきれいに整《ととの》ったマヌケ面《づら》に向かって投げつける。

「わたしは降りる」そう言ってバックパックをつかむなり、校舎のほうへと引き返す。呆然《ぼうぜん》とした二十組の目が、自分を見つめているのを感じながら。

わたし：いまどこ？

デジャ：忙しい

わたし：大丈夫なの？

デジャ：うん

わたし：そっか。行ってもいい？

そのまま五分たっても返事がない。無視されたらしい。いったい何がどうなっているんだろう。デジャに聞いても、オニキス・タイガーに対処してるんだと言うばっかりだし。そもそもわたしのせいで面倒なことになっているんだから、デジャにうるさく言うわけにもいかないんだけれど。

家に帰ると、リモコンをつかんで、NBCからアニメをやっている局にチャンネルを変える。強盗や銃撃のニュースを見るのはもううんざりだから。こんな時間に家にいると、なんだか妙な気分だ。だからこそ、寝るとき以外はできるだけ家に寄り着かないようにしていたのに。

母さんは相変わらず部屋に閉じこもったままだ。ときどきイビキの音が聞こえてくる。制御不能という感じで泣きじゃくっている声が聞こえてくることもある。もう何日も口をきいていないけれど、思い切ってドアをノックする気にもなれない。

電話を手に取り、ソネットにメッセージを打ちはじめる。わたしが怒って立ち去ったあとの、みんなの反応も気になっていたし。それよりも、これ以上ジョーダン探しを続ける気がなくなったって伝えなくちゃ。でもそうしたら、何もかもが終わりになっちゃうようでつらい。わたしは送信ボタンを押さないままで、画面を閉じる。表では太陽が沈みかけ、オレンジ色の光がブラインドの隙間から差し込んでくる。ソファの上でしばらくぼんやりしていると、ノックの音がして、わたしは父さんを中に入れる。通りの先で買ってきてくれた〈ニッキーズ〉の大きなピザを持っていたので、父さんが置く前に箱を開け、ひと切れをつまみ上げる。

「学校はどうだ？」父さんはブルズの帽子を脱いで、つるりとした頭に手を滑らせる。

「順調だよ」もちろん嘘だ。みんなの前で白人の女の子を相手にキレたなんて、とてもじゃないけど言えるはずがない。

「母さんの様子は？」父さんが、閉じたままのドアに向かってうなずいてみせる。

「昨日と一緒。ずっと泣いてる。だけどポップタルトがなくなってたから、わたしが学校に行ってるあいだに食べたんだと思う」

「そうかそうか、ならよかった。学校の成績は上がってるのか？」

「全然」

「どうして？　大学に行きたくないのか？」

わたしは笑う。「マジでいま、そんなことが気になるわけ？　母さんはゾンビ状態で、ピーター・ジョンソンは自由の身で、カティアは死んじゃったんだよ。そんなときに父さんは、わたしの成績を知りたいの？」

父さんは動揺した様子で顎髭《あごひげ》を撫《な》でている。「父さんだって傷ついてるさ。だがな、普通の生活にできるだけ早く戻ろうと思ったら、そんなふりをするのが一番なんだ。俺らはまだ、自分たちの人生を生きなくちゃならないんだからな！」

わたしはピザのスライスを皿に置いて、それを押しやる。「普通に戻りたいって？　わかった。ならわたしは自分の部屋に行ってドアを閉めるけど。なんたって普通なら、父さんはここにいないはずだもんね」

わたしは父さんをキッチンのテーブルにひとり残して部屋に入ると、叩きつけるようにしてドアを閉める。まったく、どの口が普通にしろなんて言うんだろう。父さんと母さんがこんなひどい状態じゃなかったら、わたしがひとりでカティアのことを何もかも考えなくたって済むはずなのに。

ベッドにうつむけに倒れたとき、お尻のポケットで携帯が音を立てる。

ソネットだ。

ソネット：ちょっと大丈夫？　あんなふうに消えちゃって、みんなにボーのことを聞かれて大変なんだけど

もう何も話したくない。わたしは携帯を充電器に差し、カティアのナイトスタンドに置く。それからカティアのベッドカバーを頭の上に引き上げて、ここがわたしの世界なんだというふりをする。グレーの毛布の下にある、温かなこの空間だけがすべてなんだって。

カティア、生き返るんだったら、いまがいいと思うよ。

第十七章

金曜の朝、マルコス校長が電話を一本終えようとしている。そこへ学校秘書が、校長のデスクの前に置かれたモーブのフラシ天の椅子に座るようわたしを促す。わたしはバックパックを床に置いて脚《あし》で挟み、間の抜けたにやにや笑いをすることなく、できるだけ感じのいい態度を取ろうと精一杯の努力をする。デスクにはいくつかの写真立てがこちら向きに置かれている。奥さんと、ふたりの娘の写真。ぱっとしない家族がいる人にかぎって、それを周りに押しつけようとするのはどうしてなんだろう。

電話を切ると、校長は椅子の背にもたれ、おなかの上で手を組み合わせる。いかにもきみが戻ってくるのはわかっていたよとでも言いたげな、独善的な表情を浮かべながら。

「ウィレット君、また来たようだな。今日の調子はどうかね？」校長が言う。

わたしはできるだけ礼儀正しい態度を取ろうとする。なにしろ世の中の人たちはわたしみたいな女の子に対しては、自動的に反抗的な子に違いないと決めつけるし、見た目とかしゃべり方から勝手に礼儀知らずだと思い込む。

「とてもいいです、マルコス先生」わたしは微笑《ほほえ》みながらこたえる。

けれど校長は笑《え》みを返そうとしない。

「先ほど、キューブラー先生にも同席してもらって、マディソン・ガーバーおよび彼女のお父さんと話をしたところだ。どんな内容だったと思うかね？」

「わたしは昨日、黙って授業を抜け出しました」ここはひとまず反省しているふりだ、と思い視線を落とす。マディソンのせいでこんな目にあうなんて！　あの汚い女は、一緒に組もうと声をかけてきたときから、わたしをハメようとたくらんでいたのかも。すごい才能があるだなんて、あれも全部嘘っぱちだったんだ。マディソンはわたしのことも、わたしの絵のことも好きだったことなんかない。コンペに勝ちたかっただけで、そのためになら相手を踏みつけにしたって平気なんだ。あんなやつを信じるなんて、ほんとになんてバカだったんだろう。

校長は、わたしの殊勝《しゅしょう》な態度にもだまされなかったらしい。きみにはもううんざりだとでも言いたげに首を振ると、〝世界一の校長先生〟と書かれたマグカップを持ち上げて、コーヒーをゆっくりと喉《のど》に流し込む。

「ガーバー君によると、授業を抜け出しただけではなかったようじゃないか。言葉による暴力を行なったうえで、彼女の絵を破いたと聞いているが」

口があんぐりと開いて、顎《あご》が床に落ちるかと思った。言葉による暴力⁉

「そんなことしてません！　アート・プロジェクトの件で話し合うなかで、彼女に質問を――」

「ウィレット君。きみはクラスメイトに暴言を吐いたうえで、彼女の持ち物を破壊したんだ。きみは、今年のはじめにお姉さんを亡くされているわけだから、最近の態度についてもある程度は理解できる。だがその猶予《ゆうよ》期間も、そろそろおしまいだ。規則を破る生徒を、ひとりだけ大目に見るわけにはいかない」

　でも、お姉ちゃんが死んじゃったんです。わたしはそう言いたくてたまらない。わたしの振る舞いが普通じゃないのはわかってるけど、いまのわたしは普通じゃない。わたしはまだ、大丈夫じゃないんです。

「マルコス先生、マディソンが何を言ったのか知らないけど——」

「たったいまわたしが教室に行って、きみのクラスメイトたちに事情を聞いたら、みんなはなんと言うと思うかね？」

　ソネットはわたしの肩を持ってくれるはず。あと三人いる黒人の生徒も味方になってくれるかも。それでも十五対五だ。勝てっこない。別に驚きでもないけど。

「あんなことするつもりじゃなかったんです」思わず声がしわがれてしまう。だけど、哀しくて泣いているんじゃない。涙が出るのは、何もできない無力感に死ぬほど腹が立っているからだ。向こうが校長でわたしが生徒だからって、こんなふうにただ座っていなくちゃならないなんて。わたしの人生は、きっとこの先もずっとこうなんだ。向こうにはそれが許されるというだけの理由で、じっとしたまま、踏みつけにされ続けるんだ。

「ふむ、だが、事《こと》は起こってしまったわけだ。進路指導教員とも相談した結果、きみには自習室で勉強してもらうのがいいだろうということになった。最終課題を仕上げて——」

「そんな⁉　わたしを授業から締《し》め出すつもりなの？」わたしは叫ぶ。そんなの嘘だ、信じられない。ミレニアム・マグネットに進学したのは、もっと絵がうまくなりたいからだ。美術クラスは言うまでもなくわたしの得意な授業でもある。たったひとつの喜びなのに、それまで奪われてしまうなんて。

しかもそれだけでは充分じゃないみたいに、校長は一週間の停学を付け加える。いくらなんでもやりすぎだ。きっとマディソンの父親から、わたしを停学処分にしなければ学区ごと訴えるとでも脅《おど》されたんだろう。キューブラー先生にはどうしようもなかったんだと思う。そもそもわたしのしたことを、先生はその目で見ていたわけだし。

校長室から出たところで、美術クラスのみんなの姿が目に入る。ペンキの缶と筆を山ほど持っているから、壁画を描く体育館の裏手へと向かうところなのだろう。ソネットもいて、こっちにおいでよと言うように筆を振ってみせるけれど、わたしは口パクで、行けないと伝える。キューブラー先生もいる。絵具のはねたオーバーオール姿で、マディソンのくだらないスケッチが何枚も入ったファイルを手に持っている。列になった生徒たちがドアを抜けて職員用の駐車場へと向かうなかで、先生は廊下に立ったまま、こちらを哀しそうに見つめている。何かを言いたそうな顔だ。わたしを救えるような言葉を。でも、そんなことはできっこない。わたしのゴタゴタを片づけるのは、先生の仕事じゃないんだから。

正直に言おう。わたしはマディソンの目の前でスケッチを一枚残らず破いてやりたいし、クラスメイトの全員に一生分の暴言を投げつけてやりたい。みんなはぞろぞろ歩きながらも、こちらをちらちら盗み見ている。ほら、あそこにイカれたやつがいるよ、とでも言いたそうな顔で。キューブラー先生も最後の生徒に続いて廊下を歩きはじめ、やがて見えなくなってしまう。

わたしだけをひとり残して。わたしは、みんなと一緒にいるのさえふさわしくないみたいに。

わたしのことなんか、どうだっていいみたいに。

家までは、歩いて帰ることにした。停学の理由を説明した手紙を保護者に渡すように言われたけど、最悪なのは、わたしを気にかけてくれる人が誰もいないってこと。怒りもまだおさまらない。ほんとうはマディソンをぶん殴ってやりたいけど、そんなことをすればこっちが刑務所に送られておしまいだろう。それに、要は自分が悪いんだし。そもそもが、協力しようだなんてマディソンの話に耳を貸すべきじゃなかったんだから。

グレイディパークに着くと、ブルーのファンタを買おうと角のお店に寄り道をする。カウンターについていたおじいさんが、学校はどうしたのかと聞いてきたので、停学中だと教えてやった。おじいさんは目をすがめながら、わたしに向かって首を振る。じいさんは自分のことだけ心配してな。あやうくそう言いそうになり、唇を噛《か》んでなんとかこらえる。

ファンタをひと口飲んで、おなかの中にできた硬い怒りの塊《かたまり》を落ち着かせようとする。カティアがいたら、心配しなくていいよと言ってくれるはずなのに。卒業しちゃえば誰も高校のことなんか気にしないし、マルコス校長はボンクラだって。だけどカティアはいない。たとえいてくれたって、きっと充分じゃない。今回ばかりは、どうしてもだめだ。

何かをしなくちゃ耐えられない。

通りにいる人が真っ黒なパーカー姿のわたしを見たら、何かよからぬことでもたくらんでいるのではと怪しむことだろう。いつもなら、それは大間違い。だけど今夜ばかりは正解だ。

学校が終わる時間になるのを待って、わたしはソネットに電話をかけて停学処分になったことと、マルコム校長からゴロツキみたいに見下されたことを伝える。ソネットはカンカンだ。むしろわたしよりも腹を立てている。

わたしはソネットを、危ない反逆児にでもしてしまったらしい。なにしろ壁画をめちゃくちゃにしようと言いだしたのはソネットのほうなんだから。わたしの計画では、停学を無視して登校することでひとりきりの抗議運動をするつもりだったんだけど、ソネットはもっと過激なほうがいいと言う。

「誰かの絵を一枚破いて、そのバカ女に文句を言ったくらいで教育の権利を奪われるっていうんなら、一週間の停学処分にふさわしいだけのことをやってやらなくちゃ！」ソネットはお母さんのフィアットでわたしを迎えにくるなり、車の中でそう宣言する。今日ばかりは、アフロの髪にラメも色ものせていない。きっちりふたつの三つ編みにして、耳のあたりから垂らしている。計画に合わせて、ブラックのパーカーにスエットパンツという恰好だ。

「お母さんにはなんて言って車を借りてきたの？」わたしはシートベルトを締めながら声をかける。ソネットのお母さんは、それこそ緊急のときにしか車は使わないのだ。ソネットを車に乗せるのさえいやがるのだから、ひとりで運転を許すなんてちょっと考えられない。おそらくソネットは免許証も持っていないはずだけれど、わざわざたずねる必要もないだろう。どちらにしたってわたしたちは、これからフッドラット的なことをやらかそうとしているんだから。

「ママは知らない。ママが起きる前に車を戻してさえおけば、なんの問題もないから」

二十四時間営業のウォルマートに直行し、ベビーブルーのペンキの大きな缶を三つ手に入れる。最初は赤にするつもりだったんだけれど、それだとなんだか血みたいだし、キング牧師を侮辱《ぶじょく》するみたいでいやだなって。わたしたちがこんなことをするのは、マディソンが汚い手を使ってわたしを出し抜いたからであって、キング牧師に文句があるわけではないんだから。

深夜を二十分くらい回ったところで、ソネットが高校から数ブロック離れた場所に車をとめる。わたしたちはペンキを持って、こっそり体育館を回り込む。素早く行動すれば、その分、誰かに見つかる可能性も減らせるんだから。だけど正直、そんなことはどうでもよかった。すべきことをして逮捕されるんだったら、逮捕されるまでのこと。なんにもこわくなんかない。

壁画はまだ途中で、キング牧師は肩と顎のところまでしか描かれていない。それも全部、これから消えてなくなるのだけれど。

わたしはペンキの缶を開け、中身を壁にぶちまける。

「よっしゃ！　この絵を描き直すには、きっとむちゃくちゃ時間がかかるよ！」ソネットも缶を開け、壁にペンキを浴びせかけていく。

ふたりでいたるところにペンキをかけたので、もともとの壁画はもうほとんど見えない。その代わりに厚く塗られているのは、カティアの大好きだった色。夜中に家を抜け出してデジャとパーティに行ったことならあるけれど、それよりずっと刺激的だ。ソネットとふたり、闇の中に身を隠しながら、ペンキが壁にぶつかっては、コンクリートの上に垂れ落ちる音を聞く。

ペンキが手につき、靴にも少しだけシミを作る。それでもなんだか正しいことをしている気分だ。アンジェラ・デイヴィスとか、アサタ・シャクールとかいった人たちみたいに。

作業を終えると、隣のブロックのゴミ箱に空《あ》き缶を捨て、いかにも夜中の散歩を楽しんでいますという雰囲気でぶらぶらと車に戻る。

「最高にクールだった」わたしがシートベルトを締めながら言い、ソネットは黒い縁《ふち》なし帽を後部座席に放り投げる。

「ほんと、マジで最高！　わたしたちもこれで、しっかり自警団員だよね⁉」ソネットはにんまりと顔をほころばせている。

「うん。明日、自分でみんなの顔を見られたらいいのにな。わたしたちの仕業《しわざ》だってバレると思う？」

ソネットがかぶりを振る。「大丈夫じゃないかな。もしそうだと思われたとこで、証拠は何もないんだから」

わたしはシートに身を沈めて笑顔を浮かべる。久しぶりの、心からの笑顔を。わたしはぶち当たった問題に対して、なんらかの行動を起こすことができたんだ。自分が誇らしかったし、カティアだってそう思ってくれるはず。もう周りの連中のなすがままになんかさせない。ふざけたことをすればこちらにも戦う覚悟があることを思い知らせてやるんだ。

暗い中で数分間黙りこくったままでいると、悪いことをやってのけた強烈な高揚感が体にしみ渡っていく。車をとめている通りはとても静かだ。このあたりに暮らす人たちは、真夜中にはきちんとベッドに入るのだろう。窓に頭をもたせかけて外に目をやると、白い猫が、誰かの家の芝生を横切っていく。

そこでいきなり、通りを横切っている人影が目に入った。バックパックを背負って、両手にはバスケットボールを持っている。音楽でも聴いているかのように、体を揺《ゆ》らす歩き方にはなんだか見覚えがある。それからあの、角《かく》ばった頭の形。

目をこすって、幻覚ではないことを確かめる。

「どうしたの?」ソネットは警戒した様子で、後方を確認しようと顔を窓に向ける。

「あの通りを横切ってるやつ。あれ、たぶんジョーダンだよ!」

「え? マジで⁉ 警察を呼ばないと。ここはなんて通りだっけ?」ソネットは、携帯の画面を起こして電話をかけようとする。

「間に合わないよ。捕まえなくちゃ」わたしは車を跳び下りて、そのまま通りを走りはじめる。デジャのことも、オニキス・タイガーのことも忘れてしまい、頭が真っ白なまま、ただひたすら走り続ける。わたしが追っているのは、もはやジョーダンじゃない。カティアに何があったのかを知りたい一心で、あの夜の記憶を追いかけている。

ソネットが待ってと叫んでいる。だけど、ここでジョーダンを逃がすわけにはいかない。一ブロックを全速力で駆《か》け抜けたときに、向こうも靴音を聞きつけたようで、うしろを振り返る。

そしてわたしに気づいたとたん、一目散に逃げはじめる。

わたしは母さんゆずりで足が速い。けれどジョーダンは横道にそれたかと思うと、ある家の裏庭に入り込んで突っ切りにかかっている。わたしは自分の足につまずいて、ゴミ箱に突っ込んでしまう。擦りむけたみたいで膝《ひざ》が痛い。それでも立ち上がって、全速力で走り続ける。ようやくその裏庭に着いたときには、ジョーダンはもう、反対側のフェンスをひょいと乗り越えたところだ。そこでわたしの動きに反応し、センサーライトがパッと灯《とも》る。

つまり、上流階級の白人が暮らす地域の家の裏庭で、全身黒ずくめのわたしが、煌々《こうこう》とスポットライトを浴びている。

これからどうなるのかは、すでにわかっていた。

第十八章

ソネットにはお母さんの車で走り去って、自分の部屋にこっそり戻り、何もなかったかのように寝てしまうこともできたはずだ。わたしだって、それで彼女を責めたりなんかしない。けれど、ソネットはそうしなかった。

かわりにジョーダンを追うわたしを追いかけたのだ。だから警察が到着するなり、わたしたちはふたりとも手錠をかけられてしまった。ジョーダンのことを説明しようとしても、そもそも向こうには聞く耳がない。警察は裏庭でミランダ告知をしてからわたしたちを引き立て、こちらが膝《ひざ》をつくと、そのたびに乱暴に引き起こす。通りに出ると、パトカーのライトがピカピカ光っていて、そのあたりに住んでいる白人たちが、ナイトガウンにスリッパという恰好のまま、何事だろうと見守っている。

女の警官の手でパトカーに押し込まれたときに、ソネットが頭の側面を強くぶつけてしまい泣きはじめる。あの女、わざとやったのかな。よくわからないけど、どうだっていい。それよりも、逮捕されたことのほうがもっとおかしい。

「ちょっと、その子に乱暴しないで!」わたしは叫びながら、自分を捕まえている警官の足を踏みつける。拘束をふりほどき、ソネットのそばに行こうとして。バカな真似だ。だけど頭がまともに働かなくて、友だちを守ることしか考えられなかった。わたしを捕まえていた大柄な警官が、素早く体を立て直したかと思うと、わたしのおなかにこぶしをぶち込んでくる。巧妙に、野次馬たちには見られないように。

「おとなしくしてろ！」警官が怒鳴《どな》る。

体から空気が吐き出され、わたしは地面に倒れ込む。冷たく湿《しめ》った地面に膝をつき、頰《ほお》を草に押し当てながら必死に息をしようとする。顔を傾けて、暴力を受けていないかソネットのほうを確認しながら。何もしてはあげられないとしても、やっぱりほってはおけない。

「わたしたちはなんにもしてない！」ソネットが叫んでいる。額《ひたい》にできた切り傷から、血をたらたらと流しながら。

ソネットがこんな目にあうなんてひどすぎる。きっとこわくてたまらないはずだ。わたしのほうは、グレイディパークでの逮捕劇をさんざん見ながら育っているからある程度免疫があるけれど。たとえばうちに隠れようとしたコルビーおじさんが、結局は警官にティーザー銃で撃たれてしまったことがある。おじさんは体をこわばらせると、そのまま、アニメのキャラクターみたいに顔からバッタリ倒れ込んだ。当時九歳だったわたしが、警官はわたしたちのことなんかなんとも思っていないんだと思い知った瞬間でもあった。

警官がわたしをぐいっと立たせる。ムカつくやつだけど、大の大人に殴られたことについてはとくに驚きも感じない。ホルスターに収まった黒い銃に目をとめながら、いっそ撃ってくれればいいのにと思ってしまう。そしたらもう、こんなろくでもないことが何度も自分に起きるのを心配しなくて済むんだから。今回は少なくとも、その現場には立ち会えるんだし。それにカティアにだって、また会える。

「撃ちなよ!」わたしは言い捨てる。

けれど警官は銃に手を伸ばさない。

わたしを撃つこともない。

かわりにパトカーのドアを開け、わたしを中に突き飛ばす。わたしは勢いあまって、反対側の窓に頭をぶつけてしまう。頭と胃がズキズキするのを無視しながら、上半身を起こせるように体をずらす。警官とのあいだは黒い格子状のもので仕切られているし、後部座席のシートはプラスチック製だから固くて座り心地が悪い。後ろ手にきつく手錠をかけられているせいで、きちんと座ることさえできない。ソネットの乗っている前のパトカーが走りだすと、こちらの車もそのあとをついていく。

わたしは怯えているし、ソネットも怯えているはずだ。こいつらは、わたしたちをどうするつもりなんだろう?

警察署に着くと、ただの高校生だっていうのに、本物の犯罪者みたいに扱われた。指紋と写真をとられたあげく、携帯と財布はもちろん、靴紐《くつひも》まで持っていかれてしまう。

一連の手続きを受けているところへ、黒ずくめの背の高い男が入ってくる。エドと呼ばれ、警官のほとんどと顔見知りみたいだから、たびたびしょっぴかれているんだろう。うしろから見るとジョーダンにそっくり。なるほど、見間違えてしまったわけだ。

警官に名前を聞かれたので嘘をつこうかとも思ったけれど、どうせすぐにバレるだろう。「ボー・ウィレット」わたしはほかの警官たちには聞こえないようにと、小さな声でこたえる。だけどもちろん、みんなに聞こえている。それまでは、せいぜい一般的な黒人に対する扱いを受けていただけだ。ところがここで、さらに扱いがひどくなる。連中はわたしたちを小突《こづ》きまわし、わたしがソネットと目を見交わしただけで怒鳴りつけ、逃げようともしていないのに足首の枷《かせ》をきつくしてくる。

それから逮捕にかかわった警官たちの手で、取調室に連れていかれる。手錠で椅子につないだりするのは違法なはずなのに。

ソネットはもう泣きやんでいて、額には、警官からもらった包帯が巻かれている。そもそもソネットを付き合わせたのが間違いだった。ソネットのお母さんは、もう二度とわたしをソネットに会わせてくれないかもしれない。

女の警官が、わたしたちをふたりきりにして部屋を出ていく。向こうの狙いなんかみえみえだ。ふたりきりにすれば、有罪につながる何かを口にするかもしれないと思っているのだろう。指紋をとられていたときに聞こえた警官たちの会話によると、どうやらわたしたちはエドの仲間だと思われているらしい。

だからソネットもわたしも黙ったままでいる。視線を交わすことさえしない。どうしても起訴したいんなら、きちんと足で調べてまわって、わたしたちが違法なことをしたって証拠でも見つけてくればいいんだ。

百万年もたったように思えたころ、ズボンの腰に銃を差した刑事が部屋に入ってきて扉《とびら》を閉める。真っ黒な髪と、青い目をした白人の男だ。

「おじょうさんたち」刑事はわたしたちの目の前の椅子に腰を下ろしながら、深く響く声で言葉を続ける。「夜中にあんなところで、いったい何をしていたんだ？」

わたしたちはどちらも口をつぐんだままだ。親のいないところで未成年者に尋問《じんもん》をするのは違法なはずなのに、どうやらわたしたちは、よほどのバカだと思われているらしい。

「怪しいとは思わないか？　真夜中に、よそさまの家の裏庭をこそこそうろつきまわっていたんだ。しかもただの散歩にしちゃ、きみたちの住所からずいぶん離れている」

警官たちは学生証を確認しているんだから、わたしたちが近くの学校に通っていて、あのあたりが行動範囲であることは把握していないとおかしい。真夜中にうろついていたら疑われてもしかたがないんだけれど、それでもやっぱり、強盗でしょっぴかれるような年季の入った犯罪者たちと同じ扱いを受けるのは納得がいかない。

「こっちは、こたえを待っているんだが」刑事がわたしに顔を向ける。「朝のニュースでこの件が流れたら、みんなはなんて言うだろうな。刑務所でのインタビューを受けたいんなら、チャンネル5《ファイブ》に電話をしてやってもいいんだぞ」

刑事にそうからかわれても、わたしはやっぱり口をつぐんでいる。彫像にでもなったつもりで。それこそ、自由を求めて闘う活動家みたいに。あの人たちは、ミルクセーキやマスタードをぶっかけられても、動くことも反応することもなく、食事をしている人たちの中に座り続ける。わたしもそのひとりになったふりをしてみるけれど、やっぱりキツい。ものすごくキツい。

「きみの家族のおかげで、俺たち警察の仲間がひとり、大変な目にあっている。そしたら今度はきみだ。姉さんの遺志は妹が引き継ぐってわけか?」

それでもわたしは黙っている。椅子の肘掛《ひじか》けを、壊れるんじゃないかと思うほど強く握り締めながら。刑事がいきなり、わたしの座っている椅子をぐいっと手前に引き寄せてから、持ち上がっていた椅子の脚《あし》をドンッと床に叩きつける。距離が縮《ちぢ》まって、膝と膝、鼻と鼻がくっつきそうだ。ソネットがめそめそ泣きはじめるけれど、わたしは音ひとつ立てない。ただまっすぐに、刑事の目を見つめ返してやる。コロンとコーヒーの匂いのせいで胃がおかしくなりそうだ。

「俺についてはどう話すつもりだ? きみは生きたままここにきた。傷ひとつつけられちゃいない」ソネットの隣に椅子を押し戻されながら、わたしは必死に涙をこらえる。

「親御さんには電話をしておいたから、すぐにでも来てくれるだろうさ」あの嫌味な口調。きっと親には知らせていないんだ。まだしばらくは迎えにきてもらえそうにない。

刑事は椅子から立ち上がると、ドアを乱暴に閉めて部屋を出ていく。

ソネットがわたしに目を向ける。パニックになりかけているのを察して、わたしは首を振ってみせる。まだ録音はされているはず。しゃべっちゃだめ。

この部屋に入ってどれくらいたったのかは見当もつかない。壁には時計がないので、なんとか頭の中で時間を数えようとする。一ミシシッピ、二ミシシッピ、三ミシシッピ。どれくらい数えたところで眠りに落ちたのだろう。目を覚ますと顎《あご》にはよだれが垂れていて、ソネットは頭を前にぐったり倒したままイビキをかいている。おしっこがしたい。いますぐに。

「ねえ！　トイレに行かせて！」わたしがドアに向かって叫ぶと、その声にソネットがギクリとして目を覚ます。それからは声を合わせて叫ぶけれど、ドアが開くことはなく、わたしたちは椅子につながれたままだ。罠《わな》にはまったときには、なんでもいいから逃げ出そうと、できるだけのことをしたくなるのが本能だ。だけど仮にこの椅子から自由になることができても、向こうにはここに入ってきて、もっとひどいことをする口実がいくらでもある。だからいまは座ったままでいるしかない。

限界まで尿意に耐え続けると、視界がぼやけ、歯が痛みはじめる。「クソッ」わたしはジョガーパンツの内側につたい落ちるものを感じながら、口の中で悪態《あくたい》をつく。

濡れてしまった気持ち悪さにもぞもぞしながら座っていると、ようやく外のロビーから声が聞こえてくる。男の人が、誰かを怒鳴りつけている大きな声だ。

「父さん！」わたしは叫ぶ。けれど結局、誰も姿を現さない。

それから一時間くらいがたったとき、警官がひとり入ってきて、ソネットの手錠をはずす。

「なんでわたしだけなの――」

「自分の心配だけしてろ」若い金髪の警官が素っ気なくそう言ってから、ソネットを部屋の外へと連れていく。

わたしが解放されたのは、それから三十分後。ロビーに行くと、正面の窓からは日差しが注ぎ込んでいる。どうやら何時間も拘束されていたらしい。

父さんは怒りでキレかけているはずだ。もともと警察は嫌いなのに、カティアのことがあってからは憎んでいるんだから。見ると、父さんがロビーを行ったり来たりしている。手に持ったビニール袋は、わたしの所持品でパンパンだ。着ているのは穴の開いたTシャツにスエットパンツ。足元にはボロボロのスリッパを履いたままなので、粉を吹いたかかとの裏側が丸見えだ。寝ていたところを、警察の電話で起こされたらしい。

「父さん」声がしゃがれている。飲み物をまったくもらえなかったので、喉《のど》がカラカラだ。

その声に、父さんがピタリと足を止める。わたしを見て立ち尽くしたまま、目からはみるみる涙があふれ出す。

カティアのお葬式を別にしたら、父さんが泣くところなんか見たことなかったのに。

腕の中に飛び込むと、父さんはわたしをギュッと抱き締めながら、頭のてっぺんに何度も繰り返しキスをする。これでわたしは大丈夫。もう大丈夫だ。夜中に電話で起こされるなんて、父さんはきっと、わたしまで死んだのかと思ったはず。なんてひどいことをしちゃったんだろうと、自分に腹が立ってしかたがない。

カウンターの向こうからは警官たちが見つめている。もう少し拘束してから、同類のいる刑務所にぶち込んでやれたらとでも思っているような顔で。

ソネットとわたしを、あんなふうに扱った連中が憎い。わたしの家族を、こんな目にあわせるなんて憎くてたまらない。

帰りの車の中で、父さんが爆発する。怒鳴ったり泣いたりして、またちょっと怒鳴るけれど、ほとんどはただ泣いている。

「いったい何を考えてるんだ」

わたしはこんなふうに説明する。ソネットのお母さんの車の中でおしゃべりをしていただけなのに、そこへパトカーがやってきたんだと。壁画のこと、エドという男をジョーダンと勘違いしたこと、それから警官にされたことは黙っている。わたしが痛めつけられたことを知ったら父さんは完全にぶち切れるだろうし、父さんが逮捕されたところでなんの解決にもならないから。

うちに帰ると玄関の鍵もブラインドも開いていて、ソファの向こうには赤いスカーフが見える。母さんだ。

「バジル、いまはうるさく言わないでやってくれ。まだ朝も早いし、俺らはくたくたなんだ。とにかく寝よう」父さんが言う。

立ち上がった母さんが近づいてきて、わたしの前に立つ。シルクのネグリジェを着たままで、顔には涙がつたい落ちている。何週間もまともに食べていないものだから、胸にはあばら骨が浮いている。〝打ちひしがれた〟という言葉を、そのまま絵にでもしたみたいだ。

「逮捕されるなんて」途切れ途切れの声で、母さんが言う。

わたしは黙ったままだ。

「あんなことがあったっていうのに――連中に逮捕されるなんて。なんでそんなことになるのよ⁉」

母さんが泣きはじめる。わたしの肩をつかんで、前後に、脳みそがぐちゃぐちゃになりそうなほど激しく揺《ゆ》さぶる。

「バジル！」父さんが叫ぶけれど、母さんはすでに手を止めている。

「ボー、わたしに残されたのはあんただけなんだよ。わたしにはもう、あんたしかいないの。もしあんたまで殺されたら、わたしも死ぬ。一緒に死ぬ！　ボーは母さんを死なせたいの⁉」

「ううん、母さん」わたしの顔にも涙がつたい落ちている。怯えているせいでも恥じているせいでもない。嬉しいからだ。母さんが起きて、わたしを怒鳴りつけながら、いつもみたいに意味のないバカげた質問を投げかけている。これでこそ、わたしが必要としている母さんだ。母さんが戻ってきてくれたんだ。

母さんがわたしを引き寄せ、わたしの首に濡れた顔を押し当てながら静かに泣いている。

わたしは目だけでなく心の中でも泣きながら、それでも微笑《ほほえ》んでいる。だって今度こそ――家に戻ってこられたんだから。

第十九章
BEFORE

「でもあいつは浮気してるよ。この目で見たんだもん」

わたしは化粧室の、霜《しも》のついた窓のそばに立って、うっかり何かにさわったりしないように、両腕をしっかり体に巻きつけていた。

カティアのほうはくすんだ鏡の前で、栗色の口紅をたっぷりと唇に塗っているところだ。

「ボー、いい加減にしてくれる。わたしはあいつのことなんか考えてもないんだから。ここには楽しみに来ただけなんだよ」

「ふーん、どうだっていいけどさ、シカゴは広いってのに、たまたまあいつは、同じ日の同じ時間に、わたしたちと同じビーチに来たってわけ?」

「それがなんだってのよ? 家にいるのは退屈だってぐずぐず言うから連れ出してあげたのに。ほんとにジョーダン目当てなら、あんたを置いて、ひとりで来ることだってできたんだよ」

「かもね! なんたって、お姉ちゃんはあいつに夢中なんだから」わたしはピシャリと言った。

「わたしが? あいつに夢中? バカ言わないでよ。わたしとクラリスを間違ってんじゃないの?」

「ほんと、お姉ちゃんてばクラリスみたい。化粧を厚塗りしてジョーダンのあとを追っかけまわすなんてさ」

カティアは口紅のキャップを閉めると、わたしをギロリとにらんだ。

「どうせ、あんたにはわかんない。まだ子どもすぎてね」

「試してみれば」

「何もかもが白黒はっきりつけられるわけじゃないんだよ、ボー。いまのあんたにはそう見えてるのかもしれないけど、大人になれば、誰かを許さなくちゃならないときがあるってあんたにもわかってくるから」

わたしは目を丸くしてみせた。「ジョーダンが、いつあやまったわけ？」

「たぶん、わたしにはねつけられるのがこわかったんだと思う。男って繊細なところがあるからさ。チャンスをもらえなかったら、変われるもんも変われないでしょ？」

「うちの親はふたりともあいつを嫌ってるけど」

「母さんと父さんなら、あんたが誰と付き合おうと気に入りっこないよ。わたしたちが七十歳になるまで、自分たちの思いどおりにしたいんだから。それに、ジョーダンとは一回しか会ってないしね。わたしみたいに彼のことを知ってるわけじゃないでしょ。それを言うなら、あんただってそうだけど」

「はいはい、おおせのとおりで」わたしはまた目を丸くしてみせる。

「いったいうちの家族はどうなっちゃってんのよ？　わたしのことをバカだとでも思ってん

の？　自分のしてることくらいちゃんとわかってるし、自分の面倒なら自分で見られるから」

「だけどジョーダンは――」

「だから大丈夫だって、ボー。でも有意義なアドバイスをありがとう。なんたってあんたは、男と付き合ったことなんか一度もないんだから」

その言葉が、カミソリのように胸を切り裂いた。思わず頰《ほお》が真っ赤になった。だって、ほんとうのことだったから。わたしは誰とも付き合ったことがなかった。ジョーダンがいやでたまらないのも、それが理由だったのかもしれない。わたしにはカティアを独りじめにしたいあまり、自分よりもカティアに惹《ひ》かれる男たちに対して無意識に嫉妬しているようなところがあった。

それからまた、あの女の尻に置かれていたジョーダンの手と、それをわたしから聞かされたときのカティアの顔を思い出した。

違う。今回は絶対に嫉妬じゃない。

わたしにやり返すつもりがないのを見て取ると、カティアは夜の八時に駐車場で落ち合おうと言い、出ていった。ひとりで化粧室にぼんやり突っ立っていると、なんだかみじめで、バカみたいな気分になった。

そのあとは、ブレオンとわたしがひたすらビーチを行ったり来たりしているあいだ、カティアは仲間と一緒にソーダのボトルに詰めたビールを飲んでいて、なくなると湖に捨てた。

「ねえ、あれ、トリアーナじゃない？」ブレオンが、湖の一角にあるゴツゴツした大きな岩のそばで、セルフィーを撮《と》っている子どもたちのグループのほうを指差しながら言った。

トリアーナというブレオンの年上のいとこのことはまあまあ好きだったけれど、その前の年に彼女がくだらないことでデジャともめてからは、ちょっと冷ややかな目で見るようになっていた。だとしても、こんなふうに何もしないでいるよりはマシだろう。

けれど、発泡スチロールのカップとジョリー・ランチャー（ドラッグカクテルのリーンの材料にもなる菓子なのだが、）の袋が目に入るなり、くるりと背を向けた。

「ボー、どこ行くの？」ブレオンがわたしを呼んだ。

わたしはついてくるように合図した。

「なんなわけ？」ブレオンが言った。

「ああいうの、嫌いなのは知ってるでしょ」

「あー、わかった。まあ、トリアーナとつるむ必要はないしね。どっちにしろ、明日会うことになってるし」

「あのさ、ここにひとりで残って絵を描いてよっかな。わたしとしても、そのほうがいいんだけど」

「ほんとに？」

「うん、行ってきなよ。でも、カティアと八時に落ち合うのを忘れないでね」

わたしにとって絵を描くことは怒りを解消する手段でもあり、そのときのわたしは、カティアに言われたことですっかり腹を立てていた。

頭の両側に、髪をこんもり盛り上げた少女を見かけたので、その子の絵を描くことにした。幸せそうな絵を描いていると、少しだけ気分がよくなった。すっかり集中していたところへ、いきなり肩に手を置かれるのを感じた。

悲鳴を上げるのと同時に、スケッチブックも宙《ちゅう》を飛んだ。

「おっと、わりぃわりぃ。驚かせるつもりじゃなかったんだ」

ジョーダンが、何歩か離れた場所に落ちたスケッチブックを拾い上げ、ページをめくりはじめた。

何様のつもりなの？　わたしは飛びかかり、スケッチブックをひったくった。

「人に見せるもんじゃないから」ギロリとにらみつけてやった。

「わりぃわりぃ。腕のいい絵描きってのは、作品を見せたいもんかと思ってな」

ジョーダンが唇を舐《な》めるのを見ていると、女たちが夢中になるのもわかる気がした。クリームのように滑《なめ》らかで、氷のように冷たい男。肌は濃厚なキャラメル色で、顔は古代ギリシアの彫刻家の手で彫られたかのようだ。どこをとってもパーフェクト。高い頬骨、カールした長いまつ毛、やわらかな丸味《まるみ》を帯びた鼻、ふっくらした厚い唇、明るい茶色の瞳《ひとみ》。ほっそりとしながらも、筋肉はしっかりついている。白いタンクトップは首回りが広くあいていて、その奥にのぞく腹筋から目をそらすのがちょっと難しいくらいだった。

「えっと、その、わたしはまだ本物の絵描きじゃないし。いま勉強してるとこだから」わたしはスケッチブックを胸にギュッと抱き締めた。

それでもさらに、ジョーダンが近づいてきた。

「何かが欲しいんなら、それを持ってるふりをするこったな。さもないと手に入ったときに、どうしたらいいのかわからなくなるぜ」

「なんとでも言えば。仲間のとこに戻んないの？」わたしは言った。「ボー、どうして俺のことが嫌いなんだ？」

本気で聞いてる？

「えっと、よくわかんないけど、たぶん、あんたがお姉ちゃんをだましてるからじゃないかな」

ジョーダンが、やわらかい砂の中に片足を突っ込んだ。

「けどマジな話、俺はだましちゃいないぜ。おまえの姉ちゃんは、おまえに全部を話してないんだ。ほんとのことを言うと、アシュリーとは一緒に出かけた。だがそれは、その前の日にカティアがほかの男と一緒にいるのを見たからだ」

「へえ。で、その男って？」

「誰だかは知らねぇけど、背の高いドレッドヘアの黒んぼ《ニガ》だ。そいつがまともに顔を寄せてやがんのに、カティアは止めようともしなかったんだぜ」

正直、カティアのしそうなことだと思わずにはいられなかった。カティアはモテるし、自分から好意を返す気がないときでも、相手の気を引くのは好きなのだ。

「単なる友だちじゃないのかな。とにかく、わたしには関係ないから」

ジョーダンが片眉《かたまゆ》を持ち上げた。「関係あると思ったから、俺が女のケツを撫《な》でてるのを見たとたん、大急ぎで姉ちゃんにチクりにいったんだろうが」

「あんたがそんなことするからじゃない！」

　ジョーダンが両手を上げた。「わかってるよ。別に意味はねぇんだ。とにかく、カティアと俺はもう大丈夫だから。カティアは、俺におまえと仲良くしてもらいたいんだよ」

「人間、欲しいものがなんでも手に入るとはかぎらないよ」背を向けたところで、ジョーダンにやさしく手をつかまれた。ジョーダンには我慢がならなかったし、嘘ばかりつく舌を引っこぬいてやりたかったけれど、その手の感触には、思わず振り返らずにはいられない何かがあった。

「スケッチブックが終わりかけてるみたいだな」ジョーダンはくたびれた茶色の革財布からパリッとした百ドル札を取り出すと、わたしに差し出した。「やるよ。これでもっとデカくていいやつを買うといい」

　受け取ることにためらいはなかった。この男は好きじゃないけど、わたしだってバカじゃない。

「もらっとく。だけど、わたしの友情は売り物じゃないから」

「そーかよ。ただ俺としちゃ、俺がおまえの思ってるような男じゃないことをわかってほしいだけなのさ。俺はこのあたりにいるニガたちとは、そもそも筋《すじ》が違うんでね。じゃあまたな」

　わたしはジョーダンが仲間のほうに戻るのを見送ったあとで、ポケットから百ドル札を出し、太陽にかざした。本物だ。クソッ。ひょっとしたら、ジョーダンはカティアに本気なのかも。

なにしろジョーダンなら、わざわざ妹のご機嫌を取るまでもなく、ものにできる女がこのビーチにいくらでもいるのだから。グレイディパークにおいて、なんの理由もなくお金を渡すことは、その相手を本気で気にかけていることを意味する。

午後八時ちょうどには、カティアの白いトヨタのカローラのボンネットに座って待っていた。ビーチがもうすぐ閉まることもあって、駐車場は車に乗って通りに出ようとする人たちで混み合っている。

車に近づいてきたカティアの足取りは、それこそふわふわしていた。

「ジョーダンと話をしたんだってね」カティアが車のロックを外しながら言った。

わたしは助手席に乗り込んで、ダッシュボードに足を持ち上げた。

「あいつは、お姉ちゃんにそうしろって言われたみたいだったけど」

「わたしはただ、あんたと仲良くしてほしいって言っただけ。話をしようと思ったのは、彼の考えだったんだよ。あの人が過去にひどいことをしてきたのはわかってるけど、ちゃんといいとこだってあるんだから」

あのお金のことは知ってるのかな、と気になった。でも返すように言われたらいやなので、黙っていることにした。

「まあ、うん、悪いやつじゃないのかも」わたしは言った。内心では、最低の女好きだと思っていたけれど、カティアに別れる気がないこともわかっていたから。カティアともめたくないのなら、ジョーダンにもいい顔をするしかないのかも。お姉ちゃんに嫌われないようにするのも大変だ。どっちにしたって、わたしにはあんまり選択肢がなかった。それに、ジョーダンはカティアを殴ったわけでも、ほかの女と寝たわけでもない。ちょこっとお尻を撫でただけのこと。それでもカティアがいいっていうんなら、わたしも別に構わないってふりをしておこう。

第二十章

わたしの逮捕からたったの四日で、母さんと父さんは以前のふたりに戻ってしまった。カティアを殺した警官の所属する署にわたしが連行されたときには、母さんたちにも突然、わたしの姿が見えるようになったみたいだった。逮捕から戻ってきた朝は土曜日で、母さんがずいぶん久しぶりに朝食を作ってくれた。ベーコンはカリカリに焦げちゃってるし、卵の黄味は鼻水みたいにどろっとしてたけど、母さんが起き上がって当たり前のことをしているのがほんとうに嬉しくて、きれいに平らげるとお代わりを頼んだくらいだ。

父さんでさえ、顔を出す回数を増やしはじめた。日曜日なんか、午後のあいだずっとうちにいて、ソファに座ったまま、チャンネルをESPNに合わせてスポーツを見ていた。わたしともチェッカーを何ゲームかやったし、父さんが家にいてくれるだけでなんだか安心できた。ただし月曜日になると、仕事探しがあるからと言ってまたコルビーおじさんのところに戻ってしまい、その朝は母さんも部屋から出てこなかった。ドアをノックして、朝食を作る気があるのかとたずねると、ドアに何かがぶつかる音がしてから、ひとりにしてくれと怒鳴《どな》られた。だから、そうした。

母さんも父さんも、わたしが逮捕されながら無事だったことには感謝している。同時に、わたしが生きていることを喜べば喜ぶほど、カティアが死んだことを思い出してしまうのだろう。

火曜の朝、停学になってから二日目の平日だ。わたしはキッチンのテーブルを前に、母さんが働いている介護施設からの手紙を握り締めている。督促状《とくそくじょう》の束《たば》と一緒だったので、少なくとも数日前から郵便受けに入っていたらしい。小切手か何かかな、と思いながら開封《かいふう》してみると、そこには母さんが、規定違反により解雇されたと書いてある。

何かの間違いであってほしいと願いながら、もう一度目を通してみる。母さんが介護施設で働きはじめてから、もう四年になる。ふさぎ込んで何日か休んだくらいで、馘《くび》にすることなんかできないはず！　うちの家族の苦しみも考えてくれたっていいのに。

立ち上がって、母さんの部屋のドアをノックする。行政からの居住支援を受けるためには、母さんが規定の時間以上を働く必要があるのだ。もしほんとうに解雇されたのだとしたら、来月には一家まとめて路頭に迷うことになるかもしれない。

もう一度ノックしてみたけれど、こたえはない。中からはテレビの音が聞こえてくる。どうやらお気に入りのドラマ、〈リビング・シングル〉を見ているらしい。

返事を待たずに部屋に入ったとたん、こもった空気が肌に張りついてくる。窓を覆《おお》うようにして掛布団がテープでとめられているので、日差しが入ってくることもない。床には服、ティッシュ、食べ物の空《あ》き箱が散乱し、母さんはベッドの上でボールのように体を丸めている。目はこちらに向けられているけれど、何かを見ているとは思えない。

その姿に、心臓が止まりかけた。そこで母さんがゆっくりまばたきをする。少なくとも生きてはいるみたい。

わたしはベッドの端に腰を下ろし、手紙を差し出す。

「職場からの手紙なんだけど。何かあったの？　あの日、早く帰ってきたのはそういうこと？」

母さんは手紙に目を向けようとさえしない。「面倒をみている人のひとりが、転んで、手すりに頭をぶつけちゃったの」

「そっか。でもそれは事故だったんでしょ？　お年寄りってしょっちゅう転んじゃうんだから」思わず声に熱が入る。母さんは、施設でみている人たちのことが嫌いじゃないはず。そのひとりが怪我をしたっていうのに、なんでもないことのように話すなんて。

「わからない。わたしはそこにいなかったから」母さんは退屈したように言う。

「どういうこと？　部屋の外にいたの？」

「家にいた。ベティには早めに帰りたいと言ってあった。なのにタミーがまた遅れて。どうして自分のシフトのほかに、他人の分までカバーしなくちゃならないの？　わたしの娘が死んだってのに！」

これでわかった。母さんは交代のスタッフが来る前に帰り、介護の必要な人たちをほったらかしにしてしまったんだ。もしその人がタミーの来る前に怪我をしたんだとしたら、それはおそらく母さんの責任になる。

「母さん、どうにかしなくちゃ！　仕事に戻れるように電話してみるとか。これからどうやって暮らしてくつもり？」カティアが生きているころは、母さんが何もかもやってくれていた。

お金がないときにだって、必要なものは必ずなんとかして手に入れてくれた。すべての段取りをつけて、家族が大丈夫なようにしてくれたのは、いつだって母さんだった。なのにいまは伸びをすると、寝返りを打って壁のほうを向いてしまう。「なんでわたしに聞くのよ？　どうして仕事をしないのか父さんに聞いてみたら？　あんたたちには、いつか思い知るときがくると言ってあったじゃないの。わたしだって、何もかもひとりでできるわけじゃないんだから！」母さんはピシャリと言う。

思わず泣きたくなるけれど、こんな状態の母さんの前で泣いたところで、なんの役にも立ちはしない。母さんが強くなれないんなら、わたしが強くならなくちゃ。だからわたしは手紙を畳《たた》むと、封筒《ふうとう》に入れ直す。

ふさぎこんでいる母さんはほっておいて、切り落としたパンの硬い部分でピーナッツバターサンドを作りはじめる。誰もが知っている、家になんにもないときにしか食べないレシピ。なにしろ、いまや非常時用のインスタントラーメンさえ残っていない。

誰かと話がしたくてたまらない。だけどソネットでもチャンピオンでもだめだ。誰か、貧乏の痛みを知っている人と話がしたい。

「はいよ、どうかした？」携帯にかけると、デジャがそう言いながら電話に出る。

わたしはカピカピのサンドイッチを持って自分の部屋に入り、ドアを閉める。

「母さんがきちんとみてなかったせいで、どっかのおじいさんが頭を打っちゃったらしくてさ。母さん、仕事を馘になっちゃったんだ」

「うわっ、マジ⁉　ったく、おばさんはまたなんで？」

「わかんない。たぶん、カティアのことで気が滅入《めい》ってたんだろうね。それで、次のシフトの人が来る前に帰ってきちゃったみたい」わたしは言う。「おまけに他人事《ひとごと》みたいな態度でさ！　うちにはもう、食べる物だってほとんどないのに」

　わたしはこわくてたまらない。幸せそうな母さん、興奮した母さん、激怒した母さんなら知っているけど、あんなふうな母さんは見たことがなかったから。おばあちゃんが死んだときでさえ、毎日起きて、家の中がスムーズに動くようにしてくれていたのに。

「で、おじさんはなんて？」デジャが言う。

「まだなんにも。このあと、父さんが来たときに話してみるつもり。だけど父さんはずいぶん前から仕事を探し続けてるんだよ。いまさら、すぐに見つけられるとは思えない。なのに、冷蔵庫にはマスタードとレリッシュしかなくて。ただでさえ貧乏なんだから、これ以上貧乏になる余裕なんかないってのに」

「わかるよ」デジャがしばらく黙り込む。「誕生日にもらったお金を貯めてるんじゃなかったっけ？」

「うん、ちょっとだけね。でもそれは、家を追い出されそうになったときのためにとっといたほうがいいかなって」とはいえわたしの貯金くらいじゃ、一週間分の家賃にも足りないだろうけど。

「そんなのっておかしいじゃん！　ふたりも親がいるのに、ボーがそんな心配をしなくちゃならないなんてさ」デジャが言う。

わたしはサンドイッチにかぶりつく。「でしょ？　これまでだってうちの親は完璧じゃなかったけど、いまじゃわたしが生きてることも忘れてるっぽい。わたしには、きちんと哀しむチャンスさえ与えてもらえないみたいでさ。なんたって――」

「親の面倒をみなくちゃならないんだもんね」デジャがわたしの言葉を引き取って言う。

「うん。ほんとにそう」デジャならわかってくれると思ってた。いつだってそうなんだから。

玄関の開く音が聞こえたので、デジャにはまたかけ直すからと言って電話を切る。

キッチンに行くと、父さんがテーブルのそばに立っていて、脂のしみた中華料理の大きな袋を三つほど並べている。

「よお、ボー！　おまえの好きな、海老《えび》入りの芙蓉蛋《ふようたん》を買ってきたぞ。冷蔵庫の上から紙皿を取ってくれ」

わたしは紙皿を渡してから、手紙をテーブルに置く。

「これはなんだ？」父さんが言う。

「母さんの職場から。みてる人のひとりが頭を打って、馘になっちゃったの」

父さんは驚いた様子さえみせずに、料理の箱を開けながら、ふたつの皿にそれぞれの料理を取り分けていく。

皿を受け取り、父さんと一緒に腰を下ろす。

「ボー、母さんの職場からは何日か前に電話をもらっているんだ」父さんが言う。

「知ってたってこと？　なんで教えてくれなかったの？　どうして母さんに何も言わなかったわけ？」そんなことを黙ってたなんて信じられない。わたしがデジャにぼやいていたのは、まさにこういうことなんだ。少なくとも母さんは、いまみたいに哀しんでいないときであれば、やるべきことをやってくれる。ところが父さんにはいつだって何かが欠けていて、動くのも遅すぎる。そもそもどうして母さんに家を追い出されたのか、わたしにもだんだんわかりはじめていた。たいていの場合において、父さんは役に立たないのだ。

「言葉に気をつけろ」父さんが箸《はし》でわたしを指しながら、警告するように言う。「母さんはいま、大変な思いをしているんだ。こんなときに働く必要はない。介護施設でもめでもしたら、刑務所に入ることにもなりかねないんだからな」

「だけどお金は？　母さんが働かないなんてありえないよ！」なんだかこの家には、何かを心配している人間なんかわたししかいないみたいだ。

「ボー、いまの母さんはな、父さんがデオドラントを塗ってやるのに腕を持ち上げるだけでもひと苦労なんだ」そうチャーハンで口をいっぱいにしながら言う。わたしには〝ひと苦労〟と言ったときの父さんの口調が気に入らない。まるで、母さんの面倒を見るのが自分の仕事ではないみたいだ。

「もう一回、一緒に説得してみない？」わたしが言う。

けれど父さんはまた、脂っぽい料理をひと口頬張《ほおば》る。

「ボー、母さんが必要としてるものは、俺たちだと与えてやれないんだ。だからしばらくのあいだ、ニューヨークにいるペッパーおばさんのところに行かせようと思ってな。おまえも俺も、少しは息抜きが必要だろ？」

息抜きって何？　父さんは何ひとつしてないくせに！　わたしはそう叫びたくなるけれど、逮捕なんかされたせいで、自分にはそんなことをして許されるだけの徳が残っていないこともよくわかっている。

「息抜きなんかいらないから」わたしは簡単に言う。

父さんはため息をつく。「だが、母さんには必要なんだ。きっと母さんの役に立つ。父さんを信じてくれ」

「母さんが向こうに行ったら、わたしはどうなるの？」

「それについても話しておこうと思ってたところだ。父さんが、コルビーおじさんの家にいるのは知ってるだろ。現状を話したら、この家は手放したほうがいいかもしれないと言われてな。なんとかやっていけるようになるまで、おまえは父さんと一緒に、おじさんの家のリビングで暮らすんだ。長くはかからない。せいぜい、二、三か月で、長くたって五か月そこらだから」

胃袋が足元に落っこちた。なんたって父さんは、それを本気でいい考えだと思っているらしいのだから。一年の半分を、誰かの家のリビングで暮らすことになるなんて。

「つまり――グレイディパークを離れるってこと？　この先ずっと？」シカゴで公営住宅に住む権利を得るためには永遠に近い時間がかかるし、ここみたいな団地には、入居を待つ長いリストが、たぶんわたしが生まれる前からできている。いったんこのうちを手放したら、戻ってこられるわけがない。

「ああ、リビングで暮らすのはあんまり気分のいいもんじゃないが、なにしろほんとに広いんだ。シーツを張って部屋を区切れば、おまえもプライベートな空間が持てるしな」

百万個くらいの思いが頭の中を駆《か》けめぐる。わたしの人生はここにある。ずっとここにあったんだ。わたしとカティアの部屋、五歳の時にデジャとブレオンに出会った中庭。なにより重要なのは、ジョーダンがまだ、このあたりにいることだ。どこかにきっと。

「あっさり移るなんてできっこないよ！　友だちはどうすればいいの？」わたしは叫ぶ。

「週末に会えばいいだろうが。グリーンオークスはそう遠くない」

「そんなとこ、聞いたこともないんだけど」

「ウエストサイドのほうだからな。どうしてそんなにカッカしてるんだ？　いつかはグレイディパークを出たいとずっと言ってたじゃないか」

「そうだけど。わたしの頭にあったのはカリフォルニアの大学とか、もっといい場所なんだよ！　町の反対側に移るとかじゃないから。それに、母さんがニューヨークから戻ってきたらどこに住むつもり？　母さんは誰かの家のリビングなんかで暮らしっこないよ」こんなろくでもないことを言い出すなんて、まさに父さんが、わたしや母さんのことをろくすっぽ考えてもいなければ、理解もしていない証拠だ。どうして母さんが父さんにガミガミ言うのか、いまならわたしにもよくわかる。この人は父親なんかじゃない。自分の問題をひとりでは解決できないからといって顔を出す、厄介な親戚のおじさんみたいなもんだ。母さんが母親として完璧だったせいもあるけど、これまで父さんがなんにもしていないことに気づかなかったのが自分でも信じられない。父さんなんか、ときどきテイクアウトの食べ物を持って顔を出す程度じゃない。あとはコルビーおじさんの家で、ビールを飲みながらだらだらしてるだけ。そんなのが父親っていえる？　わたしがいま必要としているようなほんとうの父親なら、そもそも家を出たりはしない。家族のそばにいて、気遣《きづか》い、守ろうとするはず。どうしてそんな当たり前のことが父さんにはできないんだろう。わたしにはまったく理解できそうにない。

「一時的な話なんだ、ボー。父さんが仕事を見つけたら、また自分たちの家を持てばいい。おそらくは、ノースサイドに近いあたりでな」父さんはそう言って微笑《ほほえ》んでいる。なんでこのツルツル頭はヘドが出そうな話をしながらこんな顔ができるんだろう？　母さんはこの笑顔に落ちたのかもしれないけど、わたしはだまされやしない。もう二度と。

「だけど仕事なら、もうずっと探してるじゃない。これまで見つけられなかったのに、どうしていまなら見つけられるなんて思うわけ？」父さんはそもそも、働きたくないのかもしれない。いまの人生は気楽だし。コルビーおじさんのソファに座ってテレビを見ながら、オールド・ミルウォーキーを一日中飲んでいられるんだから。

父さんは言い返そうとするように口を開くけれど、またつぐんでしまう。そのまましばらく皿に目を落としてから、ビールを取ろうと冷蔵庫に近づく。

「努力はしてるじゃないか」父さんは言う。「おまえたちにだって、父さんが努力するしかないのはわかってるはずだ。だが仕事を得るのは、この土地にいる黒いきょうだいたちにとっては簡単なことじゃない。電話では白人だと思ったのが黒人だったってだけで、面接を受けるのさえ断られちまうんだぞ！　それでも父さんは努力してる。毎日毎日な」

父さんはプラカップにビールを注ぎ、大きくゴクリと飲み下す。

だけど、努力だけでは充分じゃない。もしも母さんが父さんと同じくらいの〝努力〟しかしていなかったら、そもそもわたしたちはとっくの昔に路上で飢《う》え死《じ》にしてるんだから！

「もう少しがんばる必要があるんじゃないの。父さんはいつだって、ああするこうするっていうわりには結局なんにもしないんだから！」わたしは怒鳴る。大人に向かって怒鳴るなんてもちろんよくない。だけどいまは大人と同じようなことをやらされているんだから、子どものままでいる必要はないはずだ。

父さんはビールを飲み終えると、汚れた食器が積み上がったシンクにひょいっとカップを投げる。それから椅子に深く身を沈め、暗い瞳《ひとみ》でわたしを見つめる。

「子どもに説明する気はない。この家のことを決めるのはおまえじゃないんだ。わかったか？　俺が決める！　それを忘れるんじゃねぇぞ！」

「でも――」

「だまれ！」父さんが怒鳴る。「この家の主人は俺だ。この家のことは俺が決める。それが気に入らなけりゃ勝手に出ていけ。俺が引っ越すといったら引っ越すんだ。わかったか？」

鼻の穴が雄牛《おうし》のように広がり、熱い涙に視界が曇ったけれど、なんとか涙をこらえ続ける。父さんには我慢がならない。だけどいまのわたしには、どうすることもできやしない。

「わかったよ」わたしは乱暴に言う。

そのあとは黙ったまま中華料理を食べ続ける。正直、食べたくなんかなかったけれど、このままテーブルを離れたら負けを認めるようなものだし、そんなのは悔しすぎる。なんたって、わたしのほうが正しいんだから。夕食が終わると、父さんは友だちとのポーカーに出かけ、わたしは白ご飯だけの皿を母さんの部屋に持っていく。ひょっとしたら、食べてくれるかもしれないから。

床にモップをかけてキッチンを整《ととの》えるのは、昔からカティアの役目だった。けれどもう一度きれいなキッチンを取り戻したいのなら、いまはわたしがやるしかないらしい。わたしはなんだって自分でできる。父さんとは違って、ぐうたらな怠《なま》け者なんかじゃないんだから。

お湯を洗《あら》い桶《おけ》にためていると、玄関をノックする音が聞こえてくる。

ドアを開けると、そこにいるのはデジャだ。食料品がこぼれそうに詰まった袋を両腕に抱えている。

「ウィレットさんちに特別配送でーす！」デジャがにっこりしながら言うのを聞いて、わたしの目には、また涙が盛り上がってくる。

「ちょっと、泣くのはやめてよね。もらい泣きしちゃうからさ。ただでさえ顔がくたびれてんのに、縞模様《しまもよう》になったら困るじゃん」

だけど、わたしはやっぱり泣いてしまう。ひとりぼっちで無力だと思っていたけれど、少なくともひとりだけは、必ず味方になってくれる人がいるんだって。

デジャが食料品を置くと、わたしたちはにやにやしながら互いの顔の涙を払う。
「母さんが馘になったからにはグレイディパークを出なくちゃならないって、父さんが。コルビーおじさんのリビングで暮らすとか、ふざけたこと言ってんの」
デジャがギュッと抱き締めてくる。「悪いけど、あんたのおやじには地獄にでも行ってもらいな。なんたって、あたしから親友を奪うことなんかできやしないんだから。絶対にね。約束する」わたしだってその言葉を信じたいけれど、デジャがなんとかするには、問題が大きすぎることもわかっている。デジャは三十分もすると帰ってしまった。新しいボーイフレンドと食事に行くからって。ほんとはもう少しいてほしかったけど、親友にふさわしいことは充分にしてくれた。

その夜、食料品をしまっていたところで、お尻のポケットに入れていた携帯が音を立てる。またDMだ。それも二通。まずはArithMyTickのほうからチェックする。

ArithMyTick：おまえは正解から遠ざかっている

わたし：なんの話⁇　あんたは誰なの？

それからもう一通のほうを確認する。ようやくMurderSleuth99が、また違う情報を寄越したらしい。

MurderSleuth99：忙しくて連絡できなかった。パーカーは見つけたのか？

わたし：見つけた。ジョーダンに子どもがいることもわかった。だけどあいつの居場所は誰も知らない

MurderSleuth99：知っているかもしれないやつがひとりいる。事件の夜、車に乗っていたのがカティアとジョーダンだけではなかったという噂《うわさ》がある

わたし：え？　誰かが一緒にいたってこと？　誰なの⁇

MurderSleuth99：あくまでも単なる噂だ。十六歳のガキで、グレイディパーク団地に住んでいる。名前はブリアーナ。姓はジェファーソン

手から落ちた携帯が床の上で音を立て、画面には長いヒビが入る。このプロジェクトに、ブリアーナ・ジェファーソンは存在しない。いるのはブレオン・ジェファーソンだけだ。ブレオン。あのブレオンが？　カティアが殺された夜、あの車に一緒に乗ってたっていうの？　わたしはバクバクいいはじめた心臓に片手を当てながら、なんとか息を整えようとする。信じたく

ない。信じられない。けれどほんの少しでも真実が混じっていなかったら、誰がそんな噂を流したりするだろう？　わたしは携帯を取り上げ、ソネットにメッセージを打ちはじめる。

第二十一章

「うーん。じゃあその〝ブレオン〟は、ボーの昔の親友だったブレオンなの？」ソネットが言う。

「だとしか思えない。彼女の姓はジェファーソンだし。だけど、ブレオンとはお葬式のあとで話してるんだよね。もし車に乗ってたんなら、そう言うと思うんだけど」わたしはアプリを閉じながらこたえる。

「ビビってたら黙ってるかも！　それに彼女、葬儀で何か話したそうにしてたとか言ってなかったっけ？」

「うん、デジャに邪魔されちゃってさ。だとしてもそのあと何回かは顔を合わせてるから、そんなことがあったら話してくれると思うんだけど」

　ソネットがラズベリーのガムをぷうっとふくらませる。「んーーー、ひょっとしたら、彼女がジョーダンをかくまってたりして」

　わたしは立ち上がって、開いた窓に近づく。裏庭ではソネットのお母さんがオレンジ色のビーチチェアーに腰を下ろし、火の入っているファイヤーピットに棒をかざしながら、先に刺したキューブ状の豆腐をあぶっている。

ソネットがこうしていろいろ考えるのもわたしを助けるためなんだけど、ときどき的外れなことを言うのも確かだ。ソネットはもちろんブレオンを知らない。知っていれば、わたしたちが生死にかかわるような火遊びをしないことくらいわかるはず。わたしたちのあいだには距離ができてしまったけれど、ブレオンはわたしを嫌っているわけじゃない。そんな情報をわたしに黙っているはずがないし、ジョーダンをかくまうなんてことは絶対にない。

「ソネット、噂《うわさ》の根拠をひとつひとつ確かめてる余裕はないんだよ。ブレオンなら、何かを知ってたら話してくれると思うから」

「そうだね。全部の噂を確かめることはできない。だけど、少なくとも可能性のある噂については、追いかけてみてもいいんじゃないかな」

「おでこに書いてみせないとわかってもらえないわけ？　わたしはだめって言ったんだけど」

ソネットはくりくりした髪と、紫がかった淡いブルーの亀の形をした髪留めをいじりながら口を開く。「わかった。なら、この件については、わたしがボーの意見を却下させてもらう」

わたしはくるりとソネットのほうに顔を向ける。「いまなんて？」

「この件については、ボーの意見を却下させてもらう。これがボーの問題であり、ボーに主導権があるのもわかってるけど、ここはブレオンがほんとに何も知らないのか、はっきりさせておくべきだと思う」

「なんのための調査か忘れちゃったの？　わたしのお姉ちゃんのためなんだよ。わたしの意見が却下なんてありえない」

ソネットは立ち上がると、二針縫《ぬ》った頭の傷を指差してみせる。「おでこのこれが見える？ボーがジョーダンを見つけたと思い込んだから、わたしはあとを追いかけてこんな怪我をするハメになったんだよ」

「うしろから見たらそっくりだったから！　また逃げられちゃうのを、そのままにしておけばよかったっていうの？」

「ちょっと立ち止まって、本物の刑事みたいに考えてたら車で追えたんだよ。そしたらあいつがジョーダンじゃないこともわかって、真夜中に他人の庭を駆《か》けずりまわるようなことにもならなかった」

「ちょっと待ってよ。あの差別主義者の白人警官たちにされたことを、全部わたしのせいにするってわけ？　わたしだってやられたんだよ、ソネット！」

「別に責めてるわけじゃなくて、ボーの判断が常に正しいわけじゃないってことが言いたいの。それでもわたしはそばにいる。ひとつくらい、わたしに決めさせてくれてもいいとか思わない？」

逮捕されたことに関しては、いまだに申し訳ないと思っている。あれくらいで済んだのがラッキーなくらい、最低の夜だった。認めるのは悔しいけれど、ソネットの言うとおりだ。

わたしはベッドに近づいて、携帯電話を取る。

「何する気？」ソネットが言う。

「デジャに電話。ブレオンの居場所を知ってるかもしれないから」

ソネットがにっこりしたので、わたしもうなずいて見せる。

「もしもし、ちょうど、こっちからもかけようと思ってたとこ」電話に出るなり、デジャが言う。

「ブレオンに大事な話があるんだけど。今日、どこかで見かけなかった？」

「知らねーし。そんなのどうだっていいじゃん」

「デジャ、マジなんだけど。ブレオンにどうしても聞きたいことがあるんだよ」

「たとえば？　ドラッグカクテルに最適な、スプライトに混ぜる咳止めシロップの量とか？　あんなどうでもいいやつのことは忘れちゃいなよ。で、今夜は何を着てくつもり？」

「今夜って？　なんの話？」わたしは困惑しながら返す。

「ジェイクスんとこでまたパーティがあるんだよ！　しかも盛大にやるみたい。DJ用のブースも、母親の部屋にしっかり作ってあるし。で、何を着てく？」デジャがそう繰り返す。どんなパーティであれ行きたい気分じゃない、とこたえかけたところで、ブレオンが大のパーティ好きであることを思い出す。とくにジェイクスのやつは。なにしろドラッグも酒も、ただで大量に出てくるから。

「まだ決めてないけど、一時間後にうちに来てよ。いい？」

「わかった。じゃあね」

「あーあ」ソネットが背中からばたりとベッドに倒れ込む。「うまくいったみたいで嬉しいよ」

わたしは腕を引いてソネットの体を起こす。「うまくいったんだって。ジェイクスんとこのパーティは、めちゃくちゃ盛り上がるんだ。顔を出せば、ブレオンを見つけられると思う」

ソネットはパッと目を輝かせながら、小さな子どものように手を叩く。「うわぁ、パーティなんていつぶりだろう！　ちゃちゃっと服を選ぶから手伝ってよ」

そう言って木のクローゼットに近づくと、両開きの扉《とびら》を大きく開いてみせる。色もスタイルもよりどりみどりだ。七〇年代と八〇年代を交配させてできた赤ちゃんが、おなかの中のものをすっかりぶちまけたらこんな感じになるのかも。

「わかった。このクローゼットにあるものは使わない」わたしは言い切る。

「え？　このあみあみの入ったジョガーパンツとか、先週、古着屋で買ったばっかなんだよ。すっごくいいでしょ！」

わたしはパーカーの紐《ひも》をいじりはじめる。「あのさソネット、パーティにはわたしとデジャのふたりで行ったほうがいいんじゃないかな？　ジェイクスんとこのパーティは、ちょっと強烈すぎるかもしれないからさ」

正直なところ、ソネットをグレイディパークのパーティに連れていこうと思うなら、ブリーフィングと準備に数時間は必要だ。さもないと危険な目にあいかねない。パーカーやシエラを相手にするときにはひとつのことに集中していればよかったけれど、ソネットをパーティに連れていくとなると、面倒につながりそうなことが多すぎる。

「冗談でしょ」ソネットが言う。「そもそもわたしのアイデアなんだよ。わたし、行くから。それに話を聞き出す能力なら、誰にも負けない自信があるしね」

「行くにしろ行かないにしろ、ブレオンには絶対に話しかけないでよ。話すのはわたしにまかせて。ブレオンは、知らない人とは話をしたりしないんだから」

「ボー、ハウスパーティなんだよ。知らない人なんかどっさりいるはずでしょ?」

わたしは唇を嚙《か》みしめる。あんたは目立ちすぎるんだと、どうしたら上手に伝えられるんだろう。ゴールドのバングルと、ホットピンクのベルベットのベルボトムをやめたところで、ソネットが二秒も話をしたらよそ者であることはわかってしまう。けれどあの逮捕の一件でソネットには借りがあるので、しかたなく連れていくことにする。ただし、着る物と髪型についてはわたしにまかせてもらうという条件付きで。

四十五分後には、ふたりでわたしの部屋にいる。わたしがブラシでソネットの髪を逆立てながら、高い位置でふわふわのパフを作っているところだ。

「ちょちょっと毛先用のジェルと歯ブラシで整《ととの》えちゃうから」わたしが言う。

「うげ。うぶ毛《ベイビー・ヘアー》まで撫《な》でつけるなんて、それこそ赤ちゃん《ベイビー》のときいらいなんだけど。このジエル、どんな化学物質が入ってるのかな?」

「知るわけないじゃん」わたしは蓋《ふた》を開けたジャーに指を入れ、ソネットの生え際に茶色のジエルをのせていく。「ここでは髪をこうすることになってるの。うぶ毛にまで生き方が表れるんだから」

ごく短い部分を歯ブラシで引き出しながら、指先で次々と半分くらいの三日月《みかづき》形に整えていく。次はもみあげだ。さらにジェルをのせて、指に何度か巻きつけながら、クルクルときれいなカールにしていく。

「よし。鏡を見ていいよ」

ソネットがドレッサーに近づきながら、さっそく髪に手を入れようとする。

「だめ！」わたしはソネットの手をひっぱたく。「崩れちゃうじゃない」

「わ！　ごめんごめん。正直ちょっと気に入ってるんだけど――このねちょねちょした感じがなぁ。これって完全自然由来の、ヴィーガン向け毛先コントロールジェルなんだよね？」

「それで4C（カールの強さを示すランクで最高の4の中でももっとも縮れたタイプ）の髪を撫でつけられるやつを見つけたらぜひとも教えて。さてと、髪もできたし、ルールのおさらいをしておこうか」

ソネットはドレッサーの椅子に腰を下ろし、咳払いをしてみせる。「ルールその一、自分からは会話をはじめない。もし誰かに聞かれたら、ジュリアン高校に転入した二年生ってこたえること。ルールその二、ドラッグにはなんであれ手を出さないこと」ソネットがここで言葉を切る。「でも、大麻はいいんだよね？」

わたしはまじまじとソネットを見つめる。「もちろんだめ。こないだみたいにハイになったソネットを家まで連れ帰るのはごめんだからね」

「げ。わかったよ。でも、もしも副流煙《ふくりゅうえん》のせいでハイになったら大目に見てよね」

わたしは肩をすくめる。「続けて。ルールその三は？」

ソネットは天井に向けて、目を丸くしてみせる。「ルールその三、踊《おど》らないこと。ダンスのないパーティなんてなんだかなぁ」

「ダンスならあるよ」わたしは、カティアのイヤリングを耳にするりとつけながら言う。金色の輪っか状のやつだ。「だけどソネットは踊っちゃだめ。踊り方がかなり独特だから、ソネットにはリズムに合わせて手拍子するのがやっとじゃないかな――」

「ちょっと！　リズム感がいまひとつでも、わたしだって踊ることくらいできるんだから」ソネットが言う。

「楽しみにいくんじゃないってことは、ちゃんとわかってくれてるよね？　ブレオンと話をしにいくだけなんだから。それを忘れないでよ。わかった？」

ソネットはふくれながらも、わかったというようにうなずいてみせる。

それから最後に、ふたりとも、ドアについている姿見《すがたみ》で全身を確認する。ソネットは足にカティアの真っ白なエアフォースを履いて、あとはわたしのショート丈《たけ》のパーカーに、白いバイカーショーツという恰好だ。こうも色彩に欠けたソネットを見るのはなんだか妙な気分だったけれど、とにかくこれで、わたしたちのひとりに見えるはず。生粋《きっすい》のグレイディパークっ子に。

わたしのほうは黒のチャックテイラーを履いて、黒いハイウエストのレギンスに、正面に〝FILA〟のロゴが入った黒いスポーツブラを合わせた。もちろんうぶ毛はしっかり撫でつけてある。カティアが死んでからというもの、この手の恰好をするのははじめてだ。ちっともパーティに行く気分ではなかったのに、日が沈んでセクシーに決めると、なんだか少しわくわくしてきた。グレイディパークにもいいところがあるとすれば、パーティのやり方を知っているところだ。この感じが恋しかった。

ふたりともだぶだぶのパーカーを着ることにした。万が一、母さんが部屋から出てきて、見られても大丈夫なように。けれど母さんの部屋のドアは閉まったままだ。

家を出ると、通路の先でデジャが待っている。あちこちが裂けたピチピチのジーンズ、エメラルド色のレースのテディ・ボディスーツ、クリスタルのラメを使ったピンヒール。全体を引き締めるために、頭には七十五センチくらいあるグリーンのフロントトレースウィッグまでつけている。わたしの親友は、パーティに行くとなったらとにかく手を抜かない。

「いいね、デジャ！　ばっちりじゃん！」

「ありがと。そいつは誰？」デジャが、人の良さそうな笑《え》みを浮かべたソネットに目をやって言う。

「ソネットだよ。前に話した学校の友だち」デジャには嘘なんかつく必要がないから、わたしには彼女のほかに、友だちがひとりしかいないことももちろん話してある。ただ、会うのは今日がはじめてってだけだ。

デジャが笑いながら、長い髪を肩のうしろに払う。「ちょっと待ってよ、これがソネット？　森の中でキーブラー・エルフ（キーブラー社のマスコット）のツリーハウスに住んでるってやつ？」

はじまった。まだ一分もたっていないのに、デジャはもう喧嘩《けんか》をふっかけてる。だけどソネットはデジャと違って心が広い。とくにやり返すこともしないで、おとなしく微笑《ほほえ》んでいる。

「ツリーハウスじゃなくて丸太小屋だけどね」ソネットが言う。

デジャが、〝だからなんなわけ？〟というような顔をこちらに向けるけれど、わたしは〝人生でいっぺんくらいおとなしくしててよ〟というように合図を送る。デジャは、わたしにほかの友だちがいるのが気に食わないんだ。だけど、そろそろわかってもらわないと。

「あっそ、わかったよ、リリック」

「ソネットだから」わたしが言う。

「ふーん、そう。で、なんだってプロジェクトのパーティに行こうだなんて思ったわけ？」

「わたしが誘ったの。ほらほらデジャ、そろそろジェイクスんとこに行かない？」

すでに中庭の向こうではドリルミュージックがガンガン鳴っている。中庭にはいくつかのグループができていて、パーティに向かう前に、笑いながら大麻煙草《たばこ》を吸ったりしている。

デジャが舌打ちをしてから言う。「オッケー。どうでもいいけど、今夜は誰の面倒も見るつもりはないからね。あたしは楽しみにきたんだから」

「わかった。じゃあ行こっか」わたしが言う。

歩きはじめると、男が何人か近づいてきて手を握ろうとしたけれど、わたしたちはその連中を振り払う。なにしろ今夜はやることがあるんだから。

「おーおー、これはカワイコちゃんたち、今夜もまた、めちゃめちゃ決まってるじゃねぇか」

玄関のところにたどり着いたわたしたちを見て、声を上げたのはジェイクスだ。シャーロット・ホーネッツのキャップをかぶり、手にはコーヒーの缶を持っている。その缶を差し出されると、わたしはパーティ代として、そこに六シリングを入れる。

家の中は、天井から下がる赤い電球がひとつついているだけで薄暗い。大麻と汗のいやな臭《にお》いが充満しているけれど、これもパーティならではで慣れっこだ。デジャの手をつかむと、彼女はわたしたちを連れて人混みをかき分け、プラスチックのカバーがかけられたソファのほうに向かう。

「ジャングルジュース（アルコール度数の高いフルーツパンチ）をもらってくるよ」デジャはそう言うと、汗をかきながら踊っている人たちの中に消えていく。そこでジュヴナイルの〈バック・ザット・アズ・アップ〉のイントロが流れてきたので、わたしは運が、ようやくまた自分の味方になってくれたことに感謝する。ブレオンを見つけるなら、いましかない。

ソネットをうしろに連れてリビングをのぞくと、ちょうどデジャを囲むようにしながら人波が分かれはじめたところだ。デジャはすかさず飛び跳ねるようにして踊りだし、みんなも喝采《かっさい》を送り、何人かの男がタンクトップをデジャに向かって投げている。これはデジャの曲。つまりデジャも、あと五分はわたしたちを探しにはこないはず。

家の裏手に回ると、ねじれた円のようにみんなが並んでいる。トイレ待ちのようだ。

「おいこら、並んでるのが見えないのかよ⁉」うしろから女が怒鳴《どな》りつけてくる。

「うっせぇな、そのケツをしばかれたくないならひっこんでな」わたしは、やれるもんならやってみな、と挑みかかるような態度で言ってのける。普段のわたしなら、こんな口のきき方はしない。でもここには、グレイディパーク流のお作法がある。単に喧嘩をしたいというだけの理由で突っかかってくる連中も多いのだ。簡単に近づかせないようにするには、自分で自分を守る方法を知らなければならない。

「ちょっと、ボー、どうしちゃったの？」ソネットが、わたしの手に爪を食い込ませながら耳元でささやく。

女が一歩前に出る。わたしよりも二十キロくらい重たそうだけれど、体が大きければ大きいほど、倒れたときの衝撃も大きい。わたしはソネットをうしろに押しやってから、女に向かってぐいっと距離を詰める。

「ヘイ、ボー！」

気づくとブレオンがいて、わたしと女のあいだに体をねじ込んでいる。「ねえ、ヨランダ。この子はわたしの仲間で、こっちは——彼女のダチなんだ。なんか問題でもあった？」

ヨランダはわたしに向かって目をすがめながらも、かぶりを振る。「別にないけど。元気？」

ふたりは互いの頬《ほお》に二度キスをする。

「元気元気。またあとで話せるよね？」

「うん、もちろん」女はそう言いながら、最後にもう一度だけわたしをにらみつける。

ブレオンがわたしの手を引いて、家の裏手にある寝室のひとつに連れていく。

部屋に入ると電気をつけてドアを閉め、鍵をかける。どこもかしこも男臭いから、きっとジェイクスの部屋だろう。気の毒に、三十にもなって、まだかすれたバットマンのシーツを使っているなんて。

「助かった。あの女ラリってたから」わたしが言う。

「ここの連中のことはよく知ってるはずじゃん。誰かをこけにしなきゃ、金曜の夜とは呼べないんだから」ブレオンが言う。

「ほんとそう。じつはブレオンを探してたんだ。聞きたいことがあってさ」

ブレオンはジェイクスのベッドの端に腰を下ろそうとして、あやうくひっくり返りそうになる。ドラッグを何かやっているみたいだ。かえって都合がいいかもしれない。

「何を聞きたいわけ？」

完全にラリっているようなので、単刀直入に攻めることにする。

「ブレオン、カティアが撃たれた夜のことを思い出してほしいんだ。あの日、カティアとジョーダンの車に乗せてもらったりした？　ブレオンが何かを見てたはずだって噂があるんだけど」

ブレオンが何度かまばたきをすると、リーンのカーテンの向こうから素面《しらふ》の彼女が顔をのぞかせる。

「誰がそんなこと？」ブレオンが真顔になってそう口にする。

「ほんとなの？　ブレオンも一緒だったの？」

「まさか！　違うよ！」ブレオンが叫ぶ。

ソネットが前に出る。「確かなの？　もし一緒だったんなら、警察が出てくる前にここで話しちゃったほうがいいと思うけど。犯行現場を勝手に離れるのは罪になるんだから」

ブレオンが、憎々しげにソネットをにらみつける。

「この女はどこのどいつなわけ？」ソネットがわたしに言う。

「ただの友だちだよ。ソネット、ここはいいからデジャを探してきて。いますぐに」わたしはドアを開けると、ソネットが口を開く前に部屋から押し出す。ソネットがこうも考えなしだなんて。そもそも一緒に連れてきたわたしのほうがどうかしてた。ブレオンを脅《おど》すつもりなんか、これっぽっちもなかったのに。

ブレオンは立ち上がり、左右にふらふら揺《ゆ》れながら、警戒するようにわたしを見ている。

「わたしはあいつと取り替えられたってわけ？ 私立高校のクソ女と」ブレオンが冷ややかに笑う。

「ミレニアム・マグネットは公立だよ、ブレオン。それにわたしは、ブレオンを誰かと取り替えたりなんかしてないから」仮にそうしたいと思ったところで、デジャが邪魔になったと思うけど。なにしろあちこちでさんざん修羅場《しゅらば》を起こしているもんだから、デジャと喧嘩したことのない女の子を探そうと思ったらエジプトにでも行くしかない。

「だったらあいつにわたしを責めさせるなんてどういうこと⁉ わたしはなんにもしてないのにさ」ブレオンが言う。

「悪かったよ。これでいいでしょ？ あの子は出すぎた真似をした。でも彼女のことは忘れて。これはわたしとブレオンの話なんだから。ここしばらく、わたしたちの仲がこじれてたのはわかってる。でもまだ、ブレオンのことは大切に思ってるんだよ。それはわかってるでしょ」

こわばっていたブレオンの顔がゆるむ。「わかったよ。まあ、そう言うんなら。でもわたしは、あの夜あそこにはいなかった！ プロジェクトの誰かがわたしをハメようとしてるんだ！」

「あの日、カティアかジョーダンを見なかった？ 別の時間に乗せてもらったりとかは？」

「誓《ちか》ってもいいけど、昼も夜も、あのふたりには会ってないよ、ボー」

わたしはその言葉をそのまま受け入れる。ブレオンの両手が、わきに垂れたままだったから。小さいころから、ブレオンが嘘をついたときにはすぐにわかった。両手を必ずポケットに突っ込むのだ。

「ブレオン、ごめんね。わたしはただ――」

「おっと！　おまえら、こんなとこで何してんだ？」大麻煙草をくわえたジェイクスが、いきなり部屋に入ってくる。持っていた使い捨ての赤いカップからは、紫色の液体が跳ねて絨毯《じゅうたん》に落ちている。

「別になんにも。ごめんね。もう行くから」わたしは立ち上がり、ドアに向かう。ブレオンもついてくるかと思って振り返ってみると、彼女の目は、ジェイクスの手の中のカップに釘付けになっている。

「またあとでね」ブレオンがそう言いながら、わたしを追い払う。

「うん、わかった」

リビングに戻ると、パーティは大盛況だ。ミーガン・ジー・スタリオンの曲がかかっていて、女の子たちは立ち上がり、明日なんて来ないかのように腰を激しく振りながら踊っている。昔のわたしならそこに交じって、誰かの連れにお尻をすりつけたりしてたかも。だけど、いまはそんなことをしている場合じゃない。

部屋の中に目をやってソネットを探す。けれど垂れ込めた大麻や煙草の煙の向こうに見えるのは、振られているお尻や、編まれた髪や、金色の輪っかだけだ。「ごめん、ちょっとごめん」わたしは人混みをかきわけながら進むも、結局はまた、最初にいた廊下のところに戻ってきてしまう。

高いところから探そうと、プラスチックの椅子の上に立ち上がってみる。それでもソネットは見つからない。そのかわりに、キッチンのシンクに背を押しつけたデジャの姿が目に入る。それだって、あのグリーンの髪がなかったらわからなかっただろうけれど。

デジャはどこかの男と話をしている。どう見たって彼女のタイプじゃないのに、男はデジャに身を寄せながら何か話しかけている。

デジャが押しのけようとすると、男がその両手首をつかむ。周りにいる連中はまったく気がついていないか、でなければ気にしていない。だけどわたしがいるかぎり、親友に手を出させたりするもんか。

あわてて椅子から下りて、肘《ひじ》で人混みをかき分けながら、デジャのほうへと近づいていく。たとえ喧嘩になったとしても気にしちゃいられない。デジャのところに行かなくちゃ。

キッチンにたどり着くと、あの男はもういない。デジャはなんだか動揺しているみたいだ。こちらが口を開く前にわたしの手をつかんで、玄関のほうへと引っ張りはじめる。

「待って！　ソネットを連れてこなくちゃ！」わたしは音楽にかき消されないように叫ぶ。リビングの真ん中あたりまできたところで、人混みに押されながらもソネットの姿をようやく見つける。部屋の隅《すみ》っこに知らない男と一緒にいて、円を描くように腕を頭の上で振りながら必死に腰を振っているけれど、いまひとつさまになっていない。

「ちょっと待って」わたしはデジャに声をかけてからソネットの手をつかみ、さらにデジャの手をつかんで一列になりながら、表に広がるひんやりした夜の中に出る。

「ねえ、何があったの？」バス停に向かう途中で、ソネットが口を開く。デジャが目配せするのを見て、わたしはうなずいてみせる。

「なんでもないよ。警察が取り締まりに来るといけないから、いつも早めに退散することにしてるんだ」

ソネットがふくれっ面《つら》になる。「わかった、でも、またパーティがあるときにはわたしも誘ってよね！　一緒に踊ってた彼、フェンガー高校に通ってるんだって。しかもバスケの代表選手なんだよ！」

「すごいね」わたしは気の抜けた声で言う。ほんとうはデジャと話をしたいんだけれど、ソネットの前ではだめだ。デジャが脅されたことなんか知ったらソネットは震え上がって、ジョーダン探しから手を引いてしまうかもしれない。

「それで——例の友だちは、あのあとなんて？」ソネットが言う。

それはそれで、デジャの前では話せない。ブレオンとの話の内容を教えたら、ジョーダン探しを続けていることがバレてしまう。まったく、何もかもが複雑すぎる。

「大したことは言ってなかった。あとで話すよ」わたしは言う。

三人でバスを待っているところへ、車に乗った男たちが冷やかしの言葉をかけてくるけれど、わたしたちはひたすら無視を決め込む。ソネットを乗せたバスが出発したあとで、わたしはデジャに顔を向ける。

「何があったの？　あの男は誰？」

「単なる昔の男だよ」

「嘘ばっか。デジャが付き合った男は全部知ってんだから、ほんとのことを話してよ」

デジャは肩をすくめる。「わかったよ。OTのメンバーなんだ」

「オニキス・タイガーの？　デジャになんの用だったの？」

「警告されちゃった。ボーが連中のジョーダン探しを邪魔してるからだよ。けど、あんたはジョーダンなんか探してないって言っといた。あたしにそう約束したんだからって。そしたら手首をつかまれたんだ」

今度はわたしのほうが目をそらして、指をいじりはじめる。「どうして連中は、わたしを直接脅さないわけ？」

「ボーが甘ちゃんなことを知ってるからだよ。あんたはあたしみたいに遊び歩いたりしないしね。あんたはあたしのダチだから、責任はあたしにあるってこと」

「連中は何をするつもりなの？」

「そうじゃない。これからあんたが何をしないかが重要なの。あちこちに顔を突っ込んであれこれ聞いてまわれば、自分の身を危険にさらすだけじゃ済まないってことがわかんないの？今夜だって、うまく立ちまわらなかったらどうなってたか。あたしは撃たれてたかもしれないんだよ」

「だけどグレイディパークの連中には、ジョーダンの話なんかしたこともないのに！」少なくとも、直接話したことはないはずだ。

「目や耳はいたるところにあるってこと。今日だってあんたが何をしにきたのかは知らないけど、もうそれは続けちゃだめ。これは頼んでるわけじゃないからね」

デジャは立ち上がり、団地に向かって通りを横切っていくけれど、わたしはベンチに座ったままでいる。ひとりぼっちで、怯えながら。デジャを失うわけにはいかない。

だけどやっぱり、カティアをあきらめることもできない。

第二十二章

その週末が明けて学校に戻ったときにも、わたしはまだ、デジャのことが気にかかっている。デジャは「大丈夫、ちゃんと状況は把握できてるから」とは言っていたけれど、実際、わたしとソネットがやっていることは知らないわけだし。もしもデジャに何かあったら、わたしは自分を許せっこない。だとしても、ここであきらめて、世の中のカティアに対するひどい見方をそのままにしてしまえば、わたしは自分として生きていくことができなくなってしまう。

ロッカーに行くと、期待していたソネットではなく、チャンピオンがそこで待っている。微笑《ほほえ》みかけようとしたけれど、チャンピオンの顔は妙にこわばったままだ。そこでハッと、金曜の夜、デートの約束をしていたことを思い出す。すっかり忘れてた。行けないと伝えるメッセージさえ送っていなかった。

「デートに行けなくてほんとにごめん。家でゴタゴタがあったもんだから」わたしは足元を見つめながら、精一杯申し訳なさそうな顔をしてみせる。

「どんなゴタゴタだよ？」チャンピオンが腕を組みながら口を開く。

「えっと――カティアの遺品をチェックして、取っておくものと寄付するものを整理してたんだ。そしたら母さんがすっかり取り乱しちゃって――ほんと、大変な夜だった」実際に、大変な夜だった。あの夜までは、ジョーダンを見つけられるかどうかが一番の問題だと思っていたのに。いまやわたしは、周りの人たちを危険にさらしてしまっている。それにあのときは、チャンピオンと呑気《のんき》にスコーンを食べることなんか考える余裕もなかった。

「それ、ほんとか?」チャンピオンが片眉《かたまゆ》を持ち上げながら言う。

「うん」わたしは嘘をつく。チャンピオンには、それが事実だと思っておいてもらえばいい。わたしが嘘にしがみついているかぎりは、きっとそれで大丈夫なはず。

「そうか。金曜の夜には、ソネットを連れてハウスパーティに行ったらしいな。グレイディパークで」

ああ、もう、クソッ!

「どこで聞いたの?」

「ほんとなのか?」

「チャンピオン、あなたには理解できないようなことがいろいろあって——」

「ほんとなのか?」チャンピオンは目を細めながら繰り返す。廊下にいる生徒たちがこちらを振り返っている。最高。わたしたちのドラマには観客までいるみたい。

「オッケー、わかった。ほんとだよ。これでいい? だけど、チャンピオンが思ってるようなことじゃないから。わたしたちは遊びにいったわけじゃないんだよ」

「どういうわけでも、俺よりは重要だったってことだ」チャンピオンが目をそらしながら言う。

「違う! そうじゃなくて、ただ——お願いだから信じてよ。わたしにとっては、いつだって、どこかのパーティなんかよりチャンピオンと一緒にいるほうがいいんだよ。ただあのときは昔の友だちを見つける必要があって、だから――」わたしは慌てて、なんとか信じてもらえそうな嘘をひねりだそうとする。チャンピオンを失いたくない。そんなのはいやだ。

「話を聞く気はないんだ、ボー」チャンピオンがわたしを遮《さえぎ》る。

チャンピオンがあの蜂蜜《はちみつ》色の瞳《ひとみ》で見つめている。それなのに、いま感じられるのはときめきじゃなく、彼の胸にある痛みだけだ。

「だけど、わざとすっぽかしたわけじゃないんだよ！　話をちゃんと聞いてくれれば――」

チャンピオンが笑う。「聞く必要があるか？　たったいま、面と向かって嘘をつかれたばかりなんだぞ！　もう一度つかれないって保証があるとでも？」

「ああもう――わたしにはどうしても話せないことがあるんだけど、それを黙って受け入れてくれないかな？」

　こうして嘘をつくのだって、いまのわたしには抱えている問題が多すぎるからなのに。チャンピオンにわかってもらえるなんて思ったこと自体が間違いだったのかもしれない。だってわかりっこある？　チャンピオンの家族はすべてを持っていて、わたしの家族は何ひとつ持っていない。どんなにわたしがそんなふりをしてみても、わたしたちは同じではないんだ。

「ボー、少なくとも俺には、なんらかの説明をしてもらう権利があると思う。きみにすっぽかされるのはこれがはじめてじゃないんだぜ。もしきみと付き合うのがそういうことだっていうんなら、なんだかちょっとな。俺たち、何もなかったことにしたほうがいいのかもしれない」

わたしの耳には、自分の心臓が粉々になる音が聞こえる。チャンピオンにふられちゃう。はじまりから恐れていたことが、とうとう現実になってしまう。

「わたしとはもう終わりにしたいってこと?」精一杯強がってはみたけれど、出てきた声は小さくてしゃがれている。

「ボーがこんなふうに嘘をつき続けるんだったらな。なんだか俺とは一緒にいたくないみたいだし」

「そんなことない!」

「けど、そんなふうに感じちまうんだよ。ボーは何かを隠してる。なんで話してくれないんだ?」

「チャンピオンを守りたいからだよ。これはほんとだから。誓《ちか》ってもいい」どうかこれでわかってくれますように。わかってくれなくちゃ。

けれどチャンピオンはゆっくり首を振る。

「だったら俺は身を引いたほうがよさそうだ。さてと——じゃあな」チャンピオンは背を向けて、歩きはじめる。

「待って、それだけ? そんなふうにただ行っちゃうの?」わたしは大きな声で呼びかける。

チャンピオンが振り返って言う。「ああ、ボー。そのとおりだ」

わたしはパニックになりかける。カティアが死んでからというもの、チャンピオンの存在は人生におけるたったひとつの素敵なことだったのに。チャンピオンまで失うわけにはいかない。

いまはいやだ。

「こんなのってひどい！　なんで？　ほかの誰かと付き合いたいってこと？」

「もし俺がそうしたところで、きみにはもう関係ない」

チャンピオンはわたしのこたえも待たずに廊下を去っていき、わたしの人生からも消えてしまう。

デジャの言い訳にはもううんざりだ。週末のあいだに送った二十通ものメッセージは無視されていたけれど、学校が終わると、なんだったら押し入ってやるつもりでデジャの家に向かう。だってわたしには助けがいるんだから。彼氏に裏切られた経験を持つ友だちからしかもらえない慰めが必要なんだから。

「ちょっと、なんだってそう、どっかのサツみたいにガンガン叩くのよ⁉」デジャが玄関をぐいっと開きながら言う。

「デジャ、今日何があったと思う？　チャンピオンにふられちゃった！　わたし、チャンピオンに捨てられちゃったの！」一日中こらえていた涙が、一気に頬《ほお》をつたいはじめる。

「え？　ありゃりゃ、かわいそうに。まあ、入って入って！」

ソファに並んで腰を下ろしながら、わたしは何もかもデジャにぶちまける。ただし、ジョーダン探しに夢中でデートをすっぽかしたところは省略したけれど。

「あんたにそんな上からものを言うなんて、あの男は何様のつもりなわけ。仲間の何人かに声をかけてやろうか？　そいつらに、のしてもらうこともできるけど」

わたしはうめき声を上げながら、ソファに頭をあずける。「やめて。彼に怪我なんてしてほしくない。ただ、チャンピオンがあんなんじゃなかったらと思うだけ。何か飲むものはある？」

「うん、待ってて。見てくるわ」

デジャが立ち上がってキッチンに向かうと、わたしもようやくリビングの様子に気づく。これはひどい。コーヒーテーブルにはピザの空《あ》き箱がいくつも置かれ、灰皿はどれもブラック＆マイルドの吸《す》い殻《がら》で山盛りだ。床には飴《あめ》の包み紙やチップスの袋がいたるところに転がっている。デジャの家はいつだって汚いけれど、ここまでひどいのも珍しい。

「パーティでもしたの？」わたしは、ソーダの缶を手に戻ってきたデジャにそう声をかける。

「そうじゃないんだけど、ここんとこめちゃめちゃ忙しくてさ。あとで掃除しようと思ってたとこ。でも、そんなことはどうでもいいって。あんたをジャマーとくっつける計画を立てなくちゃ。しばらく前から、あいつにあんたのこと聞かれてるって言ってあったよね」

ときどきデジャが冗談のつもりなのか、それともわたしのことを全然理解できなくなっているのか、とまどってしまう。

「ジャマーなんかいやだよ。わたしはチャンピオンがいいの。だからここに来たんだけど。デジャなら、よりを戻す方法を教えてくれるんじゃないかと思って」

デジャはため息をつきながら、白いロングヘアーを肩のうしろに払う。

「すっかりコケにされたってのに、やり直したいって気持ちがわからないんだけど。男がその口で自分の正体をさらしたときには、そいつの言葉を信じるこったね！」

「だけど、わたしのせいでもあるんだから。じつは、デートをすっぽかしちゃったんだ。で、言い訳するのに嘘をついたの」

デジャは、その考えを払うように片手を振った。「あのね、あんたのせいじゃないから。どっちにしろ、あいつはどこかの時点でボーと別れる理由を見つけたはずだよ。あのタイプの黒人男は白人女とくっつくのがお決まりなの。だから、あんたにアリアナ・グランデばりの才能を開花させる予定でもないかぎり、あいつとはうまくいきっこなかったんだ」

そんなのはデタラメだと言いたかったけれど、やっぱりその通りなのかもしれない。男に関するかぎり、デジャのほうがはるかに経験豊富なのだから。けれど、チャンピオンはそういうタイプにはとても見えない。黒人の男の中には、ウィーヴをつけていたり、肌の色が黒すぎるという理由で、わたしたちをオモチャのように扱う連中もいるのだ。まるで、自分の母親はそうじゃないとでもいわんばかりに。

「だけど、チャンピオンはそういうタイプじゃないよ。家族も素敵な人たちだし。ごく普通に接してくれて、わたしがプロジェクトにいるって知っても全然気にしなかったんだから」

「ふーん、でもそれは、どうせあんたたちが長続きしないって思ってたからかもよ。あの美容グッズの店であいつに出くわした日に、そのうち終わるとは言ってあったじゃない」

「うまくいかないと思ってたんなら、どうしてその気にさせたの？　それにデジャだって喜んでくれてるみたいだったのに！」

突然、家の裏手のほうから声が聞こえてくる。「デカい声で騒ぐんじゃないよ! ったく!」

わたしは声を落として言う。「ごめん、お母さんがいるとは思わなかった」

「ちぇっ、あたしもだよ。とにかく、あたしは親友が傷つくのを見たくないってだけ。あんたの質問がそういうことならだけど」

「そんな言葉にはだまされないからね」わたしは腕を組みながら言う。

「まあ、そう言わないでよ。ボーはこれまでもこれからも、あたしの親友。だからあんたには、自分と同じレベルの男と付き合ってほしいだけなんだ」

「で、それがA棟のジャマーってわけ? あいつには子どもを産ませた女がふたりもいるんだよ」

デジャが口を開きかけたところで、ノックの音が邪魔をする。玄関が開くと、驚いたことに、そこにはブレオンが立っている。

「いったいなんの用?」デジャが怒った声で言う。

「何その言い草。わたしは——あれ! ヘイ、ボー」ブレオンがデジャの肩越しに手を振ってみせる。「ただちょっと、その——マスタードを借りられないかなって。切らしちゃってさ」

「うちもだよ。じゃあ、さいなら」デジャがブレオンの前で叩きつけるように玄関を閉めたので、わたしは少しムッとなる。

「ちょっとデジャ、あんな態度ってなくない?」そう言いながらも内心では、ブレオンが顔を見せたことにだいぶ面食らっている。なにしろふたりのあいだには、ブレスレットをめぐってひどい事件があったのだから。

「別にいいじゃん。どうせブレオンなんだから。とにかく、ジャマーとの件は進めてほしいの、ほしくないの?」

「ほしくない。ところで金曜の夜のあと、OTからは何か言われたりした?」

「全然。あたしは自分の、向こうは向こうの用事で忙しいんだよ。なんで? ひょっとして、連中が何か言ってきたとか?」

「ううん。だけどマジでビビっちゃってさ。あの男がデジャに近づいたときには、いかにも何かしそうな感じに見えたから」

「まあね。でも何もしなかった。あたしは大丈夫だし、あんたも大丈夫で、いまは何もかも問題なし。あとはしばらくのあいだ、おとなしくしてればいいだけ」

「でも――」

「ボー、あたしの心配ならいらないから。自分の面倒くらい自分で見られる。ついでに、あんたのことにも気をつけてるよ。あたしはガキのころからずっとそうだったんだし。何もいまにはじまったことじゃないだろ」

デジャの家に来たのは、そばにいると安心できるからだ。デジャはいつだってどうしたらいいのか知っているし、物事に対処するのもうまい。たとえばブリーチした髪をほぐそうとして、ごっそり抜けてしまったときにもデジャが助けてくれたっけ。すぐにハサミを手に取って、最高にかわいい妖精みたいな髪型にカットしてくれた。

だけどチャンピオンにふられたことや、わたしたちがオニキス・タイガーの標的リストに載《の》ってしまったことについては、さすがのデジャにさえどうにもできない。

それはどちらも、わたしの責任なのだから。

第二十三章

チャンピオンにふられてから一週間以上がたつのに、まだそれが、現実だとは思えずにいる。廊下ですれ違うたびに向こうが全力でわたしを見ないようにしているのがわかっても、やっぱりほんとうだとは思いたくない。

こちらからも、声をかけようとしたことはない。バカだとはわかっていても、やっぱり心のどこかで待っている。間違いに気づいてくれるんじゃないか、考え直して、よりを戻そうとしてくれるんじゃないかって。もうひとつだけ、わたしのほうからやり直したいとすがりつく手もあるにはあるけれど、そんなことはできっこない。二回連続で拒否られる可能性を自分から作るなんて、わたしには絶対に無理。

その土曜の朝には、はっきり目が覚めてからもカティアのベッドに横たわったまま、インスタでもチェックして、自分の人生をしばらく忘れようとする。ドレイクの歌うラップに合わせて腰を振っているデジャの動画をダブルタップしてから、ミュージアムで両親と一緒に撮《と》ったマディソンの写真をさっさと飛ばす。たいしておもしろい投稿はなさそうだ。

だけどひとり、気になっている人がいる。わたしはインスタの検索バーにベクスリーの名前を打ち込んで、彼女のプロフィールをクリックした。ほとんどは彼女の作品と犬の写真だ。それから最新の投稿写真が目にとまる。真ん中に小さなランタンのある黄色い木のテーブルに、ベクスリーのノートパソコンとスケッチブックが置かれていて、その周りにはペンがきれいに並べられている。そしてテーブルの天板《てんばん》の隅《すみ》には、刻み込まれたＲＪのイニシャルが。

ベクスリーはミシガンの〈エレナズ・コーヒーハウス〉にいるんだ！　カティアに連れていってもらったのはずいぶん前だけれど、あのテーブルと、隅に刻まれたイニシャルのことはよく覚えている。

投稿時間は十分前。だったら、まだ店にいる可能性が高い。

布団をはねのけると、昨日の夜から床に脱ぎっぱなしになっていたＴシャツとスエットパンツに急いで着替える。デジャがオニキス・タイガーに脅《おど》されていることとか、わたしがチャンピオンに嫌われてしまったことについては、自分の力ではどうにもならない。だけどあの壁画の件については、まだなんとかできるかも。事《こと》の顛末《てんまつ》や、マディソンの裏切りのことを聞いてもらえたら、ベクスリーならわかってくれそうな気がする。ひょっとしたらわたしが美術クラスに戻れるように、マルコス校長にかけあってくれるかも！

歯を磨《みが》くと、もつれたブレイズをブルズのキャップにたくし込む。いまは見てくれに気をつかっている場合じゃない。

スケッチブックをバックパックに押し込むと、忍び足で部屋を出る。それからキッチンのテーブルに置かれていた母さんの車の鍵を手に取って、こっそり家をあとにする。

店までは十分で着いたのに、駐車スペースに空《あ》きが見つからない。そのブロックを五分くらい回り続けてから、ようやくエンジンを切ってキーを抜く。こうして実際に来てしまうと、なんだかどうしようもなくバカげた考えのような気がしてきた。ベクスリーはアーティストなんだし、静かな環境でゆっくり作業をしようとカフェに来ているのだろう。どこかの高校生なんかに邪魔されたいはずがない。

わたしは車にキーを差し直す。

だけど、ほんとうにひとりきりで作業したいのなら、そもそも、インスタに投稿なんかしないんじゃないかな。確かにバカげた思いつきかもしれないけれど、ベクスリーがいまここにいて、わたしもやっぱりここにいる。壁画の件で助けがほしいのであれば、とにかく、いましかチャンスはない。

照明を落とした店内に入ってみると、外から見えたほどには混んでいない。濃紺《のうこん》のビロードのソファとか、古風な肘掛《ひじかけ》椅子とかが置かれていて、長いカウンターには、クッションシートのついた黄色いスツールが並んでいる。

客はほとんどが大学生だ。ノートパソコンを開きながらグループでプロジェクトに取り組んでいたり、本を山みたいに積み上げたそばで勉強をしていたり。店内を眺めているうちに、蛍《けい》光色《こうしょく》のグリーン、パープル、ブルーの長いブレイズを垂らしたベクスリーの姿が目に飛び込んでくる。背の高い観葉植物のそばに置かれた、隅のソファのところだ。

「さあ、行くよ」と、わたしは自分に発破《はっぱ》をかける。最悪の事態といったって、せいぜい無視される程度のこと。そしたらおとなしく家に帰って、あとの一生は泣いて過ごそうかな。それでもいまの自分には計画があるんだと思うと、気持ちが少し落ち着いてくる。

「すみません」わたしはベクスリーの向かいに立って声をかける。「あの、お邪魔をする気はないんです。でもわたしはボー・ウィレットというアーティストで、っていうか、いつか、あなたのようなアーティストになりたいと思ってて、それでそれで、あなたがいま壁画を直すのを手伝ってるミレニアム・マグネット高校の美術クラスの生徒で、わたしもほんとはそれに参加するはずだったんですけど――」

「ちょっとちょっと、落ち着いて！」ベクスリーが笑いながら言う。「あんまり早口すぎて、聞き取れたのは壁画と、ミレニアムと、それから――名前はなんて言ってたかな？」

「すみません。ちょっと緊張しちゃって。わたしはミレニアム・マグネットの生徒で、名前はボーといいます」

ベクスリーが、隣に座れるようにとソファにスペースを作ってくれたところで、わたしはあやうくテーブルのほうに倒れかけてしまう。

「ベクスリーって呼んで。ミレニアムの美術クラスの生徒なの？　なら、どうして会ったことがないのかな？」

「えっと、壁画を描いてるのとは別のクラスにいるから」壁画の作業に戻れるように働きかけてもらう、という計画はあきらめることにしよう。ベクスリーには、トラブルメーカーだなんて思われたくない。それにマディソンとのごたごたに付き合わせるには、彼女はあまりにもクールすぎる。

「もとの壁画はひどい状態にされちゃっててさ。何年も描いているなかでは、わたしのも何回かやられているんだけどね」ベクスリーが哀しそうに言う。

「そうなんだ？　誰がそんなことを？」ミレニアム・マグネットの壁画から、なんとか話題をそらしたかった。壁画を台無しにした張本人であることがバレたら、とんでもないろくでなしだと思われてしまうだろう。

「偏見野郎、差別主義者、極右《きょくう》、その他もろもろ。そんなことで描くのをやめることは絶対にない。だけどアーティストってのは、ひとつひとつの作品に大変な労力を注ぎ込んでいるものなんだ。それがほんの数秒でめちゃめちゃにされちゃうってのはやっぱりつらいよ。その壁画が、自分にとって大切なものだったときにはとくにね」

そのとおりだ。だとしてもマディソンなら、壁画があんなことになっても傷ついたりはしないと思うんだよね。なんたって誰を描くことになろうが、自分のアイデアだと言えるかぎりは全然気にしていなかったんだから。

「血も涙もない連中って、どこにでもいるんだな」そう言いながらも、思わず顔がほてってしまう。「ところで、どうやってプロになったんですか？　つまりその、壁とかショーとかで絵を描くのに、お金を払ってもらえるようになるまでってことなんだけど」

「人の道はそれぞれに違うんだよ。だから、それがひとつきりの道だとは思ってほしくない。だけどそうだね。わたしの場合は、きょうだいのパムがきっかけかな」

「パムもアーティストなの？」

「違ったタイプのね。わたしたちは一緒に育ったわけだけど、ある年の夏に退屈してきちゃってさ、パムが本を作ろうって言いだしたんだ。それを近所の人たちに売ってまわろうって。だからパムが蝶《ちょう》を探しにいく女の子の物語を書くと、わたしがそれに絵をつけた。本を買ってくれたのは両親だけだったけど、わたしは自分の作品がものすごく自慢でさ、それからは時間があれば絵を描いてばかりいたっけ。高校を卒業したあとは美大に入った。一年で中退しちゃったけど」

そっか。ベクスリーは大学を中退しているんだ。よくわからないけど、なんとなく、彼女はしっかりしていて完璧な人だと思ってた。何事であっても途中で投げ出すようなタイプじゃないって。

「どうして中退したの？　わたしなんか、そもそも美大に入れるかどうかで心配してるのに」

「話すと長くなっちゃうからさ、とりあえず人種差別主義者のクラスメイトがいて、それに対する学校の態度が気に食わなかったとだけ言っておくよ」

「中退したあとは？」

「喫茶店で働きながら絵を描き続けた。そしたら壁画の一枚がSNSで有名になって、仕事になりはじめたってわけ。それから二年たったのが、いまのわたしだよ」

「そっかぁ。すごいな。ならわたしも、アーティストになりたいからって大学に行く必要はないのかな？」

「大切なのは自分にとっての正しい道を見つけること。わたしは大学を卒業してないけど、ボーは大学でもっといい経験ができるかもしれない。それに、パムはいつもこう言ってくれるんだ。きちんとした資質がある人間にしか開かない扉《とびら》が、必ずいくつかはあるはずだって」

ベクスリーがわたしのバックパックに目を向けると、上から飛び出していたスケッチブックを指差してみせる。

「それ、きみの？　見てもいいかな？」

「ええっと――もちろんです！　片手間に描いた絵ばっかりだから、すごく雑で、仕上がったやつではないんだけど」

ベクスリーがスケッチブックをめくるのを、わたしは黙って見つめている。いろいろなスケッチがある。母さんや父さん、うちの通りの先にある骨組だけの掘っ立て小屋、生え際の前髪をクルクルさせて棒付きのキャンディをくわえているデジャ。ページが終わりに近づいたところで、葬式用のパーカーに使ったカティアの絵が現れると、ベクスリーはそこで手を止める。

「この子、なんだか見覚えがあるな。誰なの？」

そう言われたとたん、胃が固くよじれはじめる。

「姉です。名前はカティア」

ベクスリーの顔に、ハッと気づきの色が表れる。「何か月か前に、亡くなったってニュースを見たのを覚えてる。心からお悔やみを言わせてもらうよ」

わたしはなんとか涙をこらえようと、顔をそむけながら伸びをしてごまかす。憧れの人の前で取り乱すわけにはいかない。今日は絶対にだめ！

「ありがとう。でも大丈夫です」もちろん嘘だ。

「どんなにつらいか想像もできない。しかも、きみみたいな若さでそんな思いをするなんて。例の警官はもう逮捕されたの？」

わたしは肩をすくめる。「いいえ。姉のろくでもない恋人が現場から姿をくらましちゃったから、姉が家に押し入ろうとしたって警官の嘘を証明してくれる人が誰もいなくて」

ベクスリーはため息をつきながら、スケッチブックをテーブルに置く。

「驚いたとでも言えればいいんだけど。正直、シカゴではそれが普通だから。ニューヨークやフィラデルフィアでもね。まったくもって間違ってるよ」

「最悪です。それに事件からはしばらくたってるから、もう誰もカティアのことなんか覚えてないみたいで。誰も気にしてなんかいない。学校にいても、自分がなんだか、ときどき――その」

「透明人間になったように感じる？」

わたしはうなずく。「なのに、それを変えることがなんにもできないみたい。わたしなんて、両親に自分を見てもらう方法さえわからずにいるんだから。世の中の人に、カティアのほうを向いてもらうことなんかできっこない」

しまった、いくらなんでも話しすぎた。ベクスリーにはまったく関係のないことだし、彼女が大人だという理由だけで、関係があるなんて思ってもらう必要もない。

「ボー、大変な重荷を抱えちゃったね」ベクスリーから涙を拭くようにナプキンを渡されたところで、わたしはようやく、自分が泣いていたことに気づく。

「うん――でも、カティアはわたしのお姉ちゃんだから。わたしが立ち上がらなかったら、ほかには誰もいないでしょ?」

大きな咳払いの音。顔を上げると、テーブルの向こうには、何人かの友だちをつれたマディソンが立っている。

みんながわたしを見つめている。涙に濡れたわたしの顔と、ヘタクソな絵が詰まったみじめなスケッチブックを。

「お邪魔してすみません、ベクスリー」マディソンが口を開く。「ただ、今週はここでお仕事をされてると聞いたから、よかったらご一緒させてもらえないかなって。お知恵をお借りしたくて」

ベクスリーが、いまはだめって言ってくれたりはしないかな。ふたりきりで話を続けたいから、あなたたちには外していてもらいたいって。話したいことも聞きたいこともたくさんあるけれど、マディソンのいるところではいやだ。だけどベクスリーは、自分のファンを追い払うにはあまりにも人が良すぎる。

「そっか、うん、もちろんだよ。椅子をいくつか持ってきて。人数が増えたほうが楽しくていい。きみたちはみんな、美術クラスで顔なじみなんでしょ?」

わたしはここにきて、クラスから締め出されたんだと打ち明けなかったことを後悔する。なにしろマディソンが話すに決まっているんだから。しかもわたしを、現実よりもひどい悪者に仕立てあげるはず。ベクスリーは二と二を足したあとで、壁画をめちゃめちゃにしたのがわたしであることにも気づいてしまうだろう。

マディソンのでっち上げた話を聞いたら、ベクスリーはきっと、わたしを嫌いになってしまう。そう思いながら、スケッチブックをつかんで立ち上がる。

「あれ、ボーは残らないの？」ベクスリーは、ちょっとがっかりしたような顔だ。それだって、わたしのことも、わたしの置かれているひどい状況も知らないからだろう。そもそも外出なんかしなければよかったんだ。

「だめなんです。行かなくちゃいけないところがあって。話を聞いてくれてありがとう」

誰にも止める暇を与えずに、店内を駆《か》け抜けて表に出ると、母さんの車へと急ぐ。

ベクスリーに会ったからといって何かが変わるわけじゃない。そんなことくらい、わかっていてもよかったのに。わたしの触れるものは、何もかも粉々になるだけ。いつだってそうなんだから。

第二十四章
BEFORE

その土曜の朝は、はっきり目が覚めたあともベッドに寝たままでいた。前の日にデジャと大喧嘩《おおげんか》したせいでまだ頭がカッカしていた。春の学期からはグレイディパーク高校に通えとデジャがしつこいので、絶対にいやだと突っぱねたのだ。デジャに裏切者とののしられ、そっちこそ石頭だと言い返してやった。どっちの高校に行ったたって給料をもらえるわけじゃないんだからと。それっきり、ひと言も口をきいていなかった。

カティアは仕事着である、薬局の白衣のボタンを留《と》めているところだった。

「ねえ、デジャの言うことを聞いて、次の学期からはグレイディパーク高校に通ったほうがいいと思う?」わたしはカティアに声をかけた。

カティアは、頭でもどうかしたのかというような顔でわたしを見た。「まさか。あそこからようやく出られて、わたしがどれだけホッとしてるか見ててわかんないわけ?」

「まあね、でも、友だちのお願いだったら――」

「おまえら! すぐにこっちへ来い!」父さんがリビングから怒鳴《どな》った。

カティアとわたしは、あせった顔で目を見交わした。

あわててベッドから転がり出ると、カティアのあとからリビングに行き、並んでソファに腰を下ろした。父さんは部屋の中を行ったり来たりしているけれど、母さんはどうでもいいというような顔でキッチンのカウンターに寄りかかっている。

「俺の卒業記念の指輪が見当たらないんだ。あのクソ指輪に脚《あし》が生えて、勝手に出ていくわけがないからな。いったいどういうことなんだ?」

ホッと肩から力が抜けた。両親の寝室には入ったことさえないんだから、もちろんわたしは無関係だ。

「知らないよ」カティアは澄《す》ました顔で言った。いくらか澄ましすぎていた。カティアは嘘をつくのがほんとうにうまいから、なかなか見抜くのが難しい。けれどそのときは一瞬で、これは事《こと》の次第を正確に知っているなと思った。

父さんがわたしのほうを向いた。「ボーは?」

「わたしじゃないよ!」カティアのことを告げ口する気はなかったけれど、父さんが黙って見逃してくれるはずがないこともわかっていた。

父さんは眉《まゆ》をギュッとひそめている。母さんに洋服を切り裂かれたときよりも怒っているみたいだ。

「そろって何も知らないってか、え? よしわかった。おまえらふたりとも、俺のクソ指輪が奇跡的にこの指に戻ってくるまで部屋から一歩も出るんじゃねぇぞ! さあ行け。携帯、タブレット、トランシーバー、ヘアアイロン、バッテリーや電気で動くもんは、ひとつ残らず持ってこい。いますぐここに持ってくるんだ！」

わたしはカティアに目をやった。わたしの無実を知ってるくせに、マジで一緒に罰を受けさせるつもりなのかな？　もしやったのがわたしなら、いまごろはもう名乗り出ているところなのに。

「どうして自分がやったって白状しないの、ボー？」カティアが言った。

頭にきたあまり、ソファからパッと立ち上がった。「何言ってんの⁉　わたしはなんにもしてない。カティアがやったんじゃない！」

カッカしているわたしを前に、カティアは目を丸くしながら、ため息をついて見せた。

「父さん、わたし、ちょっと前にボーがあの指輪をはめてるとこを見ちゃったんだよね。ちゃんと戻しとくように言ったんだけど、つけたまま学校に行っちゃってさ」

この、クソッタレの、ろくでなし！　わたしは頭の中で毒づいた。

「嘘だ！」わたしは叫んだ。

「なら、俺の指輪はどうなったんだ？」父さんが言った。

わたしは肩をすくめた。「知らないってば！　さわったこともないんだから！」

「ボー、わたしは週末にデートがあるんだよ。行けなくしたいんだろうけど、こんな罪をなすりつけるなんて信じらんない。それに、次の週末には食事に連れてってあげるって約束したじゃない」

あまりに驚いて、顎《あご》が床に落ちるんじゃないかと思った。こんな説得力のある嘘を、一分もしないうちにひねりだせるなんてどういうこと？　カティアには犯罪者の頭脳があるのかも。ふたりで〈アップルビーズ〉に食事にいくはずだったのがジョーダンのせいでだめになり、しばらく前にカティアと喧嘩になっていたのは父さんたちも知っていた。確かにわたしはカンカンだったけれど、指輪を盗むなんてバカなことをやらかすほどではなかった。

結局、そんなことは関係なかった。わたしはまだ子ども。カティアは親元にいるとはいっても、もう大人だ。両親は彼女のほうを信じた。

「カティアは行っていいぞ」父さんはそう言ってから、赤いレーザーのような目でわたしをにらみつけた。もう逃げられっこない。

その夜、わたしはカティアが仕事から戻るのを待っていた。ほかにやることもなかった。なんたって気晴らしになりそうなものは、絵の道具も含めて、父さんに全部没収されていたんだから。

カティアが部屋に入ってくるなり、わたしはつっかかっていった。

「ひどいじゃん」両親が廊下の奥の寝室で寝ていたので、声を殺しながらなじった。

カティアはするりと薬局の白衣を脱いだ。

「あんたがキレる前にとりあえず説明させてよ、いいでしょ？」

「説明って何を説明する気？　どんなふうに嘘をついたかってこと？」

カティアのベッドに座っていたわたしの隣に、カティアも腰を下ろした。

「ごめんね。だけど、緊急事態だったから」

「緊急事態って？」

「ジョーダンが――」

「やっぱり！　あいつの仕業《しわざ》なんだね？」

「違うよ。指輪をとったのはわたし。お金が必要だったから質《しち》に入れたんだ。だけど次の給料日がきたら、ちゃんと取り戻すようにするからさ」

「どうしてお金が必要だったの？」

「話せば長くなるんだけど、まあ簡単に言っちゃうと、ジョーダンが友だちのひとりにハメられたの。ジョーダンはその友だちに車を借りたんだけど、トランクにヤバいものが積んであることは聞いてなかったんだ。そしたら、わたしと乗ってたときに警察に止められちゃって――」

「保釈金《ほしゃくきん》？　それで父さんの指輪を質に入れたの？　ジョーダンみたいなクズのために⁉」

カティアが眉を持ち上げた。

「そもそも彼のせいじゃなかったんだよ。それに、あんなところに置き去りにはできなかった。彼の父親のこともあるから、あそこはジョーダンにとって危険でしょ？　なんたって会ったことさえない人たちの中にも、ジョーダンを殺したがってるやつがいるかもしれないんだよ」

だから？　そんなことはどうでもよかった。そのとき頭にあったのは、じつの姉が、ジョーダンのためにわたしを犠牲にしたということだけだった。しかもわたしがそんなバカみたいな話を理解して、受け入れることを期待しているなんて。

「つまり、ジョーダンがマヌケなせいでお姉ちゃんが泥棒になって、その罰を私が食らうってわけ?」

カティアはがっくりとうなだれた。

「何も自分のしたことが自慢できるとは思ってないよ。ボーだって、わたしが泥棒じゃないのは知ってるでしょ。でも、ジョーダンは改心しようとしてるの。ほんとだよ。それなのに、あの人にはろくでもないことばっかり起こるもんだから」

「本気で悪いと思ってるんなら、父さんにほんとのことを話してよ」

着信音がして、カティアがポケットから携帯を取り出した。

「無理なんだよ、ボー。逮捕のことを父さんと母さんに知られたら、ジョーダンに会わせてもらえなくなっちゃう」

「それって悪いこと?」

カティアは立ち上がると、ドレッサーに近づいた。

「あのさ、わたしだってできるだけの説明はしようとしたんだよ。だけど結局、自分の身に似たようなことが起きるまでは、わかってもらえないみたいだね。父さんに話すつもりはない。来週には指輪を請《う》け出すから、それまでは我慢して罰を受けてよ」

わたしは大またでドレッサーに近づくと、カティアのうしろに立った。

「一週間も!? 金曜日には、デジャのお母さんが彼氏と一緒に〈メディーヴァル・タイムズ(中世の決闘を舞台にしたディナーショー)〉に連れてってくれることになってるんだよ。指輪を取り戻すのが来週になったら、ショーに行けなくなっちゃう!」

「まあ、なんにしろ、メディーヴァル・タイムズならもう十回くらい行ってるはずでしょ」

「そうだけど十一回目も行きたいの！　ほんとにわたしをそんな目にあわせる気？」

怒りがスパークする沈黙の中、カティアはクレンジングシートで顔をぬぐった。こんなのは、わたしのお姉ちゃんじゃない。カティアは、わたしをひどい目にあわせたことなんか一度もなかった。それどころか助け出してくれるのが、いつだってカティアの役目だった。なのに、自分をクソみたいに扱ってるバカ男を優先して、わたしを犠牲にするなんて！

「お姉ちゃんはくそったれの負け犬だよ。二度と口をきかないから」わたしはこぶしをギュッと握り締めながら、静かな声で言った。

カティアは振り返ると、なんともいえない傷ついた顔でわたしを見つめた。けれどほんの一瞬だけで、またドレッサーに顔を戻した。

わたしはカティアが反省してあやまってくれるのを待っていた。常に変わらずカティアの味方でいるのは、ジョーダンではなくわたしだと気づいてほしかった。

けれどカティアは鏡の前に座ったまま、静かに髪をといていた。まるで、わたしなんかそこに存在していないみたいに。

枕と毛布を持って、コーンチップとビールの匂いのするゴツゴツしたソファに移動した。あまりにも頭にきていて眠れなかった。だからジョーダンが世界の果て《ティンブクトゥ》に行ってしまうところを想像しながら、ひたすら涙で枕を濡らした。

第二十五章

〈ネイビーピア〉の入り口近くでバスを降りたときから、わたしは妙にくたびれているうえに、なんだかピリピリしている。

「ボー、こんないいお天気の日にネイビーピアにいるってのに、なんでそんなに渋い顔なの?」ソネットは歩道の真ん中に立ち、空に向かって両腕を広げている。髪に入れたハイライトが暑い日差しに煌《きら》めいて、なんだか金色の火花みたいだ。

別にネイビーピアがいやなわけじゃないんだけど、ここは三百万人の観光客が、その家族を連れてくるような場所だから。この手の人混みはどうも苦手だ。どこかに移動するだけでもやたら時間がかかる。なにしろみんながのろのろ動くのだ。まるでこれまでの人生で、湖を見たことなんか一度もないみたいに。

「MurderSleuth の正体がわかったら、すぐに帰るんだからね。寄り道はなし」

ブレオンに関する情報がガセだとわかると、わたしは MurderSleuth にDMを送って、正体を明かさないかぎり、これ以上の情報を受け取るつもりはないと言ってやった。向こうはためらっていたようだけれど、ようやく今日、ネイビーピアで会うことに同意したのだ。

観覧車に向けられたソネットのあの目。どう見ても乗りたがっている。

「せっかく来たんだから、ちょっとくらい楽しんでもよくない？　ジョーダンジョーダンって、いい加減、飽き飽きしないわけ？」
「まあね、正直してる。だからこそ、こうやってがんばってるんだよ。さっさと見つければ、それだけ早くピーター・ジョンソンを逮捕させることができるんだから」
わたしは携帯を取り出し、MurderSleuth にＤＭを送る。

わたし：着いてるんだけど。どこ？

ほとんど間を置かず返事が来る。

MurderSleuth99：ジョルダーノのそばだ。テラス席に座って何か料理を頼め。それが出てきたところで合流する
わたし：了解。そっちの服装は？　教えてくれればあんただってわかるからさ
MurderSleuth99：合流すればわかるはずだ。着いたらＤＭをくれ

わたしは目を丸くしながら、ジーンズのポケットに携帯を突っ込む。こちらは正体を知られ

ている以上、向こうのバカげたゲームに付き合うしかないわけだ。

日差しに汗をかきはじめていたので、緑のフランネルの上着を脱いで、腰に巻きつける。トップスは濃紺《のうこん》のキャミソール。肩をむき出しにするのも、今週はこれがはじめてだ。

ソネットはいつだって天気に合わせて完璧な恰好をしている。今日はブルズのTシャツに、ハイウエストの赤いショートパンツ。ジョルダーノへの途中で人混みに呑み込まれたときも、ソネットの姿は、汗に濡れた観光客たちの中にしっくりおさまっている。

「これってむちゃくちゃ怪しいと思うんだけどな、ボー。向こうは自分の情報を全然明かそうとしてないんだよ。見た目も、どこにいるのかもわからない。それなのに向こうは、こっちのことをなんでも知ってる。わたしたちがどこに向かってるのかも含めてね」

わたしは軽く舌を噛《か》む。小さな子どもたちのグループが目の前を駆《か》け抜けていったので、こちらはあやうく転びかけてしまう。周りは観光客だらけで、まともに動くことさえできやしない。みんな目的もなく、やたらのろのろ歩いている。たぶん、どこに何があるのかさえわかっていないんだ。とても付き合っている余裕はない。わたしはソネットの手をつかむと、人混みをかき分けながら、レストランを目指しはじめる。「気をつけろ！」年配の白人男性に注意されたけれど、気にしてなんかいられない。わたしたちがここにいるのは正義のためで、十ドルもするホットドッグを食べたり、スノードームをぼんやり眺めたりするためではないんだから。

「わたしたちを助けてることを、誰かに知られたくないんじゃないかな」わたしが言う。

「誰かってたとえば？　わっ——ごめんなさい！」ソネットは、誰かの肩を叩いてしまったらしくあやまっている。

「たとえば警察とか、あとはOTとか」

「どうして連中がそんなこと気にするわけ?」

わたしは大きく息をする。確実にわかるまでは黙っているつもりだったんだけれど、ソネットには知る権利があるはずだ。「あのね。確信があるってわけじゃないんだよ。だけど、MurderSleuth はオニキス・タイガーのメンバーかもって、結構自信があるんだよね」

「うわっ、マジで? どうしてそう思うわけ?」

「でないと、辻褄《つじつま》が合わないんだよ。わたしの正体を知ってることにも、自分の正体を明かそうとしないことにも」

「どうしてOTのやつが、わたしたちを助けようとするの?」

「ジョーダンに裏切られたとか。たとえばパーカーみたいな目にあわされたんじゃないのかな。だとしてもギャングの一員だったら、ジョーダンを警察に突き出すわけにはいかないでしょ。だから代わりに、わたしたちを使おうとしてるんだよ」

日に焼けた人々が列を作っているところを通り過ぎた。みんな、高速のモーターボートでミシガン湖を走ろうと待っているのだ。

「ほんとにそうなら、ややこしいことをすればするほど目的から外れるだけだと思うんだけど」

どうやら、この議論には勝てそうにない。ジョルダーノに着くと、ちょうどランチタイムということもあって、店は中も外も満席だ。ファミリー・リユニオンとかのTシャツを着た家族連れが少なくとも三十人は待っていたけれど、ようやく順番が来て、赤いパラソルで覆《おお》われたパティオ席へと案内される。

「コーラをふたつと、ペパロニのMサイズを」わたしはメニューを開きもしないで注文する。

「ディープディッシュ（深皿で焼くシカゴ風のピザ）？」

「薄い生地《きじ》のやつで」ディープデッシュピザは嫌いなのだ。

「あ、それからアンチョビとアーティチョークをトッピングしてください！」ソネットが言う。

「全体にトッピングしますか？」

「はい、それで」わたしがこたえると、ウエイトレスはメニューを受け取り、店内へと戻っていく。なんにしろ、わたしはおなかが減っていないのだけれど。

「チャンピオンとは話をしたの？」ソネットが言う。

わたしは鼻を鳴らす。「してない。どうして話す必要があるのよ？　ほとんど嘘つき呼ばわりされたってのに」

「だけど、嘘をついたわけでしょ。それも何回か」

わたしはソネットをにらみつける。「どっちの味方なわけ？」

ソネットは両手を持ち上げてみせる。「ボーのだよ！　わたしはいつだってボーの味方。だけど、ボーはチャンピオンといると幸せそうだからさ。よりを戻す努力をしてもいいんじゃないかなって」

「だけど、こっちは悪いことなんか何もしてないんだよ」

「ここしばらくの行動について、ごまかしてたことをのぞいたらね。チャンピオンはいいやつだけど、誰にだって限界はある」

ウエイトレスがコーラの大きなグラスを運んできたので、わたしはストローを包みから出すと、氷のあいだにぐいっと突っ込む。

「バカバカしい。もしチャンピオンが〝いいやつ〟なんだったら、話せないってわたしの言葉を尊重してくれるはずじゃない。人にはプライバシーを持つ権利がある。そうでしょ？」

ソネットは長々とコーラを飲んでから、唇をチュッと鳴らす。「ボー、自分に正直になりなよ。仮にさ、チャンピオンを自分の親との食事に呼んでたとしようか。その最中に、かかってきた電話のせいで逃げ出されたあげく、今度はデートをすっぽかされたらどうよ？　きっと、ほかにも誰かと付き合ってるんだと思うんじゃない？」

確かに。「そうかも。だけどそれは全然違う話だよ。カティアが殺されてから、わたしの人生はズタボロなんだから。わたしだってなんとかしようとがんばってるのに、どうしてみんな、ほっといてくれないんだろう」

「チャンピオンは、ボーを助けたいだけなんだと思う」

「まあ、そうなんだろうね。さっさとピザを焼いてくれないかな。そしたらMurderSleuthに会えるのに」

ソネットの言いたいことくらい、きちんとこちらにも伝わっている。だけど彼女には、わたしみたいな人間と一緒にいたら、チャンピオンの未来がつぶれかねないんだってことがわかっていない。プロジェクトの女と付き合っているというだけで、周りからは変な目で見られていたのかもしれないのに。その彼女の姉が、殺されたときにいっぱしのギャングと付き合っていたことをみんなに知られたらどうなるだろう。正直に言えば、チャンピオンが恋しい。胃が痛くなるくらいに恋しくてたまらない。だとしても、何もかも打ち明けたあげくにやっぱり拒絶されるかもしれないと思うと、とても耐えられそうにない。

　三十分がたち、ナプキンの上で十回も三目並べ《ティックタックトウ》をやったところで、ようやく魚くさいペパロニピザがやってくる。ソネットが早速ひと切れ手に取ると、長いチーズの筋《すじ》がピザから伸びたので、皿に取れるようバターナイフでチーズを切ってあげる。

「食べないの?」ソネットが言う。

「おなか減ってないんだ。OTっぽいやつ、どこかに見えたりする?」

そう言いながら周りのテーブルや通り過ぎていく人たちに次々と目をやるけれど、それらしい人物はやっぱり見当たらなくて、わたしは椅子に深く座り直す。

「たぶん、トイレに行ってるとかじゃないかな。落ち着きなよ、ボー」

「そんなの無理だよ。もしかして、だまされたんだとしたら?」

　DMを送ってみた。

わたし：どこ?　料理は来てるよ

それから一時間も待ち続けたのに、MurderSleuth は返事を寄越さない。

ピザを三切れ平らげていたソネットは、大きなげっぷを漏らし、汚い言葉でもうっかり使ってしまったみたいに慌てて口を覆《おお》い隠す。うしろに座っていた家族連れが、ぞっとしたような顔でソネットを振り返っている。

「何よ！」それを見てわたしが噛みつく。「げっぷなんか聞いたこともないってわけ？ さっさと前を向いて、人のことはほっといてよ」

家族連れは汚いものでも見るような目をわたしに向けてから、それでもおとなしく食事のほうに顔を戻す。

「ボー、もう一時間もいるんだよ。ピザも食べ終わっちゃったし。MurderSleuth がどこの誰であれ、来るつもりはないんだと思う」ソネットが言う。

「それはそうなんだけど。自分でここに来いって言っといて現れないってのはどういうこと？ 全然意味がわかんないよ」

「あー、わかったぞ！ そいつはこの店の店員で、最初っから売り上げを伸ばすのが目的だったんじゃないのかな」

わたしは鼻の付け根をもむ。「ソネット――」

「わかってる、わかってるって、ただ、ちょっとでも気分が明るくなればと思ってさ」

「だったらあきらめたほうがいいよ。ジョーダンを見つけてカティアの汚名を晴らさないかぎり、わたしの気分は明るくなりっこないんだから。ひょっとしたらソネットには理解できてないのかもしれないけど、わたしのことをググったり調べたりするだけで、誰にでもカティアが撃たれたことや、例のドラッグのことがわかっちゃうんだよ」

「でも、ボーは悪いことなんかしてないじゃない」

「そんなこと、世の中が気にかけてくれると思う？　そもそも、プロジェクトに住んでるってだけでゴミだと思われてるのに。このままじゃ、大人になったって何ひとつできないまま、クズになるしかないんだよ！」

あんなことがニュースになったからには、どこの学校の美術コースがわたしを受け入れてくれるだろう？　どこの画廊がわたしの絵を扱おうなんて思う？　たとえ学区ごと訴えるという保護者の脅《おど》しがなくたって、やっぱりわたしには、学校の壁にカティアを描くことなんかできっこなかったんだ。わたしは何もしていないのに、すべてがわたしにのしかかってくるなんて。こんなのはフェアじゃない。

「それは違うよ。ボーには才能があるし、おもしろいし、誠実だし、正直――だよ、その、たいていの時にはね。だからこんなことくらいで、ボーがなりたいものになれないなんてことはないって」

「ソネットはそう言えるよね。なんたって、わたしみたいな人間の気持ちなんかわかりっこないんだから」

「わたしみたいな人間って？」

わたしは目を丸くしてみせる。「現実の世界に住んでる黒人ってこと」

ソネットが眉《まゆ》を持ち上げる。「わたしは黒人じゃないとでも？　この世界が――」ソネットが、周りにいる家族客たちを示しながら続ける。「現実じゃないとでも言いたいわけ？」

こんな場所ですべき話ではなかったけれど、いつかはしなければならない話でもあった。

「あんたにはわかってないんだよ、ソネット。こんなこともみんな、あんたにとっちゃ単なるお遊びにすぎないんだしね。なんたってあんたは、わたしが耐えなきゃならないようなことに向き合ったことなんか一度もないんだから！　要は〈プリティ・リトル・ライアーズ〉に夢中になってるのと一緒。あんなくだらないドラマ、登場人物がわたしたちみたいな見てくれだったら、そもそも成り立つと思ってんの？」

通りがかったふたり連れがこちらを振り返っているけれど、どうだってかまうもんか。ソネットにはわかっていてもいいはずなのに、こんなことから説明しなくちゃならないなんて。

「ちょっと筋立ては変わるかもしれないけど、なんだってありえないことはないと思う」

わたしは片手をテーブルに叩きつける。「ありえないんだよ！　あんたが魔法の森のツリーハウスで育ったことは知ってるけど、そんなのは現実じゃない。現実は、わたしのお姉ちゃんが殺されて、母さんが馘《くび》になって、父さんが仕事を探すとか嘘ばっかついてる世界なの！　それがいま起きてることで、明るい面を見るとか、そういうくだらない御託《ごたく》を並べたって何ひとつ変わりやしない。だからあんたもそろそろ大人になって、わたしたちみたいな見てくれの人間は少しでも怪しいところがあったら信じちゃもらえないクソみたいな世界をそのまんま受け入れたらいいんだ。世の中にとっちゃわたしたちなんてどうだっていいんだから、いいことなんか何ひとつ起こりっこないんだよ！　さあ、これでわかった？」

わたしはいつの間にか立ち上がっていたけれど、ソネットは座ったままで、こちらをにらみつけている。

「失礼ですが、お帰り願えますでしょうか。ほかのお客様の御迷惑になっておりますので」ウエイトレスが、わたしに向かって声をかけてくる。

振り返ると、パティオにいる客がそろってこちらを見つめていて、通りかかった人たちまで頭を横に振っている。みんな、なんの話かもわかってないくせに。わたしたちのことなんか、なんにも知らないくせに。

「なんで？　まだコーラを飲み終わってないんだけど。わたしたちだって客なんだよ！」わたしはウエイトレスに向かって怒鳴《どな》りつける。

「すみません、帰りますから」ソネットが、わたしをつかんでテーブルから引き離そうとする。だけどわたしは頭に血が上っていて、とても止められそうにない。

「いやだね。帰るもんか！　騒がしいのがいやだってんなら、そもそもネイビーピアになんて来なけりゃいいんだ！」わたしは白人の客たちに向かって叫ぶ。

「お客様！　このままですと警備の者を呼ぶことになりますが」ウエイトレスが、お尻のポケットから携帯を取り出している。

気をつけなければ。壁画をめちゃくちゃにしたあと、ソネットとどんな目にあったかを思い出さないと。だけどもう、どうだっていい。どうせほっておいてもらえないのなら、おとなしくしていたって意味がない。

だから、グレイディパークで生意気な女に大口を叩かれたときみたいに、ウエイトレスのほうにぐいっと身を寄せる。彼女のほうがどう見ても五センチ以上背が高い。それでもこちらは喧嘩《けんか》モードだ。怒りでかすむわたしの目には、ウエイトレスが消え、マディソンが見えている。警官の命も大切《ブルー・ライブズ・マター》だの旗が、わたしの顔に銃を突きつけているピーター・ジョンソンの姿が見えている。

わたしは体を硬くしたまま、まばたきさえせずに、ウエイトレスを、彼らを、ねめつける。なんとかするんだ。このままじゃ、わたしは付きまとわれたままになってしまう。

ソネットが、ウエイトレスには背を向ける恰好でわたしたちのあいだに割り込んでくる。

「ボー！ 行くよ！」ソネットが叫ぶ。

「どいてソネット！ わたしはこの女に説明してもらいたいんだから。どうして客の中から、わざわざわたしたちを選んでいやな思いをさせるのかをね」

怯えたウエイトレスが隙を見つけて店内に逃げ戻ると、わたしはソネットを回り込んで、彼女のあとを追いはじめる。

「だめ！」ソネットが叫ぶ。

突然、ソネットの両腕が体に回されたかと思うと、うしろから力強く抱え込まれてしまう。

「離してよ！」

「離すよ！ ここを出たらすぐにね」ソネットは、どうにかこうにかわたしをパティオから連れ出して、出口のほうへと引きずっていく。ソネットにこんな力があるなんて！　腕から逃げ出そうとすればするほどきつく締《し》めつけてきて、無理やり歩かされてしまう。

「もういいんじゃないの⁉」レストランから充分に離れたところで、わたしが声を上げる。ソネットが腕をゆるめると、わたしは桟橋《さんばし》の端に近づいて、風にあおられた湖からのミストを顔に感じながら深呼吸をする。

ソネットはわたしの隣に立って、波立つ水面《みなも》を見ている。

「ありがとう」しばらくたったところで、わたしはそう口にする。アドレナリンはまだ出まくっているけれど、ソネットが止めてくれなければどんなことになっていたかくらいは想像がついたから。

「お礼なんかいらないよ、ボー。なんたって親友なんだから。お互いに守り合わなくちゃ」ソネットはしかめ面《つら》から、いつもの楽天的な笑顔に戻っている。どうしてこんなに気にかけてくれるんだろう。わたしはひどいことばかりしているのに。

「さっきの、本気じゃなかったんだよ、ソネット。わたしはただ──疲れちゃって。もう、くたくたなの」

ソネットは胸の前で腕を組んでいたけれど、わたしは手を伸ばして彼女の手を取り、ありったけの力を込めてギュッと握り締める。もう片方の手では、ネックレスをつかみながら。

「ボーはひとりきりじゃないよ」ソネットが言う。

「でもときどき、そんな気分になっちゃうんだ。みんなは自分の人生をきちんと歩んでるのに、わたしだけそれができないんだって」

「ボーだって、その気になればできるって」

「かもね。でもそしたら、ほかの誰かの妹が同じような目にあうのを誰が止めるの？　自分たちで自分を守らなかったら、誰が守ってくれるわけ？」

ソネットがため息をつく。「〝自分たち〟以外のこたえがあればいいんだけどね。とにかく、たとえピーター・ジョンソンが刑務所行きになったとしても、やっぱり同じようなことは起こるかもしれないんだよ」

「わかってる。なら、どうすればいいの？」

「わたしにもわかんない――」

バス停まで戻るときも、周りの世界がなんだか恐ろしくてたまらない。どこにいようが、誰かに何かひどいことをされたあげく、そのまま逃げられてしまいそうな気がして。ソネットの言うとおり、わたしを救えるのはわたしだけなんだろう。でも、どうやったらいいの？　それがわかったらいいのに。

その午後は、家に帰ったときにもまだ頭がカッカしている。くたくたなのに、腹が立ってたまらない。カティアのベッドに顔からばったり倒れ込む。それから寝返りを打って仰向けになると、ジョルダーノでもらったおつりをポケットから取り出す。カティアのナイトテーブルにしまっておこうと思ったんだけれど、引っかかっていて引き出しが開かない。おかしいな。

起き上がって、力まかせに引っ張ってみる。ナイトテーブルなら自分のもあるから、おつりはそっちにしまったっていい。だけど、あきらめたくない。きっと何かが引っかかっているんだ。少しだけ開いたところから手を入れて、中を探ってみる。底の部分には、小銭、ペン、鉛筆が転がっている。今度は手をひっくり返して上のほうを探ってみると、なんだろう、分厚い手紙のようなものがある。これが引っかかっているんだ。

それを引っ張りながら力をこめると、ようやく外れて、引き出しが大きく開く。まっさらな封筒《ふうとう》で、封はされていない。中を見た瞬間、気が遠くなりかける。パリッとした百ドルのピン札がいっぱい。部屋に鍵をかけてから、カティアのベッドに座ってお金を数えてみる。最初は、貯金が何百ドルか残っていたのかもしれないと思った。けれど数え終えたところで、何もわからなくなってしまう。

八千ドルだなんて。

第二十六章

　こんなお金を見つけて、いったいどこに行ったらいいんだろう。ソネットにメッセージを送ると、慌てて結論に飛びつくなと言われた。カティアのナイトテーブルにあったからって、それがカティアのものだとはかぎらないと。カティアがジョーダンのお金を隠していたのかもしれない。だとしても、事態がマシになるとは思えないけれど。

　お金を引き出しに戻すと、少し外の空気でも吸おうと表に出る。日差しのぬくもりを感じたかったのに、もう夕暮れが近づいている。子どもたちは中庭の真ん中で、遊んだり、追いかけっこをしたり。C棟のターニャが、前かがみになってどこかの子の髪を編んでいる。団地の入り口には、見張り番らしいオニキス・タイガーの姿がちらほら。そしてわたしのお姉ちゃんはドラッグの売人。

　家に戻ろうと振り返りかけたときに、歩道を近づいてくるブレオンの姿が目にとまる。ブレオンとおしゃべりなんかしたらデジャに殺されるかも。それでもいまは、ひとりでいたくない。

「ヘイ、ボー！　なんかあったの？」

　わたしは顔から涙をぬぐい、みじめっぽい笑顔を浮かべてみせる。「別に。ちょっとぶらぶらしてただけ。そっちはどう？」

ブレオンは、わたしたちの家のほうへと続く通路の入り口で足を止める。「相変わらずかな」どう返したらいいんだろう。昔はあんなにおしゃべりが止まらなかったのに。いまは妙にぎこちない感じで、お互いにどうしたらいいのかもわからないなんて。

「じつは、スナックとソーダを買いにいくとこだったんだ。一緒に来る？」

「えっと——うん、いいよ。家の鍵を取ってくるから、ちょっとだけ待ってて」

五分後にはもう、ブレオンと並んでグレイディパーク団地の外に出ている。親友同士だったときには、団地の周りを一緒にぶらぶらするだけでも楽しかったっけ。こんなふうにふたりで歩くのはほんとうに久しぶりだ。どちらから口を開いたらいいのか、何をしゃべったらいいのか、全然わからない。

「学校はどう？」と、ブレオンが切り出す。ありきたりだけど、努力は伝わってきた。

「まあまあ」ここで学校のことを聞き返すわけにはいかない。ブレオンがもう学校に行っていないのは、ほぼ確実に思えたから。「お母さんは元気？」

「うん、めちゃめちゃ元気！　なんか順調みたいでさ。そっちの家族は？」

両親のことを考えただけで、わたしは思わず目をむいてしまう。「死にそうなほど苦しんでる。母さんは失業しちゃったし、父さんはコルビーおじさんの家のソファで寝てるよ」うちの親がもう少しまともだったら、もっとお金があっていい暮らしができていたら、カティアだってドラッグを売ったりやったりしようなんて思わなかったかもしれない。そしたらわたしだって、さんざん時間を無駄にしないで済んだ。真実はみんなが思っているとおりだったのに、それが間違っていることを証明しようとしていたんだから。

「ったく」ブレオンが石ころを蹴りながら言う。「なんとかしなきゃならないことが多すぎるんだよ。最近はどう?」

「えっと――わかんない。つらくって。おまけにやなことに気づいちゃったせいで、ますますつらくってさ」

ブレオンが目を見開く。「何に気づいたの?」

あまりにも頭がいっぱいで、誰と話しているのかも忘れかけていた。あのお金のことはソネットしか知らないし、これからも知られないほうがいい。

「誰かのことをよく知ってるつもりが、じつはそうじゃなかったってだけの話」

もちろんカティアの話なんだけれど、ブレオンについてもやっぱりそうだ。ブレオンがデジャのブレスレットを盗んだことを認めたときには、なんだかひと晩で別人になってしまったような感じだった。それまでは心の底から信じていたのに。

角のところまで来ると、信号が青に変わるのを待って立ち止まる。

「言いたいこと、わかるよ。あ、それカワイイじゃん。見てもいい?」ブレオンはわたしのネックレスを指差している。

「ありがと。もちろんいいよ」わたしが紫のクリスタルを持ち上げてブレオンのほうに近づけると、ブレオンが手を伸ばし、親指で石をそっと撫《な》でる。

きっと、単なる普通の宝石だと思っているんだろうな。もしほかの誰かだったら、絶対にさわらせたりはしない。だけど相手はブレオンだから。

「どこで買ったの？」

「ペッパーおばさんからのプレゼントなんだ。これには、えっと――カティアの遺灰が入ってるんだよ」ブレオンは驚いて手を放すかもな。だけど、ブレオンは放さない。最後にもう一度やさしく指で撫でてから、そっとわたしの胸の上に石を戻す。

「最高じゃん。これでボーがどこに行こうと、カティアはいつも一緒だね」

一気に目の隅《すみ》が熱くなり、わたしは慌てて涙を払う。

「どうしたの？　なんか悪いこと言った？　わたしはただ――」

「ううん、違うよ！　ブレオンじゃない。カティアのせいなんだ」

信号が青に変わったけれど、道を渡る代わりに、ブレオンがわたしをバス停のそばのベンチに引っ張っていく。ブレオンが隣に腰を下ろしながら、わたしの両手を握り締める。ブレオンと手をつなぐのなんか、いつぶりだろう。だけど、すごくホッとする。なんだか肩の重荷を一緒に背負ってくれているみたいな。もう、ひとりで運ばなくてもいいみたいな。

「ごめんね」ブレオンが、そっと口にする。

わたしは鼻をすする。「いいんだよ。わたしなら大丈夫。ただちょっと――」ブレオンになら話したっていいのかも。さんざんリーンを飲んでいるわけだから、カティアがドラッグにかかわっていたと知っても見下したりはしないはずだし。

「話してみて、ボー。ずっと口をきいてなかったけど――わたしはずっと、ボーのそばにいてあげたいって思ってたんだよ。とくにカティアが死んじゃってからはね。お葬式のあとに話そうとしたんだけど、あのときはデジャが――」

「わかってる。ブレスレットのことをまだ引きずってるんだよね。デジャは一生根に持つタイプだから」

「うん、だね。でも、カティアが死んじゃったことが理由じゃないんなら、何をそんなに苦しんでるわけ？」

わたしは大きく息をつく。「カティアは、死ぬ前にドラッグを売ってたみたいなんだ」

「えぇぇぇぇ？　カティアが？　なんでわかったの？」ブレオンの顔にはショックがありありと浮かんでいる。

「カティアが隠してた札束を見つけちゃってさ。しかも大金なんだ。薬局で稼《かせ》げる額《がく》だとは思えない。詳しいことはわからないけど、きっと車で見つかったコカインとなんか関係があるんだよ。カティアはドラッグを売ってたんだ」

ブレオンが地面を見つめながら、首を振っている。「ボーが思ってるようなことじゃないかもよ。ボーには最悪の事態ばっか考えるとこがあるから」

「だったら八千ドルもの大金が、どうやってカティアのナイトテーブルにたどり着いたと思うわけ？　カティアの給与明細なら見たことがあるし、とてもじゃないけど、あのお金が合法的なものだとは思えない」

「だけど、確実ってわけじゃないいんだよね」

「あの警官は、カティアが家に押し入ろうとしたから撃ったんだって。八千ドルものお金をベッドのところに隠してたんなら、ほかにどんなバカなことをしてたって不思議じゃない！」

「ボー——」

「なんで気付かなかったんだろう。ジョーダンのためならカティアはどんなことだってしかねないし、あんなクズとかかわったせいで撃ち殺されたんだって。なのにわたしはバカみたいにぼんやり座って、カティアが自業自得のチンピラなんかじゃないって証明しようとがんばってたんだ」

「ボー、やめな！」ブレオンが叫びながら両手を強く握ってきたので、わたしはとっさに振りほどこうとしながらも、その衝動を抑えつける。「自分の胸によく聞いてみなよ。カティアはさ、わたしが例のやつを飲んでるのをいっぺん見ただけで、わたしがボーとつるむのをいやがってたよね」

「うん、つまり最低の偽善者でもあったわけだ」

「そうじゃなくて、わたしが言いたいのは——じつは、打ち明けなきゃならないことがあるんだよ、ボー」

「なんなの？」ブレオンはものすごく深刻な顔をしている。どうやら、いい話ではなさそうだ。

ブレオンは唇を噛《か》みながら、何かを恐れているみたいに貧乏ゆすりをはじめる。

「ブレオン？　なんなの？　カティアからドラッグを買ったとか？」

「まさか！　カティアはそんなことしてないし、ボーにもそんなふうには思ってほしくない」

「どうしてわかるのよ？　わたしたちは二年くらいまともに口をきいてないんだし、そもそもブレオンはカティアの友だちでさえなかったじゃん」わたしはピシャリと言ってのける。

「ジョーダンからドラッグを買ってたからだよ。それに――」

「それに？」

「ツイッターのことも知ってる」ブレオンがそっとつぶやく。

「誰から聞いたの？」ブレオンが知っているくらいなら、オニキス・タイガーも知っているのかもしれない。

けれどブレオンはかぶりを振る。「誰かから聞いたわけじゃない。ArithMyTick はわたしなんだ。でも、理由はちゃんと説明できるから！」

ブレオン。が、ArithMyTick？　どういうこと？　わたしはブレオンの手を振りほどく。

「あんたがわたしを脅《おど》してたの⁉　あんたがあのクズ野郎ってこと？　なんで？　ジョーダンを守るため？」

「違う！　話せば長いんだ。とにかく、話を聞いてもわたしを嫌ったりしないって約束してくれるよね、ね？」

「そんな約束できっこない！　いったい何をしたの？　ほんとのことを話して。さあ、いますぐに！」わたしはブレオンに向かって怒鳴《どな》る。

「わかった、わかったから！　わたしがあのメッセージを送ったのは、ボーを守るためだったんだよ。例のツイッターを見つけたある人物が、ガセ情報を送って、ボーを惑《まど》わそうとしてたんだ。ボーを傷つけるつもりなんてこれっぽっちもなかった。ただうまく脅かせばボーもアカウントを削除するだろうし、そうすれば連中も手を引くだろうって」

「オニキス・タイガーなの？」そう思っただけで、喉《のど》がギュッと苦しくなる。

「ちょっと違う。カティアが殺された次の日の夜、わたしはジョーダンを見てるんだ。ある女の部屋に窓から忍び込むところをね。彼女がジョーダンをかくまってたんだ。わたしは逃げる前に、ふたりに姿を見られちゃってさ。それで、黙っててくれれば口止め料を払うと言われて。ボー、これだけはわかってほしいんだけど、わたしはちょっと事情があってどうしてもお金が必要だったの。でなきゃ絶対に承知したりしなかった。お葬式のあとに打ち明けようとしたんだけど――」

まさか。ありえない。「嘘だ」わたしは言う。「ジェイクスのパーティで会ったとき、あの夜にカティアとジョーダンを見たのかってはっきり聞いたはずだよ。あんたは見てないって誓《ちか》ったじゃない！」

ブレオンは唇を噛む。「あの夜には見てない。ジョーダンを見たのは、カティアが撃たれた次の日の夜なんだよ」なるほど、あのパーティでブレオンの嘘が見抜けなかったわけだ。厳密に言えば、嘘はついていないわけだから。ただ、すべてを打ち明けなかっただけで。

「ブレオン、つまりあんたは、ジョーダンがどこにいるか知ってるって言いたいの？　これまでずっと知ってたってこと？」

「頼むから最後まで話をさせてよ、ボー。わたしだって、最初はそんなことしたくなかった。

だけど向こうにはこっちの心の動きがバレバレでさ。わたしは友だちがいなくて、すごく寂しくて。そしたら彼女が、頼みをきいてさえくれたら許してもいいって言ってくれたんだ。そもそもひどいことをしちゃったわけだから、借りがあるってずっと思ってた。わたしはただ、友だちを取り戻したかっただけ。ほんとなんだよ！」

ブレオンは泣きじゃくっている。鼻水を垂らし、耳の先も真っ赤に染《そ》まっている。わたしのほうはなんとか話を頭に入れ、つなぎ合わせようとする。だけど、まったく意味がわからない。

「わかった、細かい話はどうでもいいとして、ジョーダンはどこにいるわけ？　知ってるんなら絶対に話してもらうよ、ブレオン！」

「B棟にいる」

「B棟？」

「うん。グレイディパーク団地に隠れてる」

わたしは、なんだ、こんなにヤキモキするんじゃなかったと思いながら体の力を抜く。ジョーダンが、わたしの住んでいる隣の棟でのうのうと暮らしてるなんてありえない。それなら見かけているはずだし、わたしじゃなくても誰かしらの目にとまって情報が入るはず。そう、誰かが教えてくれるはずだ。

「嘘をつくのはやめなよ、ブレオン。うちの家族の住んでるそばにわざわざ隠れるなんて考えられない。あそこで起こってることなら見逃しっこないんだから！」

「何もかもってわけにはいかないよ。ジョーダンは滅多に部屋から出ないんだと思う。よくはわかんないけど。ジョーダンについては、もうずっとふれないようにしてるから」

「ふーん、そう。で、どこの部屋なの？」ブレオンを信じたわけではないけれど、話をどこに持っていくつもりなのかを知ってみたい気もした。

「ジョーダンは――デジャのとこにいる」

どうやらブレオンは、リーンか何かでラリっているらしい。

「デジャのとこ？　もうちょっとマシな嘘は思いつけないわけ？」

「じゃあ、あんたは――」

「少なくとも、わたしたちのよく知らない誰かを選べばよかったのに。たとえば、A棟に住んでるポルシェとかさ」

ブレオンが眉間《みけん》にシワを寄せる。「作り話じゃないんだよ、ボー！　わたしはカティアが殺された次の日の夜に、ジョーダンが、窓からデジャの部屋に入るところを見たんだから。しかも、それがはじめてってわけじゃない」

わたしは首を横に振る。「あーあ、どうしてあんたと友だちに戻れるかもなんて思っちゃったんだろ。あんたはほんと、自分のことしか頭にないんだね！　デジャからブレスレットを盗んどいて、今度はわたしと仲違《なかたが》いさせようってわけ？　それも、わたしたちがもうあんたの友だちじゃないからってだけの理由で？　哀れなもんだね」

そのまま立ち去ろうとしたけれど、ブレオンに腕をつかまれ、引き戻されてしまう。

「ボーはデジャにすっかりだまされてて、目の前にあるものが見えなくなってるんだよ！　デジャは去年の夏ごろからジョーダンといちゃついてた。こんなことを話すのも、ボーがつらい思いをしてることなんて、デジャはなんとも思ってないからなんだ。デジャはジョーダンを守るためならなんだってする。ボーには、そのせいで傷ついてほしくないんだよ！」

わたしは乱暴に腕を振りほどく。デジャがわたしをだますなんて、考えることさえ許されない。そんなことは絶対にない。それも、ジョーダンのためにだなんて。

「嘘だ。デジャはそんなことしない。するはずがない！」

ブレオンが携帯を取り出し、スピーカーホンに設定する。呼び出しコールが数回鳴る。

「もしもし？」デジャの声だ。

「わたしだけど」ブレオンが言う。

「なんだ、あんたか。なんの用？」

「ボーのツイッターのことでさ」

「ふーん――それがどうかした？」え、どういうこと？　デジャは、わたしたちが作ったアカウントのことを知ってるの？

「わたしはもうかかわりたくない。ボーは友だちだから」

電話の向こうから、うなり声が聞こえてくる。「はっきりさせておくけどさ。ボーはあたしの友だちであって、あたしがあの子に言ったりしたりすることは、あんたとはいっさいなんの関係もないから」

え、なに、これ。ほんとのはずがない。デジャとわたしのあいだには隠し事なんかなかったはずなのに。少なくとも、わたしはないと思ってた。

「あんたが嘘ばっかつくから、わたしもかかわることにしたんだよ。いったいどこをどうしたら、あんたとジョーダンが一緒にいることをボーが納得すると思ってるわけ？　それから、ボーにガセネタをつかませてることについてもそうだよね？」ブレオンが言う。

「あたしが嘘つきだって？　もしもーし⁉　自分がシルバーのブレスレットを盗んだことは忘れたわけ⁉　父さんが、赤ん坊だったあたしにプレゼントしてくれたやつをさ。せっかくあんたを信じてやろうと――」

「罪悪感のせいでバカな真似をさせられるのはもうこりごりなんだよ！　わたしの罪はブレスレットを盗んだことだけだ。あんたがボーに黙ってジョーダンとこそこそやってることは、それよりもずっとタチが悪いし、それは自分でもわかってるんでしょ」

「ベラベラうっせぇな。用件がよくわからないんだけど」デジャがあっさりと言う。

「あの男のことで考え直したのか、それを確かめたかっただけ」

「何それ⁉　それって、あたしの男のこと？」デジャが言う。

「ジョーダンにはボーとの友情よりも価値があるって、マジでそう思ってるわけ？」ブレオンは、わたしの目を見つめたままでそう口にする。

デジャは笑う。ジョーダンなんかここにはいない、とも、いったいなんの話、とも言うことはなく、ただ笑っている。「それとこれとは関係ないから」それまでは苛立っていたデジャの声が、蜂蜜《はちみつ》を思わせる滑《なめ》らかなやさしいものに変わっている。彼女が嘘をつくときの声だ。

「ブレオン、あんたがボーのことを心配してるだけだってのはわかってる。だけど信じてよ。今度のことがすっかりおさまって、ボーがカティアのことでめそめそするのをやめたころには、どうしてあたしたちが黙ってるしかなかったか、ボーにもちゃんとわかるはずだから。ボーはきっとあたしたちを許してくれる。さてと、ほんとはサプライズにしようと思ってたんだけど、もう百ドル、あんたのために準備しておいたんだ。あんたがずっと、いい友だちでいてくれるお礼としてね。今夜取りにきなよ。映画を観て、ネイルの塗りっこでもしようよ。いい？」

ブレオンはしばらく黙り込んでから、ため息をつく。「わかった。じゃあ、今夜そっちに行くから」

ブレオンが電話を切ったあとも、わたしはそばに立ち尽くしたまま、完全に放心している。ブレオンが何かを言っているけれど、水の中にでもいるみたいにしか聞こえない。車が次々と通り過ぎていく音。酒屋のそばで立ち話をしている男たちの笑い声。自分の心臓の音。ブレオンに連れられて、バス停のそばのベンチに戻る。座っても、わたしは彫像みたいに固まったままだ。そのあいだにも、頭の中では、このクソみたいな出来事をなんとか整理しようとやっきになっている。

何か説明があるはずだ。ブレオンが録音しておいたデジャの声を流したとか。ふたりの話していたのが別のジョーダンのことだとか。でなければストレスのせいで幻覚を見ているのかも。そういうこともときどき起こるんだって、テレビで聞いたことがある。

「信じてくれた？」ブレオンが言う。

「ジョーダンをこの目で確認したい。そうじゃないかぎり、とてもじゃないけど信じられない」わたしはまだ、ぼんやりしたままでこたえる。

「だけど、それは危険だよ。おまけにデジャもジョーダンも、ボーがあいつを探してることはよく知ってる。ジョーダンは、またどこかに逃げちゃうだけだと思うな」

わたしは細くした目をブレオンに向ける。「だよね。でなけりゃあんたはジョーダンがデジャのところにはいないのを知ってて、わざとそんなことを言ってるのかも。じつはあんたのところにいたりしてね！」

ブレオンはわたしを見つめながら目をパチパチさせる。「何言ってんの？　わかった。嘘じゃないって証明してみせるよ。ジョーダンのところに連れてったげる。だけど、その前に助《すけ》っ人《と》がいるな。万が一に備えてね」

「万が一ってたとえば？」

「あのろくでなしが銃を持ってたら、ぶっぱなしたっておかしくないんだよ！　まさかボーだって、ジョーダンがおとなしく座ったまま、ずっと隠れてた理由を礼儀正しく説明してくれると思ってるわけじゃないよね？」

「確かに。それなら連絡できそうなやつがひとりいる」わたしは携帯を取り出し、〝最近の履歴〟の中から名前を見つけてタップすると、向こうが電話に出るなりこう切り出す。「もしもし、パーカー？　ちょっと助けてもらいたいんだけど」

第二十七章

一時間後には、ソネットとブレオンを連れて、パーカーのポンコツに乗っている。車がとまっているのは、ソネットの家のあるブロックの角だ。助手席にいるブレオンは数分おきに振り返り、険悪な目でソネットをにらみつけている。だとしても、ソネットを帰すわけにはいかない。わたしには信頼できる誰かがどうしても必要だ。パーカーとブレオンにその役はこなせない。

「話はわかったけど、もっと助けを呼んだほうがいいんじゃないかな」ソネットが言う。ブレオンが、例の嘘みたいな話をふたりの前でも繰り返したのだ。

「つまり警察に連絡したいってこと？　そんなマヌケなことはできないね」ブレオンがピシャリと言う。

「警察じゃなくてさ。その、どうしたらいいのかわかってそうな人にだよ。例の弁護士さんなんかはどうかな、ボー？」

それならわたしも考えた。だけどアニストンさんなら、警察に知らせろと言うはずだ。弁護士という立場上、法的な縛りによって、知ったからには報告する義務さえあるのかもしれない。

「それはやめたほうがいいと思う」

運転席でパーカーがうめく。「そもそも計画なんて必要なのか？　こうして俺がいるんだぜ。一気に押し入って、やりたいことをしてくりゃいいんだ！」

「賛成」ブレオンが言う。

「ジョーダンを叩きのめして警察に引き渡せばいいってだけじゃないんだよ。あの夜、例の家のポーチでカティアと何をしてたのか、車の後部座席にあったドラッグが誰のものなのか、ほんとのところを話してもらわないと」わたしは言う。「そもそも、ジョーダンがあの家にいればだけどね」

「兄貴のことならよくわかってるけどよ」と、パーカー。「ゆっくり腰を落ち着けて、紅茶とクッキーを楽しみながら腹を割って話しましょうってなわけにはいかないぜ。追い詰めて叩きのめしてから、ポリ公のとこまで引きずっていくしかない」

「それが、わたしとカティアにとってどんな役に立つっていうの？」

「知るかよ。けど俺たちがやらなけりゃ、ＯＴがぶちのめすだけだ。俺はどっちでも構わないけどな」

パーカーは明らかに血を求めている。だけどわたしには、ジョーダンに復讐をする以上の目的がある。ブレオンの言うとおり、ジョーダンがデジャのところにいるのなら、わたしはあいつを説得して、ほんとうのことを話してもらわなければ。どうやったらいいのかはわからないけれど、とにかくなんとかするしかない。

ブレオンが咳払いをする。「こんなふうに話してるばっかじゃ時間の無駄だよ。どうするにせよ、今夜中にやらないと。デジャが疑いはじめて、ジョーダンをどこかに移しちゃう前にね」

「オッケー、わかった。じゃあこれでいこう。まずはブレオンが玄関をノックする。なんたってデジャは、ブレオンが来るのを待ってるんだから。わたしとソネットとパーカーは、正面側の窓の下に隠れて待ち、ブレオンが入ったあとから一気に突入。パーカーは、誰も家を出られないように玄関の見張りについて。あとは残りの三人で、ジョーダンがいないか部屋をチェックする」

パーカーとソネットとブレオンが続きを待っているけれど、計画はこれでおしまいだ。ほんとうのところ、わたしはまだ、この現実を完全には理解しきれていない。自分たちがこれからしようとしていることも、世界一の親友が自分を裏切っているかもしれないということも。

「で、ジョーダンを見つけたら？　握手でもするってわけ？」ブレオンが皮肉たっぷりに言う。

「あとは出たとこ勝負で」わたしは肩をすくめてみせる。どうせ九〇パーセントくらいの確率でジョーダンはいないんだし。デジャがそんなやり方でわたしを傷つけるはずがない。だけど前にソネットが言っていたように、少しでも可能性がある以上、すべての手がかりを確認しておかないと。ブレオンがほんとうのことを言っている可能性も、一〇パーセントはあるんだから。

だけどわたしは神様に、それが嘘であることを祈っている。

午後十時半。四人でグレイディパーク団地の中庭に入ると、いつになく人気《ひとけ》がなくて静まり返っている。駆《か》けずりまわっている子どもも、グリルで辛いソーセージ《ホットリンクス》を焼いている人も、ジェイ・Ｚの曲をステレオでガンガン鳴らしている車もいない。誰もが家の中に引っ込んでいるけれど、オニキス・タイガーのグループだけが、いつもの隅《すみ》に陣取っている。

「どこかで、わたしの知らないパーティでもあるのかな？」わたしがブレオンにささやきかける。「みんなはどこにいるの？」

ブレオンは肩をすくめるだけだ。「知らない。でも、言われてみればそうだね。なんだか妙な気配がする――」

わたしは不安を振り払い、目の前のことに集中しようとする。デジャの家を確認して、ブレオンの嘘を証明してやるんだ。建物の裏側から回り込むときにも、ブレオン以外の三人は、窓の上に顔が出ないように気を付けて進んでいく。こうすれば、中からはブレオンがひとりに見えるはずだから。

「オッケー」ブレオンがわたしたち三人に向かってささやく。「わたしがこの合図を出したら――」と言って、ピースサインを作ってみせる。「わたしのあとから中に入って。わかった？」

わたしたちはうなずいてから、ブレオンのあとについて玄関に近づき、扉《とびら》の左側、デジャからは見えない位置で待ち受ける。

ブレオンがノックするのに合わせて、心臓が雷みたいに鳴っている。幼なじみの親友に不意打ちを食わせるなんて。だとしても、ジョーダンを見つけて、ピーター・ジョンソンを刑務所にぶち込めるかもしれないんだ。興奮、恐れ、怒り、哀しみ、そのすべてが胸の中で渦巻《うずま》いている。

「おい、ブレオン！ 一緒にいるのはどこのどいつだ？」歩道には男がいて、まじまじとわたしたちを見つめている。

ブレオンがくるりと振り返る。クソッ。「ただの友だちだよ。デジャにイタズラしようと思ってさ」ブレオンがそう言って笑う。

けれど男は笑わないし、立ち去ろうともしない。

「ちくしょう」パーカーがぼやきながらフードをかぶって顔を隠す。わたしは何がなんだかわからないまま、男が腰に差している銃に気づく。隅にいたオニキス・タイガーの一団も、男のほうに近づいている。

いったい何に足を突っ込んだのか。うしろでうずくまっているソネットの体も、恐怖に震えはじめている。

「ちょっとちょっと」ブレオンがピリピリした様子で手を振ってみせる。「どういうこと？」

なるほど、誰も外にいないはずだ。どうやらわたしたちは、何かろくでもないことが起こりかけているところへ飛び込んでしまったらしい。

「そのフードの野郎はどこのどいつなんだ？」オニキス・タイガーの男がブレオンに言う。

「さっさと失せろっつっとけ」

ブレオンがパーカーに目を向けるけれど、パーカーは立ち上がろうとも、フードを外そうともしない。そういえば、ジョーダンにハメられたあげくOTにボコられたとか言ってたっけ。

OTの縄張りにいるところを見つかったら、パーカーは殺される。わたしたちみんな、殺されてしまう。

「野郎、立て!」男が叫びながら、銃口をこちらに向ける。

わたしは咄嗟《とっさ》に両手を上げながら、パーカーがゆっくりと立ち上がるのを見つめる。それが合図だったかのようにデジャが玄関を開けて、ブレオンが家の中に飛び込んでいく。ドアが勢いよく閉められる前に、パーカーが振り返って強引に体をねじ込むと、わたしもソネットを連れて中に逃げ込む。

「あんたたち、ここで何してんの?」デジャが言う。

ドアをガンガン叩く音。オニキス・タイガーはまだあきらめていない。

「ジョーダンに出てこいと伝えろ。そうすれば、おまえらはほっといてやる」男のひとりが、玄関の向こうから叫ぶ。

デジャがさっと青ざめたかと思うと、急いで電気を消してまわったので、家の中は一気に闇に呑み込まれてしまう。

「ここにはいないよ!」デジャが外に向かって叫ぶ。

そこでリビングの戸口に、いきなり人影が現れる。

「いったいなんの騒ぎだ⁉」あの大声。ジョーダンの声だ。

携帯を取り出してライトをつけると、声がしたほうにかざしてみる。

やっぱり。ジョーダンだ。

ボクサーショーツに白いタンクトップという恰好で、光を遮《さえぎ》るように手をかざしている。

「ジョーダン！」わたしは叫ぶ。けれどその先を続ける前に、パーカーがどこからともなく飛びかかって、ジョーダンの顔にこぶしを叩き込む。ふたりは一緒に倒れ込んだかと思うと、そのまま殴り合いをはじめる。

「ほんとにいいんだな、デジャ？　よっしゃ、わかった」男がそう言ったかと思うと、玄関を叩いている音がピタリとやむ。デジャがドアのそばにへたり込むなか、わたしはソネットについてくるように合図してからソファの裏側に回る。

グレイディパークにおける〝よっしゃ、わかった〟は何かの終わりを意味しない。これから何かがはじまる合図だ。

デジャがわたしを見ている。不安を顔にありありと浮かべて。

「ボー、ちゃんと説明できるから。その――」

デジャの言葉は、銃声がはじけて、銃弾が空《くう》を切る音により断《た》ち切《き》られる。

暗くて目がきかなくても、弾が、壁や窓に当たっているのがわかる。どこかでガラスが割れて、粉々になった破片が床に降ってくる。顔を横に向けた瞬間に、銃弾がほんの三十センチくらいのところをかすめて、その熱を感じる。床にできるだけ這《は》いつくばるようにしながら、ソネットを一緒に引き倒す。

銃声が、何時間も続いているように感じられる。とにかく窓から離れ、床にへばりついたまま、できるだけ体を低くしているしかない。きっと切り抜けられる。きっと、みんなで無事に。

そう思った瞬間、パーカーの叫び声と、痛みにうめく声が聞こえてくる。撃たれたんだ。

「ジョーダン！」デジャが叫び、床をジョーダンのほうに這いはじめる。パーカーがジョーダンを押さえ込んでいるのだ。腕をジョーダンの首にしっかりと巻きつけたまま。

ようやく銃声が止まったときには、耳がおかしくなったのかと思った。わんわん耳鳴りがして、鼻にも火薬の臭《にお》いがしみついている。それからこれはたぶん想像だろうけど、壁にボコボコ開いた穴から、かすかな煙が立ちのぼっているように見える。

それでもわたしたちは黙り込んだまま、さらに五分くらいは動かずにいる。聞こえてくるのは、デジャが絨毯《じゅうたん》の上でめそめそ泣いている声と、ジョーダンとパーカーの荒い息遣《いきづか》いだけだ。ブレオンが、ソファの下からするりと出てきた。いつの間にか隠れていたらしい。

「終わったの？」ソネットが言う。

わたしはソネットの手をつかんで、強く握り締める。あやうく死ぬところだった。ほんとに、マジであぶなかった。

「放せよ！」デジャがパーカーに怒鳴《どな》っている。ライトを向けると、ジョーダンの鼻からは血が噴き出しているし、パーカーのグレーのトレーナーには、腕に開いた穴のところから、どんどん血のシミが広がっている。

「九一一に電話して、救急車を呼んで」わたしはソネットに頼む。

「放しやがれ！」ジョーダンががっちり首を固められたまま叫び、パーカーの肋骨《ろっこつ》のあたりを殴りつけようとするけれど、パーカーは一向にひるまない。

「ざけんな。どこにも行かせやしないぜ、このクソ兄貴が！　俺をハメたのを覚えてるか？　血のつながった弟をよ。この家からおっぽりだして、やつらの餌食《えじき》にされなかったことに感謝するんだな」パーカーがそう言いながら、ますます強く締めつけにかかる。

そこへ突然デジャが飛びかかってパーカーの顔を殴りつけ、ジョーダンの上からどかそうとする。

「放せってんだ！」デジャが叫ぶ。

ふと目をやると、ブレオンがソファのそばに座り込んだまま、怯えたような顔で三人を見つめている。

「ブレオン、なんとかして！」

ブレオンはうなずくと、デジャに駆け寄ってパーカーから引きはがしにかかる。ふたりはもみ合い、うしろからソファに倒れ込む。けれどデジャのほうが素早くて、あっさりブレオンの顔に肘鉄《ひじてつ》を決めると、振り返ってブレオンの首に両手を回している。

「ビッチ！　このクソビッチが！　何もかもおまえのせいだ！」デジャは完全に戦闘モードだ。顔にも腕にもジョーダンの血がつき、すっかりぶち切れ、やけっぱちになっている。ほっておいたら、きっとブレオンを絞め殺してしまうだろう。親友と戦うことになるなんて。

駆け寄って、デジャの手をなんとか引きはがしにかかる。ブレオンは顔を真っ赤に染《そ》めながら、息をしようと必死だ。けれどわたしはデジャに片手で押しやられてコーヒーテーブルにつまずくと、頭から床に倒れ込んでしまう。そこで、ガラスの灰皿が目にとまった。テーブルから落ちたのだろう。そばに転がっている。手に取ってみると、小さいわりには重みがある。そのまま立ち上がって、いろいろと考えてしまう前に、思い切ってデジャの後頭部に振り下ろす。灰皿の割れる大きな音。そしてデジャが、どさりと床に倒れ込む。

「大丈夫？」わたしはブレオンに声をかけ、手を貸してソファから立ち上がらせる。

ブレオンはうなずきながらも、デジャの爪が深く食い込んでいた首のあたりをさすっている。

「はい。グレイディパーク団地です。お願いだから急いで。銃撃があったんです！」ソネットが電話に向かって叫んでいる。

「様子を見といてよ」わたしがデジャを示しながら、ブレオンに声をかける。

「はぁ⁉」頭は大丈夫か、とでも言いたそうな声だ。「こいつ、わたしを殺そうとしたんだよ！」

「息してるかだけでも確認しといて！　わたしはパーカーを助けないと」

応急処置に詳しいわけではないけれど、パーカーがどんどん血を失っていることくらいは見ればわかる。もしも彼がこのまま気絶して、ジョーダンにまた逃げられてしまったら――いまはそんなことを考えちゃだめ。わたしはキッチンに行って、コンロのそばにあったタオルを手に取る。

そしてパーカーのそばに膝《ひざ》をつく。その体の下では、押しつぶされたジョーダンが、まだ弱弱しくもがいている。「パーカー、あんたは撃たれたんだよ。だけどビビらないでね。ソネットが助けを呼んでくれたから」腕の傷にタオルを押しつけながら声をかける。パーカーは顔をしかめるけれど、少しでも血が止まればと、されるがままになっている。

「ブレオン!」わたしはパーカーの傷を押さえたままで叫ぶ。

「はいよ。デジャは確認した。生きてる。気絶してるだけ」

「オッケー、よかった。デジャの部屋に行って、ドレッサーの一番下の引き出しを見てみてくれるかな。もこもこしたピンクの手錠があるはずだから。それを持ってきて」

ブレオンはおかしな目つきをしながらも、うなずいてみせる。それから戻ってくると、ジョーダンの片手に手錠をかけ、壁についた格子状のヒーターにつなぐ。こうすれば、パーカーがジョーダンを押さえ込んでいなくても大丈夫だ。

「パーカーをソファに移動させるから手伝って」ソネットに声をかけ、パーカーの怪我をしていないほうの腕をわたしの肩に回させると、ソネットとふたりがかりで動かして、ソファの上に休ませる。傷口に押し当てているタオルはすっかり血まみれだ。

「気分はどう? ほかに撃たれたところはある?」わたしはパーカーの頭からフードを脱がせつつ声をかける。

パーカーは首を振る。「いや、大丈夫だ。ったく、こんなところに付き合わされたあげくに、撃たれるとは思わなかったぜ」わたしが目を上げると、パーカーは口の端をゆがめながら力なく笑《え》みを浮かべてみせる。

「そもそもボディガードってのは危険なもんでしょ」わたしは言う。

表ではパトカーが、赤と青のライトを閃《ひらめ》かせながら近づいてくる。パトカー、消防車、救急車の音で、わたしたちの声までかき消されてしまいそうだ。

「ちくしょう!」ジョーダンが手錠をはずそうとしながらののしっている。

ソネットがデジャの体を転がして仰向けにさせるけれど、デジャはうめくだけで、やり返そうとさえしない。

「警察にはなんて話す?」ブレオンは、玄関ののぞき窓から心配そうに外をうかがっている。

わたしは周りの惨劇に目を向ける。ソネットはキッチンの中を行ったり来たりしているし、鼻を骨折して血まみれのジョーダンは、なんとかしてピンクの手錠を外そうと必死だ。ブレオンは荒い呼吸をしながら、何度も繰り返し両手を髪に突っ込んでいる。パーカーはソファの上であえぎ続け、わたしが腕を押さえつけるたびに顔を大きくしかめている。そしてデジャは、わたしの幼なじみは、わたしという親友に殴られたあげく、自宅のリビングの床に転がっている。

それもこれも、カティアがドラッグの売人ではないことを証明するためだなんて。もう、何もかもがごちゃごちゃだ。

わたしはブレオンに顔を向ける。「ほんとのことを話そう」

第二十八章
BEFORE

カティアと大喧嘩《おおげんか》したその夜は、ソファで寝ることにした。まだ怒っていたからというよりも、寝ているあいだに殺されたって不思議じゃないと思ったのだ。

お姉ちゃんを〝負け犬〟呼ばわりするなんて。カティアがわたしを殴りもせずに、黙って引き下がったことも信じられなかった。ちなみにわたしのほうは、カティアから何百万回も負け犬呼ばわりされてきた。だからなんにも悪く思う必要はないはず。わたしはそう自分に言い聞かせた。そもそも父さんの指輪の件でハメられたりしなければ、あんなことを口にするはずもなかったわけだし。

それはまったくその通りなのだけれど、わたしはやっぱり罪悪感を覚えた。それもなんだか、哀しくなってしまうタイプのやつ。どうしてわたしはバカなことばっかりして、誰かの人生をめちゃくちゃにしてしまうんだろうとか、そんなふうに感じて、自己嫌悪になってしまうような。

「ボーよりもジョーダンを選ぶなんて、ひどい話じゃん」ある日の午後、バスケのコートでブレオンが言った。肌寒い日だったから、上半身を脱いだ男たちもいない。そこにはパーカーを着たデジャとブレオンとわたしの三人だけで、ただ雲が、太陽の下をするする横切っていくのを眺めていた。

「そうだよ。そもそも、大していい男でもないじゃん。なのに、指輪を盗んだのをボーのせいにするなんて信じらんない。カティアの頭をぶっつぶしてやんなよ」デジャは、空《くう》を叩くようなジェスチャーをしてみせながら言った。

「うん、それはそうなんだけど。ちょっとやりすぎちゃったかもなって」わたしは言った。

「〝負け犬〟って言っただけなんでしょ？　クソビッチに叩きつけてやる台詞《せりふ》なら、もっとマシなやつを教えてやれるけど。せめて〝淫売《いんばい》〟とか、もうちょいがつんとくるやつをぶつけてやんなきゃ」デジャが言った。

「でもデジャは、あの時のカティアを見てないから！　あんな顔、はじめて見た。それこそ、顔をまともに殴られたみたいな感じだった」

ブレオンがわたしの肩を叩いた。「それはきっと、ある種のリスペクトみたいなもんじゃないかな。カティアってさ、ボーを好き勝手に振りまわして、いつだって言いたい放題だったじゃん。もうそんなわけにはいかないんだってことに気づいて、それがちょっと頭にきたんだと思うな」

わたしは説明するのをあきらめた。ふたりにはきょうだいがいないから、そもそも理解するのが無理なのかも。ほかの誰かに話してみようかとも思ったけど、誰がなんと言おうと関係ない。わたしはカティアを傷つけて、罪悪感を覚えている。カティアを傷つけるなんて、そんなことできるとさえ思っていなかったのに。

それから次の二週間は、家にいるのが気まずくてしかたなかった。カティアは仕事で忙しいから、たいていは会わないように避《さ》けていられたけれど、金曜日だけは母さんの仕事が終わる夜の十一時まで、家にはカティアとふたりきりだった。

金曜日に学校から帰ると、カティアがわたしたちの部屋にいた。iPadで何かしている。ただし座っているのはわたしの机だ。

「何してんのよ⁉」わたしは開いた戸口からカティアに嚙《か》みついた。

カティアは驚いたようで、ギクリとしながら振り返った。「ああ、おかえり。ちゃちゃっと片づけておきたいことがあってさ」

わたしは高い位置で腕を組んだ。「なんでそこでやってんの？　絵を描きたいんだけど」

カティアがわたしに向かって目をすがめた。「これはふたりの机なんだよ。あんたのものばっか置いてあるからって、わたしが使っちゃいけないことにはならないでしょ」

このクソ女。それまでの罪悪感は突然窓の外へと消えてしまい、わたしはすっかり第二ラウンドをはじめるつもりになっていた。やり返す気も満々だったんだけれど、わたしが口を開く前に、カティアの携帯が鳴りはじめた。

「ああ、あんたか、どうしたの？——うん、ちょっと部屋を移るから待っててくれる」カティアは携帯に向けてそう言うと、わたしの肩にぶつかりながら部屋を出ていった。

わたしは大またで机に近づくと、iPadをつかんで、カティアが何をしていたのかを確かめた。

申込書だ。ページを上までスクロールしてみた。しかもただの申込書じゃない。大学の願書。テキサスA&M大学の願書だ。どおりで、わたしを見るなり不機嫌になったわけだ。きっとからかわれると思ったんだろう。

腰を下ろして、願書がどこまでできているのかを確認した。記入はすっかり終わっている。ページの一番下には赤い太字で締切が記してあり、期日はちょうどその日の、午後十一時五十九分だった。

時計を確認すると、もうすぐ七時になるところだった。記入は済んでいる。だったらどうして、まだ申し込みをしてないんだろう?

きっと、わたしがあんなことを言ったせいだ。カティアはものすごく傷ついてしまって、ほんとうに自分は負け犬だと思い込んでしまったのかも。

だけどわたしだって、高校三年のときに、入学を希望していた三つの大学からことごとく落とされたとしたら、やっぱりそんなふうに思うんじゃないかな。おまけにあれから数年がたっている。だからもう、大学に入れるほどの学力はないと思い込んでいるのかもしれない。

それもこれも、わたしが〝負け犬〟なんて言ったからだ。あんなの本気じゃなかったのに。

わたしはもう一度願書に目を通してから、つづりの間違いがないか確認した。それからページを下までスクロールすると、〝提出〟と書かれた緑のボタンを押した。

もし大学から入学の許可が出れば、カティアはわたしをハグしてくれるだろう。その代わりだめだったら、それこそ首を絞められちゃうかも。だとしても、これは価値のある挑戦だ。カティアをグレイディパークとジョーダンから切り離してくれるものがあるとすれば、大学くらいしか思いつかなかった。カティアもわたしも、オールAの優等生というわけじゃない。だからといって、何かをあきらめる理由にはならないはずだ。

願書の結果が出るのは春になるだろうけれど、入学の許可が出た場合のことを想像してみた。そうなったら、カティアはどんなふうになるのかな？　機嫌がいいときのカティアなら、わたしはたいてい大好きだ。けれどカティアの中には、カティア自身でさえ嫌っている部分がある。大学に行くことが決まれば、その部分も変わったりするのかもしれない。

それにもちろん、自分が家族ではじめての大卒になるのはいやだった。カティアに先に行ってもらいたい。そしたら進学で家を出るときには、助けにもなってもらえるし。

だからわたしから見ても、この大学出願はカティアにとって最高の計画だった。カティアはわたしにも親にも相談しなかった。それでも願書の記入を済ませていたこと自体が、わたしの知りたかったことを充分に教えてくれていた。カティアはよりよい自分になりたがっている。もっといい生活を求めている。そして今度こそ、なんとかしようとしているんだ。心の底から。

第二十九章

週末にあった銃撃の噂《うわさ》は、すっかり団地内に広まっている。わたしたちはあやうく死にかけたわけだけれど、他人事《ひとごと》であれば、ゴシップにもってこいのおいしいネタにすぎないのだから。デジャとジョーダンがあの部屋で人身売買を行なっていたなんて話があるかと思えば、わたしがジョーダンとパーカーの両方と寝ていたせいで、デジャの部屋で出くわしたふたりが喧嘩《けんか》になったという人もいる。中でも最悪なのは、わたしがカティア殺しを計画したというやつだ。わたしがジョーダンにのぼせ上がったあげくに、ジョーダンがデジャを選んだのを知って頭がおかしくなったんだって。あまりにもくだらないし、頭にきてたまらない。わたしがジョーダンを見つけようと必死だったときには、みんな黙って口をつぐんでいたくせに。まあでも、勝手に想像すればいいんだ。結局のところ真相を知っているのは、あの夜、デジャの部屋にいたわたしたち六人だけなんだから。

月曜の朝、板の張られたデジャの家の前を通り過ぎるときにも、わたしの中には深い憎しみが巣《す》くっている。ジョーダンさえ逮捕されれば、カティアの無実が証明されると思っていたのに。話を聞きにきた記者のひとりは、事件のことを『死者一名を出した強盗事件の容疑者を逮捕』と表現していた。死者一名。それがいまではわたしのお姉ちゃんを表す言葉だ。ニュースでは、十六歳の少女がひとり少年鑑別所《かんべつしょ》に送られ、児童保護サービスがその親の調査に入っていることも取り上げられた。デジャはこれまでにもさんざん問題を起こしてきたけれど、鑑別所に入ったことは一度もなかった。きっといまごろはわたしという味方もないまま、見知らぬ女の子たちに囲まれ怯えていることだろう。考えただけでこっちまでこわくなりかけたけれど、デジャのことなんかどうだっていい。これからはもう、関係ないんだから。

銃撃のことを知ると、母さんと父さんはカンカンになり、丸二日くらいぶっ通しでわたしを叱り続けた。罰を与えたまんまにするとまで言われたけれど、あの夜から二日後にパーカーが退院すると、電話で話をするのを許してくれた。

八千ドルに関してはいまだに出所《でどころ》がわからないままだけれど、誰かに聞かれることもなかったので、結局はカティアの貯金だったのかもしれない。いまはベッドの下にしまってある。〝シカゴ脱出計画〟はまだ生きているのだから、いつの日か、このお金が必要になるかもしれない。

火曜日の朝、バスを降りて高校の入り口まで、激しい雨にスニーカーをきしませながら歩いていると、みんなが横目でこちらを見ているのを感じてしまう。なんだかはじめて陸地に立った人魚みたいな気分だけれど、人魚みたいに魅力的で素敵なところは全然ない。なにしろわたしは、濡れていて黒くて醜《みにく》い。おまけに危険でもある。

できるだけ体を小さくしながら人混みをくねくねと抜け、ロッカーに近づく。まったく、わたしは自分の手で、カティアとうちの家族にまつわる噂を十倍も悪いものにしているみたいだ。

教科書を取り出そうとしたところで、誰かの手が肩に置かれる。

「よお」チャンピオンがそう声をかけてくる。ぎこちない笑《え》みを口元にうっすら浮かべながら。

「ハイ」わたしは素っ気なくこたえる。チャンピオンのドラマになんか付き合ってはいられない。どんな内容であれまっぴらだ。

「きみんとこの団地で銃撃があったって聞いてさ。ほんとは電話で無事を確かめたかったんだけど、俺の声なんか聞きたくないかもと思ってな」

「いい判断ね」ロッカーの扉《とびら》をバシンと叩きつけて歩きはじめると、チャンピオンもあとからついてくる。

「頼むよ、ボー！　クソッ、こっちはなんとかあやまろうとしてるのに、そのチャンスもくれないのかよ！」

そこでくるりと振り返ったので、あやうくチャンピオンにぶつかりかけてしまう。

「そっちがいきなりあやまりだしたからって、わたしに受け入れる義理はないはずでしょ！　わたしとは終わりって言ったくせに」

「ほかに選択肢をくれなかったからじゃないか！」

「チャンピオン、一度くらいは立ち止まってわたしの気持ちを考えてみてくれない？　わたしは銃撃に巻き込まれたんだよ。いまは、あなたのことなんか心配する気になれないの」そう言って口をあんぐり開けたままのチャンピオンに背を向けると、彼を残して歩きはじめる。今度はもう、追いかけてこないみたい。

ジョーダンと面会する前に、思っていることを書き出しておいたほうがいいとソネットに言われた。そうしておけば何かを忘れたりしないで済むからって。だから昨日の夜、やってみようとはしたんだけれど、何を書いたらいいのかわからなかった。おかしな話。もう五か月くらいこのときを待っていたのに、ジョーダンに何を言ったらいいのかさっぱりわからないだなんて。怒鳴《どな》りつけてやりたい気持ちはもちろんある。けどそれよりも、どうしてカティアをあんな目にあわせたのか、それを知りたいという気持ちのほうが大きい。

ブレオンからは、手紙にすればいいのにと言われた。だけど、それでは充分じゃない。わたしはジョーダンの目を見ながら、あいつが自分の口で語らなければならないことを聞きたいんだから。

水曜の放課後、わたしはうちのブロックの角で待っている。恰好はパーカーにジーンズ。スニーカーはナイキのエアマックスだ。財布は持ってこなかった。そのほうが早く警備を抜けられるかなと思って。

時間ぴったりにシエラが母親のビュイックでやってくると、わたしは助手席にひょいっと飛び乗る。

「助けてくれてありがとう」車が走り出したところで、わたしが言う。

「どうってことないよ。あんたと話さないなら、もう電話には出ないって言ってやったんだ」

「ジョーダンのこと、もう怒ってないの？」なにしろ妊娠させられたうえに捨てられて、そのあいだ、ジョーダンはほかの女とよろしくやっていたのだ。けれどシエラは首を横に振る。

「えっと、最初は怒ってた。でもジョーダンが留置場から電話をくれてさ、ふたりで何もかも話し合ったんだ。ジョーダン、こわかったんだって。おやじは俺が赤ん坊のころからムショにいたから、自分もダメな父親になるんじゃないかって。そういうことなら、出産に立ち会わなかったことやなんかもわかるかなって」

ううん。全然。そうじゃないと思う。と、わたしは頭の中でつぶやく。「浮気に関しては?」

「上前《うわまえ》をピンハネしてたのがバレてOTから隠れてたらしいんだけど、それも全部ジョーダン・ジュニアのためだったんだよ。そのお金をあたしに渡すつもりでいたところへ、例の警官の銃撃事件があってさ。あのころのあたしはジョーダンの電話を拒否ってたから、別の場所を探すしかなかったってわけ。ジョーダンによれば、あんたのダチのデジャとはただの遊びだって。悪く取らないでね」

わたしは目を丸くしてみせる。わかっているべきだった。あのジョーダンであれば、留置場の中からでさえどうにかしようとするはずだって。あいつの口座にお金を振り込んだのかと、シエラに確かめる必要さえなさそうだ。ジョーダンは、なんであれシエラが求めている言葉を口にして、まんまとたらし込んだに違いない。利用されているだけだって、誰かがシエラに言ってあげないと。ただし結局、大した違いはないのかも。カティアもやっぱり聞く耳を持たなかったわけだし。

ジョーダンのいる留置場に着いた。面会が許されているのは、ふたり合わせて三十分。ベージュ色の面会室に入ると、銀色のスツールがガラス窓の前に置かれていて、それぞれのブースの上には一から十まで黒い文字で番号が振られている。部屋の中は人でいっぱいだ。年配の白人カップルがいて、いまにも泣き出しそうな顔をしている。小さな子どももたくさん。めそめそ泣いている子どももいれば、母親のももに顔を押しつけながら泣き叫んでいる子どももいる。母親のほうは肩のくぼみで通話器を押さえたまま、なんとか子どもたちをなだめようと必死だ。なんだかこの、無機質な銀のような部屋にビクついているのはわたしだけらしい。おそらくみんなは、何度も来ているのだろう。みんな、愛されているんだ。

シエラと一緒に、ひとつだけ空《あ》いていたブースに向かう。八番だ。

向こう側には、オレンジのつなぎを着たジョーダンがすでに座っている。目の下には紫の痣《あざ》が浮き、首にも赤い引っかき傷が見える。きっとみじめに痩《や》せて青ざめ、抜《ぬ》け殻《がら》のような姿になっていると思っていたのに。痣こそあるけれど、バカな女たちがつい夢中になってしまう、むかつくほどに自信たっぷりな態度は変わっていない。何度か痛い目にあわされているのは間違いないのに、まるで宮殿で下僕《げぼく》を待つ王様のように悠々《ゆうゆう》と腰を下ろしている。

シエラが、ブースのかたわらについた通話器のそばのスツールに座るよう身振りで促してきたので、わたしは勧められるままに腰を下ろす。通話器をフックから外して耳に当てると、ジョーダンもひと呼吸置いてから、やはり通話器を持ち上げる。

わたしを見ても、とくに驚いた様子はない。どうだっていいという顔だ。

頭にカッと血が上り、全身が震えはじめる。思いつくかぎりの悪態を、声のかぎりに片っ端からぶつけてやりたい。頭の中に浮かんでいるすべての言葉をはじけさせ、ジョーダンの頸動《けいどう》脈《みゃく》に突き刺してやりたい。わたしは修羅場《しゅらば》を求めている。物を投げ、誰かを殴り、泣き叫びたい。

けれど、そんなことはしないと自分に約束してあった。わたしが取り乱した様子を見せようものなら、とたんにここから追い出され、おそらくは面会を禁止されてしまうだろう。

「ハイ」わたしはそう切り出す。

「よお」ジョーダンが、唇の端を軽く持ち上げながらこたえる。

「何かわたしに言うことはないの？」

ジョーダンは、ためらう様子などかけらも見せない。「別に」

「お姉ちゃんにしたことについては？」

ジョーダンの鼻の穴が大きくなる。「カティアには何もしてねぇ」

「あの夜、置き去りにしたじゃない。戻って助けを呼ぶことさえしなかった！　あんたは自分のことしか考えてなかったんだ」

ジョーダンがわたしに向かって目をすがめ、顎《あご》をヒクつかせる。

「おまえに嫌われてるのはわかってる。けどな、俺はカティアに本気で惚《ほ》れてた。信じようが信じまいが、それが真実なんだよ」ジョーダンの言葉が聞こえているとしても、シエラは無反応なままだ。

わたしは笑う。「へえ、あまりにも本気すぎて、うちの家族に報告の電話ひとつ寄越さなかったってわけ？　葬式にも顔を出さないでさ。おまけに厚かましくも、わたしの親友と浮気するとはね。わたしの、十六歳の親友と」

「これだから、おまえみたいなガキはおとなしく家にいろってんだよ。何ひとつわかっちゃいねぇうえに、アホみたいに感情的になりやがって。俺はデジャのことなんかなんとも思っちゃいねぇ。向こうが助けたいっつーから、そうさせてやっただけだ。それだって、カティアがいなくなったあとだしな」

「なら、デジャを利用したんだね」

「どうしても聞きたいってんなら、ああ、その通りだ」

わたしは隣のブースに座っている女性のほうに顔を向ける。カティアと同じ年ごろだ。流れるような青いマキシのワンピの生地《きじ》が、足元にたまっている。

「あの子なら元気だよ」通話器に話しかけている声が聞こえてくる。「家の中を駆《か》けずりまわっちゃ、手にしたものを片っ端から引き裂いてる。あんたのお母さんには怒鳴りつけろなんて言われるんだけど、わたしにはそんなこと――」

わたしはジョーダンのほうに向き直る。

「教えてほしいんだけど。もしもカティアを本気で思ってたんなら、カティアを殺した男が自由の身でいるのに、どうして平気でいられるわけ？」

ジョーダンはため息をつく。「俺にできることなんか何もないからだ。おまえは俺をここにぶち込むことで、それを確実にしてくれたけどな」

「だとしても、デジャのベッドで何を待つことがあるの？」

ジョーダンは左右にちらりと目をやってから、ささやき声にまで声を落とす。

「ほとぼりが冷めるのを待ってたんだよ。そのあとで、やつを始末するつもりだった」

わたしはジョーダンみたいな人間ではないけれど、やっぱり同じようなことを考えた。ピーター・ジョンソンを探し当てて、心臓のど真ん中を撃ち抜くところを。あいつが死んだところで気は晴れないと言ったら嘘になるけれど、やっぱり少しは良心が痛むと思う。それに、ジョンソンが自分のしたことを認めないまま、あの夜の真相を話す前に死んでしまったら、カティアは正義を手に入れることができなくなってしまう。わたしたちの家族だってそうだ。

「あんたが人殺しをするほどカティアを思ってたかは別にして、それじゃ、あの夜に何があったのか証明できなくなっちゃうじゃない。カティアを撃ち殺したろくでなしが死んだら、どうやってカティアの無実を証明するつもり？　あんたはそんなこと、考えたことさえないんじゃないの？」わたしはきつい口調でやり返す。

ジョーダンは、正面に両肘《りょうひじ》をつきながら笑いはじめる。

「ボー、おまえはほんとうに何もかもわかったつもりでいるのか、え？　俺はいま、ギャング殺しの容疑で起訴されてるんだぞ。殺人だ」

「殺人？　つまりそれは――」

「違う。俺はやっちゃいない。ハメられたんだ。だが、おまえにとっちゃそんなことどうだっていいんだろ？　こっちは、二度とシャバには出られないかもしれねぇんだぞ！」

「だったらなおさら、カティアは無実だって警察に言わなくちゃ！」

「俺のおやじは、人生の半分をムショの中で過ごしてるんだ。つまり俺は、あっちに行く前からすでに有名人ってわけさ。みんなが手ぐすねひいて、俺の到着を待ってるこったろうよ。おまえは本気で、ここの連中が俺の言うことなんか信じるとでも思ってんのか？」

「やってみなくちゃわからないじゃない」

ジョーダンは天井に目を向けながら首を振る。

「おまえの姉ちゃんに惚れてたのはよ、あいつがいつだって、俺に上を見させてくれたからなんだ。ラッパーになって、カニエ・ウエストやチャンス・ザ・ラッパーとシングルをレコーディングしたり、トレイ・ソングスっぽい曲を作ったりなんかもできるってな。バスケのコートではじめてあいつに会ったときには、よっぽどバカなのかと思ったぜ。けど、あいつは本気で信じてたんだ。俺たちふたりとも、きっと何者かになれるってな」

「あんたにそんな夢を見たのが、カティアのバカなところだったんだよ」

それからジョーダンは、こう言ってわたしを驚かせる。「だろうな。なにしろ、俺は現実に生きてる。だが、おまえとカティアは似てるぜ。おまえらには、ふわふわした泡の中で生きていて、現実の世界を見ようとしないところがある。それもときには愛嬌《あいきょう》があっていいが、ときにはそのせいでひどい目にあうってわけだ」

「それと、あの夜にあったことを警察に打ち明けるのと、いったいどんな関係があるわけ？」

ジョーダンが天板《てんばん》にこぶしを叩きつける。

「まだわかんねぇのか⁉　真実なんか関係ねぇんだよ！　俺が話そうが、おまえが話そうが、たとえカティア本人が話そうが関係ねぇ。事《こと》が俺たちみたいな人間に関するかぎり、世の中の連中は、真実になんか屁もひっかけやしねぇんだ」

ガラスの向こうからわたしを見つめている褐色《かっしょく》の瞳《ひとみ》が、焼けつくような激しさをたたえている。いつもの人を食ったような気取った仮面を、ようやくかなぐり捨てたらしい。ジョーダンは自分の言葉を、心の底から信じているんだ。わたしは何を信じたらいいんだろう。彼自身の、世の中の法に対する態度には一理ある。だとしてもわたしは、ジョーダンが真実を語ったところで何ひとつ変わらないとは決して思わない。ジョーダンはあの場所にいた、たったひとりの目撃者なんだから。彼の言葉には重みと価値があるはずだ。そしてそれを、何かを変えるきっかけにしなければ。

「真実は重要だよ。いつだってずっと」そう言いながらも、つい声が震えてしまう。なにしろここ数か月にわたって自分の身に降りかかったことそのものが、ジョーダンの言葉の正しさを証明しているのだから。

「この世の中は、俺たちのために白人の男をぶち込んだりはしねぇんだよ。そいつがサツならなおさらだ。やつらは、てめえの信じたいことしか信じねぇ。俺みたいなニガがあんな場所にいたら、何かろくでもないことをしていたに決まってる。そう信じたいのさ。何があったかなんて、はなっから向こうが決めちまってるんだ」

「それなら実際には何をしてたの？　午前四時に、あの警官の家のポーチで、いったい何を」

ジョーダンはため息をつく。「ダチの家に行くとこだったんだ。クラブにいるあいだに、カティアがヘッドライトをつけっぱなしにしたもんだから、カーバッテリーが死んじまってよ。迎えにきてもらおうと思ってそいつに電話をかけたんだが出やがらねぇ。やつの家が遠くないことはわかってたから、カティアには歩いてこうぜと言ったんだ。向こうに着いたらカティアにはやつの女と待っててもらい、俺とダチで、カティアの車を取りに戻るつもりだった」

「そっか——で、そのあとは？　どうして友だちの家に行かなかったの？」

「あの家がダチの家だと思ったんだ！　けど暗かったしな——軽くハイにもなってたし——あの通りの家なんか、真っ昼間に見たって見分けがつきやしねぇ。だから家の前に立ったときには、てっきりダチのうちだと思い込んでたんだ。ところがノックをしても反応がねぇ。電話もかけてみたが出やがらねぇ。やつが家にいることはわかってたから、表側のスクリーンドアを開けて玄関をガンガン叩き、やつを起こそうとしたんだ。それでもやっぱり静かなままだ。ほかにも誰か、車で迎えにきてくれそうなやつがいないかとぼんやりポーチに突っ立ってたところで、玄関が開いた」

わたしは通話器を耳に押し当てながら目を閉じる。その瞬間、カティアは何をどう感じていたんだろうと思いながら。酔っぱらってた？　ハイになってた？　銃弾が来ることはわかっていたの？

「何かを見た記憶はまったくねぇ。ただ銃声がバンバンバン！　銃口が何度か閃《ひらめ》いた。俺はひたすら突っ走った。カティアもついてきてると思い込んでな」

「見たの？」喉《のど》が詰まるのを感じながら、わたしはそう口にする。

ジョーダンは恥じるように目をそらしながら、かぶりを振る。「あの野郎はまだ撃ってやがったんだ！　追われてると思った。できるだけ離れようと走り続けた。そしたら車に乗ったダチが、自分の家の私道にいやがったんだ。五軒くらい先だった。俺は、やつに何があったかを話した。あの家に戻って、カティアを見つけないとってな。だがやつから、逮捕されて終わりだと言われた。カティアはきっと、別の方角に逃げたんだろうと」

「それを信じたわけ？」わたしの声には疑いがにじんでいる。

「信じたかった。それから思ったんだ。たとえカティアが無事じゃなかったとしても、俺に何ができるってな。俺は医者じゃねぇ。わかってもらいたいんだが、もしあの時戻ってれば、俺もあのサツに殺されたか、その場で逮捕されておしまいだったはずだ」

「だとしても、カティアはひとりで死なずに済んだのに！」

「じゃあ何か？　俺たちが通りで一緒にのたれ死んでたら、カティアは幸せに死ねたとでもいうのか？」

「だけどなんにもしなかったなんて！　あんたはカティアを置き去りにして逃げた。何かができたはずなのに。それがわからないのは、あんたが腰抜けだからだ！」

「おまえがクソガキで、そういうろくでもない目にあったことがないからそう思うんだ。頭に銃を突きつけられたとき、自分がどうするかなんておまえにはわかりっこねぇ」

「そんなことない。わたしはカティアを愛してたんだから。カティアはお姉ちゃんだし、わたしたちには同じ血が流れてるんだから。わたしなら、絶対あんなふうに置き去りにはしない。カティアだって、わたしを置き去りになんてするはずない！」

ジョーダンの頬《ほお》が怒りで赤くなっている。「俺のせいってわけか？　人間ってのは、いつだって誰かのせいにしたがるもんだからな。理由もなく俺たちを撃ったあのサツじゃなく、何もかも俺が悪いんだろ？　おまえは俺を責めたがってる。でもって、俺のガキの母親をたらし込んでここに連れてきてもらったんだよな。悪かったと言わせたいか？　いいだろう。俺のせいだ。これで気分がよくなったか？」

わたしはジョーダンに向けて目をすがめる。「車にあったドラッグについては？　警察には、自分のだって話したの？」

ジョーダンが、褐色の瞳をサッとそらして床を見つめる。「なんの話だか、さっぱりわからねぇ」

「あの夜殺されたのが、あんたならよかったのに」わたしはまっすぐに彼を見つめて言う。両親からは、誰かの死なんか絶対に願ったりしてはいけないと教えられて育った。だけどふたりはいまここにいないし、わたしは確かにそれを望んでいる。棺桶《かんおけ》に横たわるジョーダンを囲みながら、泣き叫んでいるこの男の家族を見てみたい。わたしたちが、カティアの死を嘆《なげ》き哀しんだときのように。

ジョーダンはゆっくりとうなずく。「俺が死ぬべきだったのかもな。けど結局、俺はここで死ぬことになるのかもしれねぇぞ。ったく、わかったもんじゃねぇ。俺はカティアを守れなかった。俺は自分のことさえ守れねぇんだ！　グレイディパークみたいな場所には、長居すればするほど銃弾を食らう確率も高くなる。誰が生きて誰が死ぬかなんてのは、ときによっちゃ、ただのくじ引きみてぇなもんなのさ」

背後では、巻き毛の幼児三人が泣き叫んでいる。母親は、その子どもたちを椅子から引き離そうと必死だ。紫のビーズを三つ編みの先から垂らした女の子が、椅子の上に立って泣いている。ガラスをバンバン叩きながら。その向こう側では男がひとり、いまにも部屋から出ていこうとしている。

「わたしはバカじゃない」ジョーダンのほうに顔を向けながら口を開く。「あんたがカティアを守れなかったかどうかなんて、試してもないんだからわかりっこない。だからあんたのくだらないたわ言なんて聞く気はないし、あんたを気の毒だとも思わない。あんたの人生はクソまみれかもしれないけど、それだって人生は人生なんだよ。カティアの人生は、もう終わってしまったのに」

ジョーダンは腕に頭をのせながら、うんざりした様子をしてみせる。「まだほかにもあるのかい、おじょうちゃん？」

その声には例のいやらしい気取った調子が戻っている。ジョーダンは追い詰められているんだ。だからこそ、自分の殻の中に這《は》いずり戻ろうとしている。そのほうが真実を耳にするより簡単だから。けれど、それをしっかり聞いてもらうまで、ここから立ち去るわけにはいかない。

「罪の意識にさいなまれてるんだよね、ジョーダン。その手で引き金を引いたわけじゃないとしても、あんたに責任の一端があるって事実は変わらない。カティアはあんたに夢中だった。あんたのためならなんだってしたはずだし、それはあんたもよく知ってた！　それなのにたった一度、カティアがあんたを必要としたときに、あんたはカティアを見捨てたんだ。そうじゃないって自分にいくら言い訳をしてみたところで、カティアが死んだ理由が、あんたにもあるって事実は永遠に変わらないから」

わたしは叩きつけるようにして通話器をフックに戻すと、ジョーダンに目を向けることもなく立ち上がる。

シエラが面会を済ませてから一緒に留置場を出ると、紫色の夕べの空からは軽い雨が降っている。わたしは大きく息を吐く。ようやく大きな胸のつかえを取り除けたと思いたいけれど、じつのところそうではない。心の安らぎなんかありはしない。だとしても、ジョーダンもやっぱり苦しんでいるんだと思うと、少しは気持ちが慰められる。

翌日の朝、わたしは父さんと一緒に、アニストンさんの弁護士事務所に出かける。いかにもお金のかかっていそうな事務所だ。母さんも連れてこようとしたけれど、疲れていて無理だと言われてしまった。これは、母さんがあきらめたときのサインでもある。

「いい椅子だな」アニストンさんを待ちながら、居心地が悪そうに父さんが言う。

「うん、うちにもいくつか買ったらどうかな？」そんな軽口を叩きながらも、じつは緊張でどうにかなってしまいそうだ。昨日ジョーダンに会いにいったことを、父さんにはまだ話していない。父さんだけでなく、誰にも話していないんだけど。なにしろ面会したことがどんな意味を持つのか、それさえよくわからずにいる。ジョーダンの言葉を誰かに伝えたら、ますます事態を悪化させることになったりするのかな。それでなくても今回のことがはじまってから、わたしはヘマばかりしているのに。

とにかくいまから、父さんのいるところで、アニストンさんに何もかも打ち明けるつもりだ。それなら少なくとも、家に帰るまでは父さんに殺されなくて済むし。だけどもしこれで裁判に持ち込めるという嬉しい知らせを聞けたら、みんなもわたしに感謝してくれるはずだ。

何分か待ったところで、アニストンさんが部屋に入ってくると、書類の入った大きなマニラフォルダーを置きながらデスクにつく。鮮やかな赤い口紅をつけた金髪のアシスタントが、リンゴジュースのボトルと氷の入ったコップを、わたしと父さんにひとつずつ差しだしてくれる。

「お越しいただけてよかったわ、ウィレットさん」アニストンさんが言う。

「これはどうも。妻も来たがっていたんだが、あれには少し休息が必要で」

「大丈夫よ。奥様にはあとでまとめて話せばいいんだから。今日はいろいろと相談しなければならないことがあるの。とくに、ジョーダン・サムソンについてね」アニストンさんがそう言いながらこちらを見たので、わたしは思わず体を縮《ちぢ》める。

「誓《ちか》ってもいいが、ジョーダンがあんな近くに隠れているとはまったく知らなかったんだ」父さんが言う。「もし知っていたら、俺がこの手で撃ち殺してやったんだが！」

「その言葉は聞かなかったことにしますね、ウィレットさん。重要なのは、ジョーダン・サムソンが勾留下《こうりゅう》にあるということ。今朝、彼の弁護士と電話で話をすることができました」

わたしは一気に心が暗くなった。ああ、クソッ。

「それから地方検事と、今後なされうるジョーダンの宣誓証言についても話をしたの」

「ジョーダンは証言台に立つって言ったの？」わたしは椅子から身を乗り出す。

アニストンさんがキュッと口元を引き結ぶ。いかにもいまから、悪い知らせをお伝えしますとでも言うかのように。

「彼は、ジョンソン警察官に不利な証言をすることに同意したわ。ただし別件の殺人に関する裁判にからんで、司法取引が成立すればという条件付きなの」

父さんがジュースのボトルを置いて、わたしからアニストンさんへと視線を移す。

「ちょっと待った。別件の殺人に関する裁判だと？　やつは誰を殺したんだ？」

「イリノイ州南部にあるギャングのメンバーを殺した容疑がかけられているの。事件があったのは去年の夏なんだけれど、ジョーダンが姿をくらましたあとになって、彼が犯人だという情報源が何人か現れはじめたのよ」

わたしの脳みそは、いつの間にか光速の動きを手に入れたらしい。なんだか刑事にでもなったような気分だ。「都合がよすぎるよ。味方のギャングにハメられたんだとは思わない？」

アニストンさんがうなずく。

「俺らの件にはどんな影響が？」父さんが言う。

「地方検事が、犠牲者の家族に司法取引を持ちかけたの。けれど、拒絶されてしまった」

父さんとわたしは、アニストンさんを見つめたまま、話の続きを待っている。もっと易しい言葉で説明してほしいと、何度繰り返したらこの人はわかってくれるんだろう。それでもアニストンさんが、脚《あし》の折れた子犬でも見るような目をしているので、悪いニュースなんだということくらいは見当がつく。

「どっちにしろ証言するわけにはいかないのか？　司法取引があってもなくても」父さんが言う。

「可能だけれど、一般的に言って、司法取引を持ち出すような被告人は、良心から真実を話すような傾向にはないのよ。現時点では、ジョーダンに持ち掛けられるような取引がほかにはなくて。無理やり証言台に立たせたとしても、ジョーダンは質問のすべてに黙秘《もくひ》権《けん》を行使する可能性が高いと思う」

父さんが顎をこすりはじめる。「司法取引について、その家族の気持ちを変えさせることができるかもしれん。その人たちはカティアを、あの子に何があったのかを知ってるのか？　例の警官がのうのうと自由の身でいるってことを」

アニストンさんはため息をつく。「知っているはずよ。それでもやっぱり難しい状況なの。彼らは十四歳の息子を殺されている。おじょうさんを奪われたあなたがたと同じくらい、彼らも息子さんのために正義を求めているのよ。いまのところ、気持ちを変えさせる方法があるとは思えない」

「だけど、ジョーダンは殺してないのに！」わたしは目元が熱くなるのを感じながら声を上げる。ジョーダンが気の毒だからではない。自分の家族と、カティアのために哀しくてたまらない。あいつを見つけるためにずっと一生懸命がんばってきたのに。いまはすべてが、指のあいだから滑り落ちていこうとしている。

「あなたの言うとおりだという可能性は充分にあるのよ、ボー。だけどね、もし警察側が彼を刑務所送りにできるだけの証拠を持っているとすれば、彼らは必ずそうする。ジョーダンがやったかやっていないかには関係なくね。ひどい話なのはわかってる。でも、法というのは、時にそういうふうにして働くものなの。欠陥のあるシステムだけれど、だからこそ、わたしのような人間がいる。あなたがたのためにも、できるだけのものを引き出してみせるから。こうなった以上、前にも話してあったように、シカゴ市に対する不法行為死亡の訴訟に移る頃合いだと思うわ」

「だけど、裁判はどうなっちゃうの？　ジョーダンなしで進めることはできない？　昨日面会に行ったら、ジョーダンがあの夜にあったことを話してくれた。ふたりは家を間違っただけ。押し入ろうなんてしてないんだよ！」

父さんが目を怒らせながらわたしを見ている。「面会だと？」

アニストンさんは、父さんを無視して言う。「ボー、あなたがよかれと思って動いたのはわかるけれど、そううまくはいかないの。あなたは現場にはいなかったわけだから、何を言ったところで伝聞証拠《でんぶんしょうこ》にしかならない。それだけでは、地方検事もピーター・ジョンソンを起訴することができないのよ」

「おまえをあの男に会わせたのはどこのどいつなんだ⁉」父さんは、ベルトを取ってこいとでも言いたそうな顔だ。

「わたしはただ、力になりたかっただけなんだよ」椅子のやわらかなクッションに、丸めた体が呑み込まれていく。なんだか、みんなはズルオッケーなのにわたしだけがだめっていう、とんでもなくふざけたルールでモノポリーをしているような気分。わたしは椅子の肘掛《ひじか》けにギュッと爪を食い込ませる。

「わたしにも責任があると思うわ」アニストンさんが、同情するような目を父さんに向ける。「うっかり、今回の件をこじ開ける鍵が、ジョーダンにあるような印象をあなたがたに与えてしまっていたようね。実際、そう思ってはいたの。けれど、別件の殺人が出てきたことで話が変わった。どうか信じてほしいのだけれど、アーレン、ボー、わたしとしてもできるだけのことはやり尽くしたの。地方検事とも休むことなく話し合いを続けてきた。そのうえで今回の件には、ひっくり返そうが視点を変えようが勝ち目がないことを悟った。単純に、そもそも証拠が足りないのよ」

父さんが手元に視線を落としている。まるで、自分で自分をどうしたらいいのかわからずにいる子どもみたいに。何か月か前であれば、きっとカンカンになって怒鳴ったあげく、目の前にある巨大なオークのデスクをひっくり返していたかもしれない。だけど、あの目。父さんは疲れてしまったんだ。まったく勝ち目のない戦いを、いつまでも続けることに疲れてしまったんだ。

「抗議活動をしたらどうかな。裁判所の前でさ。要は、世の中の注目を集める必要があるだけなんだから！」わたしはそう言いながらも、希望なんかないってことがわかりはじめている。誰が参加してくれるっていうの？　カティアはドラッグの売人だと思われているのに。いくらでも好きなだけ否定し続けることはできるけれど、やっぱりカティアは、もう過去の人なんだ。わたしたちをのぞいたら、誰も本気で気にかけちゃいない。

「抗議活動には反対しないけれど、検察側の決定を変えることにはつながらないわ。いまの最善は、民事訴訟に移ること。お金でカティアを取り戻せるわけじゃない。でも、彼女の死による経済的な損失を軽くすることはできる。医療費、失われた賃金、精神的な苦痛に対する慰謝《いしゃ》料《りょう》、あなた方のために取れるものはすべて請求するつもりでいる。いまはお金なんかと思えるかもしれないけれど、きっと将来の役に立つのだから」

「将来って何⁉」わたしは椅子から立ち上がりながら、噛《か》みつくように言う。

「ボー！」父さんが怒鳴る。だけどもう、父さんの言うことなんて聞くもんか。あきらめろとかいう連中の言葉なんか、どんなものであれ、もうまっぴらだ。

アニストンさんの顔は静かなままだ。なんだか、怒鳴られるのには慣れっこみたいに。「ボー、信じてちょうだい。手は尽くしたの。けれど、法のシステムは完璧じゃないから」

「薄汚い警官どものためにはきちんと働いてるみたいだけどね！　だったらあんたもそのやたら分厚い本に片っ端から目を通して、何でもいいからわたしたちを助ける方法を見つけてよ」

そこで父さんに腕をつかまれてしまう。「ボー・ブリアンカ・ウィレット！　その黒いケツを下ろさんと、いますぐ無理やり座らせるぞ」

わたしは腕を振りほどく。「もう指図はやめて！　ボー、家の中を片づけろ。ボー、母さんを手伝え。ボー、だれだれのためになになにをしろ！」

父さんはため息をついて、アニストンさんに顔を向ける。「申し訳ない。こいつはどうかしちまったらしい」

「どうもしてない！」わたしは怒鳴る。「なんで誰も、カティアの汚名を晴らそうとしないの？　あの警官をムショにぶち込めば、また無実の誰かが犠牲にならずに済むんだよ。なんで誰も、わたしを助けてくれないの⁉」

父さんが立ち上がり、咳払いをする。「すみません、アニストンさん、出直したほうがよさそうだ。ボー、行くぞ」父さんが強い口調で言い、ドアに向かう。

わたしはアニストンさんのほうを振り返り、わたしのイカれたぶち切れ方を見て、彼女が考えをあらためてくれたことを願う。わたしの人生をめちゃくちゃにした警官がのうのうとのさばったままでは、とてもこの先の人生を進めそうにないんだとわかってもらいたい。だけどアニストンさんは、またあの、子犬を見るような目をしながら、わたしがすでに知っていることを口にする。自分にしろ誰にしろ、できることはもう残っていないと。それでは足りない。絶対に足りないのに。

アニストンさんに会った日の夜、わたしは両親に挟まれてソファに座り、ディアマンテ・ジヨーンズという黒人男性が撃ち殺されてから五年がたったというニュースを見る。この事件でも、警官が逮捕されることはなかった。カティアに関するニュースはない。誰も、気にかけてさえいない。

周りの世界にとっては、カティアなんか存在すらしていなかったように。わたしだっていないも同然。どうしてそんな気になったのかはわからないけれど、わたしは突然立ち上がると、平らな画面にこぶしをぶち込んでいて、テレビが台から吹っ飛び、映像にはヒビが入る。

「おい、頭でも打ったのか⁉」父さんが叫ぶ。こぶしが画面を粉々にする音で、母さんもトランス状態から目覚めたらしい。ようやく、わたしを見てくれている。

「よその家にでもいるつもりか？　この家じゃ、自分で買ってないものを壊すことは許さんぞ！　このテレビがいくらしたかわかってるのか？」

「それなら知ってるわ」母さんがソファに座ったままで言う。「〈ベスト・バイ〉のブラックフライデー・ドアバスターズで、二年前に百三十ドルで買ったのよ。あの夜を覚えてる？」

母さんはわたしたちの姿を通り越して、テレビを見つめている。砕けた画面の中に、思い出が映っているとでもいうかのように。わたしが素手でテレビを破壊したことには、気づいてさえいないみたいだ。

「バジル、なんの話をしてやがるんだ？　自分の娘が何をしたか見てなかったのか⁉　誰がテレビを取り替えてくれるんだよ、え？」

「知るもんか！」わたしが叫ぶ。「どうせ誰かが殺されたときにしか見ないんだから、どうだっていい。カティアがいなくちゃ、テレビだって見られないんだ！」

「どうしてそうなるんだ？」父さんが少し声をやわらげながら、ゆっくりこちらに近づいてくる。わたしがおかしくなったとでも思っているんだ。なんとか落ち着かせようとしている。そしたらわたしと母さんを置いて、また家を出ていくことができるから。上等じゃない。

「理由なんかどうだっていい！　見たくないの。父さんはこのソファにまたふんぞり返って、ブルズの試合を見られるとか本気で思ってんの？　わたしにはもう、この家にいることさえ耐えられない！」

母さんがソファから立ち上がって手を伸ばしてくるけれど、わたしは無視する。母さんと父さんが、涙で目を光らせながら近づいてくる。両腕を広げて、まるで、わたしがあきらめるのを待っているかのように。きっとわたしが小さな子どもみたいに泣きながら、何もかも、ずっとふたりが正しかったと認めるのを待っているんだ。わたしは時間を無駄にしていただけなんだって。カティアはわたしたちの人生から、永遠に、間違いなく、奪い取られてしまったんだって。

そんなのいやだ。

「こないで！」わたしは叫ぶ。「さわられるのもハグされるのも何されるのもごめんだから。これまでみたいにほっといてよ」

「父さんたちだって傷ついているんだ！　それがわからないのか？」父さんが言う。

「わたしにわかってるのは、父さんが今度もまた、わたしと母さんをほったらかしにしてるってこと。父さんはカティアが――あんなことになった夜にそばにいてやりたかったとかいうけど――あれからもう何か月もたつのに、ひと晩だって家にいたことなんかないじゃん！　どうせ、もう一度同じことが起きたってかまわないんでしょ。真夜中に警察がここにきて、わたしたちを連れていこうとしたらどうすんの？　父さんには何ひとつできやしないくせに！」

なんだか自分でも、自分の言っていることがよくわからない。思いがフツフツとわき上がって、頭の縁《ふち》からこぼれ落ちては、口から飛び出してくる。唇のほうがそれについてこられなくて、言葉がしっちゃかめっちゃかになってしまう。

「バカなことを言うな。誰もおまえを傷つけたりするもんか！」

「そんなのわかんないじゃん！　わたしが言われたこととか、みんなの目つきとか、父さんはなんにも知らないくせに！　学校にいる白人の生徒たちだって、あの警官だって。あいつはわたしのおなかを殴ったあげくに――」

ここで母さんと父さんがカッと目を見開く。だけど、いまさら手遅れだ。

「ちょっと待て。あのクソ警官どもに殴られただと？　どうして言わなかった！」父さんが怒鳴る。

「話す意味なんてあった？　聞いてたらどうしたっていうの？　父さんに何かできた？　できっこないじゃない」

「ボー、俺たちはただ――」

「どうでもいい。何もかもどうだっていい。デジャの家での銃撃についても、ウェブ上に記事がひとつ出ただけってことには気づいてた？　ニュースでは取り上げてさえもらえなかった。なんたってこの一週間はろくすっぽ寝ないで、何かカティアに関する情報が出ないかずっと待ってたんだから。でも、ひとつもなかった。ど－、だって、いいんだ」

母さんが訴えかけるように口を開く。「あんたがこんな結果を望んでたわけじゃないことは、母さんにもわかってる。でもね、ボ－、これが人生なんだよ。これも生きていることの一部なの。わたしたちはこれからもひどい心の痛みに苦しむだろうけど、その痛みを乗り越えて、また生き続けていく」

「だったらわたしが、そのクソみたいな嘆きの時をさっさと短くしたからって、気にしたりはしないはずだよね？」

「口に気をつけなさい！」

わたしはくるりと振り返って、わたしの、わ、わたしだけの部屋に向かって走る。ふたりが慌てて追ってくるけれど、その前でピシャリと扉を閉めてしまう。それからカティアのドレッサーの中身を片っ端から放り出す。マニキュア、クリーム、化粧水、美容液の瓶《びん》が床の上で砕け、二度と落ちないだろうシミをつけていく。

「何してるの⁉」母さんの声が、背後に広がる真空のスペースの向こうから聞こえてくる。

「カティアの思い出なんか捨ててやる！　ニュースは正しいし、母さんと父さんも正しい。こんなのはどうだっていいんだ。だからカティアのこともどうだっていいんだ！」

白いビーズクッションを持ち上げて、ドレッサーの鏡に叩きつける。明るい黄色の電球が、白い空の上で爆発する星のように砕け散る。

両手を使って、カティアとその友だちのポラロイド写真を壁から次々に引っぺがしていく。何枚かは細かく引きちぎる。部屋の中がぼやけている。気づくと部屋の自分側のスペースにいて、今度は自分の机の引き出しを開け、鉛筆、ペン、古いスケッチを次々と床にぶちまけていく。お気に入りのスケッチブックでランプを机から叩き落とすと、一気に闇のベールが落ちてくる。部屋の中を照らしているのは、割れずに残っていたドレッサーの電球がひとつだけだ。

動きを止め、電球を見つめる。最後の電球が、わたしに破壊されたものたちの真ん中で燃えるように輝いている。

燃えている。

母さんと父さんにうしろから抱き締められて、わたしはその腕の中に身をゆだねる。赤ちゃんのように揺《ゆ》すぶられ、泣きじゃくりながら。

カティアは死んだ。ほんとうに、ほんとうに、死んじゃったんだ。

わたしをここにひとり残して。

みんなでひとかたまりになったまま、床の上にくずおれる。わたしは体を小さくして、父さんのシャツの〝葉っぱと王冠《Reggie and Crown Royale》〟という文字の中に顔をうずめる。母さんもうしろからわたしを抱き締めていて、ふたりの腕がからみ合っている。もう安全だ。母猫の口にくわえられている子猫みたいに。ほんとうは大丈夫じゃないけれど、いまだけは大丈夫。守られている。

ここにいれば、誰もわたしをつかまえにはこられない。

第三十章

何もかも終わったんだと理解するのは、おなかにパンチを叩き込まれて、体中の空気が抜けてしまうようなものだ。これまでずっと、最悪なのはカティアが死んだことだと思っていたのに、カティアが意味もなく死んで、わたしにはその現実を何ひとつ変えられないんだと認めるのはもっとつらかった。何かを正すことも、元通りにすることもできない。そう思うと、自分がちっぽけな、意味のない存在に思えてしまう。

「本気なんだね？　ほんとうの、ほんとうに、それでいいんだね？」ソネットが念を押す。わたしたちは、ロージーズ・ダイナーの空《から》っぽな駐車場に立っている。店内は暗いままだし、看板ももう回ってはいない。建物の隅《すみ》には雑草がはびこっていて、入り口の扉《とびら》の内側には『また会う日まで――』という張り紙がテープでとめられている。カティアとふたりで、店のケーキを食べ尽くした夜から六年。まさか閉業しているとは思わなかった。

「本気だよ。カティアと来たのはいっぺんだけなんだけど、どうしてだろ、カティアならきっと、ここがいいって言うと思うんだ。ソネットだって、車の中では納得してたじゃん」わたしはネックレスに手を当てながら言う。

「うん、そうなんだけど、ボーのパパとママは怒ったりしないかな？」

「ふたりとも自分の石は持ってるんだから、それを取っておけばいい。わたしは自分のを手放すって決めたの」そう言って、ネックレスを頭の上から持ち上げるようにしてはずす。

ソネットがうしろからついてきたのを見て、わたしはロージーズ・ダイナーのレンガの壁を手で探りはじめる。ひとつのレンガを探り当てると、それをぐいっと手前に引き抜く。それからカティアの遺灰が入った石の周りにネックレスのチェーンを巻きつけ、壁のあいだの小さな隙間の中に据《す》えると、レンガを元の位置にまた入れ直す。この世からいなくなってしまったカティアを首につけているのは、なんだか間違っているような気がしたから。

「どんな気分？」ソネットが言う。

「わかんない。ちょっとおかしな気分かな。でも、そんなには変わらないよ」

ソネットとの友情は、これからどう変わっていくんだろう。ソネットはずっと、ひどい現実を目の前にしたときも、わたしの味方でいてくれた。なんだかソネットを汚しちゃったような、しっちゃかめっちゃかなわたしの人生に連れ込んでしまったような気がして、申し訳なく思っている。おまけに〈プリティ・リトル・ライアーズ〉に夢中なのを利用して手伝わせるなんて、マジで最低なやり方だった。だけどあのときは、ジョーダンを見つけることしか考えられなかったから。たとえそれが、誰かを傷つけることにつながったとしても。

「何もかも、ほんとに悪かったと思ってる。わたしのせいで逮捕されちゃったうえに、二回も死にかけるなんて」わたしはそう言って、雲の隙間から差し込んでいる午前の日差しのほうに目を細める。

ソネットがこちらに顔を向ける。

「あやまることなんかないよ。わたしが手伝いたいって思ったんだから。予想よりだいぶぶっ飛んではいたけど、後悔はしなかった。一秒もね」

「だけど、そんな甲斐はなかったわけだしさ。ちゃんとジョーダンを見つけてほんとのことを聞き出したのに、結局みんなにとってはどうだっていいんだから。裁判には永遠に持ち込めそうにないし」そう口にしてみたものの、やっぱり現実だとは思えない。だからこそ、わたしは言い続けることにした。いつかはきっと受け入れられるように。

「でも、ボーはがんばったじゃん！　ぼんやり座ったまま、成り行きにまかせたりはしなかった。ボーは戦ったんだ。そこには意味があるはずだよ」

わたしは小石を蹴り飛ばす。「まあね、さんざん時間とエネルギーを無駄にしたあげく、あの警官たちに意味もなく頭をこづきまわされちゃったけど。じつはさ、どうして法律を破る人がいるのかわかってきちゃった。要は、どっちにしろひどい目にあうんだもんね。わたしたちは真実を証明しようとしてやれるだけやったのに、何ひとつ変えることはできなかった」

「わたしは変わったよ」

ソネットに腕を引かれて車のところまで行き、ふたりしてボンネットにもたれかかる。

「どうしてわたしが、ミレニアム・マグネットに行かせてってママに頼んだかわかる？」

わたしは肩をすくめてみせる。「腕のいい彫刻家になりたいから？」

「それもある。でもそのほかに、家の外の世界を見てみたかったんだ。ママはいつも、世の中は腐り切ってるから、できるだけ自分たちの世界に閉じこもってたほうがいいって言う。だけど、わたしは自分の目で確かめたかった」

わたしはうなずく。「ソネットのママの言うとおりだよ。正義も公平もあったもんじゃない」

「確かに。だけど、無視してたってよくはならないでしょ。ボー、わたしたちには力があるんだよ。ピーター・ジョンソンを逮捕させることはできなかったけど、それを黙って受け入れたりしないって世の中に示すことはできたじゃん。カティアには家族とか友だちとか、彼女を大切に思ってる人がたくさんいて、彼女のために立ち上がる準備があるってことを、みんなにしっかり見せつけたんだ。もし今度どこかの警官が誰かを撃ちそうになったときには、立ち止まって考えるようになるかもしれないよ」

風に吹かれて口に入ったひと筋《すじ》の髪を、わたしは耳にかけ直す。

「かもね」わたしはぼんやりとこたえる。このところ、集中して何かを考えるのが難しい。ジョーダンに会ったことで、はじめて胸にズシリときたんだと思う。お姉ちゃんは、ほんとうに死んじゃったんだって。もう決して、結婚式でカティアの花嫁付添人《メイド・オブ・オナー》をつとめることも、カティアがわたしの高校の卒業式に来ることも、わたしたちの子どもが一緒に育つこともない。なかでも最悪なのは、両親が死ぬときが来ても、カティアがそばにはいてくれないこと。ふたりで一緒に看取《みと》るはずだったのに、もうわたしひとりきりなんだ。カティアなしでやれるなんて思えない。この世にひとりぼっちだなんて。わたしは弱くて、カティアの足元にもおよばないのに。

「わたしたちはずっとジョーダンを探してたじゃない？　お葬式でも、その前からも。じつはね、カティアが撃ち殺された夜から、絶対に家に押し入ったりはしてないって、心のどこかで確信が持てずにいたんだ」

言った。やっと言えた。両親を含め、カティアを知っていた誰にも言えなかったこと。だって、あまりにもひどい真実だから。妹が姉を信じられないなんて。でも、どうすれば信じられただろう。カティアのことは大好きだし、いまだって大好きだけど、カティアはあまりにも多くのあやまちをおかした。カティアがもっと賢くて、お金があって、やさしくて、より良い選択ができていたら、いまもわたしのそばにいるはずだって、やっぱりそう思ってしまう。

ソネットがわたしの手を取り、ギュッと握る。

「いいんだよ。いまはほんとのことがわかったんだし。カティアはあの夜、何も悪いことなんかしなかった」

感謝を込めて、手を握り返す。ソネットがいてくれてよかった。ソネットは、この世界にわたしをつなぎとめようとする碇《いかり》に似ている。なんだかもう、自分のものだとは思えないこの世界に。わたしはただ、お姉ちゃんのそばにいたいのに。

「いまもまだカティアに腹が立つなんて、おかしいのかな？　わたしをひとりぼっちにしちゃうなんて」思わず声がひび割れる。

ソネットがにっこりしてみせる。

「だけど、ボーはひとりぼっちじゃないよ。わたしがいるんだから」そのとおりだ。ソネットがいてくれなかったら、とてもじゃないけど乗り切れなかった。わたしはカティアが死んだことにばかり気を取られて、残された人たちに目を向けることができずにいた。

家に向かって高速道路を運転しながら、ここことは別の世界を想像してみる。わたしとカティアが、ロージーズ・ダイナーでいつまでも終わることなくハンバーガーとケーキを食べ続ける世界を。そこは永遠に午前四時で、わたしとカティアはずっと一緒だ。

ソネットの家に着くと、裏庭に行ってファイヤーピットのそばで待つように言われる。「そのへんの椅子でゆっくりしててよ。世界一おいしいスモア（焼いたマシュマロとチョコレートをグラハムクラッカーで挟んだお菓子）の材料を取ってくるからさ。ヴィーガン用のマシュマロとグラハムクラッカーが残ってるといいんだけど」

わたしはドン引きしてみせる。「うげっ、それは残ってないほうがいいな」

「ボーってば、ほんと冗談ばっかり！　すぐに戻るね」スキップで家の正面へと向かうソネットの後ろ姿を見送りながら、黒ずんだファイヤーピットの周りに置かれた椅子のひとつに腰を下ろす。

するとそこへ、見えないところから男の声が聞こえてくる。「心配しなくて大丈夫。ソネットには、普通のグラハムクラッカーとマシュマロも買うように言っといたからさ」

振り返るとチャンピオンがいて、ソネットの消えたほうとは反対側から近づいてくる。片手には大きなハート形のチョコレートボックス、もう片手には一本の赤いバラを持って。

「チャンピオン？　どうしてここに？」いっそこのまま置き去りにして、恥をかかせてやろうかな。そう思いながらも、やっぱり彼の体に両腕を巻きつけたくてたまらない自分がいる。

チャンピオンがバラとチョコレートを差し出してから、わたしの隣に腰を下ろす。

「ソネットに腹を立てないでくれよな。俺が頼んだんだから。ソネットから聞いたよ」

「聞いたって何を？」

「どうやってデジャの家に潜伏してたジョーダンを見つけたのかさ。ボーとソネットは、何か月もあいつを探してたんだってな」

ソネットのことだから、チャンピオンには必要最小限しか話していないはずだ。それから一分くらいは、なんとか言い抜けられないかと頭をひねる。人生がめちゃくちゃになっていた事実だけを話して、うまいこと適当にごまかせないかって。だけど正直、嘘をつくのはもううんざりだ。

「ソネットには話してほしくなかったな」

「そうそう、きみが自分で話すべきだった。俺が聞いたとき、なんで正直に打ち明けてくれなかったんだ？」

わたしはため息をつく。「どんなことになってるか知られたくなくて。たぶんソネットは軽めに話したと思うんだけど、じつはかなりヤバいことになってたんだ。わたしのせいで、あやうくふたりとも死にかけたんだから。それも二回」

チャンピオンは困惑したような顔だ。「なんだって？　またどうして？」

「そんなことはどうだっていいんだよ、チャンピオン。わたしはあなたが好き。心からね。だけどもし、あなたがほんとのわたしを知ったら、それでも好きでいてもらえるかどうかあんまり自信がないんだよね」

チャンピオンがわたしの手を握る。「俺もきみが好きだよ、ボー。だけど、いいとこだけじゃなく、きみの全部を好きになりたいんだ。悪いところも見せてほしい」

「その部分が、ほかの人よりひどかったら？」

「それだってかまわない」

チャンピオンを信じたい。でも、幸せだと感じるのはなんだかこわい。だって、どうせ長続きはしないんだし。わたしにいいことがあると、何かが必ずつぶしにくるんだから。

でも、これからもずっとそうだとはかぎらない。

「チャンピオン」

チャンピオンがこちらを向く。明るい日差しが、オイルに艶《つや》めく波打った髪に反射している。

「ん？」

「わたしもあなたに知ってもらいたい。わたしの全部を」

チャンピオンが笑顔になる。「よかった。ちょっと聞きたいことがあったから」

「何？」

「俺たちは――その、どうなのかな？」

「え――わかんないよ。チャンピオンが教えてくれなくちゃ」

彼の目をのぞき込むと、チャンピオンがキスをするように顔を寄せてくる。「俺次第だっていうんなら、一緒にいるべきだと思ってる。きみもそうしたいって言ってくれるならね」わたしは彼の手を取ってうなずくと、「そうしたい」と心からこたえる。嘘のせいでチャンピオンを失ったと思い込んでいたけれど、ほんとうは、一度も失っていなかったのかもしれない。

「さてと、じゃあ、きみとソネットが死にかけたことに話を戻そうか」

「すぐに話すよ。約束する。だけどいまは——こうして一緒にいるだけじゃだめかな？」チャンピオンがわたしの手をギュッと握り締める。「いいよ。きみの気持ちに合わせる」

それからしばらくすると、ソネットがおばさんと一緒に表に出てきて焚《た》き火《び》がはじまる。ヴィーガン用と普通のと、両方のマシュマロを焼きながら（ヴィーガンのやつも思ってたよりいい感じだ）、おしゃべりをし、冗談を言い、笑い合う。楽しいひと時だったのに、空が暗くなるにつれて家のことを考えはじめると、気分も次第に変わっていく。

ブレオンもデジャも大っ嫌いだ。だけど同時に、恋しくなりかけている自分もいる。家のことを考えると、自然とプロジェクトのことや、親友たちのことを思い出してしまう。カティアが死に、両親が幽霊化したうえに、大切な友だちまで失ってしまうなんて。きちんとケリをつけなければ。

第三十一章

学校の最後の週の前の日曜日、わたしはまたしても、母さんたちのやり合う声で起こされた。しばらく前に、わたしが盛大に泣き叫んだことで少しはマシになるかと思いきや、家の中は相変わらずのありさまだ。父さんも母さんも、ほんの二時間くらいしか、わたしのことを気にかけていられないらしい。腹立ちまぎれに家出でもしてやろうかと思うけれど、気づいてさえもらえないほうに賭けたっていいくらいだ。

「あんたなんか家にもいなかったくせに。もちろんボーは、あの乱暴な子としょっちゅうつるんでた。ボーはお姉ちゃんが恋しいの！」母さんがキッチンで叫んでいる。

「おまえが俺を追い出したんだろうが！　この家にいたのはおまえだ！　娘をしっかり見てなくてどうする！　カティアもボーも、おまえが目を離すから悪いんだ！」

皿か何かが壁に当たって割れる音がする。それから怒鳴《どな》り声と、泣き叫ぶ声。

ベッドから起きると、カティアの古いパーカーと、お葬式でもはいたベビーブルーのスエットパンツに着替える。

リビングに入ったところで、怒鳴り声がぴたりと止まる。

「ボー、どこに行くんだ？」父さんが言う。

「アーレン、その子をほっておいて！」母さんが叫ぶ。

「バカを言え！　それでもちゃんと育ててるつもりか！　その〝ほっておいて〟をさんざん続けたあげくに、娘をひとり失うハメになったんだぞ！」

第二ラウンドがはじまるなかで、わたしは玄関をするりと抜けると、どんより湿《しめ》った朝の中に踏み出す。両親だって、わたしを傷つけたいわけじゃない。ただ、ほかにどうしたらいいのかわからないもんだから、互いの心をズタズタにしようとしているんだろう。カティアがいなくなってしまった以上、うちの家族は永遠に不完全なまま。そう思うと胸が痛い。母さんと父さんの胸もやっぱり痛いんだ。わたしたちみんなのために、その痛みを取り去ることができたらいいのに。でも残念ながら、その方法がわからない。

角の店まで行くころには、服はずぶ濡れだし、ナイキの中では雨水がピシャピシャいっている。だけどもう何も、わたしを心の底から不愉快にさせることなんかできっこない。なんたって、世界一大切だったふたりの親友を失ってしまったんだから。

店に着くと、ブレオンシが、外のいつもの場所に座っている。スパンデックスのショートパンツに、五つくらいはサイズが大きそうなエアジョーダンのスニーカーを履いて、頭の上には、小さな女の子が持つようなテントウムシの傘をかざしている。

わたしは近づいて、ぶかぶかのスニーカーを蹴飛ばす。

「ハイ」ブレオンが雨の向こうから、こちらを見上げる。

わたしは五十ドル札を差し出す。

「何これ？」ブレオンが言う。

「報奨金。ジョーダンの居場所を教えてくれた謝礼」

けれど、ブレオンは受け取ろうとしない。

「いいから黙って受け取りなよ、ブレオン！　あんたが足に合う靴を買おうが、ドラッグカクテル用の咳止め《ロビタシン》を買おうが知ったこっちゃないけど」

ブレオンはかぶりを振る。「いらない！　そんなお金欲しくない。あやまるからさ、ボー。それでいいでしょ？」

こっちとしてはお金を受け取ってもらいたい。そうすればブレオンのことも、デジャと同じように片づけてしまうことができる。つまりは完全に絶交だ。わたしはひとりきりになるけれど、それはそれで受け入れるだけ。

「濡れてるじゃん、座れば」

わたしは座ることにする。

ブレオンがふたりの真ん中に傘をかざしたので、わたしたちは半分ずつ濡れていく。泣きたくなんかなかったのに、わたしはいきなり泣きはじめてしまう。理由もわからないまま、涙があふれだしてくる。ずっとさんざんな目にあっているんだから、そろそろ涙が涸《か》れたっていいはずなのに。

「デジャは鑑別所《かんべつしょ》を出て、父親に引き取られたらしいよ」ブレオンがしばらくたったところで口を開く。

「ふん、あんなやつどうだっていいし」嘘だ。「ブレオンはお母さんともめたりしてんの?」

ブレオンが首を振る。「ううん。母さんはうちにいないんだ。週に一度、手紙を取りにはくるけどさ」

「え? どういうこと?」ブレオンのお母さんはずっと、ものすごい時間帯に働いていた。だけど、いつだって帰ってきてはいたはずだ。たとえそれが夜中の二時や三時ではあっても。

「八年生のときから、母さん帰ってきてないんだ。料金の支払いとかは、全部母さんの名前になったままなんだけどさ。リンクカード（低所得者に支給され、デビットカードのような機能がある）も残してってくれてるし。だけど、母さんは郊外で恋人と一緒に暮らしてる。そいつは子どもが嫌いらしくて」

「なんなのそれ? だったらあんたは、いままでずっとひとりで暮らしてたってこと? もっと早く言ってよ!」

ブレオンは真っ赤になった目でわたしを見つめている。「誰に話すってのよ? 例のブレスレットの一件のあとは、ふたりともわたしになんか目も向けてくれなかったくせに」

わたしは肩をすくめてみせる。「あのくだらないブレスレットだけが理由じゃなかったんだよ。あんたほとんど毎日ラリってたじゃん。なんだか知らない人みたいだった。自分でもひどかったのはわかってるんでしょ」だけどここまで言ったところで、その理由に思い当たる。

「そうだね。ただ、どうしたらいいのかわからなくてさ」ブレオンは言う。

「ブレオン、話してくれてたら、わかってあげられたと思うよ。助けることだってできたのに」

「どうやって? あんたの親が児童保護サービスに電話をかけるとか? グループホームには

入りたくなかった。あんたたちにできることなんて何ひとつなかったんだよ」

「きっと何か思いついたはずだよ」

雨が激しくなり、大きな雨粒が、わたしのスニーカーの上ではねている。ブレオンのほうに身を寄せると、温かな繭《まゆ》ができて、なんだか雨から守ってくれているみたいだ。

「あんたが恋しくてさ、ボー。あんたとデジャが恋しくてたまらなかった。だからデジャがしてることに気づいたとき、きっとあの子には、またわたしが必要なんだと思った。それからデジャがときどき家に行くのを許してくれて、一緒にテレビを見たりした。わたしは誰も傷つけたりしてない。ただ、あんたたちが恋しかっただけなんだよ」

わたしが顔を向けると、ブレオンはにっこりしてから、恥ずかしそうに目をそむける。

「わたしもあんたが恋しかったよ、ブレオン」

ブレオンが、少しずつ指を離しながら手のひらを上にする。ちょっとした仕草だけれど、わたしはその意味を知っている。しばらく前、ブレオンにいい顔をしてみせたときにさえ、わたしはこう思いかけていた。こいつはわたしの友だちなんかじゃないし、一生そうなることもないって。わたしはデジャに言いくるめられて、親友のひとりを忘れようとしていたんだ。

わたしは指を伸ばすと、その指を、ブレオンの指のあいだに滑らせていく。

そして、しっかりと握り合う。

第三十二章

　終業式の日には、マルコス校長の指示で全校生徒が体育館の裏手に集められる。〈新たな夢〉の除幕式があるからだ。いつもなら、みんなは美術クラスになんかあんまり関心がない。ただ今回の壁画はベクスリーO《オー》が監督したというので、学区全体でかなりの話題になっている。

　壁画には大きな白い防水シートがかけられていて、片側についた金色のロープで引き落とせるようになっている。マーチングバンドが〈リフト・エヴリー・ヴォイス・アンド・シング（黒人の聖歌として知られる）〉っぽい曲を演奏しているなか、十人以上のカメラマンが最高の一瞬を狙って、三脚にのせたカメラを壁画に向けている。

「くだらない絵なんかさっさと見せて、マディソンに奨学金をやったらいいじゃんね。そしたらみんな、家に帰れるのにさ」わたしはソネットの肩に頭をあずけている。暑い中、立ったままで人混みに押しつぶされながら、少なくとも二十分は待たされているのだ。

「あの壁画はみんなで描いたんだよ。マディソンだけのものじゃない。それに、そうネガティブにばっかり考えるのはやめなよ。奨学生には、ボーが選ばれる可能性だってあるんだからさ」

「もう、やめてよ。万が一わたしが選ばれそうになったとしても、マルコス校長がディケンベ・ムトンボ（ディフェンスを得意としたバスケットボール選手）ばりに邪魔したはずなんだから」わたしはそう言って、美術の奨学生に選ばれる希望なんか捨ててしまおうとするけれど、奨学金があればやっぱり助かるのは間違いない。

「お集まりのみなさん」キューブラー先生が話しはじめる。「この数か月をかけて、美術クラスの二年生たちが、クラスメイトのマディソン・ガーバーの提案した下絵《したえ》をもとに、一枚の壁画に命を吹き込みました」

先生がマディソンのほうを身振りで示すと、それに合わせて拍手が上がる。

「壁画のタイトルは〈新たな夢〉。キング牧師と、牧師が我が国に残した多大なる影響に着想を得た作品です。わたしたちはマディソンおよび、そのクラスメイトたちを心から誇りに思いつつ、みなさんにもそう思ってもらえることを願っております」

先生がもう一度マディソンのほうを示すと、マディソンはスッと動いて、ベクスリーOのいる壁画の片側に立つ。それからふたりで一緒に金色のロープを引くと、防水シートがパッと落ちる。

ベクスリーがこんな平凡なアイデアに黙って付き合ったのかと思うと、ちょっとだけ残念かな。だけど、正直言って悪くない。モノトーンではなく、絵全体に明るい蛍光色《けいこうしょく》が使われていて、キング牧師の顔はピカソっぽいテイストで描かれている。シュールな作品だったから、クラスから追い出されて制作に関われなかったことが悔しくてたまらない。マディソンにキレたことは後悔していないけれど、大好きな授業から締《し》め出されてしまったのはほんとうに残念だ。そしてたとえ自分のアイデアによるものではなくても、まるで一緒に描いたかのように、誇らしい気持ちで壁画を見上げる。

「さて、それではここで」喝采《かっさい》が静まったところで、キューブラー先生が続ける。「ベクスリーOさんから、ミレニアム・マグネットにおける今年の美術奨学生の発表があります」

「受賞スピーチでは、わたしのことにもちゃんとふれてよね」ソネットが耳元でそうささやいたので、わたしは腕をピシャリと叩いて黙らせる。

「ミレニアム・マグネットのみなさん、こんにちは。何週間もの長きにわたり貴校で過ごすことができて、ほんとうに光栄でした」ベクスリーが挨拶をはじめる。「マルコス校長には校舎の廊下を開放していただいたこと、キューブラー先生には、才能ある生徒たちに対する誇りを分かち合わせてくれたことに感謝いたします。さて、それではお待ちかねの瞬間ですね。二〇一八年度のミレニアム・マグネット美術奨学生は――」

心臓が胸の中ではねる。もしも自分が選ばれたら、マディソンに中指を突き立ててやるべきかな。そんなことしたら取り消されちゃう？　いまはおとなしくしておいて、卒業したあとで中指を突き立ててやるほうがいいのかも。

「マディソン・ガーバー」ベクスリーが言う。

マディソンがバカみたいにピョンピョン飛び跳ねているところへ、ベクスリーが証書を差し出している。わたしは、ソネットに肩を叩かれながら頭《こうべ》を垂れる。

今年は何ひとつうまくいっていないんだから、わかっていてもよかったのに。

マディソンが十分にわたる感謝のスピーチをようやく終えると、ベクスリーが満面に笑《え》みを浮かべて壇上《だんじょう》に戻る。ベクスリーに腹を立てるわけにはいかない。たぶん、誰を選ぶかについては意見を求められることさえなかったんだろうし。彼女は単に発表をまかされただけ。なんたって、ほかでもないベクスリーOから証書を受け取るとなれば、校長やキューブラー先生から受け取るよりもハクがつくに決まっているんだから。

「ここから下りる前に、もうひとりの受賞者を発表したいと思います。第一回〈ベクスリーO特待助成金〉の受賞者です。この賞では、イリノイ州の高校生の中から、卓越《たくえつ》したビジュアルアートの才能を持つ生徒を毎年ひとり選んで、夏休みのあいだ、わたしの制作を手伝ってもらうことになります」

ソネットがわたしの横腹を肘《ひじ》でつついてくる。

「助成金って何？　そんなのがあるなんて聞いてないんだけど」わたしは言う。

「額面《がくめん》は一万ドル」ベクスリーが続ける。「そのほかに、三か月分の住居費と生活費が保証されたうえで、シカゴ、ボストン、メンフィス、ニューヨークシティに行き、わたしと共に壁画の制作をしてもらいます。さて、ベクスリーO特待助成金の記念すべき第一回目の受賞者は――」

これからもう一度マディソンのスピーチを聞かされるとしたら、ほんとうに頭がおかしくなってしまうかも。

「ボー・ウィレット」

嘘、まさか、ありえない。

「え——でも、申し込んでさえいないのに」わたしがそう口にするあいだにも、みんなから喝采が起こりはじめている。いや、みんなではないかな。マディソンは壁画の前でふくれているし、マルコス校長はベクスリーを相手に喧嘩《けんか》でもはじめたそうな顔だ。

「さあ行った行った！」ソネットに押し出されると、みんなも二手に分かれながらわたしを前に通してくれる。

ベクスリーが、蛍光色のブレイズを日差しに輝かせながら満面の笑みでこちらを見ている。握手をするとベクスリーがわきによけたので、わたしはそのまま壇上へと向かう。

集まった人たちに目をやると、あくびをしている顔も見えるけれど、たいていの人はまだ手を叩いたり口笛を吹いたりしている。うしろのほうにチャンピオンの姿を見つけたとたん、これまでのひどい嘘が思い出されて胸が痛くなってしまう。ソネットは人混みをかき分けながら前に出てこようとしている。あの顔。たとえ自分が選ばれていたとしても、あんなに嬉しそうな顔はしなかったんじゃないかな。

まだ信じられない。でも、スピーチをしなくちゃ。

「ええっと——素晴らしい機会を与えてもらったこと、ベクスリーOさんには感謝しかありません。ほんと、選んでもらえたなんて嬉しすぎて、あー、一緒に制作するのが待ちきれないし——その、だから、ええっと——ありがとう！」

わたしが壇を下りるのに合わせて、さっきよりは貧弱な喝采がまた上がる。幸せすぎて、どうしたらいいのかよくわからない。一万ドルあれば、家の賃料も払えるし、食べ物だってまた買える。これで父さんと一緒に、コルビーおじさんのリビングに移らなくて済むんだ。

校長が夏休みに向けてみんなを解散させ、ベクスリーが何人かの生徒のサインに応じてから駐車場に向かうのを見て、わたしはそのあとを追いかける。

「あの！　えっと――チャンスをありがとうございます。じつは、こんな助成金があることさえ知らなくて」

ベクスリーはにやにやしながら、トートバッグを車の上に置く。

「何日か前までは存在してなかったからね。あの店でボーに会ったあと、キューブラー先生にきみのことを聞いてみたんだ。そしたら先生、それこそ何日でも話し続けそうな勢いでさ。ボーの作品をいろいろ見せてくれたうえで、ボーの提案した、そもそもの壁画の計画がどうなったのかも教えてくれたんだ」

「ちょっと待って。つまり――わたしのために助成金を作ってくれたってこと？　どうして？」

ベクスリーがわたしを見ている。何もかも見通すような目で。わたしがおそらく、自分でもまだ理解できていない部分まで、すっかり見てしまおうとでもしているかのように。

「世の中ってのはそういうもんだからだよ。才能を与えられた者は、それを使って世の中に返すんだ。わたし自身、最初の一歩を踏み出すときに誰かの助けがあったとしたら、自分はいまごろどのあたりまで行けてたかなって思うことがあるんだよね。だからわたしは、この助成金が、きみの最初の一歩になることを願っているんだよ、ボー」

「ああ――わかりました。でも、もしもキューブラー先生から、うちがお金に困っているようなことを聞いてるなら、そんなことはないんで」もしも哀れみからなのであれば、お金は欲しくないし、特待生にもなりたくない。わたしがいつかは彼女に負けないアーティストになれる。そう思ってくれたっていうのが、選ばれた理由であってほしい。

「いや、そうじゃないよ。先生はただ、ボーが自分の生徒のなかでも一番だと言ってただけ。わたしも、あの店で見せてもらったスケッチをまだ覚えててさ。きみには育てられるべき才能がある。だからもしもわたしみたいな仕事ができるようになりたいんなら、旅にも慣れなくちゃね。ただし、ボーがこの夏を家で過ごしたいっていうんなら話は別だけど」

「まさか！　そんなことないです。もちろん一緒に行きたい！　両親に相談する必要はあるけど、きっといいって言ってくれると思う。ありがとうございました」

その午後は、ゆっくり時間をかけながら、家まで歩いて帰ることにする。なんだか履いているチャックテイラーが、歩道の上に浮いているみたいだ。数分おきに携帯の連絡先をチェックしては、ベクスリーの名前を見てしまう。これはほんとうに現実で、夢なんかじゃないんだって。

マディソンにはずっと腹を立て続けてきたし、この学校の壁画に関われなかったのは悔しいけれど、わたしはこれからもっと多くの場所で絵を描いていくことができるんだ。ベクスリー0を手伝うことができるなんて。ベクスリーが、わたしの絵を気に入ってくれている！　ようやく何か、正しいことができたような気分。そしてそれは、いい気分だった。

第三十三章

「ボストン、メンフィス、ニューヨークシティの三か所を回ることになります。それぞれの都市で壁画を制作することになっているので、ボーにはそのアシスタントをやってもらおうかと」ベクスリーがそう言いながら、両親に行程表を差し出す。

そこはシカゴのノースサイドにある店で、ヴィーガンのスコーンとかオーガニックのリンゴジュースを出しているいまどきのベイカリーだ。場所を選んだのは、もちろんベクスリーだけど。

「危険はないんでしょうか？　この子がはじめて行く街で、夜の通りをふらふらするようだと困るんですが」母さんが言う。相変わらずベッドの中でめそめそしていることが多いけれど、最近では調子のいい日もときどき出てきた。起き上がって朝食に卵を焼いたり、家の中を片づけたり、わたしの顔を両手で挟んでおでこにキスをしたり、わたしのことをきちんと心配してくれる日だ。だけど今日は、ちょっと心配しすぎている。

「おかーーさん」わたしが訴えるような声で言う。

「いいんだよ、お母さんには質問する権利があるんだから。お約束しますよ、ウィレットさん。ボーには、常にわたしとわたしのチームが付き添《そ》います。目を離すようなことはありませんから」

「いい考えだと思うがな。ボーは夏のあいだ、できるだけグレイディパークから離れていたほうがいい。天気がよくなると、ニガどもが何をしでかすかわかったもんじゃないからな」父さんが行程表を見つめながら言う。

「父さん！」

「おっと失礼！　つまり、周りの連中が何をするかわからないもんでね」

ベクスリーは黙って微笑《ほほえ》んでいる。

「出発する前に、わたしからひとつ提案があるんだよね、ボー」そう言いながらベクスリーは、わたしがカティアを描いた、もともとの壁画案のコピーを取り出す。

「まあ」母さんが言う。「ボーがこれを？」

父さんもすっかり驚いている。

「すごいじゃないか。なんで見せてくれなかったんだ？」父さんが言う。

「単なる下絵《したえ》だから。ほんとはこれを、学校の壁に描くはずだったの。でも何人かの親が電話をかけてきて、カティアなのが気に食わないってクレームを入れたんだよ」

ベクスリーが言う。「キューブラー先生もわたしも、そんなのはまったくフェアじゃないって意見でね。おまけに、誰にも見られないままになるのは惜しい絵でもある。だから描こうと思うんだ」

「ほんとに？　でもどこに？　許可を取ってる余裕とかあるのかな？」

「それに関しては、わたしにまかせといて。とにかく、どこかボーにとって大切な場所がいいと思ってるんだ。何かアイデアはある？」

みんなが期待するようにわたしを見ているけれど、わたしには一瞬あれば充分だった。

「あります。だけど、ちょっと助けが必要かも」

「これ、だめじゃね？　なんか間が抜けて見えるよな？」パーカーが、首を斜めにしたままで言う。

わたしは横に立って絵をチェックしながら、何言ってんだかと思う。それくらい指示通りに、きちんと描けていたから。

「その蝶《ちょう》は完璧すぎるくらいだよ。そのまま続けて」

そこへベクスリーがハシゴを持ってくる。わたしがのぼって、壁画の一番上の部分を完成させるために。

「ちょっと待て。そいつは少し高すぎるぞ」父さんが言う。「俺がのぼって、おまえの代わりに描いてやろう」

「父さん、これはわたしの壁画なの。ちゃんと気をつけるから。約束する」わたしは、筆とパレットを持ってハシゴをのぼっていく。

父さんがつるんとした頭に手を滑らせながら、心配そうな顔で見守っている。母さんがいれば、父さんの気をそらしてくれたのに。母さんは、哀しくなるに決まっているし、せっかくのわたしの時間を台無しにしたくないから行くのはやめておくと言っていた。それでもやっぱり、母さんが来てくれなかったことにはちょっと腹が立ってしまう。わたしが必要としているときに、そばにいてくれないなんてさ。カティアがいなくて死ぬほどつらい思いをしているのは、母さんだけじゃないのに。でも父さんは、心の傷が癒《い》えるまでもう少し我慢するしかないって。だけどもう、半年くらいたつのに。母さんがずっと、哀しみから抜けられなかったらどうしよう。わたしの知っていた昔の母さんが、もう二度と戻ってこないんじゃないかと思うと心配でたまらない。

ハシゴをてっぺんまでのぼって見下ろすと、ブレオンが、紫の絵具をつけたブラシを持ってチャンピオンを追いかけまわしている。ソネットは片手に大きなブルークリスタルを持って、キューブラー先生と一緒に草の上であぐらをかいている。ベクスリーは壁の一番下で膝《ひざ》をつきながら、モニカとクラリスに、筆につけたときに無駄にならないような絵具の量を教えている。

午後の空を見上げると、赤味がかったオレンジの毛布がロージーズ・ダイナーを輝きで包み込んでいる。ものすごく高い。やっぱり父さんに代わってもらったほうがよかったのかも。そこへ風に揺《ゆ》すられた木々のカサコソいう音、飛び立つ準備をしている鳥の赤ちゃんたちがさえずっている声、職場での長い一日を終えた人々が家へと向かう車の音が聞こえてくる。

それから、わたしは描きはじめる。

まずは頬骨《ほおぼね》の高いところから取りかかり、丸味《まるみ》のある小さな鼻の曲線、キューピッドの弓のような焦げ茶の唇へと移っていく。思いが胸の中から、腕、手、指へとどんどん流れ出していく。比率や配列や奥行きに頭を使う必要はない。だって間違えるはずがない。間違えようがないんだから。

何時間も描き続ける。父さんが、少し休んで何か口にするように声をかけてくる。わたしはいやだとこたえる。みんなもう帰るから、明日また仕上げにくればいいとベクスリーが言う。わたしはやっぱりいやだとこたえる。暗くなって周りが見えにくくなると、チャンピオンとソネットが大きな懐中電灯とランタンを手に戻ってきて、壁を照らし出してくれる。だけどほんとうのことを言えば、明かりなんか必要ない。暗闇の中でだって大丈夫。わたしには、カティアの顔が見えているんだから。自分の顔でさえ、ここまでは見たことがないくらいにはっきりと。カティアがそばにいる。この暗闇の中の、どこかにいるのが、わたしにはわかる。

とうとう描き終えると、絵筆を置いて、父さんの腕の中に倒れ込む。もう午前一時に近くて、そこに残っているのはわたしと父さんだけだ。

「父さん、明日の朝、グレイディパーク高校で仕事の面接があるんじゃなかったっけ？　こんなに遅くなっちゃって、何時だか教えてくれればよかったのに」半《なか》ば意識がもうろうとしているわたしを、父さんが車の後部座席まで運んでいってくれる。おんぶなんかしてもらうのは、七歳のとき以来だ。

「ああ、面接だ。うまくいけば体育局長のアシスタントとして雇ってもらえるぞ。だとしても、芸術家の邪魔をするほど野暮《やぼ》じゃないさ。それに今夜は気持ちがいい。静かで、暖かくて。おかげでゆっくり考えることができたよ」

「カティアのことを?」

「ああ、それからおまえのこともな。神様がどういうつもりで、俺みたいな男に、こんなにも素晴らしい娘をふたりも授けてくださったのかつくづく不思議なんだが、ほんとうにありがたいと思ってな」

車に着いたところで、父さんは壁画の描かれたダイナーのほうを振り返る。街灯の放つ神秘的な紫の光が、カティアの瞳《ひとみ》を宵闇《よいやみ》の中で輝かせている。父さんは、家に戻る車の中でもずっと口をつぐんだままだ。きっとまだ、カティアのことを考えているんだろう。面と向かって言うつもりはないけれど、がんばっているときの父さんは悪くない。あとはがんばり続けてくれることを祈るばかりだ。わたしのために。

第三十四章
BEFORE

二〇一八年一月八日

「今夜は立体メイク《コントゥアリング》のやり方を教えてくれる約束だったのに！」わたしはカティアが、フルーティなお出かけ用の香水をつけていることに気づくなり文句を言った。

カティアは鏡の前に立っていた。金色のミニのワンピ姿で、おなかをへこませながら、腰やお尻のあたりを撫《な》でつけている。

「そうだっけ？　うーん、そんな約束した覚えないけどな」

「今朝話したばっかじゃん。この嘘つき」わたしは色鉛筆と、絵のモデルに使うつもりでいたニッキー・ミナージュの艶《あで》やかなポスターを持ったまま、どさりとベッドに横たわった。

「なんにしろ、どうしてコントゥアリングなんかしたいわけ？　あんたにはそんなメイク必要ないじゃない」

「お姉ちゃんはやってるじゃん。それに、約束したんだよ」

カティアはローズゴールドの、高層ビルみたいなヒールの靴を履いて、子鹿でも前にしたように近づいてきた。靴の布地が蛇みたいにふくらはぎを包み込んでいる。カティアはこの靴をショーストッパー（人目を釘付けにするもの）、わたしはアンティゴネと呼んでいた。なんだか古代ギリシア人の履いていたサンダルに似ているなと思って。

「覚えてないなぁ」カティアが、わたしのベッドの端に腰を下ろした。

　わたしは目を丸くして見せた。

「もういいよ、この男好き。今夜はどこのクラブに行くの？」

「男好きはそっちでしょ。また〈ブレイズ〉だよ」カティアは立ち上がると、ドレッサーをお尻でポンと押しながら言った。

　連れていってくれとは頼もうとも思わなかった。どうせだめだと言われるだけだから。

「ハイになって帰ってきて、わたしを起こしたりしないでよね」わたしは、ニッキーのウェーブしたロングヘアーをスケッチしながら言った。

　相変わらずお尻で引き出しを閉めながら、カティアが言った。「またそんなこと言っちゃって、午前三時に酔っぱらったお姉ちゃんと交わすおしゃべりが大好きなくせに。だけど、今夜は飲まないつもりなんだ。運転担当なの。ほかに車を持ってる人がいなくて」

　わたしはピンクの色鉛筆を手に取って、ニッキーの、超ピチピチのキャットスーツを塗りはじめた。カティアがもっとよく見ようと、ベッドのほうに身を乗り出してきた。

「悪くないね」カティアが顎《あご》をこすりながら言った。

「そうかな？　目の表情がいまひとつだと思うんだけど」

「台無しにしないほうがいいよ。それで完璧」カティアはベッドからハンドバッグを手に取った。「じゃあ行くね。玄関の鍵を閉めといて」

カティアのあとからリビングに入ると、その夜に中華のデリバリーで頼んだ芙蓉蛋《ふようたん》とチャーハンの匂いがした。

カティアが靴を直しているときに、金色の輪っか状のイヤリングがワンピースの襟《えり》に引っかかってしまったので、生地《きじ》を傷つけないようにしながらそっと外してあげた。カティアがにっこりする。

「さてと、行ってくる」カティアが玄関を開けながら言った。

「じゃあね。まったく、お姉ちゃんみたいにはなりたくないよ」

カティアが外に出て玄関を閉めようとしたけれど、完全に閉まる前に、ひょこりと顔をのぞかせた。

「ねぇ、ボゾ。例のコントゥアリングだけど。あんたが思い出させてくれたら、明日やり方を教えてあげるからさ。取引成立《ディール》？」カティアがドアの隙間から手を突き出した。

わたしはその手に、自分の手を重ねた。約束だ。

「ディール」

第三十五章

デジャから電話がかかってきたのは、カティアの壁画を完成させてから二日後のことだ。彼女が逮捕されてからというもの、ずっとどこかで待っていた。余計なおしゃべりも、互いの近況をたずねることもなく、会う場所を決めただけでわたしたちは電話を切った。

何を話したらいいんだろう。自分でもよくわからないまま、バス停からロージーズ・ダイナーに向かう。デジャと再会するシーンなら何度も繰り返し頭の中で思い描いてきたけれど、この数週間は、考えるたびに、その暴力度が弱くなっているみたいだ。

ロージーズ・ダイナーの駐車場に着くと、わたしは壁画に目を向ける。たくさんの人や、絵具のバケツがない状態で見るのは、わたしにとってもこれがはじめてだ。

レンガの壁には、いまにも飛び立ちそうなピンクとブルーの蝶《ちょう》がいっぱいとまっていて、その真ん中にカティアがいる。ピカソ風ではなく、わたしなりの作風で描いたものだ。髪を真ん中で分け、〈チーター・ガールズ〉が大好きで、酔っぱらいながらおしゃべりをするカティア。

カティアがわたしに微笑《ほほえ》みかけている。壁の前を通り過ぎていく、自分の人生をそれぞれに生きるすべての人にも、こうして微笑み続けることだろう。

こんなに静かなままのカティアを見るのは心が痛い。ほんとうなら、壁画になんてなってほしくない。壁画をハグすることはできないんだから。ボゾなんて呼ばないでと文句を言ったり、ショッピングモールまで車で送ってと頼むこともできはしない。

近づいてくるデジャの姿が目に入ったとたん、心臓が喉《のど》から飛び出しそうになる。デジャが、数歩離れたところで足を止める。近づきすぎるのをこわがっているみたいに。だけど正直言って、いまの彼女とは喧嘩《けんか》をするだけの仲でさえない。

「ヘイ」わたしから声をかける。

「ヘイ」デジャがこたえる。

沈黙が広がる。なんだかへんな感じ。わたしたちのあいだには沈黙が下りたことなんかなかったのに。たとえあったとしても、気まずいものではなかったはずだ。けれどわたしたちは、以前のわたしたちではない。もう二度と、完全にあの少女たちに戻ることはないだろう。

「どこに連れてかれたの？」わたしがようやく口を開く。

「少年鑑別所《かんべつしょ》。そのあとは、父さんが迎えにきてくれるまで緊急保護センターに移された。いまは街の反対側のモーテルにいる」

「そっか」

「うん。そっちはどう？　大物の落書きアーティストと、あちこち回ることになったって聞いたけど」

「うん、何週間かね。ボストンとメンフィスとNYCに行く。帰ってこなくちゃならないときには最悪の気分だろうな」

デジャがぎこちなく口元をゆがめる。例の裏切りは部屋の中にいる巨大な象みたいな感じで、わたしたちはどちらも、その周りを爪先立ちで歩きまわっている。

「ボーがこれを描いたの？」デジャが、ダイナーに描かれた壁画に目をとめて言う。

「うん。わたしとベクスリーとソネットとブレオンでね。みんなの作品みたいなもんだよ」

デジャが視線を落としながら首を振る。

「あたしがそばにいるはずだったのに――」デジャはつぶやく。

「あんたになんかいてもらいたいもんか」その厳しい口調に、わたしは自分でも驚いてしまう。

「違う、そうじゃなく、ボーの味方でいるべきだったってこと。あんなことをするんじゃなかった」

わたしはデジャをにらむ。口の中がカラカラだ。

「あんたがわたしより男を選ぶのは、何もはじめてってわけじゃない。でも、よりによってジョーダン？　男なんかいくらだっているのに、あんたはわざわざジョーダンを選んだんだよ。あいつがカティアをさんざんな目にあわせたことは知っていながら、それでもあいつを追いかけるなんて！」

「そんなんじゃない。あっちから言い寄ってきたんだ！」

「あんたはマジで大バカだよ」

デジャの耳が、さっとその言葉に反応する。

「いまなんて言った？」

けれどわたしは引き下がらない。グレイディパークのプロジェクトっ子魂《だましい》に火がついたいま、なんであれわたしの言葉を止めることなんかできっこない。

「ちゃんと聞こえたはずだけど。みんながあんたをクソミソに言うのも納得だよ。カティアからはずっと、あんたとは付き合うなって言われてた。その言葉を聞くべきだったんだ」振り返って立ち去ろうとしたところで、デジャがわたしの腕をつかむ。

わたしは腕を振りほどく。「さわんないでよ、デジャ！　今度さわったら――」

「ぶちのめす？　上等だ！　やんなよ！」デジャが目を閉じながら、両腕を体の横にだらりと垂らす。

「なんのつもり？」

「これを乗り越えるために、あんたが必要なことをすんのを待ってんだよ。やれってば！　あの灰皿で殴られるよりヤバいことになんかなりっこないんだから」

デジャを殴ったら、それでおあいこになったりするんだろうか？　けれど心の奥深くで、そんなことをしたって何も変わらないことはわかっている。

「どうしてあんなことしたの、デジャ？」

「わかんないよ。ただ、自分のものになってくれる誰かが欲しかったんだ。あいつはあたしを必要としてた。少なくともそう言ってたから」

「必要とはしてたんだろうね。ほかに誰が、犯罪者をかくまったりする？」

「カティアが殺された夜、何を見たのかってちゃんとあいつに聞いたんだよ。そしたらあの場所を離れたときには、カティアは無事だったって。引き返そうとしたんだけど、パトカーが何台も来てるのを見てこわくなったんだ。警察に何をされるかわからなかったから」

「カティアだってこわかったはずだよ。しかも、ひとりぼっちだった。カティアなら、ジョーダンを置き去りにして死なせたりはしなかった」

デジャがため息をつく。

「あたしに何を言ってほしいんだよ、ボー？　あたしはどうすればいい？　ジョーダンとのことは、もう終わったんだ」

わたしは目を丸くしてみせる。

「そりゃそうだろうね。なんたってジョーダンは刑務所送りになりそうなんだから！　でもそうじゃなかったら、あんたはあいつのところにいそいそと戻るんだ。そうに決まってる」

「違う、そんなことない！　あたしはあいつなしでもやってけるけど、ボーがいないと、どうしたらいいのかわかんないんだ。あたしのそばにはいつだってあんたがいた。あたしが信じられるのは、正真正銘、ボーだけなんだよ」

「けど、わたしはデジャを信じられない」

「信じられるよ！　認めるからさ、ね？　あたしはろくでなしだ。ずっと最低のクズだった。でも約束する。もう二度とボーを傷つけないから。絶対に」

デジャが涙を浮かべた目で、すがるように見ている。それでもわたしは反応しない。

デジャががっくりと肩を落とし、あとずさりはじめる。

「オッケー、わかった。もう行くよ。けど、ほんとに悪かったと思ってるから。それだけはわかってほしい」デジャは振り返ると、もと来たほうへと引き返しはじめる。

このまま行かせたほうがいい。わたしの人生に、デジャなんていらない。ろくでもない男のために、ろくでもない判断をするような人間は。だけどそこで、カティアのシャツを塗るのに使った紫のペンキが、日差しを受けてキラキラと光る。わたしはカティアを見上げる。実物よりずっと大きくて、すごくきれいだ。デジャは行かせたほうがいい。

だけど、わたしにはできない。

「待って！」わたしは叫ぶ。デジャが振り返りながら、涙に濡れた顔をTシャツでぬぐう。わたしはあやまってほしかった。だけどあやまってもらったところで、痛みが軽くなるわけじゃない。謝罪の言葉ひとつで、魔法のように、かつての親友同士に戻れるはずもない。

「ほんとに悪かったよ、ボー」デジャの瞳《ひとみ》に浮かんだ痛みには、わたしの痛みも映し込まれている。

「わかってるよ。まだOTに追われてるんじゃないの？」

「たぶんね。それでモーテルに泊まってるんだ。安全だってわかるまで」

「そっか。そのほうがいいね」

また沈黙。

「昨日の夜、家に帰る途中で、ジェイクスが、オデラさんちの裏手の窓からこっそり出てくるのを見ちゃったんだけど」

思ったとおりに、デジャが目を見開く。「嘘ばっかり！」

そこからは、いつもの会話のリズムが戻ってくる。最後に話をしてから、わたしたちの人生やグレイディパークで何があったのか、お互いの近況を伝え合う。もうジョーダンの話はしない。する必要がないから。

壁画の前でのおしゃべりは二時間も続く。駐車場のアスファルトの上にあぐらを組んで、わたしたちはまた、互いのことを知るようになる。激しい風が、タンポポの白い綿毛を空に飛ばしながら吹きはじめると、ようやくわたしたちは帰ろうと立ち上がる。

そこでハッと、自分の問いに対するこたえが、とうとう見つかったことを悟る。この何か月も、わたしをさいなみ続けていた疑問。だけど心の奥底では、ずっとその真実がわかっていたような気がする。

カティアは何も悪いことなんかしていない。たとえひどい男と付き合っていたとしても、友だちがみんな大学にいるときに親元にとどまっていたとしても、将来どうしたらいいのか迷っていたとしても、そんなことは関係ない。絶対に関係ない。

カティアが死ぬ理由なんかなかった。

制作旅行の前の二週間は、なんだか久しぶりに幸せな気分に包まれている。まだミルク色の濃霧《のうむ》の中にいるような、おかしな感じではあるけれど、たとえ目の前が見えなくなることがあっても、わたしはきっと歩き続けてやる。霧の中を、ひたすら進み続けるんだ。

最悪の日々には、部屋に鍵をかけ、携帯の電源を切り、カティアのベッドの中で体を丸めながら泣いていた。だけど幸せな日々には、わたしの存在が友だちをつなぎ合わせる接着剤になっている。

出発の前日に、ソネットの家でパジャマパーティをすることになった。ソネットのお母さんが、家の側面にある開けた場所に気持ちのいい場所を準備してくれて、いまはカラフルなビロードのカバーをかけたいくつもの大きな枕が、広々とした体操用マットの上を埋め尽くしている。ブランケット、ラジオ、野菜、フルーツ、フムスにチップと準備も万全だ。

「これ、わきの下みたいな味がすんだけど。なんなわけ?」デジャがそうぼやいてから、口の中のものをナプキンに吐き出す。

「つぶしたヒヨコ豆だよ」ブレオンが言う。彼女が着ているのは、父さんに車で送ってもらう前にわたしが貸した、深緑のフランネルのパジャマだ。つくづく助成金があって助かった。部屋代が払えなければ、ブレオンを一緒に住まわせることもできなかっただろうから。いまではわたしはカティアのベッドに、ブレオンがわたしのベッドに寝ている。もちろん、前とおんなじじゃない。でもときどき、それでいいような気分にもなる。同じじゃないほうが、時にはちょうどよかったりもするのだ。

「よし、それじゃまずは、自分の瓶《びん》をいっぱいにしてね」ソネットがそう言いながら、広口のガラス瓶をひとりひとりの前に置いていく。そのあとで、ソネットのお母さんが持ってきてくれた大きな水差しが回される。

ソネット親子によると、わたしの旅が、満月の夜の翌朝にはじまるのは幸運なんだとか。もっともっといいことが起こりつつある証拠なんだって。ほんとにそうだといいな。なにしろ家を離れることには緊張しかない。いろいろなことがあったあとだからなおさらだ。口先ではグレイディパークから出たいようなことをさんざん言ってきたけれど、いざその時が来てみると、まだ準備ができていないのが自分でもよくわかる。

「ねぇ、みんな――わたしがいないあいだに、何かが起こったりしないかな？」

ブレオンが、水を入れた瓶の蓋《ふた》をドラムのように叩きながら言う。「たとえばどんな？」

ソネットが腕を伸ばして、わたしの肩に片手を置く。「旅に出るもんだから、ちょっと緊張してるんだよね？」

「そうじゃないんだけど、いま行くべきなのかちょっと自信がなくてさ。みんなと一緒でこんなに楽しいのに、それを終わらせちゃっていいのかなって」

「あたしにはわかってるもんね」デジャが言う。「ボーは、いまが変わるのがこわいんじゃない。自分が変わるのをこわがってるんだ」

わたしは笑う。「へー？　また、なんでもお見通しみたいに」

「だけど、なんかちょっとわかるな」ブレオンが言う。「八年生で首席を取れそうだと思ったときのことを覚えてるんだよね。誰も、わたしにはかなわなかったはずなんだ。なのに、首席になれると思っても全然わくわくしなかった。それどころかストレスになるばっかでさ。不安で不安でしかたなかった」

「なんで？　首席を取れるなんてすごいことなのに」ソネットが不思議そうにたずねる。

「いいことが起こりそうになっても、自分がそれにふさわしいと思えないかぎり、そうでもないんだよ。ほかの子たちよりも自分が優れてる理由って何？　それに首席を取っちゃったら、今度は高校でも首席を取ることが期待されちゃう。そのあとはプリンストンをトップクラスの成績で卒業して、癌《がん》の治療法を発見するとかなんとかさ」

「だけどブレオンは、その気になればそれができちゃうくらい優秀だった――っていうか、優秀なんだよ」わたしが言う。

「あのころはそんなふうに思えなかったんだよね。母親にも放り出されて、プロジェクトにひとりで暮らしてるような子どもが、何かを勝ち取れるなんて思えなかった。結局は何もかも台無しにして、きっと振り出しに戻るだけなんだろうなって。だから、努力なんかしたって意味ないと思ったんだ」

なんだかブレオンの話が、わたし自身の話のように思えてくる。「うん、そう――わたしもいま、まさにそんな感じ。なんか、自分が今回の件にふさわしいようには思えなくて。ベクスリーはもしかしたら、わたしをかわいそうに思ってあんな賞をくれただけなのかもしれないし。わたしは自分でも、自分を哀れんでいるのかもしれない」わたしは認めるように、そう打ち明ける。

ソネットのお母さんがティーキャンドルに火をつけて、わたしたちを取り囲むように次々と置いていく。ソネットがわたしに顔を向ける。「ボー、すべてのことは自分の道で、起こるべくして起こったんだって考えたことはある？　わたしは運を信じてるけど、運命も信じてるんだ。だってさ、あの壁画がわた――えっと、つまり、誰かにめちゃめちゃにされて、その修復をベクスリーがボランティアで買ってでる可能性なんてどれくらいあると思う？」

「そうだよ、ボー、あんたが今度のことにふさわしいってのがわかんないかな？　正直、これくらいじゃまだまだ足りないよ」デジャが言う。

友人たちが、愛情をこめてわたしを見つめている。ふいにそれが心に迫りすぎて、わたしは両手に顔をうずめる。さあ、この胸の中にある、ほんとうのことを吐き出してしまうんだ。

「どうしてわたしだけがグレイディパークを出てもいいの？　カティアはもう、絶対に出られないのに」

そう口にしたとたんに泣きはじめると、たくさんの腕が、わたしにギュッとからみついてくる。

「だけど、カティアはもう出たのよ」ソネットのお母さんのやさしい声が聞こえてくる。「カティアはグレイディパークに囚《とら》われてなんかいないし、あなただってそうでなくちゃ。カティアはあなたの幸せを望んでいるはず。だから、あなた自身がそれを望むことに罪悪感を覚えるのはおかしいでしょ」

そのとおりだ。カティアなら、この制作旅行をキャンセルするなんて、考えるだけでもどうかしてると言うだろう。カティアも喜んでくれる。きっと喜んでくれる。ただそれを、カティアの口からは聞けないことがつらいだけ。

また新しい涙がわたしの体を震わせると、大好きなみんなが、ギュッと抱き締めてくれる。温かくて、哀しくて、腹が立って、幸せで、憎くて、愛していて、そのすべてが、海の中にある白い星のように光を放っている。カティアは二度と戻ってこない。だけどわたしにはまだ、デジャとブレオンとソネットがいる。おそらく明日にはまた、それでも足りないと思うのだろう。けれど今夜のわたしは、とても満たされている。

謝辞

素晴らしいチームの助けがなければ、この本が世に出ることはなかったでしょう。

エージェントのパトリシアには、この物語と、作家としてのわたしを信じてくれてありがとうと伝えたいです。

担当編集者のカット・ブルゾゾウスキには、この小説を最適な形へと導いてくれたことに感謝を。

タルサ・アーティスト・フェローシップには、小説を執筆する場所と時間を与えてもらい、わたしの人生をよりよいものへと変えてくれたことに感謝しています。タルサの仲間である、スティーヴ・ベリン＝オーカ、ケニチ・ベリン＝オーカ、ズーイーにもありがとう。

友であり、良き師でもあるエリカ・ウルト博士に。あなたが物書きの卵だったジュリアナを育ててくれなければ、いまのわたしはありません。あなたの大ファンであることをお伝えするとともに、これまでのすべてに感謝を。

いつもそばにいてくれる、愛情と思いやりと才気にあふれた素晴らしい親友のオードリー・グラジィウィッツ。一番苦しかったときにもあなたが味方をしてくれたことに、わたしはいつまでも感謝し続けることでしょう。もうひとりの親友であるカルチェアにも。いつもわたしのために特別な労をいとわず、わたしがより親切でやさしい人間になれるように手を貸してくれてありがとう。あなたはわたしの知っているなかでも一番やさしい人。あなたとの友情がなければ、わたしは自分を見失ってしまうでしょう。

　幼いころからの夢が実現するところを見てもらえなかった、おばのマーシャ・バルシア、祖母のペギー・グッドマンとウィラ・オナヨ、祖父のチャールズ・オナヨとジェス・ワイリーに。自分でも自分を信じられずにいた、あのころのわたしを信じてくれてありがとう。無条件の愛をありがとう。この本の出版を、誇りに思ってもらえますように。

　特別な感謝を、わたしのクレイジーな愛猫のピックル・ビックルと、大好きな愛犬のアーティ・パーティに。深夜の書き仕事の相棒たちです。

　残りの家族たち、兄弟のブライアン・ワイリーとチャズ・グロス、姪《めい》のゾーイ・ワイリーにも感謝を捧げます。

　母のジンジャー・ワイリー、またの名をギジェット（小柄でおてんばな女の子を指す）に。夢を見させてくれてありがとう。あなたは、わたしが自分で気づく前から、わたしが作家になりたいと思っていること、そしていつかそうなるだろうことを知っていましたね。わたしにとっては、成功した黒人女性の最初のお手本であって、わたしがそうなれるようにと導いてもくれました。大好きだよ、ママ！

　最後に、とっておきの感謝を、姉のジリアンに捧げます。お姉ちゃんがいなければ、この姉妹を描いた小説は決して書けなかった。カティアに対するボーの愛は、そのまま、わたしのあなたへの愛に重なります。ときには互いの神経を逆撫《さかな》ですることもあるけれど、わたしはあなたが常にわたしの味方であることを知っているし、わたしもあなたにとってそうでありたいと願っています。この三十一年間、何があってもわたしたちの絆《きずな》が切れることはなかった。誠実と愛をありがとう。愛してるよ、J・ギズル一号。

解説

吉野仁

大衆音楽ファンのなかでも、とくに英米で人気をほこるジャンルの愛好者であれば、その多くは黒人文化《ブラックカルチャー》と無縁ではいられないだろう。R&B、ファンク、ヒップホップなどはもちろんだが、白人が演奏するロックやジャズなども、伝統的な黒人音楽をルーツとし、黒人の歌手や演奏家の影響を受けて発展してきた。加えてダンス、ファッション、アート、はては生活様式から思想や生き方まで、さまざまな分野にわたって、互いに影響を与えあう形で黒人文化は拡大し続けている。

だが、文芸の世界で黒人文学が注目されることがあっても、これまでミステリのジャンルで黒人作家がしめる割合は、とても低かった。ざっと邦訳のある書き手を挙げると、〈墓掘りジョーンズと棺桶《かんおけ》エド〉シリーズで知られるチェスター・ハイムズ、〈私立探偵イージー・ローリンズ〉シリーズで高名なウォルター・モズリイ、そして、『ブルーバード、ブルーバード』（ハヤカワ・ミステリ）でアメリカ探偵作家クラブ賞（エドガー賞）、アンソニー賞、英国推理作家協会賞の三冠に輝いた女性作家アッティカ・ロックなど、名の知れたミステリ作家はきわめて少ない。もっとも最近では、S・A・コスビーの目をみはる快進撃が注目される。作品を発表するたびに海外のミステリ賞を総なめにしているばかりか、日本でも『黒き荒野の果て』『頰《ほお》に哀しみを刻め』（どちらもハーパーBOOKS）が高い評価を受けた。黒人作家によるミステリの時代はこれからなのかもしれない。

しかし、すでにこの数年、アメリカで多くの黒人作家が活躍しているミステリの一分野がある。十代の中高生向けに書かれたYA《ヤングアダルト》小説だ。エドガー賞のYA部門では、近年、次々と黒人作家による作品が受賞したり候補にあがったりしている。詳しくは後述するが、とくにアンジー・トーマスが書いたYA小説『ザ・ヘイト・ユー・ギヴ　あなたがくれた憎しみ』（岩崎書店）の大ヒットなどが追い風となり、若く才能ある黒人作家がこのジャンルで筆をふるうようになったようだ。

前置きが長くなってしまったが、黒人女性作家ジュリアナ・グッドマンによるデビュー作『夜明けを探す少女は』（*The Black Girls Left Standing*, 2022）は、二〇二三年度のエドガー賞YA部門候補になった小説である。そして間違いなくこの作品もまた、黒人作家による一連のYA小説への注目の高まりから生まれた作品なのだ。

主人公の名前はボー・ウィレット。ミレニアム・マグネット高校の二年生であり、シカゴの低所得者用団地《プロジェクト》、グレイディパーク団地で暮らす十六歳の黒人少女だ。物語は、ボーの姉であるカティアの葬式からはじまる。カティアは不法侵入の疑いで、非番の白人警官に射殺され命を失った。幼いころから六歳上の姉を慕い、彼女の無実を信じるボーは、事件の真相を知るため、現場からいなくなったカティアの恋人ジョーダンのゆくえを捜しはじめた。

最初の章を読みはじめて伝わってくるのは、さまざまな感情がわき出てとまらないボーの姿である。姉が亡くなったという現実を受け入れられない様子で、葬儀場のなかで目につくあらゆるものに不満をぶつけている。第二章では、ふたりで家出した思い出など、カティアと一緒に過ごした過去が語られている。ときおりこうした回想の章がはさまれていくのだ。なぜ愛するカティアが殺されなければならなかったのかを問い続けたボーは、やがてその理由をつきとめるべく、高校の友人ソネットらとともに行動を起こす。

いうまでもなく、武器をもたないカティアが警官に射殺された事件から連想されるのは、黒人が被害者となった一連の悲劇である。黒人文化にさほど詳しくない方でさえ、近年世界中で巻き起こる黒人の命も大切だ《ブラック・ライブズ・マター》（以下ＢＬＭ）運動については報道そのほかでご存じだろう。二〇二〇年五月アメリカのミネソタ州ミネアポリスで、黒人男性のジョージ・フロイドさんが警察官に拘束され、そのとき首を圧迫されたことで死亡した事件をきっかけに、アメリカにとどまらず世界各地でＢＬＭ運動が展開された。

だが、そもそもの発端は、二〇一二年二月、当時十七歳だった黒人少年トレイヴォン・マーティンさんが、自警団に所属するヒスパニック系白人男性に射殺された事件だった。発砲した男性に無罪判決がくだされたことで怒りを爆発させた人々が、ＳＮＳ上のハッシュタグにこの言葉（#BlackLivesMatter）を使い、抗議の声を上げたのだ。その二年後の二〇一四年、高校を卒業したばかりだった十八歳のマイケル・ブラウンさんが白人警官に射殺された。こうした黒人男性に対する不当な殺人が連続して起こり、警察への不信や不満が高まったことからＢ

ＬＭ運動は一挙に広まったのである。死亡事件にまで至らなくとも、警察による理不尽で過剰な取り締まり行為は頻繁に起こっており、黒人のなかでもとくに若い被害者が目立っている。その後も同様の出来事は繰り返され、いまだやむことはない。

この現状を目にして、まっさきに書かれたＹＡ文学に、二〇一五年発表のジェイソン・レノルズ＆ブレンダン・カイリー『オール・アメリカン・ボーイズ』（偕成社）がある。無実の罪で警官に激しく暴行された黒人少年ラシャドと偶然その現場を間近に目撃した白人少年クインそれぞれの視点が交互の章で描かれた小説だ。しかも、ラシャドの章を黒人作家のレノルズ、クインの章を白人作家のカイリーが書いた異色の合作もので、ＹＡ小説を対象としたふたつの賞を受賞するなど高い評価を受けた。

そして、先に題名を挙げたアンジー・トーマス『ザ・ヘイト・ユー・ギヴ』が二〇一七年に発表され、大きな話題を呼んだ。十六歳の黒人少女スターは、貧しい黒人が多く暮らす地区に住んでいるが、裕福な白人が多い私立校に通っていた。ある晩、パーティーに出かけたスターは、幼なじみの親友カリルと出会い、彼に家まで送ってもらう途中、白人警官に呼びとめられた。車から降りたカリルは警官に銃殺されてしまう。目のまえで起きた事件でありながら、事実と異なった報道がなされていくことにスターはとまどったが、やがて彼女は立ちあがる。『ザ・ヘイト・ユー・ギヴ』は、ニューヨークタイムズのベストセラーランキングＹＡ部門で三カ月にわたり一位を獲得し、翌年映画化された。それまでベストセラーになったＹＡ小説といえば、魔法やファンタジーの世界を扱ったものや、学園が舞台であっても恋愛中心のものが多かったが、こうした社会問題を正面から取り上げた作品が異例の大ヒットを飛ばしたことから、一気に新ジャンルの潮流が生まれたのだ。

『ザ・ヘイト・ユー・ギヴ』は、二〇一八年エドガー賞YA部門にノミネートされた。惜しくも受賞は逃したが、このときの受賞作『エレベーター』(早川書房)は、『オール・アメリカン・ボーイズ』の合作者のひとり、ジェイソン・レノルズ(早川書房の表記は「レナルズ」)が書いたものだ。こちらは、全編が詩とタイポグラフィーを組み合わせた詩小説とでもいうべき異色作。十五歳の少年ウィルが射殺された兄の仇《かたき》を討つためにエレベーターに乗り込み、七階から地上に到着するまでのあいだ、「会えるはずのない人たち」と出会う。どこまでも斬新な手法によるYA小説である。

いずれの作品も、語り手は治安の悪い貧しい地域に住む十代の黒人少年少女。親しい者が理不尽な暴力を受けたり殺されたりした。その仇を討とうと立ちあがる。家族や周囲の人たちとの交流やエピソードが鮮やかに描かれている。こうした類似点が指摘できるとおり『夜明けを探す少女は』は、明らかに『ザ・ヘイト・ユー・ギヴ』や『エレベーター』など一連の黒人少年少女を描いたYA小説を意識した内容なのだ。では、これら二作との違いはどこにあるのか。

Black Children's Books and Authors のサイト掲載のインタビュー記事 Debut You 2022: Juliana Goodman: The Black Girls Left Standing によると、作者のジュリアナ・グッドマンが最初のアイデアを思いついたのは二〇一七年だと述べている。また、インタビューでは本作が生まれた経緯にも言及がある。グッドマンは、「YA文学で社会正義がトレンドになっていたが、黒人男性ではなく、若い黒人女性が殺された事件を描くことで、何かを加えたいと思った」という。女子高校生の妹をもつ黒人女性を被害者に設定したことにより、先行する作品とは異なる物語を生み出そうとしたのだ。同時に、本作の「謝辞」の最後で、グッドマンが姉に感謝を捧げているとおり、姉妹関係をその身で知る作者自身の体験や家族観もまた、さまざまな場面で生かされているのだろう。

そのほかエドガー賞YA部門で黒人女性作家がノミネートされた例では、二〇二二年度に最終候補となった、パメラ・N・ハリス *When You Look Like Us* がある。低所得者用の団地に住む黒人少女が行方不明になった。彼女の兄がいなくなった妹を捜し出そうとしたが、捜索願を出しても警察はなにもしてくれない。また、妹のボーイフレンドは麻薬の売人だった、という背景をもつ物語だ。もしかすると、こうした一連のブームを知らずに『夜明けを探す少女は』をそのまま読むと、ややミステリとしてぎくしゃくとした部分も感じられるかもしれない。だが本作は、これまでの同ジャンルYA小説のパターンを下敷きにしつつ、意外性をもたらそうという意志が表れた作品なのである。

なにより本作の大きな魅力は、ヒロインのボーその人にある。シカゴの貧しい地域を舞台に、高校を卒業したらそこから脱け出したいという願いをはじめ、友人たちとの交流など、黒人少女をとりまく世界が彼女の豊かな感性とあわせて鮮やかに活写されている。ファッションのこだわり、愛好する音楽といった、どこの国の高校生にも通じる日常の風景が映し出されているばかりか、いささか危険な夜の街の様子もとらえられているのだ。

また学園小説の味わいも深い。絵の才能に長《た》けたボーは、美術クラスの壁画コンペに参加し、結果を出そうと一所懸命になるのだ。ライバルとの関係をはじめとした、このサブストーリーが最後まで読み手の心を引っ張っている。ときに怒りを爆発させ、みずからを窮地《きゅうち》にたたせる愚行に走ることもあり、まだ大人になりきれていない十代少女の面を見せることも少なくないボーだが、不幸にみまわれ壊れかけた家族をどうにかしたいとの気持ちを抱くなど、けっして後ろ向きにはならない強さがうかがえる。そのほかボーと姉のカティアとのエピソードだけではなく、ソネット、デジャ、ブレオンなど、それぞれ人柄や境遇の異なる友人少女たちを活き活きと描いているところなども印象に残った。ＢＬＭ運動をはじめ、差別や貧困、暴力や犯罪など黒人をめぐる社会問題を描くことだけにとどまった作品ではない。

黒人作家によるＹＡ文学にかぎらず、いま、過酷な現状を生きぬく少女たちを描いた小説が活気づいている。たとえば、日本の読者に圧倒的な人気で迎えられた英国ミステリ、ホリー・ジャクソンの『自由研究には向かない殺人』（創元推理文庫）にはじまる三部作や、同じく白人少女を主人公にした二〇一九年エドガー賞ＹＡ部門受賞作、コートニー・サマーズ『ローンガール・ハードボイルド』（ハヤカワ・ミステリ文庫）があるほか、一般向けミステリでも、ディーリア・オーエンズ『ザリガニの鳴くところ』（ハヤカワ文庫ＮＶ）、クリス・ウィタカー『われら闇より天を見る』（早川書房）など、同様の物語は枚挙にいとまがない。それぞれ狭いジャンル観ではとらえきれない魅力があふれていることもあわせて、これからも注目していきたい。

訳者紹介　上智大学国文学科卒。英米文学翻訳家。訳書にオルツィ「紅はこべ」、マクニール「チャーチル閣下の秘書」「エリザベス王女の家庭教師」「ホテル・リッツの婚約者」、チュウ「夜の獣、夢の少年」「彼岸の花嫁」、ワスマー「シェフ探偵パールの事件簿」などがある。

検印
廃止

夜明けを探す少女は

2024年3月15日　初版

著　者　ジュリアナ・グッドマン

訳　者　圷《あくつ》　香《か》　織《おり》

発行所　（株）東京創元社
代表者　渋谷健太郎

162-0814／東京都新宿区新小川町1-5
電　話　03・3268・8231-営業部
03・3268・8204-編集部
URL　http://www.tsogen.co.jp
DTP　キャップス
暁印刷・本間製本

ISBN978-4-488-22105-8　C0197

成長の痛みと爽快感が胸を打つ名作！

THE FABULOUS CLIPJOINT◆Fredric Brown

シカゴ・ブルース

フレドリック・ブラウン

高山真由美 訳　創元推理文庫

◆

その夜、父さんは帰ってこなかった——。
シカゴの路地裏で父を殺された18歳のエドは、
おじのアンブローズとともに犯人を追うと決めた。
移動遊園地で働いており、
人生の裏表を知り尽くした変わり者のおじは、
刑事とも対等に渡り合い、
雲をつかむような事件の手がかりを少しずつ集めていく。
エドは父の知られざる過去に触れ、
痛切な思いを抱くが——。
彼らが辿り着く予想外の真相とは。
少年から大人へと成長する過程を描いた、
一読忘れがたい巨匠の名作を、清々しい新訳で贈る。
アメリカ探偵作家クラブ賞最優秀新人賞受賞作。

創元推理文庫

この夏、ある男の死が、僕を本当の大人に変えた。

THE SHADOWS WE HIDE◆Allen Eskens

過《あやま》ちの雨が止む

アレン・エスケンス　務台夏子 訳

◆

大学を卒業し、AP 通信社の記者となったジョーは、ある日、自分と同じ名前の男の不審死を知らされる。死んだ男は、ジョーが生まれてすぐに姿を消した、顔も知らない実父かもしれない。ジョーは凶行の疑いがあるという事件に興味を抱いて現場の町へ向かい、多数の人々から恨まれていたその男の死の謎に挑むが。家族の秘密に直面する青年を情感豊かに描く『償《つぐな》いの雪が降る』続編。